2015 年浙江省哲学社会科学规划后期资助课题
(15HQZZ012)

浙江省哲学社会科学规划
后期资助课题成果文库

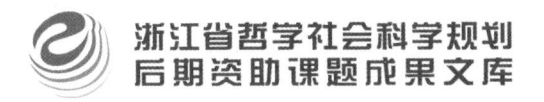

宋代生态诗学研究

Songdai Shengtai Shixue Yanjiu

曹瑞娟 著

中国社会科学出版社

图书在版编目(CIP)数据

宋代生态诗学研究／曹瑞娟著．—北京：中国社会科学出版社，2016.8
ISBN 978-7-5161-8001-3

Ⅰ.①宋… Ⅱ.①曹… Ⅲ.①诗学-研究-中国-宋代 Ⅳ.①I207.2

中国版本图书馆 CIP 数据核字(2016)第 074792 号

出 版 人	赵剑英	
责任编辑	宫京蕾	
责任校对	张依婧	
责任印制	何 艳	

出　　版	中国社会科学出版社	
社　　址	北京鼓楼西大街甲 158 号	
邮　　编	100720	
网　　址	http://www.csspw.cn	
发 行 部	010-84083685	
门 市 部	010-84029450	
经　　销	新华书店及其他书店	
印刷装订	北京市兴怀印刷厂	
版　　次	2016 年 8 月第 1 版	
印　　次	2016 年 8 月第 1 次印刷	
开　　本	710×1000　1/16	
印　　张	16.25	
插　　页	2	
字　　数	275 千字	
定　　价	59.00 元	

凡购买中国社会科学出版社图书，如有质量问题请与本社营销中心联系调换
电话：010-84083683
版权所有　侵权必究

序

罗时进

生态批评、生态文学、生态美学的研究在西方已经兴起了几十年，近十几年国内学术界也比较重视这一新观念、新视野、新方法的研究，几代学者参与其中，形成了相当可观的成果。无疑，原本属于自然科学学科领域的生态学的人文转向与全球性的生态问题——毫不夸张地说是生态危机——有着直接的联系。当人类赖以生存的那片天空、那片土地不断地出现生态灾难，地球生态系统严重失去平衡，危及几乎每一个人生存的时候，文艺理论家、文学家、美学家已经没有"作壁上观"的物质空间了，他们有责任用文字表达出自己的思想，传达出挽救生态环境的呼声。

自然生态系统的危机是"人类中心主义"这棵千年老树上的恶果。长期以来，人被视为这个世界的"独子"，乃至"圣子"，"人是万物的尺度，是存在的事物存在的尺度，也是不存在的事物不存在的尺度"。[1] 如此人类成为世界的主宰，而自然是被征服的对象，应该俯伏在人类的脚下。人类毫无忌惮地与自然争夺资源，用以扩展自我的空间，构建自我的巢穴。这种对待大自然的专制主义态度带来的是什么呢？是蓝天的消失，空气的恶化，水质的污浊；是许多存在过的物种的灭亡，整个生态系统的紊乱。我长期生活在江南，对水之用、水之美有深切的感情，曾写过这样的诗句（姑且称为"诗"吧）：

河床回忆往日的川流/星光，照在干涸的洼地上/枯黄的芦苇在风中摆动/孤寂的样子很惨/没有任何同类/作深刻的或肤浅的对话/春天

---

[1] 北京大学哲学系外国哲学史教研室编译《古希腊罗马哲学》，生活·读书·新知三联书店1957年版，第133页。

的涟漪不复再现/清纯的眼波/莫名消逝在泛黄的时光中/衰老的传播力很强/一点，一片，然后到处/枫树映水，摇曳出旭日的彩色/成为过于奢侈的想象/河岸的骨骼也老了/崩塌的声音擦身而过/渐渐抹去关于流脉的印记/留下酸风在空谷的回响/还有渡口的痕迹吗/那里曾经驻足过许多行吟者/而今，不远处的摩崖上/只有古怪的挽诗/诗句凄厉，像出土的冷兵器。（《消逝的清纯眼波》）

蓝天在我们可以目击的上空，水土在我们可以触及的脚下，而"天壤之间"就是人类赖以生存的空间，是最为神圣的"乾坤"。当"天壤""乾坤"原本充满元气的躯体面临崩溃之危的时候，我们才意识到人类并不比其他物种优越，在浩瀚的宇宙中，人类只是大自然的一个部分，世间万物与我们同样重要和伟大，人类只有放弃唯我独尊的思想，平等地看待人类以外的万物，与之和谐共处，将大自然具有的美的特质灌输融汇于自身，人类才能有当下和未来。

我在前面说生态批评是一种新观念，其实并不十分准确。生态思想在我们的先贤那里已经有所表现，即使缺少整体性、系统性，也已弥足珍贵。如《淮南子·精神训》云：

夫天地运而相通，万物总而为一。能知一，则无一之不知也。不能知一，则无一之能知也。譬吾处于天下也，亦为一物矣，不识天下之以我备其物与？且惟无我而物无不备者乎？然则我亦物也，物亦物也。物之与物也，又何以相物也？

这里已经认识到天地是一个统一的整体，人并非天地间唯一的存在，也只是其中之一而已。既然如此，"物亦物也，物之与物也，又何以相物也？"这种认知中所潜涵的思想是非常难能可贵的。王充在《论衡·地势篇》中进一步提出，人"因气而生，种类相产，万物生天地之间，皆一实也"。"天自当以一行之气生万物，令之相亲爱，不当令五行之气，反使相贼害也。"至于道家"天地与我并生，而万物与我为一"，"万物为一物，万神为一神"，"化化不间，由环之无穷"的表述，更是在在可见。而禅语有诸如"万象森罗实不共，青山不碍白云飞""万象森罗影现中，一颗圆明非内外""翠竹黄花非外境，白云明月露全真"等诗偈，一草一木之微，万象森罗之广，皆可以让人体悟到宇宙万物深处的生动气韵，这种"全真"实乃一切生命存在的根本。传统文化中的生态思想观点，是我们建立绿色家园、希冀诗意地栖居于大地的极好借镜。

文学源自生活，而人类的生活是依存于自然的。我相信，远古的诗韵是莽原灌木中的一串果实，而诗歌之路无论怎样延展，都有一条表现人与自然融为一体的主线。在这方面，那位真正而彻底走向自然的唐代诗人寒山所说的"野情便山水"颇能给人以启发。走向荒野，抒发野情，是对自然的回归，其实从根本上说是对生命的回归。当代美国寒山研究学者斯奈德对"荒野"做过这样的定义：

> 荒野是一个地域，在那里野性的潜能得以充分显示，有生命和无生命的万物可以自行其道，蓬勃发展。……所以我们说的荒野实际上是整体的自然界，人类是那个整体的一部分。[①]

当人作为整体自然界的一部分投入并融会于山水自然后，便能够产生无拘无束、自由舒放的心灵状态，由"悦目"而至"赏心"。这也便是古代诗歌中为什么往往以"野望"为主要视角，而野寺、野桥、野店、野屋、野岭、野园、野水、野溪、野渡、野塘、野径、野亭、野鹤、野凫、野梅、野芳、野草、野火、野碓这些野趣丛生的自然意象频繁出现的一个主要原因。这种"荒野写作"与"野情抒发"，为我们研究中国古代生态诗歌揭示了一种应然的向度。

曹瑞娟博士对这个研究向度有敏锐的触觉和认知。她前些年拿着曲阜师范大学张玉璞教授的推荐信来我这里考博的时候，正是我校一些学者倡导"生态文学研究"，在国内学界使"生态批评"产生出较大影响之际。入学后，她一边跟从我进行古代文学的学习和研究，一边听了相关生态批评的课程，阅读了大量相关文献，表现出浓厚的兴趣。在确定毕业论文选题时，与我商量是否可以从事这一方向的探讨，具体以宋代生态诗学为对象。我对生态文学、生态美学、生态批评都很"门外"，但我理解她的志趣，理解这一研究的必要，也信任她跨学科研究的能力，便同意并支持她做这个题目。

[①] Snyder, *The Gary Snyder Reader*, p. 173.

说实话开题后并非没有担心。做这一研究除了生态学、生态批评、文化人类学方面的知识储备外，在学理上如何定义生态诗歌，如何选择作品样本，如何将生态审美与文学审美有机结合起来，如何将西方学者既有观点引入自己的研究中，如何将中国传统生态思想的精华特别是宋代生态哲学观适度地彰显出来，我都没有太大的把握，这需要瑞娟用她的学养、智慧来操作、来回答。

瑞娟是相当勤勉向学而善于思考的。她不是先"仰着头"观看生态文学理论的天空，而是"埋下头"发掘历代——特别是宋代文献、宋诗史料中的相关内容。我了解瑞娟，她的性格沉稳而温和，坚韧而灵动。正是沉稳与坚韧使她在相当一段时间中能够沉潜到文献中去，从而获得了不少第一手的材料，这正是全文站得住的保证。另一方面，温和而灵动使她保持着对西方理论的辩证、平和态度，同时在思考中生长出许多超越性的、富有自我触感的想法，这是其论文具有相当新颖度的基础。

这篇论文的框架结构体现了理论与实证相结合的特点，虽然很难说"理当如此"，但大体上体现出了这一论题的应有之义，形成了"宋代生态诗学"堪称完整的学术结构，其中的很多知识点都具有涵富与容量。"宋代诗歌的'绿化'"这样的题目很能令人会心感触，"宋代诗人的生态物理言说"体现出时代特点与主题意义，"宋代诗学话语的生态特色"是全文不可或缺的内容，已成为结尾处的一道亮色。瑞娟的文字功夫一直是我欣赏的，这篇论文不但理论阐发比较圆融、深入，涉及自然、山水、林石、草木……的文字读上去颇有"扉开月入，纸响风来"的意味。我记不清是第几次读她这篇论文了，而她文字的清畅感，是每次阅读时自然生出的印象。

瑞娟是山东人氏，却对江南有着特殊的喜爱。这种情感在她写太湖、西湖的那些篇目中表达得很明显。毕业后她先在江西高校任教，后又调到杭州，回到她向往的江南。我想，她也许正应该回归于此呢！从江西到浙江，这一路她都没有停止对生态文学的研究，更没有停止对这篇在答辩中已经获得很好评价的毕业论文的打磨、提升、完善。在"论文"即将成为"著作"的时候，瑞娟来信请我写个序，这使我有机会回忆一下瑞娟和其他同学一起在校学习的情景，回忆一下她写作论文的过程，也表示对她未来进一步深入研究、再上层楼的期待，便信笔叙说以上种种，姑且充作"序言"了。

2015 年初秋书于吴门

目　录

绪论　将生态视角引入宋代诗歌研究 …………………… (1)
　一　生态文明时代的到来 ……………………………… (2)
　二　现代语境下的生态批评与生态诗学 ……………… (6)
　三　宋代生态诗学的概念界定、研究对象和审美范畴 … (14)

第一章　宋代生态文化概况 ……………………………… (24)
　第一节　从宋诗看宋代生态环境 ……………………… (24)
　　一　气候状况 …………………………………………… (25)
　　二　动植物状况 ………………………………………… (27)
　　三　自然灾害 …………………………………………… (31)
　第二节　南北方生态环境的差异与宋诗创作 ………… (35)
　第三节　自然生态对于人类的价值 …………………… (38)
　　一　实用价值 …………………………………………… (39)
　　二　精神怡养价值 ……………………………………… (40)
　　三　文化象征价值 ……………………………………… (42)
　　四　休闲娱乐价值 ……………………………………… (43)

第二章　宋代哲学生态观与宋诗中的生态伦理精神 …… (46)
　第一节　近代西方生态伦理思想的产生 ……………… (46)
　第二节　中国古代生态智慧与宋代哲学生态观 ……… (51)
　　一　中国古代哲学中的生态智慧 ……………………… (51)
　　二　宋代哲学生态观与生态伦理思想 ………………… (58)
　第三节　宋代诗人的"物与"情怀 …………………… (62)
　第四节　戒杀爱物思想与放生善行 …………………… (68)
　　一　戒杀诗 ……………………………………………… (69)

二　悯物诗 …………………………………………………… (72)
　　三　放生诗 …………………………………………………… (75)
第三章　生态美的内涵与宋诗中生态美的呈现 ………………… (78)
　第一节　生态美的内涵与特征 ………………………………… (79)
　　一　生机盎然 ………………………………………………… (81)
　　二　自由自适 ………………………………………………… (85)
　　三　欣然相处 ………………………………………………… (88)
　第二节　宋诗中所展现的江浙一带生态图景 ………………… (91)
　　一　吴中 ……………………………………………………… (92)
　　二　山阴 ……………………………………………………… (95)
　　三　西湖 ……………………………………………………… (98)
　第三节　诗歌艺术形式与宋诗的"绿化" …………………… (101)
　　一　修辞手法的运用与生态美的呈现 …………………… (101)
　　二　宋代诗歌的"绿化" ………………………………… (107)
第四章　山水吟赏
　　　　——宋代文人士大夫的朴素生态觉识与山水诗 …… (111)
　第一节　宋代诗人的林泉之志与"野性"意识 …………… (111)
　　一　林泉之志与归隐之思 ………………………………… (111)
　　二　宋代诗人的"野性"意识 …………………………… (116)
　　三　宋代山水诗的兴盛 …………………………………… (121)
　第二节　宋代文人的诗意栖居 ……………………………… (124)
　第三节　宋代山水诗的生态美韵 …………………………… (130)
　　一　生机之美 ……………………………………………… (130)
　　二　纯净之美 ……………………………………………… (132)
　　三　如画之美 ……………………………………………… (133)
　　四　和谐之美 ……………………………………………… (136)
　第四节　生态美景对诗人的精神净化作用 ………………… (138)
　　一　回归自然，天人合一 ………………………………… (138)
　　二　"遣子穷愁天有意，吴中山水要清诗"——迁谪与山
　　　　水诗 …………………………………………………… (142)

第五章　田园放歌
　　——宋代田园诗的生态解读 ………………………………（146）
第一节　宋代诗人的乡村田园情结 ………………………（147）
　　一　乡土之思 ……………………………………………（147）
　　二　回归精神家园 ………………………………………（150）
　　三　追慕陶渊明 …………………………………………（152）
第二节　宋代田园诗中的自然生态与精神生态 …………（154）
　　一　乡野之美 ……………………………………………（155）
　　二　田家之乐 ……………………………………………（159）
第三节　农耕时代的田园主义诗学 ………………………（163）

第六章　时节之咏
　　——宋代时节诗中的生态感悟与物理言说 ……………（169）
第一节　春日气象的热情歌咏 ……………………………（169）
　　一　"物我相感"与诗歌创作 ……………………………（170）
　　二　四时可爱惟春日 ……………………………………（172）
第二节　叹造化之奇，究天地之理——宋代诗人的生态物理
　　　　　言说 ………………………………………………（176）
　　一　天机自动 ……………………………………………（176）
　　二　荣枯有时 ……………………………………………（178）
　　三　万物静观皆自得 ……………………………………（181）
　　四　宋代自然生态诗的理趣 ……………………………（184）

第七章　咏物寄怀
　　——宋代咏物诗的生态文化意蕴 ………………………（187）
第一节　宋代诗人的生态觉识与爱物之情 ………………（187）
　　一　生物多样性的呈现 …………………………………（187）
　　二　歌咏动物之诗 ………………………………………（190）
　　三　歌咏植物之诗 ………………………………………（195）
　　四　由物及人——以物理说人世之理 …………………（198）
第二节　自然物的人格化及其文化象征意蕴 ……………（201）
　　一　比德传统与拟人化思维 ……………………………（201）
　　二　动植物的自然属性及其文化象征意义 ……………（204）
第三节　宋代诗人的梅竹爱赏 ……………………………（210）

一　咏梅诗………………………………………………………(211)
　　二　咏竹诗………………………………………………………(214)
第八章　宋代诗学话语的生态特色……………………………………(218)
　第一节　诗歌创作发生论：以自然生态解说诗因………………(218)
　第二节　诗歌文本结构论：以生态事物譬喻诗体………………(223)
　　一　中国古人的意象思维特色…………………………………(223)
　　二　以生命有机体论诗…………………………………………(224)
　第三节　诗歌风格境界论：以生态情境比拟诗格………………(229)
　　一　以生态情境喻说诗歌风格…………………………………(229)
　　二　"自然"诗论………………………………………………(231)

结语……………………………………………………………………(236)

主要参考文献…………………………………………………………(239)

后记……………………………………………………………………(248)

绪论

将生态视角引入宋代诗歌研究

生命是神圣的，令人敬畏。人类与其他生物共同拥有一个家园，那就是苍茫太空中的地球。俄国宇航员曾经叙述他从太空遥望地球时的感受："地球是多么渺小、脆弱，在浩瀚宇宙中它是一个珍贵的小斑点，你用大拇指就能把它遮盖无遗。这时你会豁然开朗，原来在这个小斑点上、在这个蓝色的小东西上，所有的一切对你都是有重要意义的。"① 地球生物圈是一个有机的整体，人类与其周围的各种生物及非生物环境组成一个庞大的生态系统，其间各生态因子的关系错综复杂，但都对地球这一整体生态系统起着不可或缺的作用。人类生而为万物之灵，拥有远远超过其他生物的高度智慧和改造自然的伟大力量，一代代地繁衍生息，享受着造物所赋予的珍贵生命，也创造和积累着日益发达的物质文明与精神文明。

然而，当人类文明的车轮转到了今天，地球生物圈的平衡遭到了破坏，生态危机日益加剧。于是人类重新把目光投向自然，开始关注地球上的其他生命和我们所赖以生存的自然环境。人类社会在历经农业文明、工业文明形态之后，正渐渐步入寻求人与自然和谐共生的生态文明时代。有人说，21世纪是生态学的世纪。的确，在人类社会物质文化发展日新月异的当代，人们对于高科技所带来的负面作用，特别是人类生存环境遭到的巨大破坏和威胁以及人类精神家园的迷失等"生态失衡"现象，予以越来越多的关注。生态问题是一个全球共同面临的重要问题，是全人类的根本利益所在，所以它能把世界各国的首脑和学者们召集到一起，共同商讨和解决人类目前面临的各种生态和环境危机，以期更好地维护人类赖以生存的家园。

---

① 傅华：《生态伦理学探究》"引语"，华夏出版社2002年版。

一 生态文明时代的到来

"生态"一词,在我国古代典籍中已经出现,但意义与现代有所不同。"生"的基本含义是生长、长出,《周易·系辞下》曰:"天地之大德曰生。"[①]"生"是天地万物得以产生和运动变化的原动力,中国古代哲学认为,阴阳二气交感化合是宇宙间万物的生成之道。"生"由基本意义又衍生出"生育、生存、生命、生活、一生"等含义。可以说,"生"是地球上一切生物存在和发展的起点,也是中国古代哲学家思考的基本问题之一。"态"的意义比较单纯,一般指状态、容貌、情状等,如屈原《离骚》:"宁溘死以流亡兮,予不忍为此态也。""生"与"态"组合而成的"生态"一词,在古籍中一般用来形容事物富有生机、灵动变化的姿态,可用于描述浮云、山色、动植物等生机灵动、亲切可人、变幻多姿的情态,也可用来刻画人物的气质风貌特征或评价绘画等艺术作品逼真生动、栩栩如生。《佩文韵府》"生态"条目下列举诗句曰:"杜甫《晓发公安》诗:'邻鸡野哭如昨日,物色生态能几时。'"指的就是自然界生物生机盎然的一种状态。又如"长河夜来雨,物色饶生态"(柳贯《送贡泰甫南归观省》),"可人生态无穷意,难了主人堂堂真"(程敏政《题蔡挥使所藏林良双鹊》),皆形容自然界物色的清新勃发之态。宋代刘道醇《五代名画补遗》曰:"凡举笔写像必致精绝,时无伦拟者。尤喜画鹞子、白头翁、鹨鸟、班鸠,皆有生态。"此处"生态"形容绘画十分生动逼真,宛有生意。可以说,"生机"是生态的基本内涵,也是大自然所造就的最动人的生命特征。

现代社会作为一门自然科学的"生态"一词,是英文"Ecology"的翻译语,它保留了我国古代"生物生机盎然的状态"这一本义,而意义变得更为学理化、系统化。"生态学"一词是1866年由德国博物学家恩斯特·海克尔(E. H. Haeckel,1834—1919)在《普通有机体形态学》一书中提出来的。海克尔给"生态学"下的定义是:关于有机体与周围外部世界(环境)的相互关系的一门学科。生态学(德文 okologie)由希腊语 oikos(房子、住所)派生而来,意思是指住所或房子,随后演变为"共同体""一家人"。由此可以推知,生态学的研究对象"生态"的内涵

---

① 李学勤主编《十三经注疏·周易正义》,北京大学出版社1999年版,第297页。

即生物有机体与周围外部世界的相互关系。生命有机体的生存条件包括生物环境（周围与其有关联的其他生物）与非生物环境（生物赖以生存的水、土壤、空气等要素）两部分。有机物以周围外界无机环境为生存条件，同时有机物之间也互为生存条件。生态学研究所追求的目标，就是生物个体、群落乃至整个系统呈现出正常的符合自然规律的生机，使自然界各式各样的生命以其本身独特的方式生存发展，繁衍生息。阳光、大气、水、土壤等各种非生物因子，构成了地球生命的整体支撑系统。人类作为地球生物圈的一员，就生活在地球这一庞大的生态系统当中。

全国科学技术名词审定委员会公布的《生态学名词2006》对于"生态学"（Ecology）的界定是："研究生命系统与其环境之间相互关系的学科。"[①] 按照所研究生物的类别，生态学可分为植物生态学、动物生态学、微生物生态学等几大类，分别研究不同种类的生物与其他生物及其周围环境之间的关系。也就是说，生态学是研究生物之间及生物与环境之间相互关系的科学，研究对象大至由地球上自然万物包括人类所构成的整体生态系统，小至一方山水等局域生态系统。人类的产生是自然界长期孕育的结果，对于作为万物之灵的人类而言，生态学的主要研究对象是人类与周围其他生物及无机环境之间的关系，也就是人与外界自然的关系，可称之为人类生态学。人类生存于地球生态系统当中，依赖于外界环境维持最基本的生存活动，同时，在人类的哲学和审美文化领域，亦贯穿着一条认识自然、感悟自然的线索。人与自然的关系这一问题，不仅仅是认知领域和自然科学关注的对象，同时也是人类哲学及文学艺术关注和表现的对象。

虽然现代自然科学意义上的"生态"概念出现较晚，是19世纪生物学发展到一定阶段的产物，是人类对于周围生存环境认识深化和系统化的结果，但是从人类诞生和发展的历史来看，生态问题自古有之，而并不以人类是否明确意识到它为标志。众所周知，人类的生存与发展是一刻也不可脱离周围的自然环境这一庞大的生态系统而进行的，某些生态因子是人类须臾不可离开的。生态系统是一个有机的整体，生物总是依赖于周围环境而生存，人类的生存和一切活动，包括其所创造的发达的物质文明和精神文明，都是在一定的自然生态系统中展开的。人类通过摄取自然物质、开发利用自然资源而维持自身的生存，同时随着精神文化的发展，又

---

① 生态学名词审定委员会编《生态学名词2006》，科学出版社2007年版，第1页。

使自然界成为特定的审美对象，发展了各种文化艺术。人类诞生于自然界，栖身于天地之间，从自然界获取各种生存之资和发展之源，并以自然为基础发展出各门科学和艺术，一步步跨入更高的文明形态——人类得之于自然者可谓良多！

在生态学发展初期，它所研究的对象仅仅是自然界的物种、群落及其之间的关系，采用的是自然科学的研究方法，并因具体研究对象的不同而划分出好多种类，形成了"动物生态学""植物生态学""微生物生态学""昆虫生态学""草原生态学""森林生态学""海洋生态学"等分支学科。进入 20 世纪后，随着资本主义工业的迅猛发展和由此带来的地球生态环境问题的日益凸显，生态学得到越来越广泛的关注，并渗透至社会生活的许多领域，继而诞生出与之相关的一批交叉学科。有人开始把生态学的原则运用到社会学、人类学等领域，形成了"城市生态学""社会生态学"等自然与人文交叉的学科。在当今物质文化高度发达的科技时代，随着全球生态环境恶化和生态危机等问题的不断出现，有关保护环境、关爱动物的组织纷纷成立，保护生态、爱护地球的生态学观念已日益广泛地渗透到人文科学的诸多领域。

由于工业革命首先发生在西方，西方发达国家最先感受到科技发展、物质文明进步对生态环境造成的巨大危害，所以具有明确现代生态意识的文学作品首先诞生于英美等发达国家。美国著名海洋生物学家蕾切尔·卡森（Rachel Carson，1907—1964）堪称现代西方生态意识的唤醒和首倡者。1962 年，她出版了《寂静的春天》一书，揭示了杀虫剂（作者称之为"杀生剂"）和其他化学农药给人类和地球上的其他生命带来的巨大危害。由于杀虫剂的大量施用，地表水、土壤等受到污染，植物、鸟兽以至人类的健康和生存受到了威胁。"再也没有鸟儿歌唱"一节说明了杀虫剂的使用给鸟类带来的灭顶之灾："如今在美国，越来越多的地方已没有鸟儿飞来报春；清晨早起，原来到处可以听到鸟儿的美妙歌声，而现在却只有异常的寂静。鸟儿的歌声突然沉寂了，鸟儿给予我们这个世界的色彩、美丽和乐趣也在消失，这些变化来得如此迅速而悄然，以至在那些尚未受到影响的地区的人们还未注意这些变化。"[①] 这位女学者向"征服自然"

---

① ［美］蕾切尔·卡森：《寂静的春天》，吕瑞兰、李长生译，上海译文出版社 2008 年版，第 101 页。

这一传统观念提出了挑战，对工业文明所引起的严重环境污染进行了有力的揭露和深刻的反思。在该书的最后，作者提出了人类社会正处于交叉路口的名言，指出"为我们提供了最后唯一的机会让我们保住我们的地球"的道路就是生态文明之路。

蕾切尔·卡森是一位态度严谨的女学者和作家，文中的大量事实都是经过调查和咨询有关方面的专家所得。虽然该书出版后立刻引发了化学制剂厂家及其他工业生产部门对她的群起攻击和指责，但事实证明，这位女学者是正确的，她在书中所反映的情况和寓言一天天得到展现，民众对她的信赖和支持也一天天增强。美国前副总统阿尔·戈尔对蕾切尔的贡献给以高度评价："她唤醒的不止是我们国家，还有整个世界。《寂静的春天》的出版可视为当代环境保护运动的起始点。……环境保护署于一九七〇年成立，这在很大程度上是基于蕾切尔·卡森所唤起的意识和关怀。"① 卡森对大自然充满了深情厚谊，她研究自然，一生为保护生态而斗争。正如她自己所说："我在生命的大部分时光里关注地球的美丽和神秘，关注地球上生命的神奇。"② 各种生命的神奇令她为之着迷，"她不仅终生陶醉于自然美、陶醉于与自然万物的沟通交流，是一个杰出的自然美欣赏者和表现者；而且还特别擅长于感悟自然，发现、理解并传达出自然所蕴含的博大而深刻的意义"③，《寂静的春天》就是一部兼具科学性与审美性的作品。

生态问题是关乎全人类生存和发展的重大问题，是带有全球性质的问题，值得全世界自然科学家和人文学者共同关注。继农业文明、工业文明这两种以人类自身发展为主要诉求的文明形态之后，人类将步入新的文明时代，即生态文明时代。"目前，人类文明正处于从工业文明向生态文明过渡的阶段"，"生态文明是人类文明发展的一个新的阶段，即工业文明之后的人类文明形态"④。生态文明是现代文明的更高一级的形态，是追

---

① [美]蕾切尔·卡森：《寂静的春天》，吕瑞兰、李长生译，上海译文出版社2008年版，"引言"。
② 转引自王诺《生态与心态——当代欧美文学研究》，南京大学出版社2007年版，第37页。
③ 同上书，第35页。
④ 中国社会科学院邓小平理论和"三个代表"重要思想研究中心：《论生态文明》，《光明日报》2004年4月30日。

求人与自然和谐相处、经济可持续发展、社会长治久安的文明。21 世纪将是生态文明的时代。善待自然，善待其他生命，就是善待人类自己。

生态学在从自然科学领域向人文科学领域扩展的过程中，发展成一种"生态主义"（Ecologism）。生态主义是指人们借助科学领域生态学的思想方法和研究成果，重新以一种整体观来看待大自然、审视人类既有的包括自然科学和社会科学以至心理科学在内的知识体系的思维模式。生态主义是一种"问题主义"，它不是纯粹的思辨活动，而是实在的、需要付诸行动的思维模式。有学者认为："在新的生态文明中，占主导地位的价值观是生态人文主义。生态人文主义是自觉地用生态规律来指导社会发展和个人价值实现的人文主义，是按照生态世界观和科学方法论来积极发挥人类维护和促进自然进化的作用的人文主义，但它不是人类中心主义的……生态人文主义要求当代人类重新返回到自然的怀抱之中，返回到生物圈的有机联系之中。这种返回需要继承农业文明时代形成的自然人文主义传统。这个自然人文主义传统正确地直觉到了人与自然亲如母子的和谐关系，意识到了自然是人类的根源和归宿，是人类健康存在的保障。因此，人类需要创造性地复兴东方自然人文主义的伟大传统。"[①] 的确，在东方尤其是中国古代思想文化和文学艺术中，人与自然和谐统一是最高的天人境界，敬畏自然、关爱生命、亲近生态成为一个源远流长的精神文化传统，这对于当今生态文化的构建无疑具有巨大的启示作用。

二　现代语境下的生态批评与生态诗学

随着生态学的迅猛发展和人类对于自身处境的关注，与"生态"有关的研究自然规律和社会规律相互作用的一系列交叉学科和学术研究的新课题纷纷涌现，如生态经济学、生态伦理学、生态心理学、生态美学等。与"生态"有关的文学创作，如报告文学、小说、诗歌等也在西方以蓬勃之势兴起，甚至诞生了荒野派等文学创作流派。作为人类审美认知的主要领域——文学批评也勇担其责，"生态批评"应运而生。

1972 年，美国生态批评家、联合大学教授约瑟夫·米克（Joseph W. Meeker）出版《生存的喜剧：文学生态学研究》一书，以跨学科的视野提出"文学生态学"这一术语，认为"文学生态学就是研究文学作品

---

① 佘正荣：《生态智慧论》，中国社会科学出版社 1996 年版，第 279 页。

中的生物主题和生物关系",并"试图揭示文学在人类物种生态学中应该起到什么作用"。1978年,美国生态批评家鲁克尔特(William Rueckert)在其《文学与生态学：一次生态批评实践》一文中,首次提出"生态批评"(Ecocriticism)这一术语,明确提倡"将文学与生态学结合起来",强调批评家"必须具有生态学视野",运用生态学及其概念研究文学,认为文艺理论家应当"尝试探索文学生态学或者通过将生态学概念应用于文学的阅读、教学与写作的方法发展一种生态诗学"[1]。这是一个大胆的创新之举,第一次将生态学与文学结合起来,试图将生态学概念运用于文学研究,并提到了创建一种"生态诗学"。1989年,在美国西部文学学会上,彻丽尔·格罗特费尔蒂要求将生态批评运用到"自然写作"研究中。1991年,美国"现代语言学会"发起"生态批评：文学研究的绿色化"(Ecocriticism：The Greening of Literary Studies)的学术讨论,倡导人文社会科学"绿色化"。1996年,格罗特费尔蒂发表《生态批评读本：文学生态学的里程碑》："生态批评研究文学与地理环境之间的关系。……生态批评运用一种以地球为中心的研究方法研究文学。"美国生态批评学者洛夫(Glen A. Love)发表《重评自然：走向生态文学批评》(Revaluing Nature：Toward an Ecological Criticism)一文,主张重审自然在文学中的位置,通过审查文学再现自然的方式来揭示人类对待自然的态度。正如有学者所指出的："在研究文学如何表现自然之外,我们还必须花更多的精力分析所以决定人类对待自然的态度和生存于自然环境里的行为的社会文化因素,并将这种分析与文学研究结合起来",生态批评就是要"历史地揭示文化是如何影响地球生态的"[2]。人类对于自然的态度在文学作品中有着或隐或显的表现,这种态度源于人们思想深处的生态文化观念,并对人们改造世界的活动及文化艺术创造产生着巨大的作用。

"生态批评"作为一种文学和文化批评倾向,是探讨文学与自然环境之间关系的批评。虽然有的生态批评家引用了生态学研究的一些成果和环境科学的研究数据,但从总体看来,生态批评里的自然科学成分并不突出,生态批评家主要汲取的并非自然科学的研究方法和具体研究成果,而是生态学的基本思想、基本观念,如生态学系统各要素之间相互作用、相

---

[1] 李晓明：《美国当代生态批评述评》,《思想战线》2005年第4期。
[2] 王诺：《生态批评：发展与渊源》,《文艺研究》2002年第3期。

互依存的关系，整体论、系统论、多元共生等生态学观念。"生态批评并非将生态学、生物化学、数学研究方法或任何其他自然科学的研究方法用于文学分析。它只不过是将生态哲学最基本的观念引入文学批评。"[1] 可见，生态批评仍然是一种文学批评方法，只不过它注重的是研究文学乃至整个文化当中的生态因素、生态意蕴。它"汲取了生态学、环境论和文学批评的品格，是用生态的意识、生态思想、生态观念作为切入文学艺术作品的视角，或作为一种与文学上的精神分析批评、原型批评、新批评、新历史主义批评等批评方法并列的批评方法。生态批评在很大程度上给批评界吹入了一股新鲜空气，因为其中包含有强烈的社会责任感和人文精神，也有学者以大的'批评'概念来扩充它的内涵，即不仅仅满足于把它看作一种文学批评的方法，而是看作文化批评、社会批评，甚至政治批评"[2]，因此可以说，生态批评是一种跨学科的批评方法，主张从生态学、生物学、地理学、人类学、文化学、美学、伦理学、宗教学等多种学科中汲取资源，融会多重视角，一方面深入挖掘和解构文学文本中的生态哲思、生态美韵，反对现代人类中心主义，另一方面全方位透视生态危机产生的复杂原因。生态批评的目的在于倡导文学研究的生态学视野，试图将生态视角渗透到人文社会科学之中，建构一种生态诗学体系，以便从整体上改善人类对于自然的情感，改进人类生存和发展的环境。生态批评在一定程度上已经超出了文学批评的范围，演变为一种文化批评，一种关注生态、保护生态的思想潮流。所谓的"生态诗学"，也大大超越了诗歌批评的范围，而带有了某种文学批评、文化批评的意味。

  中国的生态学研究较之西方起步较晚，但近十几年来也受到了空前的重视，发展迅猛。与之相关的交叉学科，如生态文艺学、生态伦理学等的探研也陆续兴盛起来，对生态与人类文化、社会科学的关系问题作出了有益的探索。在西方生态批评方兴未艾之际，我国文艺理论界也积极吸收借鉴相关理论成果，并努力探索符合我国生态文艺特点、体现我国特色的生态批评。生态批评与中国古代文艺思想是存在着某些契合点的，二者的对接之一在于它们共有的诗意态度："生态批评同样是力主构造一种生态诗学，以诗意性的生命体验方式，以画意的展示方式引领人们深层次地体验

---

[1] 王诺：《生态批评：发展与渊源》，《文艺研究》2002年第3期。
[2] 张华：《生态美学及其在当代中国的建构》，中华书局2006年版，第23—24页。

多重的生存关系，找寻人类所拥有的'诗意地栖居'之地，以回归诗意的存在家园，其实，这已经表现了强烈的生存关注，是一种诗意性生存策略。"① 中国古典诗学透露出一种鲜活的诗意栖居意味，这与当今"生态诗学"的倡导不谋而合。"生态学尽管是一门新兴的科学，但在文学艺术中却是一个古老的主题。"② 人类的生物性生存与自然界生态状况息息相关，而其审美活动和艺术创造也往往以自然界物色生态为最佳的创作契机、描摹对象和言志抒情的媒介物，尤其是中国古代诗学与自然界物色之间的关系更为密切，自然万物进入诗人笔下成为丰富多彩的诗歌意象，从而增强了古典诗歌的形象性、蕴藉性和艺术美感特质。

目前我国学界在生态批评领域所做的工作，主要是译介、评论西方著作，对于本国生态批评还处于理论探索和实践尝试的阶段，众多学者对于一些基本问题如生态批评的对象和范畴等的看法还不尽一致。应生态批评潮流而诞生的生态美学研究，也进行得如火如荼，但对于生态美学的学科性质和合法性问题，学界尚未达成共识。曾繁仁先生认为："从目前看，关于生态美学有狭义和广义两种理解。狭义的生态美学仅研究人与自然处于生态平衡的审美状态，而广义的生态美学则研究人与自然以及人与社会和人自身处于生态平衡的审美状态。我个人的意见更倾向于广义的生态美学，但将人与自然的生态审美关系的研究放到基础的位置。"由此他提出一种生态存在论美学观，以区别于从前的实践论美学观："生态美学实际上是一种在新时代经济与文化背景下产生的有关人类的崭新的存在观，是一种人与自然、社会达到动态平衡、和谐一致的处于生态审美状态的存在观，是一种新时代的理想的审美的人生，一种'绿色的人生'。而其深刻内涵却是包含着新的时代内容的人文精神，是对人类当下'非美的'生存状态的一种改变的紧迫感和危机感，更是对人类永久发展、世代美好生存的深切关怀，也是对人类得以美好生存的自然家园与精神家园的一种重建。"③ 他认为生态美学不能也没有必要成为一个独立的学科，它其实是一种十分重要的美学观念，亦即生态美学观。"它不是一个新的美学学

---

① 盖光：《生态文艺与中国文艺思想的现代转换》，齐鲁书社2007年版，第408页。
② 鲁枢元主编《自然与人文——生态批评学术资源库》（下册），学林出版社2006年版，第933页。
③ 曾繁仁：《试论生态美学》，《文艺研究》2002年第5期。

科，而是美学学科在当前生态文明时代的新发展、新视角、新延伸和新立场。它是一种包含着生态维度的当代生态存在论审美观。它以人与自然的生态审美关系为出发点，包含人与自然、社会以及人自身的生态审美关系，以实现人的审美的生存、诗意的栖居为其指归。"[1] 这就将美学关注的范围大大扩展了，从审美领域延伸到人的生存状态这一带有终极性关怀色彩的领域，将美学承担的功用大大提升了。我们认为，生态美学作为一种从全新视角切入的美学观念，其对于生态美的发现和倡导对扩展美学的研究领域、抉发自然环境及文学艺术作品中的生态美韵都是具有促进作用的，理应得到我们的宽容对待。

伴随着对国外生态批评和生态文学作品的引进和评介，我国当代文学领域也涌现出一系列具有明确生态意识和环保色彩的文学作品，如华海、于坚、苇岸等人的生态诗歌。但是，目前研究者对于生态批评的对象和范围以及何为"生态文学""生态诗"问题，意见并不完全一致，这些意见归纳起来大致可分为三种。

一是认为生态批评适用于一切文艺现象，这种观点以较早涉入生态文艺学领域的鲁枢元先生为代表。他认为："环境意识、生态意识作为一种观念、一种信仰、一种情绪，是可以贯穿、渗透在一切文学创作与文学现象中的"，因此"都是可以运用一种生态学的眼光加以透视、加以研究的"[2]，"仅仅承认以'自然生态保护'或'环境保护'为题材的文艺作品为'生态文艺'，是非常狭隘的。'生态批评'，决不应当只是研究以生态为题材的文艺创作，而应当把生态学的视野投注到一切文艺现象上，运用生态学的世界观去重新审视、重新阐释一切文学艺术的既有法则。生态批评的空间应当得到进一步的拓展"[3]。在中国首届生态文艺学学科建设研究会上，与会者发出"建构中国特色的生态话语"的倡议："生态美学、生态文艺学、生态批评不仅仅是一些概念和规则、推理和论证，不仅仅是一些知识和逻辑，一些结构和系统，更重要的还是一种立场，一种态度，一种情感，一种行为，一种实践，一种精神，一种生存的方式，一种

---

[1] 曾繁仁：《生态美学——一种具有中国特色的当代美学观念》，《中国文化研究》2005年第4期。

[2] 鲁枢元：《生态批评的空间》，华东师范大学出版社2006年版，第233页。

[3] 同上书，第291页。

人生的理想或憧憬。"① 作为一种对于生态文艺大力倡导的学术姿态，这样的倡议是可取的，但如果将生态批评付诸文学批评的实践，那么将一切文艺现象都包揽过来进行研究则显得过于宽泛，无法切中要害。

二是认为生态文学作品应指那些明确体现出现代科学意义上的生态思想、生态观念的作品。学者王诺在运用生态批评方法对西方生态文学进行研究时，将"生态文学"界定为："以生态整体主义为思想基础、以生态系统整体利益为最高价值的考察和表现自然与人之关系和探寻生态危机之社会根源的文学。生态责任、文明批判、生态理想和生态预警是其突出特点。"② 他认为生态文学研究主要是思想内容研究，是对文学所蕴含的生态思想的发掘、分析和评论。这些生态文学作品的思想内涵有：征服、统治自然批判，工业与科技批判，欲望批判，生态责任，生态整体观，重返与自然的和谐等方面。张华认为，"生态文学，指明确灌注了生态思想、生态观念的文学文本，如徐刚的《伐木者，醒来》《中国风沙线》……总之，应该体现明确的生态世界观和价值观，体现明确的生态思想、生态意识"，对于我国古典文学、古典哲学在内的许多典籍和作品中存在大量关于人与环境关系的描述和"生态"智慧，"可以用生态批评方法对这类典籍和作品进行生态批评，却不能把这些典籍和作品一概称作生态文学"③。这是依托西方生态批评和生态文本创作的具体背景对"生态文学"及其思想内涵作出的界定，是严格意义上的具有现代生态理论色彩的定义，是适合研究欧美生态文学需要的，但对于中国文学的实际状况则考虑不足。

三是主张将生态批评的范围扩大，认为生态文学可以涵盖古今中外所有具有某种生态意识或生态美学意味的作品。学者张皓认为："生态文学或称环境文学、绿色文学，包括描写大自然，描写人的生存处境，展示人与自然的关系，揭露生态灾难，表现环境保护意识，抒发生态情怀的文学作品与文学现象。生态环境指其题材内容，'绿色'取其象征义。"④ 尽管有些作品不一定是以生态保护为主题，但因为它们描写了诸多自然生态事物，表现了某种生态意识或生态情趣，就应当属于广义的生态文学。有的

---

① 《苏州倡议书——2002 年 6 月 24 日》，《社会观察》2002 年第 12 期。
② 王诺：《欧美生态文学》，北京大学出版社 2003 年版，第 11 页。
③ 张华：《生态美学及其在当代中国的建构》，中华书局 2006 年版，第 5—6 页。
④ 张皓：《中国生态文学：寻找人与自然的和弦》，《佛山科学技术学院学报》（社会科学版）2004 年第 6 期。

学者将生态文学作品分为两类,如王茜在其《生态文化的审美之维》一书中说:"生态文学由两种类型的作品构成:一种是通过生态批评的重新解读而被划归到生态文学领域中的传统作品,比如梭罗的《瓦尔登湖》、华兹华斯的《序曲》、托马斯·哈代的威塞斯系列小说等,这些作品未必直接触及生态的主题,但是批评家们在其中发现了一种人类置身于自然之中的深沉的生命意识,在对人的生存状态的书写中发现了对造成人与自然疏离对立的现代文明的深刻批判,因此将其划归到生态文学的行列;另一种是直接针对现代生态危机而作、有着自觉的生态意识的作品,比如蕾切尔·卡森的《海的边缘》《寂静的春天》,前苏联作家艾特玛托夫的《白轮船》、美国小说家博伊尔的《地球之友》等。"① 因此,"生态文学"不仅包括那些反映现代生态危机和具有环境保护色彩的作品,而且还涵盖了人类文明进程中那些蕴含着一定的生态智慧和思想资源的文学作品。但作者在这里所列举的基本还都是外国文学作品,并未涉及中国文学领域。方军、陈昕在《论生态文学》中则将阐述人与自然和谐或不和谐关系的文学作品视为狭义的生态文学,并进而将这种狭义的生态文学分为"古代朴素的生态文学"和"近现代意识的生态文学"② 两种。我国古代典籍中存在着大量关于人与自然环境关系的描述,许多古代文学作品中呈现出朴素的生态保护意识,以及人与自然万物欣然相处的生态之美,这些作品虽然算不上严格意义上的生态文学,却可以用生态批评的方法进行解读,以实现它们在现代生态美学研究方面的价值。所以,生态批评的对象应当并不局限于近现代西方生态色彩浓烈的文学文本,作为一种全新的批评方法,生态批评是在重新阅读的基础上发现文学艺术的生态之维,建构并努力传递一种生态批评的视角、一种生态批评的思维方式和阅读方式。这种观点对于生态批评理论的发展及其效用的发挥,以及中国文学中生态资源的发掘、文学研究视角的转换,无疑具有积极的建设意义。

人类文明诞生之初的各种文学形式,如神话、诗歌等普遍具有探寻自然界奥秘,反映人与自然界之间关系的生态意蕴。人类对于自身是如何在宇宙中诞生的、周围世界究竟是什么样的、如何克服自然灾害寻求生存等

---

① 王茜:《生态文化的审美之维》,上海世纪出版集团2007年版,第6—7页。
② 参见方军、陈昕《论生态文学》,《中南民族大学学报》(人文社会科学版)2003年第2期。

问题充满了好奇，并尝试在文学作品中进行种种诘问，给出想象性的甚至充满神秘主义色彩的解答。几乎世界各民族都有自己的创世神话和图腾崇拜，也有着类似于中国古人的"万物有灵"观念。希腊神话里就有不少表现人因为摧残动植物而受到自然的惩罚的故事。在神话里，自然万物是普遍具有生命、灵性或神性的。早期的哲学思想亦是古代哲学家俯仰天地、洞察天人所得，并常常以自然万物喻说人事之理，如庄子寓言就常常以自然界奇特的动植物作比喻，来形象地说明他的道理。后来的许多童话以人类幼年时期的眼光来看待万物，同样具有某种深长的生态意味。而人类在历经了文明发展之初对于自然的蒙昧感之后，随着认识自然和改造世界能力的提高，对于自然界的关注和文学表现更多，也更为丰富生动。古代素朴的生态意识和生态伦理观念、古典诗歌中的生态和谐之美越来越突出。

自20世纪80年代以来，文学研究的兴趣中心已经从单纯的修辞学式的文本内部研究或曰文本解读，转移到研究文学与外界即社会、历史、宗教、文化、自然等学科领域的联系这种阐释学上来。而生态批评正是将文学研究与生态相联系，从生态角度解读文学作品，重新恢复"自然"在文学史和文学批评中的位置。描写自然的文学作品数量众多，可称之为"自然书写"，但是生态文学不同于描绘自然的文学。"生态文学并不仅仅是单纯地描写自然的文学，它与传统的描写自然的文学有一个根本的不同，即它主要探讨和揭示的是自然与人的关系：表现自然对人的影响、人在自然界的地位、自然万物与人的联系、人对自然的破坏、人与自然的融合等。即使是描写自然，它也主要以揭示上述关系为目的。"[①] 也就是说，生态文学以描写和揭示人与自然的关系为旨归，需要"人"与"自然"的形象同时出现，表达的是二者之间或疏远或亲近、或对抗或和谐的关系。这是生态文学的主要内容，此外，笔者认为生态文学还应当包括文学作品对于"生态"内涵和特征的描写和勾画，即对于生物生机之美、万物和谐一体之美等"生态"应有之义的形象化、艺术化呈现。文学借助生态学的基本信念，具体明确地论述在认识论与本体论意义上人与自然关系的基本原则；相应地，生态学则借助文学的视域、功能来拓展和深化人与自然万物平等、相互依赖和关联的生态整体理念。这就是文学生态学研

---

① 王诺：《欧美生态文学》，北京大学出版社2003年版，第5页。

究的双重功用。

三 宋代生态诗学的概念界定、研究对象和审美范畴

在社会文明日益发达的形势下，人们越来越认识到，生态危机不仅仅是自然科学高度发展所导致的危机，同时也是人类中心主义思想主导下人类主宰地位的危机，是人类文化的危机。"文化是一种持久的精神，是长期的、内在的、坚固的传统、规范、价值和行为方式的积淀。"[1] 文化的发展趋向正确与否，直接影响到人们的思想观念和行为方式，从而对社会各领域包括改造自然的实践领域产生相应的影响。可以说，人类的一切物质生产活动，都有着其思想文化和价值观念的深刻烙印。因此，生态恶化绝不仅仅是一种自然现象，或科技发展导致的后果，而是与当代人的生存抉择、价值偏爱、认知模式、伦理观念、文明取向、社会理想等密切相关。"自然领域发生的危机，有其人文领域的深刻根源。生态问题，不单单是一个技术问题或科学管理问题，更是一个伦理问题、哲学问题、信仰问题，同时也是一个诗学的、美学的问题。"[2] 人们的生产行为和科学活动都是受到思想观念的直接影响的，是哲学观念、思想信仰、文化传统、审美情趣等多种因素综合作用的结果。在人类文明发展史上，以诗歌为代表的文学艺术对人们审美情趣、人文精神的塑造产生着举足轻重的作用，继而影响到社会其他领域的物质生产和文化创造活动。"一个诗歌遭遇冷落、遭遇鄙弃的时代，决不是一个健全的时代、正常的时代。因而，当下的这个富足的时代又注定是一个贫乏的时代。救治这个时代的精神贫乏，进而修补地球人类纪这一破碎的'精神圈'，当然不能指望什么'世界贸易组织'或'国际金融机构'，那应该是文化的使命、文学的使命，诗的使命。"[3] 人类在满足基本的生存和物质需求之外，还有着丰富的精神世界，这一世界的富足有赖于以诗歌为代表的文学艺术的发展。

1978年，鲁克尔特已经发出了"发展一种生态诗学"的倡导，2002年年初弗吉尼亚大学出版社隆重推出了第一套生态批评丛书——"生态批评探索丛书"，著名的文学研究刊物《跨学科文学研究》连续推出两期有

---

[1] 王勤田：《生态文化》，扬智文化事业股份有限公司1995年版，第69页。
[2] 鲁枢元：《生态批评的空间》，华东师范大学出版社2006年版，第235页。
[3] 同上书，第47页。

关生态文学研究的特辑——"生态诗学"（第二期）和"生态文学批评"（第三期），后者由"文学与环境研究会"（The Association for the Study of Literature and Environment，简称 ASLE）现任副会长马歇尔教授撰写导论《文学批评的生态思想》。9 月，ASLE 英国分会在利兹大学召开第三届年会，重点研讨生态批评、生态诗学和生态女性主义。[①] 生态批评致力于生态中心主义文学观的建构，试图走出文本和人类自身，走向整个生物圈，研究文学和自然生态各组成要素之间的关系，它试图建构起一种"生态诗学"理论，探索建构生态批评理论的策略，以发掘和重构生态文化。"其中绿化、拯救具有生态思维、生态视野的文学理论就是建构生态诗学，绿化文学生态、文化生态的重要途径，因为绿色的文学生态、文化生态给人类、自然带来和解、共生的希望。"[②] 可见，西方学者所倡导建立的"生态诗学"，实际指的是以生态理念为主导、关注人与大自然关系的诗学体系，但这里的"诗"，其意义并不局限于诗歌，"生态诗学"的倡导带有某种学术引领和文化导向的意味。"生态诗学是指在传统诗学的基础上吸收新兴的生态学理论，研究文艺生态与生态文艺现象的一种边缘性的文艺理论。"[③] 可见，生态诗学可以涵盖一切文艺生态与生态文艺现象，并不局限于诗歌这一种艺术形式。生态诗学，即关注人与自然的关系，考察人在自然界中栖居状况的诗学，它倡导一种亲近自然、爱物友物、欣赏生态之美、保护环境、人与自然和谐共荣的诗意栖居态度，对于培养人的生态思维、扩大人的生态视野、唤起人的生态意识将起到重要的推动作用。

中国目前有关生态批评的研究成果，主要集中在生态美学、生态文艺学探研以及对国外生态文学、中国现当代生态文学作品的分析解读上，而对于中国古代文学作品中的生态意蕴研究尚不多。对于中国古代生态智慧和生态观的研究也非常多，但绝大部分都是偏重于哲学观念的分析，而并未与文学研究联系起来。王志清先生最近出版了《盛唐生态诗学》[④] 一书，堪为中国古代生态诗学研究的初创之作。这本书运用生态思维和生态视角来观照盛唐诗歌，角度新颖。这里的"诗学"仅指有关诗歌的学问，

---

① 参见王诺《欧美生态文学》，北京大学出版社 2003 年版，第 21—22 页。
② 胡志红：《西方生态批评研究》，中国社会科学出版社 2006 年版，第 192 页。
③ 张皓：《生态文艺：21 世纪的诗学话题》，《武汉教育学院学报》2001 年第 2 期。
④ 王志清：《盛唐生态诗学》，北京大学出版社 2007 年版。

符合中国传统的文化观念。其实，古代诗学是中国古代人文精神的重要组成部分。另外还有一些单篇论文，如张皓《中国诗人杜甫的生态观》①、沈利华《论杜甫"草堂诗"中的生态意识》②、江建高《"物情无巨细，自适固其常"——试论杜甫的生态诗》③ 等从生态角度对杜甫诗歌进行的研究。这些论著是运用当代生态批评理论解读中国古代诗歌的有益尝试。本书所要研究的"宋代生态诗学"亦仅指宋代诗歌作品而言，并非涵盖宋代的一切文学艺术。宋代生态诗学研究，就是运用现代生态学的眼光来审视和考察宋代诗歌和诗论，发掘其中蕴含的朴素生态意识与生态之美，并将自然生态的诸多方面与当时的社会文化联系起来，揭示人与自然之间的审美文化关系。

对于何为"生态诗"，不少论者已有所界定，如认为生态诗就是"用诗的艺术形式反映生物在一定自然环境下生存和发展状态的诗歌"④，或"是指那些以草木花鸟虫鱼、自然万物为主要描写内容或意象的作品"⑤。我们认为，"生态诗"不同于自然诗或咏物诗，它所表现的是自然界万物欣欣向荣、自由自得、共生共荣的情状以及人生活于其间的愉悦，传达的是人与自然之间的亲切友好情感。诗人之异于常人处，就在于他们拥有一颗诗心，善于运用审美的眼光体察物色之变，感受自然万物的生机灵动与静穆美感，因而诗歌对于外界自然的描画俯拾皆是，我们在阅读古代诗作时很容易发现其中所蕴含的生态意味，尤其是当我们在现代生态文明的背景之下，具备了一定的生态意识并以之审视古代诗歌的时候，更能够强烈地感受到这种生态意味。因而，古代生态诗学的研究应当涉及诗歌中的自然物态描写、人与自然乃至其他生物与环境之间关系的表现、诗歌所体现出的生态伦理思想以及人与自然和谐相处的生态美韵等诸多方面的内容。

将宋代诗歌放在生态批评视域中来考察，我们会发现，宋代诗人之众、宋诗数量之巨使宋诗为生态诗学的研究提供了一个极好的范本。宋代

---

① 张皓：《中国诗人杜甫的生态观》，《江汉大学学报》（社会科学版）2002 年第 1 期。
② 沈利华：《论杜甫"草堂诗"中的生态意识》，《江苏社会科学》2005 年第 6 期。
③ 江建高：《"物情无巨细，自适固其常"——试论杜甫的生态诗》，《中南大学学报》（社会科学版）2006 年第 5 期。
④ 王洪臣、王明志：《众美辐辏：杜甫生态诗美的架构》，《零陵学院学报》2004 年第 5 期。
⑤ 江建高：《"物情无巨细，自适固其常"——试论杜甫的生态诗》，《中南大学学报》（社会科学版）2006 年第 5 期。

的文化之盛是有目共睹的，陈寅恪先生曾经论道："华夏民族之文化，历数千载之演进，造极于赵宋之世。"① 对有宋一代在文化方面所取得的成就评价极高。王国维先生也说："故天水一朝人智之活动与文化之多方面，前之汉唐，后之元明，皆所不逮也。"② 其实，对于有宋一代文化所达到的高度，宋人也曾有过一定的觉识和论断："国朝文明之盛，前世莫及。"③ 宋代崇文的社会风气、儒学的发达，造就了一大批集官僚、学者、文学家、艺术家于一身的文化人，也为宋人造就规模宏大、特色独具的一代之诗创造了有利的条件。

宋代文明程度之高，与当时的社会政治形势和文化政策紧密相关。在唐代以前，中国社会上占统治地位的是贵族和门阀势力，他们垄断了话语权和享受教育的权利。到了唐代，进士阶层兴起，但门阀士族的势力仍然很强大。中国社会发展至宋代，则出现了一个转型，由于统治者实行"崇文抑武"的国策，科举取士的人数大大增多，并取消了对考生门第的限制，这就使得权贵士族的势力被大大削减，而大量平民士子跨出门庭，步入仕途，甚至跻身于社会统治的上层，士大夫逐渐文人化、平民化了。在崇文的社会背景下，读书应举成为宋代士人基本的生活方式和实现人生理想的最佳途径，教育也随之发展起来。《宋史·选举志》记载："自仁宗命郡县建学，而熙宁以来，其法浸备，学校之设遍天下，而海内文质彬彬矣。"④ 在这种情况下，刻苦攻读成为一代风气："男儿欲遂平生志，六经勤向窗前读"（宋真宗《劝学文》）；"昨日邻家乞新火，晚窗分与读书灯"（王禹偁《清明》）；"孤村到晓犹灯火，知有人家夜读书"（晁冲之《夜行》）。在普遍崇尚文化、重用文人的社会背景下，宋代文人的文化素质普遍提高，而且其知识结构更加渊博，很多文人士大夫是集官僚、学者、艺术家于一身的。文彦博曾对宋神宗说："为与士大夫治天下，非与百姓治天下也。"⑤ 赵翼《廿二史札记》记载，宋代统治者"恩逮于百官

---

① 陈寅恪：《邓广铭宋史职官志考证序》，载《金明馆丛稿二编》，上海古籍出版社1980年版，第245页。
② 王国维：《宋代之金石学》，载《王国维遗书》第五册《静安文集续编》，上海书店1983年版，第70页。
③ （宋）朱熹：《楚辞集注》，上海古籍出版社1979年版，第300页。
④ （元）脱脱等：《宋史》卷一五五，中华书局1977年版。
⑤ （宋）李焘：《续资治通鉴长编》卷二二一，中华书局1979年版。

者惟恐其不足"①。宋代文人通过科举步入仕途，社会地位普遍提高，他们一方面关注国计民生，实践用世之志，另一方面则以其丰厚的才力进行天地人哲学的思索和诗词、书画等文艺领域的创作，文化空前兴盛起来。就诗歌领域而言，由于宋代文人大多具有较高的文化修养，作诗对他们来说已经日常生活化了。与前代诗人相比，宋代诗人的兴趣和眼界更广，他们将笔触伸向寻常的生活，起居宴饮、郊游唱和、山水雅兴、静观之得……无不可入诗，其诗歌的题材大大扩展，由此也就形成了能够反映有宋一代思想文化、社会状况和文人性情的涵容广大的宋代诗歌。宋代诗人文化修养的普遍提高，使他们的诗歌更多地带上了一股高雅雍容的文人之气。

　　北京大学出版社出版的《全宋诗》72册，辑录两宋8900余家诗人的30余万首诗作，共3734万字。所收诗人是现存唐代诗家的3倍，诗作则6倍，文字则12倍。② 本书以《全宋诗》③《全宋诗订补》④ 以及宋代众多诗人的别集、总集为宋诗研究的基本文本资料，从中选取具有一定生态意味的诗歌进行生态批评和解读。翻检宋诗，我们不难发现，描写和咏叹自然山水、田园生活、动植物情态，抒发对自然的依恋、欣赏、赞美、玩味，表现人与自然的和谐相处关系的作品比比皆是。大量的自然风物和动植物进入诗人的审美视野，经由诗歌的摹写、咏叹而得以诗意化和人文化。这一方面得益于自《诗经》以来的"比兴"传统，另一方面也是宋代文人思想性情和审美心胸的体现。将生态视角引入宋代诗歌研究，我们会领略到宋诗研究的一种新境界，感受到宋诗中自然物象活泼的生机和诗人在自然生态世界中徜徉的身心愉悦之美。当然，这种生机和美不仅仅存在于宋诗中，它一定程度上是中国古典诗歌的共有之资，我们这里拟将思想文化异常发达的宋代之诗作为一个范本，通过解读其中蕴含的生态意识和生态美韵，来考察我国古典诗歌在生态方面的特质，阐释和弘扬我国古代的生态文化传统，尝试建构古代生态诗学研究体系。

　　我国生态批评学者鲁枢元先生认为，"生态"在宽泛意义上可以分为

---

① （清）赵翼：《廿二史札记》卷二五，中华书局1963年版。
② 参见傅璇琮、蒋寅主编《中国古代文学通论·宋代卷》，辽宁人民出版社2005年版，第24页。
③ 北京大学古文献研究所编《全宋诗》，北京大学出版社1991—1998年版。
④ 陈新等补正《全宋诗订补》，大象出版社2005年版。

自然生态、社会生态和精神生态三大类,分别指称自然、社会和人的精神三大领域的状况。① 这种分类无疑有将"生态"泛化之嫌,但不失为我们观察和考虑问题的一个切入点。"生态"的原初和基本意义是指自然界万事万物的存在状况和相互关系,即自然生态,但是,当我们以生态学的整体论、有机联系论来审视社会时,就会发现人类社会本身也正像一个生态系统,人与人、人与其所处的整个社会之间的关系构成另一种生态,即社会生态。同时,人类是拥有意识和智慧的高级生物,其情绪状态与生命过程相始终,并对其行动产生直接影响,人类自身的精神状况、人类认识对于自然界的意义,也对自然生态产生着一定影响,是为精神生态。尤其是到了物质文明高度发展的现代社会,"精神污染成了越来越严重的问题……人们的生活越来越活跃,运输工具越来越迅速,交通越来越频繁;人们生活在越来越容易气愤和污染越来越严重的环境之内"②。人活着就要与外界即自然和社会打交道,同时又要处理自我心理和精神状态的问题,不断调整和改进之,以更好地适应这个现实世界。精神作为人这种特殊的生命体不可或缺的组成部分,无时无刻不受到自然界和人类社会的影响,从宽泛的角度来讲也应当属于生态学关注的范围。因而,笔者在考察宋代诗歌时,主要探讨的是诗歌中自然生态的诸种表现,兼及宋代诗人的心路历程和精神生态。

在科技发展突飞猛进的时代,人们的物质生活水平和文化素质大为提高,但与此同时,人类重新寻回了对自然的关注和热爱。这是人类对自身的生存环境日益关注,生存压力日益加大以及对生态危机进行深刻反思的结果,同时也是人类的本性使然,是人们重拾对自然母亲的热爱和敬仰,渴望回到大自然的怀抱中放松身心、愉情悦性的表现。大自然雄奇伟丽,鬼斧神工,变幻多姿,每每令世人称叹。荒野"给我们提供接触终极存在的体验,而这种体验在城市中是无法获得的"③,因为"在荒野中旅行,能让我们的身体获得直接贴近自然的体验"④。在古代农业文明条件下,人与自然界万物的关系更为亲近,山水田园文化源远流长。自然界为人类

---

① 鲁枢元:《生态文艺学》,陕西人民教育出版社2000年版。
② [比利时] P. 迪维诺:《生态学概论》,李耶波译,科学出版社1987年版,第333页。
③ [美] 霍尔姆斯·罗尔斯顿:《哲学走向荒野》,刘耳、叶平译,吉林人民出版社2000年版,第208页。
④ 同上书,第213页。

提供了生存的唯一家园，同时又以其博大和静穆抚慰着人的心灵、启迪着人的智慧。"天人合一"是中国古代哲学观的基本思想，而天地自然的神奇瑰丽之景，往往令人心旷神怡、宠辱皆忘、暂时泯灭物我的界限而达到与自然融为一体的境界。中国古代诗人尤其有着一颗善感的心灵和天生的自然爱赏情结，他们咏叹自然，观照人生，诗意地栖居在大地之上。解读古代诗歌，我们能够透过诗人的言语传达获得一种生态美育的熏陶，进而将这种生态情怀投注到自身的生活中去。生态批评的一个基本特征，就是"从生态文化角度重新阐释阅读传统文学经典，从中解读出被遮蔽的生态文化意义和生态美学意义，并重新建立人与自我、人与他人、人与社会、人与自然、人与大地的诗意审美关系"[①]。

　　宋代生态诗学研究正是试图培养这样一种欣赏、尊重、爱护大自然的情趣，培养人们的生态情感，提高人们的生态意识，倡导人与自然的和谐。这是诗学的文化使命和社会功用所在，是通向更本真、更道德、更诗意生活的一个绝佳路径。因为生态审美总是使人类面对着这样一个恒久的"终极关怀"：人究竟应当怎样怡然自适地生活于天地之间，与他人、与万物和谐地相处？因而，与读解近现代外国生态文学作品以及中国当代生态文学作品不同，研究宋代生态诗学并非要反映当时生态状况的恶化或揭示生态危机的根源，而是以"生态"的视角考察宋代诗歌中所反映的生态友好意识和万物欣然相处的生态美韵，展示宋代文人的"物与"情怀与诗意栖居。探寻宋代诗歌中的生态意蕴，试图构建我国古代的生态诗学，是在现代生态危机背景下对人类自身行为的反省和对我国古代生态文化积淀的重审，是对人与自然和谐相处、人在自然界中惬意生存的一种诗意展望。

　　本书借鉴现代生态批评的理论和方法，将"生态"视角和生态理念引入宋代诗歌文本研究，尝试对宋代诗歌进行一种生态美学的审视和解读。本书的研究对象是宋代具有生态意蕴或曰生态色彩的诗歌，兼及讨论宋代诗学理论话语的生态特色。所谓"生态色彩"，指的是诗歌中出现了各种动植物、山川风物等生态因子，展现了其生机盎然、自由自适、欣然相处之美，同时作者或诗歌中的人物形象对它们表现出好尚的思想情感，

[①] 王岳川：《生态文学与生态批评的当代价值》，《北京大学学报》（哲学社会科学版）2009年第2期。

体现出一定的生态意识，尽管这种意识可能是自发的、朴素的，尚未形成完整的系统。这些诗歌不同于当前西方或中国生态保护意识强烈的作品，但我们认为，这种蕴含于中国古代诗歌中的"生态色彩"也是生态文学的应有之义，而且是更富于诗意精神和审美意味的表达形式，因而同样可以从生态角度进行解读。古代诗歌中所渗透的诗人对自然万物的欣赏与赞美，对生命与生机的热爱与崇尚，都呈现出一种普泛的生态意识。

宋代诗歌生态意蕴的呈现，是以宋代理学家的哲学生态观以及宋前哲学中的天人观和生态智慧作为思想基础的。中国古代哲学家"究天人之际"，敬畏天命、崇尚自然，主张人在与天地自然的和谐一致中实现人生的圆满自足，这是一种朴素的具有原生态意味的生态智慧，对于我国古代科技及思想文化的发展产生了深远影响，并且在一定程度上熔铸了中华民族的文化和艺术精神。到了宋代，张载明确提出"天人合一""民胞物与"等思想，这是古代哲学生态观和生态伦理思想的进一步发展，对宋代诗人的天人观及其诗歌中的生态伦理精神产生了直接的影响。

宋代生态诗歌不仅是指诗歌的题材内容涉及动植花鸟、山川风物等自然生态事物以及人与自然的审美关系，而且关涉到诗歌所呈现出来的生态意蕴。诗歌题材是表面的，而生态意蕴或生态韵味则是内在的东西。笔者在宋代生态诗学的研究中所运用的主要审美范畴即"生态美"概念。生态美是一种生机盎然、自由自适之美，更是一种万物欣然相处、和谐一体之美。自然界万物包括人类在内都在天地间各得其所，尽情尽性地展露着自我存在的意义和价值。生态美是天地造化所赋予这个世界的客观存在的一种韵致，同时这种美需要诗人的审美发现才能够揭示和传达出来。在传达的过程中，诗歌的对偶、拟人等修辞手法又强化了这种生态美韵。自然界的生机、活力、和谐之美，"绿化"了诗人的心灵，诗人们以赏物、爱物之心采撷大量自然生态事物入诗，大大丰富了诗歌意象，扩展了诗歌兴味，从而使诗歌超越文字符号的藩篱而得以生机化、"绿化"；而当读者透过整饬的诗歌形式，进入诗歌的生态美境时，其心灵也得以"绿化"，油然而生起一种生态的美感。

综览有宋一代诗歌，为了便于分析和解读，我们把宋代具有生态色彩的诗歌分为四类：山水诗、田园诗、时节诗、咏物诗。

首先来看第一类生态诗歌，即山水吟赏之诗。山水诗是古代诗歌的一大传统题材，对于山水诗的欣赏和研究论著可谓汗牛充栋，这不得不归因于古代山水诗歌的发达和人们对于此类吟赏诗歌的特殊喜好。但是，现有的山水诗研究一般是从诗歌主旨和艺术风貌着眼，关注的主要是诗歌中的山水景物之美以及与山水吟咏相伴而生的羁旅行役之感、家国之思等文学主题，并进而分析研究山水诗歌的艺术表现手法。本书的研究对象虽然也包括了宋代山水诗，但试图从新的角度即"生态视角"进行解读，解析宋代文人倾心自然、向往自然的"野性"生态意识与林泉之志，展现宋代生态环境状况及宋代文人与自然山水呼朋唤友的和谐相处之美，并进一步探讨以自然山水为主的生态美景对诗人的精神净化作用。

第二类是田园诗。自晋代陶渊明以来，田园诗得到了历代文人的喜爱，他们或远观田园，或躬耕体验，在诗中不断描摹乡村自然风物之美、人情之真、风俗之朴，创造出一种宁静悠远、祥和淡泊的诗歌审美风貌。宋代诗人对田园有着浓厚的兴趣，他们当中有不少人就出身于乡野，为官后对于田园生活仍然有着本能的怀恋和向往。于是，在行旅途中或赋职闲居、迁谪流放之时，他们都把目光投向了平和的田园，以期获得暂时的心灵休憩和精神怡养。乡村风物之美是自然生态美的呈现，而田家之乐则体现了精神生态的平衡和愉悦。因而，回归田园即诗人的还乡，是地理空间和心灵境界的双重回归，是对于生命本源的接近。在农耕时代，以田园诗为主导的田园主义诗学是最富于生态意味的诗学，它迥异于科技时代破除了对自然的依赖和皈依之感的技术化诗学。

第三类是时节吟咏之诗。"春秋代序，阴阳惨舒，物色之动，心亦摇焉。"（刘勰《文心雕龙·物色篇》）气象是地球生物圈的一个重要生态因子，人类及其他生物都生存于周围的无机环境之中，时刻感受到时节变化给身心带来的适与不适。朝暮、四时与人的生活相始终，并对人的活动和心理产生相应的影响，于是产生了诸多对时节的吟咏之诗。四季更替虽然纯属自然现象，不以人的意志为转移，非人力可为，但敏感的诗人往往会为之悲喜欢戚。宋代诗人对于春日气象的吟咏颇多，这既是沿袭了前代诗歌的咏春传统，同时与宋代理学家"静观造物生意"的观物理论也不无关系。由于宋代文人的哲学修养和理性精神普遍增强，他们在诗中常常叹造化之奇，究天地之理，甚至直接以诗歌来言说宇宙运行之理。而大部分诗歌是在意象描写的基础上生发出宇宙人生之理的，因而不失诗味而又呈现出一种理趣。

第四类是咏物诗。宋代文人有着观察外物及探研物理的浓厚兴趣，因而咏物诗非常发达。许多诗歌虽然涉及自然物象，但不以咏物为主，而是力图传达一种整体之思，表达的是与社会人生相关的其他主题，而咏物诗则是专以吟咏自然物或以之为媒介喻说物理、寄托心怀的。古代诗歌所咏之物无所不包，自然物与人工器物都可包括在内，但其主体是自然界的动植物，本书中所言咏物诗也是针对动植物而言的，因为这类诗歌最符合"生态"之本意。宋代咏物诗为读者展示的是一个五彩缤纷的生物世界，反映了当时的动植物生态状况，具有一定的认识价值。在咏物诗的创作中，由起初的单纯吟咏生物的自然生态状况到借咏物寓托诗人的种种志向和情愫，自然物的文化象征意蕴不断得到强化。这是诗人们生态意识淡化，而自然物的人文价值凸显的表现。人们由动植物的自然属性联想生发出一定的文化象征意义，例如以梅、兰、竹、菊喻情志高洁的君子人格等，这在宋代咏物诗中有淋漓尽致的展现。

除了以上四类诗歌的分析，本书最后一章还拟讨论宋代诗学话语的生态特色。这种特色具体表现为：在创作发生论上，注重自然界物色之动给诗人带来的触动和感发作用，以之为诗歌创作的最佳契机；在诗歌文本分析上，往往以自然风物或生命有机体来譬喻性地阐释诗歌文本结构和创作机理，而非抽象空洞地进行理论言说；在诗歌风格品评方面，常常以自然界的生态情境来比拟诗歌的风格境界，同时，由于尊崇自然的哲学观念的影响，不事雕琢、浑然天成被视为最高的诗歌境界。这三个方面的特点在宋前的诗歌理论中也不同程度地存在着，因而这一章将在梳理前代诗论的基础上着重进行宋代诗学生态特色的分析和阐释。

综上所述，本课题研究就是将宋代诗歌置于生态文明的广阔背景下，借鉴当代生态批评的理论和方法，从"生态"视角切入来审视宋代诗歌，发掘其中所蕴含的生态意识与生态美韵，以期为宋代诗歌研究提供一个新的研读角度，并试图探索建构中国古代生态诗学理论和话语体系。这一研究将人与自然的关系在古代文学研究中凸显出来，展示人在自然界中的生态性生存和文学艺术对自然生态的诗化作用，对于当今提高人们的生态意识，培养人的生态情感，促进人与自然关系的和解与和谐等均具有积极的学术意义。

第一章

宋代生态文化概况

人类的生存和发展是无时无刻不与生态相伴随的，因而人类文明发展的历史，也正是生态演变的历史。生态要素包括生物因素与非生物因素两个方面，二者都会对人们的生产和生活产生相应的影响。生态状况不是一成不变的，而是有其周期性、规律性和变异性，这就造成了不同历史时期生态的变迁和更替。所谓"生态文化"，包括与生态要素相关的诸多方面，如气候、植被、动物、自然灾害等方面的状况。研究宋代的生态诗学，应当了解宋代生态文化概况，因为这是宋人生活的自然环境和宋代生态诗歌的发生背景。宋代的生态文化概况，我们可以从宋代史书、笔记小说等史料中考略一二，而宋代诗歌中也有所涉及和表现。宋代诗歌题材的广泛，使得宋诗能够反映较之前代更为广阔的社会生活。我们发现，宋代有一类诗歌并非单纯吟咏自然物象或借物咏怀，而是以一种史诗的笔调描述了当时的山川风物、动植物、气候等生态状况，对我们研究宋代生态文化具有一定的认识价值。宋室南渡以后，中国的经济和文化重心移到南方。南北方自然风物与生态环境的不同，也使南北两地的诗歌在题材内容和风格方面呈现出一定的差异。

第一节 从宋诗看宋代生态环境

人类在一定的地球生态环境中孕育而生，阳光、水、空气、土壤、动植物、矿产……诸多的生态因子为人类的产生提供了得天独厚的条件。生态系统是一个有机的整体，每一种生物都必须依赖于它周围的环境而生存，人类的一切活动，包括维持生存的物质生产活动和以此为基础展开的精神文明创造活动，都是在一定的生态环境中进行的。我们常说，一方水土养一方人，任何地域的人们都是依赖于当地的自然环境和物产资源而生存的。世界上古老文明的兴衰，往往与生态环境状况的变化有着一定的关联。古代汉族以农耕为主，游牧民族逐水草而居，都是尽量选择有利于自己生存和发展的较为优良的生态环境。"胡人以鞍马为家，射猎为俗。泉甘草美无常处，鸟惊兽骇争驰逐。"① 生态环境良好的地方才更有可能支撑人类的生存和持续发展。一片土地在未有人类足迹践入、未被开发之时，往往是荒草丛生、野兽遍布的原始状态，而人类的介入才使它被改造，变得适宜于人类居住，并逐渐染上了人类文明的色彩，这种现象可称为"自然的人化"。

宋代物候和生态环境的状况，我们可以从史书等文献记载中查考，从而展示宋代文人所创作的具有生态意味诗歌的背景；另一方面，宋诗中有关气候、动植物、自然灾害等方面的描写，是最能反映宋代生态状况的一类，又可与文献记载互相参证。当然，诗歌表现又不同于史书记载，即使是具有史料价值的诗歌，其中同时也蕴含着诗的韵味，具有一定的审美价值。

一 气候状况

构成生态环境体系的要素包括气候、土地、山川、植被、动物等方面，这些因素都是不断变化的。气候是生态状况的重要组成因素之一，《宋史》之《本纪》《五行志》《河渠志》等对于宋代的气候状况及异常天象多有记载，成为现代历史地理学家考索当时的气候状况的基础。有学者从宋代文献资料中总结出了宋代总体的气候变迁情况，那就是从"温暖期"到"寒冷期"再到"温暖期"："宋代的气候变迁，主要从经历了达140年之久的'温暖期'、再过渡到长达160年之久的'寒冷期'，随后的20年，又进入了新的'温暖期'。在这个变化中，当时的气候变迁大致表现出了'大周期循环'中有'小幅波动'以及寒冷期里有漫长而异常寒冷的严冬，温暖期里有持久、炎热的夏季酷暑等特点。"②

这一变化趋势在宋诗中有所反映。如北宋前期出现了暖冬现象，不少诗人注意到这一异常的自然现象，并将其写入诗歌。冬季天气寒冷是正常的，而如果冬季仍然温暖如春，就会引起人们的警觉甚至不安。庆历五年

---

① 欧阳修：《明妃曲·和王介甫作》。
② 张全明、王玉德等：《生态环境与区域文化史研究》，崇文书局2005年版，第230页。

（1045）前后，发生了冬季温暖不冰的现象，欧阳修诗对此有所记载："阴阳乖错乱五行，穷冬山谷暖不冰。一阳且出在地上，地下谁发万物萌。太阴当用不用事，盖由奸将不斩亏国刑。遂令邪风伺间隙，潜中瘟疫于疲氓。"（欧阳修《晏太尉西园贺雪歌》）异常天象被视为五行错乱的表现，令人惶恐，以至于天终将大雪后诗人作诗庆祝。治平元年（1064），又发生了冬暖无雪的现象："历冬无雪，暖气如春，草木早荣。"[①] 冬暖而无雪，春天过早到来，这是一种反常的现象，所以引起人们的忧虑。史载，苏颂在熙宁十年（1077）出使辽国，夏历十月三日自开封启程，次年正月二十八还朝，沿途作诗28首，记述了出使期间长城以北、大兴安岭以南异乎寻常的暖冬气候，其中《后使辽诗·中京记事》云："东辽本是苦寒乡，况复严冬入朔疆。一带土河犹未冻，数朝晴日但凝霜。上心固已推恩信，天意从兹变燠旸。最是使人知幸处，轻裘不觉在殊方。"[②] 边关苦寒之地也出现了冬暖不冰的现象，但作者将其看作宋朝统治者施行仁政的结果，并未认清这其实只是一种异常天象。我国古人大多相信"天人感应"，将天象与人事联系起来，这是科技尚不发达时期的产物。

到了南宋后期，又出现了一个"温暖期"。戴复古《冬暖》："天不雨霜雪，朝曦与暮霞。江梅迟腊蕊，岩桂更冬花。地暖宜为客，时难重忆家。楚山当晚眺，归兴逐栖鸦。"天气和暖，好像物候节令向后推迟了，植物开花也受到影响。杨万里《冬暖绝句》："今岁无寒只有暄，腊前浑似半春天。"以春喻冬，可见冬之暖意。大量以"冬暖"为题的诗歌的出现，说明这一时期的确出现了冬天不冷的异常气候，这与当时总体上处于"温暖期"的气候状况是一致的。诗人对于自然物象的观察尤为细致，因而能够注意到梅花过早开放的现象：

新阳来复未十日，窗外梅花已狼藉。晴光烘过冰雪融，微风不动暗香密。争呼清樽相慰藉，无数落英坠巾帻。儿童但喜花开早，太早翻令我心栗。今年寒色苦未老，户穴不固泄万蛰。造化不禽何以张，不然生道几于息。明言岁事未足言，深忧南气日驰北。谁道东君庾岭来，煮酒银瓶荐嘉实。（王柏《早梅有感》）

---

① （宋）司马光：《司马温公文集》卷六，《丛书集成初编》本。
② （宋）苏颂：《苏魏公文集》，中华书局1988年版，第172页。

植物对于地气的变化尤为敏感,到一定温度即萌发生长。梅花盛开虽好,但不适时的开放则令人忧虑。北地冬暖被作者解释为南方之气北驰,其实这与地球生物圈气候的周期性变化相关,是大环境作用的结果。这些反映异常气候现象的诗歌,表现了诗人对生态现象的体察和关注,体现出一定的生态意识,但由于当时的自然科学不发达,他们对于天象的解释往往和社会政治联系起来,而难以作出科学的解释。

宋代是一个汉族与少数民族政权长期对峙的朝代,而少数民族侵扰中原,与其居住地生态环境的恶化有一定关系。中原腹地的生态环境和文化环境对少数民族具有极大的吸引力。有研究者认为,中国历史上出现过四个低温期,每当低温期来临,边疆少数民族就会为了寻找更佳的生存环境而挺进中原。"从公元1050年到1350年是第三个低温期,中国处在宋辽金元时期。由于蒙古高原异常寒冷,蒙古人像当年的匈奴人一样向南发展,中原地区征战不止。"① 任何一个民族为谋求生存和发展,都要力图占领最优的生存环境。南北宋与辽、西夏、金等少数民族政权的对峙深刻影响了中原文化,北人南迁也给诗歌创作带来新的面貌。

二 动植物状况

中国古代的地名、山名、水名取自动植物者颇多,可见当时动植物的多样性、活跃性,以及人们丰富的生物学知识和对于生物的亲和之感,反映了当时特定地域的动植物分布特色。宋代王象之《舆地纪胜》对于风景名胜名称的来历多有说明,我们发现这些命名大多包含着一个有关动植物或人与自然关系的传说故事。在农业文明条件下,古代人对自然生态的了解更多,对自然界更为依赖和喜爱,生活状态更为本真。

宋代历朝统治者颁布了大量禁止采捕的诏令,对于动植物和生态环境保护起到了一定作用。建隆二年(961)二月,宋太祖颁布《禁采捕诏》曰:"王者稽古临民,顺时布政。属阳春在候,品汇咸亨。鸟兽虫鱼,俾各安于物性;罝罦罗网,宜不出于国门。庶无胎卵之伤,用助阴阳之气。其禁民无得采捕虫鱼,弹射飞鸟。仍永为定式,每岁有司具申明之。"② 太平兴国三年(978)四月,宋太宗下《二月至九月禁捕猎诏》曰:"方

---

① 张全明、王玉德等:《生态环境与区域文化史研究》,崇文书局2005年版,第37页。
② (清)徐松辑《宋会要辑稿》刑法二之一五九,中华书局1957年版。

春阳和之时，鸟兽孳育，民或捕取以食，甚伤生理，而逆时令。自今宜禁民二月至九月无得捕猎及持竿挟弹，探巢摘卵。州县吏严饬里胥，伺察擒捕，重置其罪。"① 景祐三年（1036）二月，宋仁宗又颁布《禁采捕诏》："国家本仁义之用，达天地之和。春令方行，物性咸遂。当明弋猎之禁，俾无麛卵之伤。"② 天圣四年四月，夏竦曾上《请禁采龟奏》："福建、广南接江南西路，百姓于山泽中采取龟，倒埋坎中，生伐去肉，声动数里，人不忍闻。暴殄天物，最为楚毒。又只取壳上薄皮数片，谓之龟筒，卖与私作玳瑁器人，得直至微。伏乞禁止。"③ 宋仁宗旋即下《禁采大龟剥取龟筒诏》："山泽之民采取大龟，倒植坎中，生伐去肉，剔壳上薄皮，谓之龟筒，货之作玳瑁器。暴殄天物，兹为楚毒。宜令江淮、两浙、荆湖、福建、广南诸路转运司严加禁止。如官中须用，即临时计度之。"④ 这些政令措施都体现了统治者要求顺应时令、遵循动植物生长规律、"以时禁发"从而达到"天人之和"的生态伦理精神。

除了皇帝多次下诏在自然界万物生长期禁止采捕之外，宋代地方官亦曾根据当地的情况采取禁捕的措施。宋人的笔记小说中就有一些关于某些地方以法律法规禁止捕蛙或珍稀禽类的记载。如彭乘《墨客挥犀》卷六记载："浙人喜食蛙，沈文通在钱塘日，切禁之。"⑤ 南宋赵葵《行营杂录》记载："马裕斋知处州，禁民捕蛙。"⑥ 范成大《桂海虞衡志·志禽》记载："南方多珍禽，非君子所问。又余以法禁采捕甚急，故不能多识。"⑦ 这是对生物资源的保护，有利于维护生态平衡。有些诗歌则表现出对被捕杀的动物的怜悯之情。如徐照《猿皮》："路逢巴客买猿皮，一片蒙茸似黑丝。常向小窗铺坐处，却思空谷听啼时。弩伤忍见痕犹在，笛响谁夸骨可吹。古树团团行路曲，无人来作野宾诗。"以深厚的人文情怀怜惜逝去的生命，谴责捕杀动物的行为。宋代笔记小说中多有对当时各地动植物状况的记载。如周去非《岭外代答》卷九："孔雀，世所常见者，中州人得之则贮之金屋，南方乃

---

① （清）徐松辑《宋会要辑稿》刑法二之一五九，中华书局1957年版。
② （清）徐松辑《宋会要辑稿》刑法二之一六〇，中华书局1957年版。
③ （清）徐松辑《宋会要辑稿》刑法二之一五，中华书局1957年版。
④ （清）徐松辑《宋会要辑稿》刑法二之一六〇，中华书局1957年版。
⑤ 新兴书局编《笔记小说大观》（二十一编，第3册），新兴书局1978年版。
⑥ （宋）马纯：《陶朱新录》，《丛书集成初编》本。
⑦ 新兴书局编《笔记小说大观》（六编，第2册），新兴书局1983年版。

腊而食之，物之贱于所产者如此。"①宋诗中也有对孔雀的描写："初来毛羽锦青葱，今与家鸡饮啄同。童子有时偷剪翅，主人常日少开笼。峤南岁月幽囚里，陇右山川梦寐中。因笑世间真赝错，绣身翻得上屏风。"（刘克庄《邻家孔雀》）可见，在宋代南方多孔雀，甚至家中也能畜养。彭乘《墨客挥犀》则记载了大象在南方的分布情况："漳州漳浦县地连潮阳，素多象，往往十数为群，然不为害惟独象。"这些记载对我们考察古代动物的分布及古今动物物种的变迁，具有重要的参考价值。

我们注意到，两宋写到"虎"的诗歌非常多，这说明在当时老虎的存在是一个普遍现象。虎患频繁，故能打虎者成为英雄，且受到官府的鼓励。北宋初期孟贯已描写到秦岭上"苍苔留虎迹，碧树障溪声"（孟贯《过秦岭》）的景象，王令《猛虎》则刻画了人民对猛虎的畏惧："猛虎出白日，其欲未易量。人人有怒心，常惧不敢戕。壮士独何者，忿气裂怒肠。脱身拔剑去，奋跃如惊翔。虽挟必胜术，岂无邂逅伤。虎不食壮士，壮士自虎当。意贪众人完，岂暇为躯防。"景祐三年（1036），欧阳修作《猛虎》诗："猛虎白日行，心闲貌扬扬。当路择人肉，黑猪不形相。头垂尾不掉，百兽自然降。暗祸发所忽，有机埋路傍。徐行自踏之，机翻矢穿肠。怒吼震林丘，瓦落儿堕床。已死不敢近，目睛射余光。虎勇恃其外，爪牙利钩铓。人形虽羸弱，智巧乃中藏。恃外可摧折，藏中难测量。英心多决烈，自信不猜防。老狐足奸计，安居穴垣墙。穷冬听冰渡，思虑岂不长。引身人扱中，将死犹跳踉。狐奸固堪笑，虎猛诚可伤。"写人与虎、狐之间的较量，场景十分惨烈。这一时期，还有人因养虎而受到虎的伤害："西邻养虎已被啮，东邻养虎计何拙。哺之既久爪牙强，定看一日难羁绁。寄语东邻宜早图，野心变态在须臾。壮士匣中有神剑，欲斩虎头君许无。"（孔平仲《养虎》）因而诗人希望尽快杀掉猛虎，永绝后患。

陆游写过不少与虎有关的诗歌，其中有些反映的就是他自己年轻时捕虎的经历。其《捕虎行》注曰："自故岁有三虎出上皋天衣山谷，近者尤为人害，捕之未获。"诗曰："山村牧童遭虎噬，血肉俱尽余双髻。家人行哭觅遗骨，道路闻之俱掩涕。州家督尉宿山中，已淬药箭攒长弓。明朝得虎彻槛阱，缫丝捣麨歌年丰。"儿童是最易遭受老虎侵袭的，而儿死又

---

① 新兴书局编《笔记小说大观》（二十九编，第3册），新兴书局1979年版。

会给一个家庭带来巨大的伤痛。陆游之后，还有一些诗人描写到了虎患的情况。释居简《有虎》题下注曰："嘉定五年台州有虎入城"，可见当时确有老虎出没城池，侵扰人们的生活："悠悠天壤间，务各得其所。兽蹄交鸟迹，尧忧填肺腑。伟哉神禹功，明德迈前古。九畴既定位，万生斯按堵。奔驰服牛马，飞潜适鳞羽。虎豹嗜残暴，山林托深阻。云胡不奠居，出辄啸当路。"于是人们采取了一定措施："猛虎出林行，咆哮取人食。居人虑虎至，荆棘挂墙壁。虎乃爱其身，惊遁不近侧。"（徐照《猛虎行》）老虎对农家饲养的牲畜也造成了损害："细雨空濛烟草稠，相呼相逐过林丘。回来莫向山边去，昨夜前村虎食牛。"（翁森《牧》）因为老虎伤害人畜，人们自然就有了杀虎之举。"好生之德乃天相，杀人正自人杀之。"（苏洞《猛虎行》）在猛虎食人的情况下，人杀虎自然属于正当防卫之举。刘宰《杀虎行谢宜兴赵大夫惠虎皮虎腊虎睛》曰："君不见阳羡周将军，射杀南山白额虎。千古万古声流闻。又不见宜兴赵大夫，南山三十有六虎，令行杀取无复余。一虎昔何少，三十六虎今何多。虎多人不患，所患政之苛。苛政灭人门，猛虎戕人命。择祸莫若轻，泰山之人论已定。大夫性高明，下令走风雨。所知在田里，了不见台府。既令民免政之虎，又与民除虎之苦，四境之民歌且舞。"写虎又将苛政与猛虎类比，希望既能除去虎患又能减免苛政，实现太平之治。

除了老虎众多、为害人畜之外，偏僻之地的其他野兽也很多："地僻居人少，山稠伏兽多。怒狸朝搏雁，馋虎夜窥骡。"（王安石《乌塘》）这反映出宋时的生态环境还是比较原始的。"杀人之子养尔子，天地不管胡为仁"（李觏《闻训狐》），是对狐狸伤人的强烈谴责；"一狼将四子，二岭走千羊。意得无前敌，时乖阙后防。宁知射生手，已发弩机张。会使乌鸢饱，空令豺虎伤"（陈师道《捕狼》），写人们对狼的防御；"山云楼起风旋磨，百毒乘阴出相贺。中庭夜夜蛇作堆，草堂病夫愁欲破"（吕本中《蛇》），则表达了作者对蛇的恐惧。随着人们对相对偏远地区土地的一步步开发，具有原始色彩的生态环境区域日渐缩小，野兽之患也慢慢消失。随着时间的推移和生态环境的变迁，动物物种、数量及分布等状况也发生了很大变化，有些古代常见的动物现在已经数量很少或看不到了。加之生态环境污染、现代商业利益的驱动及捕猎技术的提高，出现了许多濒危动物物种，为人们敲响了生态环境危机的警钟。

关于植物的保护，见于文献记载者也很多。宋初，陶穀见百姓伐桑为柴，贪小利而忘远图，就上《请禁伐桑枣奏》请求统治者下令禁止伐桑枣为柴，宋太祖遂下《禁斫伐桑枣诏》曰："桑枣之利，衣食所资，用济公私，岂宜剪伐？如闻百姓斫伐桑枣为樵薪者，其令州县禁止之。"① 两宋历朝君主都曾下诏"课民种树"②，将民籍分为五等，每等种植不同数量的桑树、杨柳、松杉等，并将伐桑枣为薪者处以重罪。虽然统治者的目的是增加民用，但客观上对于改善和保护生态环境也起到了重要作用。《宋刑统》也有禁止"毁伐树木"③的记载。人们已经认识到杨柳具有良好的护堤防沙功能，适宜栽种于河岸堤畔："植榉柳之属，令其根盘错据，林木茂盛，其堤愈固，必成高岸，可以永久。"④ 孟元老记载北宋东京开封府街道情况曰："御沟水两道宣和间尽植莲荷，近岸植桃李梨杏，杂花相间。春夏之间，望之如绣。"⑤ 可见当时都城的街道绿化景观。宋代有关林业生态与植被保护的文献有蔡襄《茶录》、韩彦直《橘录》、周去非《岭外代答》、范成大《桂海虞衡志》、欧阳修《洛阳牡丹记》、陆游《天彭牡丹记》、刘蒙《菊谱》、王观《扬州芍药谱》等，记录特定地域的生态环境状况或某一种植物的习性及分布情况。统治者对植树的倡导及民众爱护树木的朴素生态意识，客观上起到了绿化环境及维护生态平衡的作用，正是在较为优良的生态环境之中，宋代诗人才诗情、诗意满怀，创作出了大量吟咏佳山丽水及各种动植物的具有生态意味的诗歌。

三 自然灾害

自然灾害是生态环境遭到破坏或发生特异变化的一种反映，具有很强的破坏力。在人类文明的进程中，自然灾害随时都有可能袭来，给人类带来巨大的创伤。即使是在科技异常发达的今天，在自然的伟力面前，人类仍然显得那样渺小，尤其是当地震、海啸等自然灾难来临的时候，人类及其他生物是那样的不堪一击。在中国历史上，自然灾害几乎是从未间断过，宋代也不例外。据统计，两宋遭受各种灾害总计874次，其中最多的

---

① 曾枣庄、刘琳主编《全宋文》（第一册），上海辞书出版社、安徽教育出版社2006年版，第32页。
② （元）脱脱等：《宋史》卷一百七十三《食货志》，中华书局1977年版。
③ （宋）窦仪等：《宋刑统》卷二十七《弃毁官私器物树木》，中华书局1984年版。
④ （宋）魏岘：《四明它山水利备览》卷上《防沙》，《四库全书》本。
⑤ （宋）孟元老：《东京梦华录》卷二《御街》，中华书局1985年版。

是水灾，达193次；其次是旱灾，达183次；再次是雹灾，达101次。其余风灾有93次；蝗灾有90次；歉饥有87次；地震有77次。此外还有疫灾32次；霜雪之灾18次。① 可见宋代主要是水旱风雹等异常天象导致的灾害，此外还有蝗灾等昆虫灾害和地震等地质灾害。

首先来看宋代诗歌对于水灾的反映。宋代水患众多，故宋诗中有不少对"川涨""江涨"及农户受灾情况的反映。郭祥正《川涨》："朱夏久不雨，川源倏然涨。三潮渺相连，狂风蹴高浪。蛟龙递出没，鱼鳖随浩荡。群山悄低回，阡陌失背向。嗟嗟圩中田，一埂安可障。去年已大潦，十户九凋丧。"诗歌描述有形象化、夸张化的特征，但也可表明诗人对生态异常现象的关注。邹浩《川涨》："昨朝清露石，今日涨汀湾。翕受无边水，流来有众山。鱼龙随浪跃，鸥鹭掠波还。因念盈虚数，高楼一破颜。"诗人认为宇宙间的自然现象自有盈虚之数，物极必反，因而不必过于忧虑。这是一种辩证的哲学生态观。苏轼《连雨江涨》二首其一："越井冈头云出山，牂牁江上水如天。床床避漏幽人屋，浦浦移家蜑子船。龙卷鱼虾并雨落，人随鸡犬上墙眠。只应楼下平阶水，长记先生过岭年。"描述贵州牂牁江大水的情景。释居简《涨水叹》："去年水为祟，数州害田稺。今年逾去年，低陌吞高阡。天时杳难度，耕者虞沟壑。问天如何其，天空无磴梯。"感叹连年洪涝给农作物及生民带来的灾害，对"天时"即自然规律导致的变化表示无可奈何。

还有冬季的雪灾，也给生物造成了不利影响。庆历五年（1045），欧阳修作《永阳大雪》：

清流关前一尺雪，鸟飞不度人行绝。冰连溪谷麋鹿死，风劲野田桑柘折。江淮卑湿殊北地，岁不苦寒常疫疠。老农自言身七十，曾见此雪才三四。"同时，韩琦作《广陵大雪》："淮南常岁冬犹燠，今年阴沴何严酷。黑云漫天一月昏，大雪飞扬平压屋。风力轩号助其势，摆撼琳琅摧冻木。通宵彻昼不暂停，堆积楼台满溪谷。有时造出可怜态，柳絮梨花乱纷扑。乘温变化雨声来，度日阶庭淙淋漉。几萦寒霰不成丝，骤集疏檐还挂瀑。蛰蛙得意欲跳掷，幽鹭无情成挫辱。罾鱼江叟冰透蓑，卖炭野翁泥没辐。闾阎细民诚可哀，三市不喧游手束。牛衣破解突无烟，

---

① 参见邓拓《中国救荒史》，北京出版社1998年版，第26页。

饿犬声微饥子哭。我闻上天主时泽，亦有常数滋农谷。膏润均于一岁中，是谓年丰调玉烛。此来盛冬过尔多，却虑麦秋欠霑足。太守忧民仰天祝，愿曙氛霾看晴旭。望晴不晴无奈何，拥被醉眠头更缩。

形象地描写了扬州大雪给人和其他生物带来的恶劣影响，表现了诗人们对于异常天象的体察和关注。

其次是旱灾，如苏舜钦描写吴越之地大旱的情况："吴越龙蛇年，大旱千里赤。寻常秔穄地，烂漫长荆棘。蛟龙久遁藏，鱼鳖尽枯腊。炎暑发厉气，死者道路积。城市接田野，恸哭去如织。是时西羌贼，凶焰日炽剧。军须出东南，暴敛不暂息。复闻籍兵民，驱以教战力。吴侬水为命，舟楫乃其职。金革戈盾矛，生眼未尝识。鞭笞血涂地，惶惑宇宙窄。三丁二丁死，存者亦乏食。冤对结不宣，冲迫气候逆。二年春及夏，不雨但赫日。安得凉冷云，四散飞霹雳。滂沱消祲疠，甘润起稻稷。江波开旧涨，淮岭发新碧。使我扬孤帆，浩荡入秋色。胡为泥滓中，视此久戚戚。长风卷云阴，倚枻泪横臆。"（《吴越大旱》）大旱给生灵及百姓造成了很大的威胁。到了南宋，仍有旱灾发生："清晨洗月露，云色已如血。惟忧农亩枯，敢叹征途热。濒湖十万户，旦旦望霓切。龙骨夹岸鸣，尽暮不暇歇。只今牛犁地，已作龟兆裂。平湖三十里，泱漭几尽竭。矧此一线渠，而不比涸辙。天阍高莫叫，岁事渐无说，如予方怀章，何以救余子。回首望尧云，凭风哀涕雪。"（岳珂《火云》）古人常把水旱灾害归因于"数""政"二端："夫水沴所具，厥有二理，一曰数，二曰政。"（宝俨《贞元泗州大水论》）[①]"数"指的是天数，即自然规律，"政"则指人间的政令举措。将灾害的发生归因于人间统治者的失政，仍然是"天人感应"的论调。

再次是对于地震的描写和反映。宋代地震灾害也是很多的，达77次。天圣己巳（1029）十月二十二日，苏舜钦与苏舜元作《地动联句》，对于地震的场景作了细致形象的描绘。曾巩亦有《地动》诗："吾闻元气判为二，升降相辅非相伤。今者无端越疆畔，阴气焰焰侵于阳。阳收刚明避其势，阴负捷胜尤倡伴。地乘是气抗于下，震荡裂拆乖其常。齐秦晋代及荆楚，千百其堵崩连墙。隆丘桀屋不自定，翩若猛吹摇旌幢。生民汹汹避无

[①] 曾枣庄、刘琳主编《全宋文》（第三册），上海辞书出版社、安徽教育出版社2006年版，第14页。

所，如寄厥命于湖江。有声四出嘻可怕，谁击万鼓何雷碾。阴为气静乃如此，天意昧密宁能详。或云蛮夷尚侵轶，已事岂必垂灾祥。"用阴阳二气运动变化来推测地震的发生，但仍把灾异的发生与人间政事联系起来。

两宋时期，由于岭南等地人口稀少，开发有限，生态环境较为原始，所以还有瘴疠的流行。如苏舜钦诗曰："今乃有毒厉，肠胃坐疮痍。十有七八死，当路横其尸。犬豕咋其骨，乌鸢啄其皮。胡为残良民，令此鸟兽肥。天岂意如此，决荡莫可知。"（《城南感怀呈永叔》）瘴疠流行造成了百姓的大量死伤，令人痛心。另外还有蝗灾："翁妪妇子相催行，官遣捕蝗赤日里。蝗满田中不见田，穗头栵栵如排指。凿坑爇火齐声驱，腹饱翅短飞不起。囊提籝负输入官，换官仓粟能得几。虽然捕得一斗蝗，又生百斗新蝗子。只应食尽田中禾，饿杀农夫方始死。"（郑獬《捕蝗》）人们对于铺天盖地、繁殖迅速的蝗虫十分痛恨，但也只能尽力捕捉。其实蝗灾即蝗虫这一单一物种大肆泛滥的现象也是某一区域内生态失衡的一种表现。王令亦曾写过一篇洋洋三百余言的《原蝗》诗，表达了对民生疾苦的关注。在自然灾害严重的年代，当地民众便有了饥寒之苦。郑獬《道旁稚子》："稚儿怕寒床下啼，两骭赤立仍苦饥。天之生汝岂为累，使汝不如凫鹜肌。官家桑柘连四海，岂无寸缕为汝衣。羡尔百鸟有毛羽，冰雪满山犹解飞。"认为人尚不如鸟，哀伤之至。皇祐年间，甚至连膏腴之地杭州也出现了饥荒："客从吾乡来，告我岁大歉。百金易斗粟，富者头屡撼。饿殍相枕藉，亿口尽虚颔。客言尚未竟，予泪已成点。避席骇相问，予衷不能掩。"（强至《闻杭饥》）虽然诗歌表现难免有夸张之辞，但反映的基本情况当属实。《宋史·仁宗本纪》记载，皇祐元年至三年，在河北、淮南、两浙、荆湖、江南等地连续发生了饥荒，皇祐二年（1050）正月，"以岁饥罢上元观灯"；皇祐三年（1051）八月，"遣使安抚京东、淮南、两浙、荆湖、江南饥民"[①]。乾道二年（1166），又有关于"赈两浙、江东饥"[②]的记载。《宋史》本纪及《五行志》对各地饥荒及赈灾情况的记载颇多，这说明宋代是一个自然灾害频发的时期。

在漫长的历史发展中，灾荒不免在不同的地域时有发生，这是生态规律作用的结果。生态状况的改变一方面是由于自然界自身的运行规律，另

[①] （元）脱脱等：《宋史》卷一二，中华书局1977年版。

[②] 同上书，卷三三。

一方面也与人类的活动有关。当人们改造自然的活动违背了自然规律,破坏了生态平衡时,就会出现灾异,给人类生活带来巨大影响。古人由于受到"天人感应"学说的重大影响,倾向于将天象的变化或灾异的发生与人间政治联系起来,这是科技不发达及封建意识形态作用的结果。总体而言,两宋时期的生态环境"充其量只是在某些极个别地区、或某些地区的某些生态环境要素方面出现了不同程度的退化:如局部地区发生洪涝、干旱、蝗灾、毁林开荒、水土流失、土地退化或沙漠的扩大化等。但就绝大多数地区而言,生态环境系统所属的气候、水系、植被等各个方面包括空气、水体等仍然是保持着动态平衡的良好状况或仍然保持着相对的原始状态"[1]。相对优良的生态环境为宋代诗人提供了游览观赏的广阔天地,也为他们创作生态意味浓郁的诗歌创造了良好的条件。

第二节 南北方生态环境的差异与宋诗创作

中国幅员辽阔,在纬度上横跨热带、亚热带、暖温带、中温带、寒温带五个气候带,在地势上总的趋势是西高东低,西部以山地为主,东部以平原和丘陵为主,呈阶梯状分布。地理位置及地形地貌的差异,造成了气候、土壤、植被、水源等各个方面的差异,进而影响到各地的经济、教育、文化等各方面发展的不平衡。中国地理最明显的特征是南北方差异较大,主要包括生态环境和人文风貌两个方面。秦岭—淮河一线以南的绝大部分地区属于亚热带,并位于湿润地区内,许多地区年降雨量在1000—1600毫米之间,有利于树木和农作物的生长。另外分布着许多广阔的平原,土壤肥沃。相对来说,北方总体上气候干燥,降雨量较小,河湖分布数量也不如南方多。

两宋时期,生态环境和人文环境的变化加速了中国传统经济和文化重心的南移。至南宋时,中国传统文化中心区已最终完全转移到长江流域东南部地区。靖康之难后,宋室南渡,偏安于东南一隅,加强了对这一地区的统治,传统的经济和文化重心基本完成了由北向南的转移。自北宋末至南宋初,由于金人多次南下,宋金政权长期处于南北对峙的局面,北人大量南迁,使南方的人口明显超过了北方。南方优越的自然生态条件如气

---

[1] 张全明、王玉德等:《生态环境与区域文化史研究》,崇文书局2005年版,第277页。

候、水利、矿产、土壤等自然条件得到了合理的开发和利用，农业经济获得长足发展，商业也发展起来，江浙一带成为国家赋税的主要来源地。范仲淹曾上书曰："苏、常、湖、秀，膏腴千里，国之仓庾也。"（《上吕相公并呈中丞咨目》）① 极言东南之地的富庶。苏轼也曾谈到两浙路的富庶："两浙之富，国用所恃，岁漕都下米百五十万石，其他财富供馈，不可悉数。"（《进单锷〈吴中水利书〉状》）李心传记载："东南久安，财力富盛，足以待敌。"② 从南方较少受到战乱影响的角度论述其富盛。与此同时，南方在学校教育和学术文化方面都占据了主导地位。在北宋时北方还在某些方面略占优势，但到了南宋，无论是学校的设立、科举录取名额与人才分布，还是学术文化与民俗文化的发展，南方都超过北方，占据了优势地位。

南、北方不同的生态环境特色，造成了两地人的气质风貌、生活习惯、风俗等方面的差异，也给文学创作带来了相应的影响。"天地之气，各以方殊，而人亦因之。南方山水蕴藉而萦纡，人生其间得气之正者，为温润和雅，其偏者则轻佻浮薄；北方山水奇杰而雄厚，人生其间得气之正者，为刚健爽直，其偏者则粗粝强横。此自然之理也。于是率其性而发为笔墨，遂亦有南北之殊也。"③ 从南、北方自然山水特色的不同，论述南人与北人气质性情的差异，进而影响到其艺术创作。朱熹也曾论述到地域对文人创作的巨大影响："某尝谓气类近，风土远。气类才绝，便从风土去。且如北人居婺州，后来皆出做婺州文章，间有婺州乡谈在里面者，如吕子约（祖谦）辈是也。"④ 吕祖谦曾祖吕好问，南宋初年以恩封东莱郡侯，始定居婺州金华（今属浙江），吕祖谦出生于此地，便自然而然地受到此地风土的影响，文章亦带有婺州风味。

就诗歌创作来说，由于南、北方不同的自然物象、气候、景观，以及南北两地诗人气质性情的不同，造成了南北方诗歌在意象、风格等方面的种种差异。有人根据《四库全书总目》的集部介绍对诗人作品风格的评价，以诗人籍贯或主要居住地为参照，列举了北宋一些诗人的作品风格，

---

① （宋）范仲淹：《范文正集》卷九，《四库全书》本。
② （宋）李心传：《建炎以来系年要录》卷七，中华书局1988年版。
③ （清）沈宗骞：《芥舟学画编》卷一，人民美术出版社1959年版。
④ （宋）黎靖德编《朱子语类》卷一百四十，中华书局1986年版。

从中可见南北方诗人作品风格的大致分野。① 北方诗人，如寇准作品风格"骨韵特高"，王禹偁"古雅简淡"，苏舜钦"歌行豪放，轩昂不羁"，司马光"质直"；南方诗人，如林逋"澄澹高逸"，周行己"娴雅有法"，刘敞"敏赡典雅"，韦骧"诗有自然之趣，文安雅有法，四六精逸流丽"。大致可以归纳出北方作者风格以豪壮朴质、劲拔简洁为主，南方作者风格以清新流丽、和澹典雅为主的结论。

自唐魏征《隋书·文学传论》以来，人们对于南、北方诗风、文风差异的论述颇多，意见基本一致，即普遍认为南方文学清丽温婉，北方文学古朴厚重。具体到诗歌内容，可以看到因南、北方生态环境的差异，作于两地的诗歌题材、意象也有着很大差异。"骏马秋风冀北，杏花春雨江南"一语以北方和南方典型的自然风物概括了两地迥异的自然风光和风土特色，已经成为人们的共识。北地多大漠风沙，南地多禽木水草，诗歌题材意象也就有着朴质与温婉之别。我们试看几首描写南、北方不同景色的诗歌。

北宋文人士大夫大多有着在京城为官的经历，故作诗常写到河南开封及周围区域的景观。"老树挟霜鸣窣窣，寒花垂露落毵毵。"（韩驹《夜泊宁陵》）北方秋夜寒冷，树木披霜，秋虫低鸣，景色萧索。北方多植白杨、榆树、梧桐等落叶乔木，这些树木遂成为诗人们经常描摹的对象。如汪元量《徐州》："白杨猎猎起悲风，满目黄埃涨太空。"高大的白杨堪称北方具有代表性的树种，亦成为北人诗歌中烘托悲壮气氛的常见意象。陈与义《襄邑道中》："飞花两岸照船红，百里榆堤半日风。"襄邑即今河南睢县，以榆树护堤在我国北方较为多见，南方则多在岸边植柳。

相对来说，南方多水，河湖众多，诗中对于水的描绘也就特别多。宋代诗人生于南方者居多，而宦游、迁谪等行旅途中目睹风物之美，总是忍不住提笔为诗。苏轼被贬黄州时，描写当地的风光道："长江绕郭知鱼美，好竹连山觉笋香。"（《初到黄州》）水多，鱼美，山连，笋香，生态环境之优美给诗人以清新惬意之感，几乎忘却了谪居的烦恼。梅尧臣是宣城（今属安徽）人，他曾描写家乡附近的溪流道："行到东溪看水时，坐临孤屿发船迟。野凫眠岸有闲意，老树着花无丑枝。短短蒲茸齐似剪，平平沙石净于筛。"（《东溪》）临溪看水，花鸟悠闲，菖蒲茸已长成，岸边

---

① 参见程民生《宋代地域文化》，河南大学出版社1997年版，第340—344页。

的沙石经过长期水流冲刷，如同筛洗过一般净白。欧阳修为庐陵（今江西吉安）人，曾作诗向北人夸赞家乡的风景："为爱江西物物佳，作诗尝向北人夸。青林霜日换枫叶，白水秋风吹稻花。酿酒烹鸡留醉客，鸣机织苎遍山家。"（《寄题沙溪宝锡院》）红枫秋水，稻花生香，民风淳朴，诗人忍不住用"物物佳"来形容。俞紫芝为金华（今属浙江）人，曾寓居扬州，他对于江南水乡的村野风光非常熟悉："画桡两两枕汀沙，隔岸烟芜一望赊。翡翠闲居眠藕叶，鹭鸶别业在芦花。溪云淡淡迷渔屋，野旆翩翩露酒家。可惜一绷真水墨，无人写得寄京华。"（《水村闲望》）江南水村风景有水墨山水画的情调，与北方干旱之地迥异，可惜无法用笔墨将其"原版复制"下来寄往京城与北人共赏。总体而言，南方生态环境更佳，南方诗歌中的自然意象更为丰富，情致更为缠绵，因而较之北方诗歌具有更加浓厚的生态意味。

第三节　自然生态对于人类的价值

自然界万物均为天地造化之所生，任何自然物的存在对其自身来说都具有独特而唯一的价值，同时又处于一定的生态系统当中，与其他生物及无机环境发生着种种联系。因此，从客观角度来说，万物不依赖于人的意识而存在，而是自由自在、自生自灭的。但我们可以从人类自身这一主体出发，讨论自然生态对于人类的种种恩惠和价值。美国学者罗尔斯顿在其《环境伦理学：自然的价值和人对自然的责任》一书中提出"自然价值论"，总结出自然的13种价值：（1）支撑生命的价值，生命依赖自然以生存、发展；（2）经济价值；（3）消遣娱乐价值；（4）科学价值；（5）审美价值；（6）使基因多样化的价值；（7）历史价值；（8）文化象征的价值；（9）塑造性格的价值；（10）多样性和统一性的价值；（11）稳定性和自发性的价值；（12）尊重生命的价值；（13）哲学和宗教价值。"价值"是一个带有主观倾向性的观念，事物的价值是人类所赋予的，是人类意识的产物，离开了人和人的需要，就谈不上自然物的价值。总体而言，大自然对于人类不仅具有工具价值，还具有审美价值和净化心灵、启迪智慧等精神方面的价值。我们拟将上述13种自然的价值简化为四种主要价值，即实用价值、精神怡养价值、文化象征价值、休闲娱乐价值。当我们讲到生态文化时，其中必定蕴含了人对于自然的依存性或曰自然生态对于人类的重要价值,人类的生存与文明创造都是以这种自然价值论为基础的。

一 实用价值

地球生物圈的组成因子,包括人类赖以生存的空气、水、土壤、矿产及动植物资源等,本身具有自然性,对人类具有某种实用价值。实用价值是自然生态最基本也是最重要的价值。"从历史上看,以有意识的功利观点来看待事物,往往是先于以审美的观点来看待事物的。"① 实用价值总是第一位的价值,在基本的需求和欲望得以满足之后,审美和诗意才有可能产生。

宋代诗歌中有不少关于人以某种动物为食的描写,也可看出食物之源是自然界实用价值的最重要方面。人们对于鸟类的捕食,如杨万里《食鹧鸪》:"江南厌听鹧鸪曲,岭南初尝鹧鸪肉。"岭南人将鹧鸪作为美味。对于禽类的食用,如苏轼《食雉》:"百钱得一双,新味时所佳。烹煎杂鸡鹜,爪距漫槎牙。谁知化为蜃,海上落飞鸦。"将野雉作为新鲜野味。还有众多描写食用鱼类、河豚美味的诗歌,如刘挚《食鲙》:"知几张季鹰,归怀托江鲙。鲈鱼今不数,未若魴鲫最。橙齑捣椒兰,芦菔碎珠贝。盈盘玉叶铺,千缕红云碎。佐以晚菘羹,玉饭香蔼蔼。饱行惭素餐,扪腹放衣带。昨来溪夏干,市空无可奈。徒有弹铗吟,何能饱幼艾。安得东海鲸,不惮生物害。挥刀满金盘,对列酒池外。"诗人对于食用美味也是存在矛盾心理的,既禁不住美味的诱惑,又心生惭愧,爱怜生物的被捕捉杀害。紫衣师《蒸豚》:"嘴长毛短浅含膘,久向山中食药苗。蒸处已将蕉叶裹,熟时兼用杏浆浇。红鲜雅称金盘饤,熟软真堪玉箸挑。若把籧根来比并,籧根自合吃藤条。"讲述河豚的烹调方法,津津乐道。梅尧臣则对南方人食用河豚提出了质疑:"春洲生荻芽,春岸飞杨花。河豚当是时,贵不数鱼虾。其状已可怪,其毒亦莫加。忿腹若封豕,怒目犹吴蛙。庖煎苟失所,入喉为镆铘。若此丧躯体,何须资齿牙。持问南方人,党护复矜夸。皆言美无度,谁谓死如麻。吾语不能屈,自思空咄嗟。退之来潮阳,始惮餐笼蛇。子厚居柳州,而甘食虾蟆。二物虽可憎,性命无舛差。斯味曾不

---

① [俄]普列汉诺夫:《普列汉诺夫美学论文集》(一),曹葆华译,人民出版社1983年版,第410页。

比，中藏祸无涯。甚美恶亦称，此言诚可嘉。"(《范饶州坐中客语食河豚鱼》)指出河豚有毒，劝诫人们勿食之。诗人们迁居荒野之地而入乡随俗，食用各种"野味"，是当地生态风俗的写照，同时也反映了当时人们生态保护意识的淡薄。

　　自然界对于人们除了供给基本的阳光、水源、矿产、动植物等生存所需之资外，还具有某种人文价值。当人们的基本生存需要得到满足，以一种审美的无功利的眼光看待万物时，就使之产生了一定的审美价值。在长期的文化积累中，有一些自然物象被人们赋予了一定的文化象征意义，成为某种人格精神或文化观念的代表。有时自然生态的变幻还能给诗人提供一种人生哲理的启示。山水闲居、生态旅游则体现了自然生态对人的休闲娱乐价值。

二　精神怡养价值

　　文学自产生之日起，便与自然生态结下了不解之缘。自然界物色之动是触动诗人创作灵感的最佳契机，同时为诗歌提供了丰富多彩的题材和意象。大自然的广阔天地是诗人审美观照的对象，是诗人抒发感情的媒介物，同时也是摆脱尘世喧嚣、净化灵魂的场所。大自然的壮丽景象每每令诗人们惊奇、感动和震撼。落日、流水、大山、绿树……几乎成为文学史上的一个个原型意象，感动着一代又一代的文人墨客，让他们吟咏不尽。

　　绿水青山，安详自在；奇峰峻石，壮观伟岸。观自然山水往往有陶冶情操、净化心灵、砥砺精神之功效。美国作家、思想家梭罗认为，亲近自然是人类精神健康的构成要素。在与自然的亲密接触中，人的灵性得以更新和提升。自然还能医治在人类社会中滋生的许多罪恶，增进人的道德，因为自然的纯朴、洁净和美丽能够砥砺人的道德本性，净化人的灵魂，启迪人的智慧。托尔斯泰说过，自然界有一种恬静的美和力量。恬静是大自然神秘性的表现之一，也是对人类心灵的最好慰藉。恩格斯曾在《风景》一文中说："你再望一望远方的碧绿的海面，波涛汹涌翻腾，永不停息。阳光从无数闪烁的镜子中反射到你的眼里，碧绿的海水同蔚蓝的镜子般的天空和金色的太阳熔化成美妙的色彩……于是你的忧思、一切关于人世间的敌人乃至其阴谋狡黠的回忆，就会烟消云散，你就会溶化在自由的无限的精神的骄傲意识中。"① 大海的浩瀚宽广，阳光的晶莹和暖，都会给人以宏大安详之感，从而思虑得以净化和涤除。卢梭在其《漫步遐想录》中亦言："沉思者的心灵越是敏感，他就越加投身于这一和谐在他心头激起的心旷神怡的境界之中。甘美深沉的遐想吸引了他的感官，他陶醉于广漠的天地之间，感到自己已同天地融为一体。这时，他对所有具体的事物也就视而不见。"② 自然界景物先是作用于人的感官，继而导入人的心灵，使人感到心旷神怡，暂时忘却一己之哀乐，而与万物融为一体。"物我一体"是一种崇高的人生境界，为诗人们所推崇。

  人类对于大自然的亲近几乎是一种自发的本能的情感，而当人们在社会人事的纷扰中产生心理失衡的时候，更倾向于走进自然的广阔天地休憩身心。美国约翰·缪尔在其《我们的国家公园》中说："今天，我们高兴地看到有一种去大自然中旅行的趋势。成千上万心力交瘁生活在过度文明之中的人们开始发现：走进大山就是走进家园，大自然是一种必需品，山林公园与山林保护区的作用不仅仅是作为木材与灌溉河流的源泉，它还是生命的源泉。当人们从过度工业化的罪行和追求奢华的可怕的冷漠所造成的愚蠢的恶果中猛醒的时候，他们用尽浑身解数，试图将他们所进行的小小不言的一切融入大自然中，并使大自然添色增辉，摆脱锈迹与疾病。通过远足旅行，人们在终日不息的山间风暴里洗清了自己的罪孽，荡涤着由恶魔编织的欲网。"③ 将自我融入大自然，感受其宁静博大，是涤除种种压力和烦忧的最佳途径。古代诗人因自我遭际而导致内心愤懑不平之时，往往把注意力转移到大自然当中，或寄情山水，或归居田园，力图从自然的博大、平和、无垠当中获得内心的宁静与平衡，以自然界的宽厚博大慰藉疲惫受挫的心灵。"莫言去住关怀抱，云自无心水自清。"（释延寿《山居诗》）诗人从自然的本然状态中体悟到了人生去住的无足轻重，从而暂时获得一种恬淡平和的心境。当然，人们对于自然外物的审美感受也受到时代氛围及自身情绪状况的影响。生活在太平盛世之中或诗人仕途平顺、心境平和时，对自然山水也倾向

---

① ［德］马克思、恩格斯：《马克思恩格斯论艺术》（第四卷），中国社会科学出版社1985年版，第333页。

② ［法］卢梭：《漫步遐想录》，徐继曾译，人民文学出版社1986年版，第88页。

③ 杨通进编《生态二十讲》，天津人民出版社2008年版，第74—75页。

于持一种欣赏和赞美的态度；而当诗人生逢乱世或际遇坎坷之时，眼中的自然风景也仿佛染上了悲哀的色彩。

三 文化象征价值

在长期的文化积累中，有一些自然物象被人们赋予了特定的文化象征意义，成为某种人格精神或文化观念的代表。"将自然物符号化，使之作为一种具有文化意义的象征，这是人类一种比较重要的文化行为。这些象征可能是人类的，更多的是民族的，或者是某一阶级、某一行业的，它们反映出人类的某种集体意识，是一种具有审美意味的文化心理。对自然物符号化的研究，已构成一种独特的理论，成为文化人类学的一种学派。"① 中国传统的自然审美观中有比德说，即以山水等自然风物来比拟人类社会中存在的某种精神品格，使其成为特定人格风范、精神境界或审美情趣的象征。孔子曰："知者乐水，仁者乐山。知者动，仁者静。知者乐，仁者寿。"（《论语·雍也》）在中国古代文化中，自然景物不仅具有自然属性，而且进入了人类的观念领域，从而具备了某种社会属性或文化象征意蕴。诗人眼中的自然风光已经附着了中国文化传统中日久形成的人文色彩，其笔下的物象及景观描写也体现出特定的人文内涵。

中国古代传统意义上的诗歌几乎没有不出现物象描写的。由眼前景物引发思乡、怀人等诸种情感，或借助景物来寄托或强化自己抽象的难以直接言说的思想情绪，逐渐成为诗歌的一种生成模式，并历代相传。"无论是霜天木落、断雁啼鸦，无论是孤舟月影、疏林渔火……在那些诗人心灵的客观对应物之上，乃是一代一代地层累地凝聚着数百千年的集体无意识，因而恒久地成为生命信息传递与接受的感性符号。"② 有些自然物或生态情境与人们赋予它的感情色彩和文化意味已经密不可分，以至在人们不经意间代代相沿。

正如日本学者松浦友久在其《唐诗语汇意象论》中所言："中国诗歌中的'诗语'问题，比在其他国家的诗歌中具有更加独特的重要性。这个可以说是中国社会传统之一的典型爱好的倾向，也可以由诗语形成和历

---

① 陈望衡：《环境美学》，武汉大学出版社2007年版，第66页。
② 胡晓明：《万川之月——中国山水诗的心灵境界》，北京大学出版社2005年版，第13页。

史继承之巨大作用来考虑。"① 的确，落日、浮云、南浦、长亭、鸿雁、白鹭、梅、柳、竹等自然景观或动植物进入古代诗歌后，它们就不再仅仅代表着某一自然物，而是同时作为一种文化意义上的"诗语"而存在。在古代以经史为重以及"学而优则仕"（《论语·子张》）的社会背景下，封建文人对于前代诗书的研读和浸染是颇深的，所以他们对于诗歌的韵律、手法、意象、典故运用等大都谙熟于心，作诗时通常会对前代诗人所使用的意象或曰"诗语"不假思索地进行沿用或改造生新。因此，便出现了这样一种现象：中国古代诗人写诗必言及自然物象，即使非眼前实景，也惯于拿来起兴或言志。这就进一步强化了中国古代诗歌以自然物象为基本元素的特色。同时，在特定情境下对于某些自然物象的描述，不断积累和强化着其特定的人文情感内涵。这是自然生态的文化象征价值在我国古代诗歌中的集中表现。

中国化的佛教——禅宗喜欢用自然物象和生活中常见的事物作比，让受众从形象可感的自然物象中洞彻深奥的佛法义理。以鲜花喻色，以江月喻空，以竹林喻化境，以浮云喻闲适，以流泉喻聪慧，以幽谷喻空寂……诸多自然景物都被赋予了禅的意蕴。"一朝风月，万古长空"，"天地一东篱，万古一重九"，都是以小见大，让人从有限中体味无限，从短暂中感受永恒。这也是自然的文化功用的一个表现。

四　休闲娱乐价值

对于人类而言，自然界还具有休闲娱乐的价值，大自然的雄奇伟丽、鬼斧神工、变幻多姿，每每令人称叹。近年来世界各地兴起的生态旅游、登山探险活动，正体现了在物质生活日益丰富的条件下，人们重新发现了自然的美和巨大价值，渴望走进大自然，探索自然的奥秘，感受自然的神奇，发现自然带给人的种种乐趣。人们正是每每从与自然的亲密接触中获得安闲快乐的感受。

在农业文明条件下，我国古人与自然界万物更为接近，山水文化源远流长。宋代诗人是一代具有高度文化修养的文人，其较高的政治地位和较稳定的俸禄，使其一定程度上免去了衣食之忧，登山临水、吟花弄草的自

---

① ［日］松浦友久：《唐诗语汇意象论》，陈植锷、王晓平译，中华书局1992年版，第11页。

然情趣在宋诗中随处可见。他们每每以一种"闲"的心境来观察自然、欣赏生态，发为吟唱。王安石退居钟山后写过不少抒发闲适心境的小诗，如《定林所居》："屋绕湾溪竹绕山，溪山却在白云间。临溪放艇依山坐，溪鸟山花共我闲。"定林寺在钟山下紫霞湖旁，王安石晚年卜居于此，诗歌写居所周围的优美生态环境及其给诗人带来的闲适心境。徜徉于青山绿水之中，可谓最佳的休憩和快乐体验。

除了山水等实体形象之外，气象也是生态的重要组成部分。和风丽日令人的心情也明快起来，春日是出游的最佳季节，走进大自然，亲身体会春的气息，领略它带给人的舒适和欣喜，是人们所渴望的，诗人更是有着寻春、游春的雅兴。"晨游每及晡，夜游不知旦。春风似醇醪，盎盎消我闷。春月似新茗，泠泠清我困。"（薛仲庚《春日》）春游之乐，竟至于流连忘返。庆历六年（1046），欧阳修任滁州（今安徽滁县）知府时在西南丰山北麓琅琊山幽谷泉上建丰乐亭，次年曾作《丰乐亭游春三首》：

　　绿树交加山鸟啼，晴风荡漾落花飞。鸟歌花舞太守醉，明日酒醒春已归。
　　春云淡淡日辉辉，草惹行襟絮拂衣。行到亭西逢太守，篮舆酩酊插花归。
　　红树青山日欲斜，长郊草色绿无涯。游人不管春将老，来往亭前踏落花。

将春日的自然景象与人的活动融合在一个画面当中，有声有色。第一首写春景之胜与诗人游春兴致之高，寓惜春之意；第二首写春之多情与诗人的醉春之态；第三首写春欲归而人仍前往丰乐亭游览，寄寓恋春之意。自然界生态之美带给人的乐趣尽在读者目前。还有许多写春日春游的佳句，显示着自然生态对人们的休闲娱乐价值。如朱继芳《春游》："雨过青青草，湖边信马蹄。夕阳沙路远，春水板桥低。柳暗渔人屋，花香燕子泥。摩挲酒家壁，留着醉时题。"写雨过之后游春，草色青青，春水涨溢，景色令人陶醉。陆游《春游绝句》："一百五日春郊行，三十六溪春水生。千秋观里逢急雨，射的峰前看晚晴。"写寒食日出行所见；三十六溪，言水之多，"春水"似乎比其他季节的水多了几分柔情蜜意。刘过《春游》:"春风镇日倚阑干,浅绿深红取次攀。麦陇浪翻袍色绿,花钿风卷锦纹斑。依林僧寺青山绕,倚竹人家绿水环。"春风送暖给田间的作物带来了多姿的色彩,人家依山傍水而居,令诗人心生羡慕。春日和暖之时,连僧侣也有出游的兴致:"芳菲时节思悠悠,快与风光汗漫游。万物不如花富贵,一春唯有蝶风流。"(释行海《春游》)走进田野,尽情领略春的气息,真可谓最佳的休闲娱乐。"今我忽不乐,驾言及阳春。西郊桃始华,未动车马尘。名园开绿野,气象淑且新。"(程俱《春日与会要同舍会饮西园》)"淑"与"新"是春天景象的典型特征,也是春日令人精神振奋的主要原因。还有朱熹的《春日》:"胜日寻芳泗水滨,无边光景一时新。等闲识得东风面,万紫千红总是春。"以"新"来概括眼前无限风光,并指出春天其实就是在万紫千红的各种景物当中生动地体现出来的。

走进大自然,寻春探春、登山临水、吟赏芳草,是中国古人在农业文明时代业余娱乐活动不丰富的情况下所拥有的主要休闲娱乐方式,这也体现了自然生态对于人类的一项重要人文价值,即休闲娱乐价值。

第二章

宋代哲学生态观与宋诗中的生态伦理精神

繁星密布的苍穹、无限生机的大千世界，总会不时地激起人们强烈的惊奇感和敬畏感。在人类社会发展早期，便有哲人开始了对于人类何所从来、人与自然之间关系的究诘。可以说，天人观是哲学的一个基本问题。我国古代哲学认为，人与天地万物均由阴阳二气造化所生，天人是一体的，因而一贯主张人应当顺应自然，与天地万物和谐共生。而古代西方在宗教神学的影响下，普遍认为人是万物的尺度和世界的主宰，人应当奋力征服自然，使自然为人类服务。中西哲学思想上的这种分别直接造成了中国古代文化艺术的发达和西方工具理性意识的兴盛。随着人类文明步伐的加快，高科技所带来的负面作用逐渐显现，人们在享受物质文明高度发展所带来的便利与舒适之时，也觉察到了地球生态状况的恶化。这促使西方学者开始反思人类自身对自然的所作所为，寻求人与自然的和解与共生之路。美国生态伦理学家罗尔斯顿提出了哲学的"荒野转向"概念，认为哲学界应当"转向对人类与地球生态系统的严肃反思"[①]。在这种情况下，人类中心主义越来越受到质疑，人们开始关注自己周围的世界，倡导保护生态环境、爱护人类赖以生存的家园，甚至把伦理学扩展到动物和无机环境领域，形成了生态伦理学思想。

第一节 近代西方生态伦理思想的产生

现代西方生态伦理观念是在先进的工业文明导致严重生态危机的背景

---

① [美]霍尔姆斯·罗尔斯顿：《哲学走向荒野》，刘耳、叶平译，吉林人民出版社2000年版，第2页。

下产生的，主要思考的是人类与自然界之间的道德关系。生态危机是单单科学技术所难以解决的问题，因为危机的产生还涉及人们的思想意识、价值观念、行为方式、道德规范等思想文化方面的内容。生态伦理学的诞生就把"道德关怀"的范畴从人类社会中人与人之间的关系扩展到了人与自然界其他生物以及物产资源等之间的关系。

伦理学原本是关于主体之间关系的行为规范的学说，理论构架要有主体间向度，所以伦理学是天然反对将自然环境这一"客体"作为考察对象的。但是，随着人们对于生态问题的日益关注，生态伦理观念作为一种科学、正确地处理人与自然关系的思想已经为越来越多的人们所接受。"从一开始，生态学关注的就是共同体、生态系统和整体。由于这种整体主义倾向，这一学科被证明是环境伦理学生长的沃土。"[①] 人们逐渐认识到，人不仅应当关心自身的生存，还应当关爱其他生命，爱护山川河流，关注生态系统的整体，这对于人类生态环境的改善和可持续发展是至关重要的。这样，就把"道德"观念从人类社会中人与人之间的关系扩大到了人与自然界其他生物以及物产资源之间的关系。现代生态伦理学的基本立场，就是主张将人与自然的关系纳入伦理思考的范围，要求人们在道德上不仅关爱人，而且把这种人伦情怀延伸到地球生态系统的其他生物要素和非生物要素，用人类社会的道德规范来约束自己对待大自然的行为，尊重生命，遵循自然规律，保护环境，合理开发和利用自然资源。

人类赖以生存的地球生态系统是一个有机的整体，人们要协调其中各要素之间的关系从而使之正常发展，这是生态学的基本观念。中国古代哲学持一种有机自然观，近代西方也有学者主张以整体主义的眼光来看待地球生物圈。美国学者奥尔多·利奥波德则主张人应当像山那样思考，即采用整体主义的思维方式对待大自然，从而保持生态系统的完整性和稳定性。他说："至少把土壤、高山、河流、大气圈等地球的各个组成部分，看成地球的各个器官、器官的零部件或动作协调的器官整体，其中每一部分都有确定的功能。"[②] 将地球视为一个生命有机体，关注保持整个生态系统的完整性和稳定性。美国学者格里芬认为："生态意识的基本价值观

---

① [美] R. F. 纳什：《大自然的权利：环境伦理学史》，杨通进译，青岛出版社1999年版，第66—67页。

② 转引自叶平《生态伦理学》，东北林业大学出版社1994年版，第76页。

允许人类和非人类的各种正当的利益在一个动力平衡的系统中相互作用。世界的形象既不是一个有待挖掘的资源库,也不是一个避之不及的荒原,而是一个有待照料、关心、收获和爱护的大花园。"① 这是一种遵循自然规律而又积极有为的生态观,主张人从自然界中获取各种正当的利益,同时又要保护地球生态环境,维持生态平衡。

长期以来,人类中心论占据了西方哲学生态观的主流,这一理论最早可追溯到古希腊智者派哲学家普罗泰戈拉,他提出了一个著名的命题:"人是万物的尺度,是存在的事物存在的尺度,也是不存在的事物不存在的尺度。"② 这种观点显然是把人的意识能力极端地夸大了。人因为有意识、有智慧而能够认识万物,但万物是客观存在的,并不以人类是否意识到它的存在为转移。宗教神学世界观认为,上帝创造了世界,并按照自己的形象创造了人,指示人们:"你们要生养众多,遍布地面,治理这地,也要管理海里的鱼、空中的鸟和地上各种行动的活物。"(《旧约·创世纪》)认为人天然地具有生养众多、管理万物的权利。"正像宗教世界观使上帝成为了世界的主宰一样,它也使人类在上帝的特别关照下成为了地球的主人。宗教世界观并非只是神学中心论,它也是人类中心论。"③ 可见,宗教神学所强调的是人对上帝而非自然伟力的敬畏和遵从,它滋生了人类中心主义思想,而这与敬畏自然、关爱自然的精神完全是相违背的。

同时,在西方思想中也存在着一股反对人类中心主义的涓涓细流,那就是主张将动物视为自然法的主体。1789 年英国的杰罗米·边沁在其《道德与立法原理导论》中提出:"总有一天,其他动物也会获得这些除非遭专制之手剥夺、否则绝不放弃的权利。……这样的时代终将到来,那时,人性将用他的'披风'为所有能呼吸的动物遮挡风雨。"④ 这里所说的"披风"实际上就是指各种生物的道德地位及其应受到的法律保护。英国人亨利·塞尔特把他的天赋权利哲学扩展得如此宏大,以至于认为人

---

① [美]格里芬:《后现代科学——科学魅力的再现》,马季方译,中央编译出版社1995年版,第121页。

② 北京大学哲学系外国哲学史教研室编译《古希腊罗马哲学》,生活·读书·新知三联书店1957年版,第133页。

③ [德]M. 蓝德曼:《哲学人类学》,彭富春译,工人出版社1988年版,第101页。

④ 参见[美]R. F. 纳什《大自然的权利:环境伦理学史》,杨通进译,青岛出版社1999年版,第25—26页。

和动物最终也能组成一个共同的政府,号召人们把"所有的动物都包括进民主的范围中来",从而建立一种完美的民主制度:"并非只有人的生命才是可爱和神圣的,其他天真美丽的生命也是同样神圣可爱的。未来的伟大共和国不会只把他的福恩施惠给人。"[1] 可见,当人类社会的民主法制取得一定进步之时,在关爱动物、保护环境的思想大潮下,有学者甚至主张将道德范围从人类扩展到其他动物,主张对它们进行道义和法律上的保护。塞尔特的天赋权利学说无疑有激进之嫌,其实人类应当倡导的是一种尊重生命、爱护生命的意识,人与动物之间并不存在事实上的平等。澳大利亚复兴当代应用伦理学的关键人物彼特·辛格认为,"所有动物都是平等的"[2],这种"平等"并不是智力、天赋、道德能力等方面事实上的平等,而是一种理想,是我们如何对待他人和其他生物的一种规范。人类具有体验苦乐的能力,动物也具有这种感受能力,因此动物也应获得平等的对待。"如果一个存在物能够感受苦乐,那么拒绝关心它的苦乐就没有道德上的合理性。不管一个存在物的本性如何,平等原则都要求我们把它的苦乐看得和其他存在物的苦乐同样(就目前能够做到的初步对比而言)重要。"[3] 这种略显激进的"平等"思想,对于消除人类社会中的种族歧视现象,保护动物,维持生态平衡等无疑具有一定的促进作用。

人类中心主义是不可取的,"平等权利"说也有偏颇之嫌,处理人与自然关系问题的关键是正确认识人在自然界中的地位。马克思指出:"人直接地是自然存在物",是"有生命的自然存在物","人靠自然界生活。这就是说,自然界是人为了不致死亡而必然与之不断交往的、人的身体"[4]。马克思深刻地认识到了人对自然界的依存关系。恩格斯同样认识到人是属于自然界的,然而他进一步指出了人在自然界中地位的特殊性:"我们必须时时记住:我们统治自然界,决不像征服者统治异民族一样,决不像站在自然界以外的人一样,——相反地,我们连同我们的肉、血和头脑都是属于自然界,存在于自然界的;我们对自然界的整个统治,是在

---

[1] [美] R. F. 纳什:《大自然的权利:环境伦理学史》,杨通进译,青岛出版社1999年版,第31页。
[2] [澳] 彼特·辛格:《所有动物都是平等的》,江娅译,《哲学译丛》1994年第5期。
[3] 杨通进编《生态二十讲》,天津人民出版社2008年版,第174页。
[4]《马克思恩格斯全集》第42卷,人民出版社1979年版,第95页。

于我们比其他一切动物强，能够认识和正确运用自然规律。"[1] 也就是说，人来源于自然界，人的身体和意识都是自然界演化的结果，人类并不能使自然界听从自己的召唤，只是能运用自己的智慧在某种程度上认识自然、利用自然规律，从而获得一定限度内的使自然为我所用的"自由"。

当代环境保护运动的有力倡导者美国著名海洋生物学家蕾切尔·卡森，对于人与自然的关系有着深刻的见解。她认为，一方面，人类拥有影响和改造自然的智慧和本领；另一方面，"我们必须与其他生物共同分享我们的地球……'控制自然'这个词是一个妄自尊大的想象产物，是当生物学和哲学还处于低级幼稚阶段时的产物，当时人们设想中的'控制自然'就是要大自然为人们的方便有利而存在"[2]。地球上的一切生物皆依赖于外界自然条件而生存，只有人类具有较强的改造自然的能力，但这并不意味着人类可以为所欲为，"控制自然"只是人类妄自尊大、以自我为中心思想的表现，是一种不切实际的幻想。

法国学者阿尔贝特·施韦泽的"敬畏生命"理论可谓是近代生态伦理思想的杰出代表。施韦泽一生大力倡导"敬畏生命"的伦理学，要求人类克服由种族、宗教和国家等带来的彼此之间的疏远性，并把同情的范围扩展到一切动物，这是衡量当代人道德水平的试金石。这就赋予了对待一切生命的态度以高度的道德意义。施韦泽认为，伦理的基本原则是敬畏生命，"敬畏生命、生命的休戚与共是世界中的大事"[3]。自然界的生命没有等级之分，人类只有与自己周围的生命休戚与共才是道德的，人在不必要时不应伤害其他生命。他说："有思想的人体验到必须像敬畏自己的生命意志一样敬畏所有的生命意志。他在自己的生命中体验到其他生命。对他来说，善是保存生命、促进生命，使可发展的生命实现其最高的价值。恶则是毁灭生命、伤害生命，压制生命的发展。这是必然的、普遍的、绝对的伦理原理。"[4] 这就把对待生命的态度提升到评价人性善恶的标准这

---

[1] [德]《马克思恩格斯全集》第 20 卷，人民出版社 1971 年版，第 519 页。

[2] [美]蕾切尔·卡森：《寂静的春天》，吕瑞兰、李长生译，上海译文出版社 2008 年版，第 295 页。

[3] [法]阿尔贝特·施韦泽：《敬畏生命：五十年来的基本论述》，陈泽环译，上海社会科学院出版社 2003 年版，第 19 页。

[4] [法]阿尔贝特·施韦泽：《敬畏生命：五十年来的基本论述》，陈泽环译，上海社会科学院出版社 2003 年版，第 9 页。

一道德高度。在施韦泽的广泛演讲和大力倡导下，敬畏一切生命、保护动植物、保护环境、维持生态平衡等思想观念，在20世纪中后期的西方逐渐成为一种具有广泛影响力的社会思潮，并带来了相应的社会运动。美国生态伦理学家霍尔姆斯·罗尔斯顿就曾论述到新、旧伦理学的一个根本区别，即在于关注的仅仅是一个物种即人的福利还是地球进化过程中几百万物种的福利："过去，人类是唯一得到道德待遇的物种，他只依照自己的利益行动，并以自身的利益对待其他事物；一种新伦理学，增加了对植物和动物的尊重。"[1] 这就突破了狭隘的以人类利益为中心的狭隘伦理观，将人类的道德伦理施之于更加丰富多样的地球生物物种，而这种道德关注从长远来讲，造福的仍是包括人类在内的所有地球生命。正如美国生态思想家霍尔姆斯·罗尔斯顿所说："一个人如果不研究自然的秩序，就不能达到最完美的生活；更重要的，一个人如果不能最后与自然达成和解，就说不上有智慧。"[2]

第二节　中国古代生态智慧与宋代哲学生态观

在重新审视天人关系时，不少西方学者注意到了古老的东方文化特别是中国传统哲学中蕴含的生态伦理思想的巨大价值。中国古代哲学生态观及其实践所表现出的生态智慧，为我们今天的生态伦理学探研及生态文化建设提供了丰富的思想资源与哲学基础。同时，古代哲学追求天人和谐的生态观念渗透到社会政治、经济、建筑、艺术等诸多领域，对古代生物及矿产资源保护和古代传统文化的许多方面都产生了深远的影响。

一　中国古代哲学中的生态智慧

中国古代思想家很早就开始了对于天人关系的究诘和探索。古代"天"的含义较为复杂，主要有自然之天、义理之天两种。在古代汉语中，"自然"即自是，一个事物是它本身，也就是自然而然，不假人为，

---

[1] [美] H. 罗尔斯顿：《尊重生命：禅宗能帮助我们建立一门环境伦理学吗?》，初晓译，《哲学译丛》1994年第5期。

[2] [美] 霍尔姆斯·罗尔斯顿：《哲学走向荒野》，刘耳、叶平译，吉林人民出版社2000年版，第78页。

天生如此。"人法地,地法天,天法道,道法自然。"(《老子》第二十五章)"自然"是无所不包、涵容广大的宇宙空间本体,也是天、地、人和宇宙间一以贯之的"道"所依赖和遵循的法则。"天地合气,万物自生","而物自生,此则自然也"(《论衡·自然篇》)。"自然"即天然,不假人为而致。王安石亦认为:"道有本有末。本者,万物之所以生也;末者,万物之所以成也。本者出之自然,故不假乎人之力而万物以生也;末者涉乎形器,故待人力而后万物以成也。"[1] 万物产生的总体机理是一致的,即由天地造化所致,非人力所能干预,只不过万物生成的具体情态不同,这体现了生态事物的多样性。

我们通常所说的"自然"一词,实际具有广、狭二义。广义上是指具有无限多样性的一切存在物,与宇宙、物质、存在、客观实在等范畴同义,包括自然界和人类生活在内;狭义上是指与人类社会相区别、相对而存在的物质世界,通常可分为非生命系统和生命系统两部分。人类诞生于自然界,是自然进化到一定阶段的产物,从生理结构上来说,人类与其他动物并无本质差异,人类是生存于自然界的万千物种之一,不可能脱离自然界的各种条件而生存。所以,自然界在本质上是包括人类这一特殊生物的,人类是自然界的一部分。但是,人类又是广袤的自然界中具有灵性和智慧的高级生物,拥有比其他生物发达得多的意识能力和主观能动性,能够把物我分别开来,并具有认识自然和改造自然的能力,可以对自然产生显著的作用。因而当我们说"人与自然"的关系时,就把自然界当成了人类自身之外的物质世界,"人与自然"的关系就是指人与其周围不包括自身在内的物质世界发生的联系。"作为自然界整体一部分的人类,显然依赖于'减去人类的自然界',后者存在于人类之先,并能独立于人类而存在。人类因此必然是'减去人类的自然界'的产物,依赖于运行在'减去人类的自然界'中的法则。"[2] 人类作为自然界整体的一个组成部分,诞生于自然界,依赖于自然界而生存和发展,只是人类特有的意识能力使人能够将自我与外界区分开来。

"天人合一"的整体论精神是中国文化的一个重要特征。这一古老的哲学观念在庄子那里就曾有过阐述:"自其异者视之,肝胆楚越也;自其

---

[1] (宋)王安石:《临川集》卷六八,四部备要本。
[2] [美]R.哈特向:《地理学性质的透视》,黎樵译,商务印书馆2009年版,第59页。

同者视之，万物皆一也。"（《庄子·德充符》）《淮南子·精神训》曰："夫天地运而相通，万物总而为一。"汉代董仲舒亦言："天亦有喜怒之气哀乐之心，与人相副。以类合之，天人一也。"（《春秋繁露·阴阳义》）"天人之际，合而为一。"（《春秋繁露·深察名号》）可见中国古人很早就认识到天地万物同源共生，并且由一以贯之的"道"即自然规律来统摄。这种"物我一体"的思想正是当前世界各国特别是发达国家生态环境恶化，各种生态危机接踵而至的情况下需要学习和借鉴的。英国著名的中国科技史专家李约瑟曾经评论道："古代中国人在整个自然界寻求秩序和谐，并将此视为一切人类关系的理想。……对中国人来说自然并不是某种应该永远被意志和暴力征服的具有敌意和邪恶的东西，而更像是一切生命体中最伟大的物体，应该了解它的统治原理，从而使生物能与它和谐共处。如果你愿意的话，可把它称为有机的自然主义。"① 在中国古代天人哲学中，人类是依赖于整个世界有机体而存在的一部分。德国社会学家、哲学家赫尔曼·凯泽林也曾经这样论述中国文化的和谐精神："根据中国人的观念，天和地，世界万物以及人的生命，道德以及自然现象，构成了一个有联系的整体。……在对于自然的控制方面，我们欧洲人远远跑在中国人的前头，但是作为自然的意识的一部分的生命却迄今在中国找到了最高的表现。然而，无论是作为自然的统治者抑或是作为自然的臣民，我们毕竟是自然的一部分，这种基本的综合（synthesis）是不变的。中国人是完全意识到这种综合的，而我们却没有；在这种意义上，他们比我们站得更高些。"② 中国传统文化中的"和合"精神是中华民族对世界思想文化作出的重大贡献。

中国文化的基调是重视和谐，其中包括人类社会成员之间的和谐以及人类与自然界之间的和谐两种。"与人和者，谓之人乐；与天和者，谓之天乐。"（《庄子·天道》）儒家伦理教化所追求的也是与自然界的亲和共生、人类社会的安定和人伦的和谐。中国古代先哲的天人和谐观念是在当时生产力发展水平较低的农业文明的背景下和自然经济基础上形成的一种

---

① [英]李约瑟、潘吉星主编《李约瑟文集：李约瑟博士有关中国科学技术史的论文和演讲集》，陈养正等译，辽宁科学技术出版社1986年版，第338—339页。

② Hermann Keyserling, *The Travel Diary of A Philosopher*，参见清华大学思想文化研究所编《世界名人论中国文化》，湖北人民出版社1991年版，第308—309页。

生态价值观。自然界的生态状况与人们的生存密切相关,人们希望能够风调雨顺、五谷丰登,平安富足地生活在世界上,因而天人和谐是人类社会发展早期对自然现象所产生的一种神秘、敬畏之感和安宁、和谐的淳朴愿望的表达。"'天人合一'所涉及的问题很多,但其基本内容则是一种古朴的生态哲学。肯定人同自然界的有机联系,认为自然万物的本性及其变化关乎人类生命的存在,要求人事活动应同自然机制保持协调……这将不但为现代化提供优越的自然环境和自然资源,也是保护人类生存摇篮和提高人们生活质量的一项基本措施。"①"天人合一"即自然与人事同样须遵循事物发展的规律而不可更易,人类应当力求使自己的活动与自然界的运行机制保持一致,这就要求人们尊重自然、保护自然,与自然协调发展。

正如比利时科学家伊里亚·普里戈金所说:"中国文明具有了不起的技术实践,中国文明对人类、社会与自然之间的关系有着深刻的理解……中国的思想对于那些想扩大西方科学的范围和意义的哲学家和科学家来说,始终是个启迪的源泉。"② 中国古代儒家的仁民爱物、道家的自然无为思想以及统治者遵循自然界规律而采取的一系列政令措施等,都体现了朴素而深刻的生态智慧,是我们今天重新审视人与自然的关系时可资借鉴的宝贵资源。

首先,先秦思想家对于人类的起源及其在自然界中地位的特殊性有着清醒的认识。"天何言哉?四时行焉,百物生焉,天何言哉?"(《论语·阳货》)"天"即自然万物的总名,天不言而万物自生,四时自行,非人力所能干预,所以儒道二家都主张遵循和仿效自然。《论语·泰伯》曰:"大哉,尧之为君也。巍巍乎唯天为大,唯尧则之。"这种"则天"思想就是对自然和由自然派生的"天命"的敬畏之情。儒家主张"以人合天",主要突出的是人对自然的能动作用;道家主张"以人合天",更多的则是强调人对自然规律的顺应。老子曰:"道生一,一生二,二生三,三生万物。"(《老子》第四十二章)以至大至宏的"道"为宇宙万物的起源。道家"辅万物之自然而不敢为"(《老子》第六十四章)的思想得到了美国著名学者卡普拉的高度评价:"在伟大的宗教传统中,据我看,

---

① 冯天瑜:《东亚智慧与可持续发展》,《文史哲》1998 年第 4 期。
② [比]伊亚·普里戈金,[法]伊·斯唐热:《从混沌到有序:人与自然的新对话》,曾庆宏、沈小峰译,上海译文出版社 1987 年版,第 1—2 页。

道家提供了最深刻并且是最完善的生态智慧，它强调在自然的循环过程中，个人和社会的一切现象以及两者潜在的基本一致。"① 人类虽然只是造化所生万千物种之一，然而又有着很大的特殊性。"惟天地万物父母，惟人万物之灵。"（《尚书·泰誓》）"人者，其天地之德、阴阳之交，鬼神之会，五行之秀气。"（《礼记·礼运》）"天地之性人为贵。"（《孝经》）天地之间，唯有人类超乎万物之上而最为天下贵。

其次，儒家许多经典文献中都有关于遵循动植物生长规律、"以时禁发"的记载，许多礼仪制度和政令措施也都有"时禁"之说，体现出对自然规律的尊重和对动植物的保护。周代已设立环境管理和保护的官员，如大司徒掌天下土地舆图，虞衡掌山林政令。人类为了维持生物性的生存，必然要向自然界索取物质资源，这原本是无可厚非的，但不能过度地索取而不知保护，而要根据时节让动植物正常地生长、成活，这样才能更好地满足人们的需要。"树木以时伐焉，禽兽以时杀焉。夫子曰：'断一树，杀一兽，非以其时，非孝也。'"（《礼记·祭义》）若不依时节而肆意进行采伐捕猎，则属于"暴殄天物"的行为，甚至有违孝道，所以《管子·立政》明确提出："敬山泽林薮积草，夫财之所出，以时禁发焉。"所谓"以时禁发"，也就是指在春季草木复苏生长、万物孕育之时，不得入山砍伐渔猎，而要让万物都得到生长的机会，待秋季草木零落之后方可进入山林。"圣王之制也，草木荣华滋硕之时，则斧斤不入山林，不夭其生，不绝其长也。鼋鼍鱼鳖鳅鳝孕别之时，网罟毒药不入泽，不夭其生，不绝其长也。春耕夏耘、秋收冬藏，四者不失时，故五谷不绝而百姓有余食也。污池渊沼川泽，谨其时禁，故鱼鳖优多而百姓有余用也。斩伐养长不失其时，故山林不童而百姓有余材也。"（《荀子·王制》）人类依赖于生态环境和物产资源而生存和发展，但只有知晓并遵循动植物生长的规律，让各种生命得以正常孕育和生长，不夭其生，不绝其长，才能够丰衣足食。尊重生命、禁发以时，取之有度而不滥砍滥伐、过度渔猎，这是中国古人素朴的生态智慧，也是人们自觉掌握和利用自然规律的表现。"君者，善群也。群道当，则万物皆得其宜，六畜皆得其长，群生皆得其命。"（《荀子·王制》）使万物各安其位，各得其长，呈现出正常的生机，符合生态保护的基本精神。

---

① 转引自佘正荣《生态智慧论》，中国社会科学出版社 1996 年版，第 12 页。

再次，儒家仁爱万物的思想是生态伦理精神的集中体现，对于现代生态哲学具有重要的启发意义。儒家的"仁"学理论既是对人类社会内部仁爱道德的提倡，同时也涵盖了人对自然物的爱护。孟子曰："君子之于物也，爱之而弗仁；于民也，仁之而弗亲。亲亲而仁民，仁民而爱物。"（《孟子·尽心上》）朱熹解释道："天地之间，人物之众，其理本一而未尝不殊也。以其理一，故可推己及人；以其分殊，故立爱必自亲始。"[1] 主张从爱自己的亲人扩展到爱其他人及自然界的其他生物。这种有等级的仁爱观念是符合生物本能的，同时也体现出人类作为有意识、有文化的生物所特有的生态意识和伦理精神。董仲舒曰："质于爱民，以下至于鸟兽昆虫莫不爱。不爱，奚足谓仁？"（《春秋繁露·仁义法》）在古代哲学家的眼中，人与其他自然物的地位是有差别的，人与人之间的关系也天然存在远近亲疏之别，这是很自然的。儒家"爱有差等"的仁学观念，一定程度上是契合人类本性的。但是，将"亲亲"之爱扩展到对民、对物的爱，认为唯有将爱普施万物才能实现真正的完整意义上的"仁"，这与现代生态伦理学的观念是相通的。

孔子"钓而不纲，弋不射宿"（《论语·述而》），表现出对自然界生物的尊重和爱护。另如《史记·殷本纪》记载的商汤下令"网开三面"的故事："汤出，见野张网四面，祝曰：'自天下四方皆入吾网。'汤曰：'嘻，尽之矣！'乃去其三面，祝曰：'欲左，左。欲右，右。不用命，乃入吾网。'诸侯闻之，曰：'汤德至矣，及禽兽。'"[2] 商汤将德行的恩泽从人类扩展到禽兽，同样体现出对自然界其他生物的仁爱精神。自然界的伟大，就在于它能够孕育、涵容万物，使万物同生共长、各得其所："万物并育而不相害，道并行而不相悖，小德川流，大德敦化，此天地之所以为大也。"（《礼记·中庸》）在中国古代，"天地"常常是"自然界"的代名词。"万物并育而不相害"体现了一种带有乌托邦色彩的生态理想。王充《论衡·物势篇》亦曰："如天故生万物，当令其相亲爱，不当令其相贼害也。""相亲爱"是人类对于万物和谐相处的美好愿望，只能作为一种人文主义生态理想，并不可能真正实现。因为自然界的生物链是天然存在的，万物之间的和谐相处并不能排除出于生物本能的相互利用与杀戮。

---

[1] （宋）朱熹：《孟子或问纂要》卷一，北京图书馆出版社2004年版。
[2] （汉）司马迁：《史记》，中华书局1959年版，第95页。

但是，生态伦理观念要求人们，不能在满足自身基本生存需求之外给其他生物带来过度的、不必要的伤害。美国生态伦理学家罗尔斯顿明确表示："强而有力的道德原则是：不要超越（动物生存于其中的）自然秩序去给动物带来过度的痛苦。人们应当使文化适应既定的自然，在那里，痛苦是与价值在有感觉的生命之间的转移密不可分的。文化所强加的痛苦必须与具有生态功能的痛苦协调一致——这是一条对应原理（homologous principle）。"① 这就对人类生物本能之外的文化行为提出了要求，即人类不得在满足自身生存需求之外过度地残害与杀戮其他生物，不得过度掠夺自然资源，否则就是不道德的。这是现代生态伦理学的一个基本理念。

另外，重生思想也是中国古代哲学的一个重要特征。"天地之大德曰生。"（《易·系辞下》）"生"是宇宙间万物的起始点，自然界的无穷魅力就在于万物的生生不息，因而古代哲学尤其重视"生"。"圣人深虑天下，莫贵于生。"（《吕氏春秋·贵生》）生命是天地间最珍贵的东西。"舜之为君也，其政好生恶杀。其任授贤不替不肖。德若天地而静虚，化若四时而变物也，是以四海承风，畅而异类。凤翔麟至，鸟兽驯德。无他也，好生故也。"（《孔子家语·好生》）"好生恶杀"被视为仁君的美德，"好生"则人与鸟兽同归于熙宁。"宓子不欲人之取小鱼也。"（《孔子家语·论政》）则体现了对处于生长时期的幼小生命的爱护。反之，如果不顾惜生命之贵而暴殄天物，则会带来种种不祥的后果，例如《史记·孔子世家》记载孔子的言论曰："丘闻之也，刳胎杀夭则麒麟不至郊，竭泽涸渔则蛟龙不合阴阳，覆巢毁卵则凤皇不翔。何则？君子讳伤其类也。夫鸟兽之于不义也尚知辟之，而况乎丘哉！"因为对生命抱有一贯的虔敬、爱护之心，所以有德行的人不忍心伤害其他生命。

东汉时期，佛教传入中国，其基于"缘起论"世界观的整体论和"无我"思想，体现出鲜明的生态理念特色。佛教认为，万法皆有佛性，众生平等，所以尊重生命、惜生护生、慈悲为怀是佛教的基本理念。佛教主张万物无情有性，对有知觉的生物与无知觉的器界抱有一视同仁的虔敬之心，体现出更为鲜明的生态伦理意识。由爱护生命、素食斋戒的基本戒律出发，佛教还形成了悠久的戒杀、放生传统。

---

① [美]霍尔姆斯·罗尔斯顿：《环境伦理学——大自然的价值以及人对大自然的义务》，杨通进译，中国社会科学出版社2000年版，第82页。

相对于西方征服自然、战胜自然的理念，中国的传统是很不相同的。"它不奋力征服自然，也不研究通过分析理解自然。目的在于与自然订立协议，实现并维持和谐。学者们瞄准这样一种智慧，它将主客体合而为一，指导人们与自然和谐。……中国的传统是整体论的和人文主义的，不允许科学同伦理学和美学分离，理性不应与善和美分离。"① 相应地，在中国古代文学作品中常常表现出古人对自然万物的敬畏和爱护。"中国古典文学中的生态意识具有一定的普遍性和整体性，对于世界各国文学而言都具有珍贵的启示价值。"② 虽然中国古代作家的生态意识来源于传统的农业文明，具有一定的自发性，但其中的精神内涵与现代生态伦理学是相融相通的。

二 宋代哲学生态观与生态伦理思想

中国传统的儒家哲学发展至宋代，主动吸收借鉴佛、道二家的某些本体论哲学思想而发展为道学（或称理学），理学家们探究天地万物之理，其中的哲学生态观和生态伦理思想也得到进一步发展。北宋时期涌现的理学家如周敦颐、邵雍、李觏、张载等人，均从不同角度对天地万物的本源及人与自然的关系问题作了深入探讨。

其一，在天人观上，理学家张载明确提出了"天人合一""民胞物与"的思想。张载认为，"盈天地皆气"（《正蒙·乾称篇》），人与万物都是阴阳之气所生，人类只是自然物中之一种。"乾称父，坤称母；予兹藐焉，乃混然中处。故天地之塞，吾其体；天地之帅，吾其性。民吾同胞，物吾与也。"③ 认为大自然造就了"我"的形体与精神，其他人都是自己的同胞兄弟，而自然万物都是自己的伙伴。"儒者则因明致诚，因诚致明，故天人合一。"④ 这是一种包容宇宙、万物一体的宏大的思想境界。"以万物本一，故一能合异；以其能合异，故谓之感；若非有异则无合。天性，乾坤、阴阳也，二端故有感，本一故能合。天地生万物，所受虽不

---

① 参见 Tong B. Tang, *Science and Technology in China*, London: Longman, 1984. 转引自葛荣晋主编《道家文化与现代文明》，中国人民大学出版社 1991 年版，第 257 页。
② 汪树东：《生态意识与中国当代文学》，中国社会科学出版社 2008 年版，第 27 页。
③ （宋）张载：《张载集》，中华书局 1978 年版，第 62 页。
④ 同上书，第 65 页。

同，皆无须臾之不感，所谓性即天道也。"① 由"民胞物与"推之，就应当容物、爱物："大人者，有容物，无去物，有爱物，无徇物，天之道然。天以直养万物，代天而理物者，曲成而不害其直，斯尽道矣。"（张载《正蒙·至当篇》）所谓"大人"，就是有学识、有德行的人。在张载看来，"大人之道"应当与"天之道"和谐一致，顺应物理，泛爱万物。程颢更是认为"故有道有理，天人一也，更不分别"②，"天人本无二，不必言合"③，将"天人合一"视为无须论证的自然之理。朱熹《中庸章句》曰："盖天地万物，本吾一体。""天人合一"即是指人与万物同质同源，天人之间有共同的规律和至理，天道与人道相通不二，人正是要追求与天地自然的协调一致。王安石也在诗歌中说："万物余一体，九州余一家。"（《杂咏》八首其一）体现了鲜明的有机自然论思想。

其二，对于人在天地之间的特异性以及人对其他生物应采取的态度，宋代理学家在继承前人思想的基础上作了进一步的阐发。"天位乎上，地位乎下，人位乎中。无人则无以见天地。"④ 这是对人的主体地位的肯定。因为人类具有灵性，所以是高于其他生物的。荀子曰："水火有气而无生，草木有生而无知，禽兽有知而无义，人有气有生有知亦且有义，故最为天下贵也。"（《荀子·王制》）宋代理学家继承了这一思想。"天之生物，有有血气知觉者，人兽是也；有无血气知觉而但有生气者，草木也；有生气已绝但有形质臭味者，枯槁是也，是虽其分之殊，而其理则未尝不同；但以其分之殊，则其理之在是者不能不异。故人为最灵，而备有无常之情，禽兽则昏而不能备，草木枯槁又并与其知觉者而亡焉。"（朱熹《答余方叔》）可见人是得天地间阴阳二气之秀而最灵者，是其他自然物所比不上的。邵雍《观物外篇》曰："唯人兼乎万物，而为万物之灵。如禽兽之声，以其类而各能得其一，无所不能者人也。推之他事亦莫不然……人之生真可谓之贵矣。"这就把人的能力及其在自然中的重要地位凸显了出来。他甚至认为："物为万民生，人为万物灵。人非物不活，物待人而兴。"（《接花吟》）物乃为人而生，人依赖于自然物而生存，反过

---

① （宋）张载：《张载集》，中华书局1978年版，第63页。
② （宋）程颢、程颐：《二程遗书》卷二上，上海古籍出版社2000年版。
③ （宋）程颢、程颐：《二程遗书》卷六，上海古籍出版社2000年版。
④ （宋）程颢、程颐：《二程遗书》卷十一，上海古籍出版社2000年版。

来，自然物则有赖于人的发现和利用而实现它的价值。这其实是一种人类中心主义的价值观。

不过理学家们也认识到，人虽为至贵，但是鸟兽草木亦应受到人们的爱护。理学家程颐、程颢对于动物伦理思想作了颇多阐发："天地之间，非独人为至灵，自家心便是草木鸟兽之心也，但人受天地之中以生尔。"① 以己心体草木鸟兽之心，饱含着对动植物的"同情"。程颐曰："吾读古圣人书，观古圣人之政禁，数罟不得入洿池，鱼尾不盈尺不中杀，市不得鬻，人不得食。圣人之仁，养物而不伤也如是。"② "仁"即意味着养物而不伤物。程颐还讲到了"杀生"的理论："问：'佛戒杀生之说如何？'曰：'儒者有两说。一说，天生禽兽，本为人食，此说不是。岂有人为虮虱而生耶？一说，禽兽待人而生，杀之则不仁，此说亦不然。大抵力能胜之者皆可食，但君子有不忍之心尔。故曰：'见其生不忍见其死，闻其声不忍食其肉，是以君子远庖厨也。'旧先兄尝见一蝎不忍杀，放去。颂中有二句云：'杀之则伤仁，放之则害义。'"③ 王柏亦言："天道流行，发育万物，得天地生物之心以为心，是之谓人。故仁为心之德而爱之理也。……其并生于天地之间者，虽草木虫鱼之微，亦不当无故而杀伤也。"④ 从"仁"的理论出发，认为人应当珍惜、爱护自然界的所有生命。朱熹则从"万物一理"的角度来阐述人对禽兽草木的"同情"："目前事事物物，皆有至理。如一草一木，一禽一兽，皆有理。……自家知得万物均气同体。'见生不忍见死，闻声不忍食肉'，非其时不伐一木，不杀一兽，'不杀胎，不殀夭，不覆巢'，此便是合内外之理。"⑤ 认为万事万物都有其存在的天然权利和合理性，人与万物禀于同一种气而生，因而人类对其他生物理应有着天生的怜惜之情，遵循自然规律，杀伐以时，不夭其生。可见，理学家具有强烈的爱物之心，不忍杀生，甚至于连那些对人有害的生物也不忍杀害，体现出对天地间生命的高度敬畏和强烈的生态伦理精神。一概不伤生的生态理想虽然不尽符合自然科学的要义，不可能完全付诸实践，却仍然对宋代文人的人文精神和爱物情怀产生了很大影响。

---

① （宋）程颢、程颐：《二程集》，中华书局1981年版，第4页。
② 同上书，第579页。
③ 同上书，第399页。
④ （宋）王柏：《鲁斋集》卷四，《丛书集成初编》本。
⑤ （宋）黎靖德编《朱子语类》卷十五，中华书局1986年版。

其三，理学家"万物静观皆自得"的观物理论，体现出重万物生意的生态观。邵雍《皇极经世全书解·观物内篇》曰："夫所以谓之观物者，非以目观之也。非观之以目而观之以心也，非观之以心而观之以理也。"由于"究天人之际"的强烈兴味与心理倾向，理学家们对自然万物表现出浓厚的兴趣和独特的观照方式。他们的"观物"并非纯粹地观察自然物，而是往往在对外物的观察中体悟宇宙间的至理。程颢曰："'天地之大德曰生'，'天地纲缊，万物化醇'，'生之谓性'，万物之生意最可观，此元者善之长也，斯所谓仁也。"①"'生生之谓意'，是天之所以为道也。"② 鸢飞鱼跃的生机勃勃的世界，正体现着"生态"之最基本的特质。张九成《横浦心传录》记载："程明道书窗前有茂草覆砌，或劝之芟，曰：'不可，欲常见造物生意'，又置盆地，畜小鱼数尾，时时观之，或问其故，曰：'欲观万物自得意'。"鲍云龙释曰："草与鱼，人所共见，唯明道与濂溪见一同。草茂覆砌则曰欲常见造物生意，盆池畜鱼则曰欲观万物自得意，皆有道气象也！"③ 理学家们从对万物生机的观察中，体悟到了大化流行的生生不已之道，这在他们看来是道德修养至高的表现。朱熹曰："动物有血气，故能知。植物虽不可言知，然一般生意，亦可默见。若戕贼之，便枯悴，不复悦怿，亦似有知者。尝观一般花树，朝日照曜之时，欣欣向荣。有这生意，皮包不住，自迸出来。若枯枝老叶，便觉憔悴，盖气行已过也。"④ 动植物皆有其生意，这本是由无形无言的造化所产生的，但在理学家那里却被描述为有意志的"天地之心"的产物："在天地则盎然生物之心，在人则温然爱人利物之心，包四德而贯四端者也"⑤，"大抵言'天地之心'者，天地之大德曰生，则以生物为本者，乃天地之心也"（《横渠说易·上经·复》）。其实，天地本无意志，所谓的"天地之心"只不过是古人对自然伟力的朦胧感知和比喻说法。

"万物静观皆自得，四时佳兴与人同。"（程颢《秋日》）"静后，见万物自然皆有春意。"⑥ 其实，理学家的"静观"不仅仅是一种自然科学

---

① （宋）程颢、程颐：《二程遗书》卷十一，上海古籍出版社2000年版。
② （宋）程颢、程颐：《二程遗书》卷二上，上海古籍出版社2000年版。
③ （宋）鲍云龙《天原发微》卷一，《四库全书》本。
④ （宋）黎靖德编《朱子语类》卷四，中华书局1986年版。
⑤ （宋）朱熹：《朱子文集》卷六十七《说仁》，《丛书集成初编》本。
⑥ （宋）程颢、程颐：《二程遗书》卷六，上海古籍出版社2000年版。

意义上的观察或是体道、悟道的一种方式，它还带有深长的审美意味。"静观总是包含着浓厚的宗教的、诗意的或审美的意义。"① 因为"静观"是主体暂时摒除尘俗意念，静心凝神于自然物的一种活动，它是非功利的、精神化的，因而更能够洞见事物自在自得的天然本性，实现与自然物的精神交流，甚至将自身与观照对象融合为一。朱继芳《闲观》："闲观造化余，静极悦自性。胡蝶忽飞来，吾心已无竞。"是对以闲适心境静观体察万物所达到的精神境界的诗化表达，静极则人的本性自见，从而愉悦自适，心无所逐。

第三节　宋代诗人的"物与"情怀

宋代思想家"究天人之际"，倡导"天人合一""民胞物与"等思想，宋代诗歌亦表现出浓厚的生态伦理意识。宋代文人的起居、迁谪、游历等活动无不与自然生态密切相关。翻检宋诗，我们不难发现，描写和咏叹自然山水、田园生活、动植物情态，表现人与自然和谐相处的诗歌非常多。诗人们与动植物为友的"物与"情怀及其戒杀爱物思想和放生举动，都体现出强烈的生态伦理精神。

由于原始社会时期物质生产和科学技术尚不发达，人们对于种种自然现象还缺乏科学、理性的认识，所以往往将自我精神、情感、意志移加到自然物之上，形成了"万物有灵"的观念。中国古代神话中的伏羲、女娲、盘古、神农、黄帝、炎帝、祝融、共工、羲和、西王母等形象无不以人的面目出现，而又具有超人的力量。在神话里，人根据自己的形象、感情创造了神，自然完全被"人化"了，即自然现象被人格化、形象化，自然物被赋予了人的思想感情及性格特征。在中华原始先民看来，日月星辰、风雨雷电、草木山川乃至世界万物皆有灵性。这种天人合一、物我不分的混沌观念自然而然体现在早期文学活动中。"万物有灵"观念随着科学的进步淡化了其迷信色彩，但作为对万物的生态关怀却一直存在着，并引导和约束着人们的行为。

人类诞生于自然界，亲近自然、回归自然是人类的一种本能式的向往和难解的情结。在中国古代文化中，人与自然亲和的传统观念源远流长。

---

① 丁来先：《审美静观论》，中国社会科学出版社 2008 年版，第 16—17 页。

《论语·先进篇》记叙了孔子师徒畅谈各人志向的情景,其中曾点说道:"莫春者,春服既成,冠者五六人,童子六七人,浴乎沂,风乎舞雩,咏而归。"孔子听后长叹一声道:"吾与点也!"自然界是博大的,是能够使人的身心得以休憩的一片净土。亲近自然,是人类最本真的情感,也是一种文化理念的传承。"曾点之志"成为历代文人在基本生活需求得到满足之后的一种诗意向往和精神追求。中国古代文学在诞生之初,就有着诸多对于自然风景的描绘,亲近自然、描绘自然几乎成为中国古代诗人的一种集体无意识。西方哲学家常常以冷静理智的眼光看待自然,而中国古代哲学和文化则不然。在古代中国人看来,自然界永远是平和、壮观、博大的,是他们可以信任、可以接近和融入的朋友,诗人们甚至每每以人的感情来推测、想象万物情状。"中国哲学的基调之一,是把无生物、植物、动物、人类和灵魂统统视为在宇宙巨流中息息相关乃至相互交融的实体。这种可以用奔流不息的长江大河来譬喻的'存有连续'的本体观,和以'上帝创造万物的信仰',把'存有界'割裂为神凡二分的形而上学绝然不同。"① 认为天地万物本乎一源,可合为一体,这种古老的哲学观念深深影响了中国古代政治、科技、文化、艺术等各个领域,在诗歌创作上也有着鲜明的体现。

中国古代儒家"仁民爱物"、道家"自然无为"思想以及上古时期的圣王之制,都包含着朴素而深刻的生态智慧。北宋理学家张载进一步提出了"民胞物与"思想,将天地视为人类的父母,把民众当作自己的同胞,把万物当作自己的朋友,体现出爱民、爱物的仁者情怀。中国古代文人大多对自然山水、花草鱼鸟有着天然的向往和爱好。在古代小农经济条件下,人与自然有着特殊密切的关系,一草一木都是人类的朋友。日出而作、日入而息,春耕夏耘、秋收冬藏的生产节奏,与昼夜交替、四季轮回的自然秩序完全一致,这就使他们感觉自己完全是处在自然界周而复始的运行轨道之中,对大自然产生了一种强烈的依赖感和亲和感。中国古代诗人对于自然无不怀有一颗天真的童心,真诚地接近大自然,拥抱大自然。他们对于自然界的万物怀有一种"敬"的心理,以好奇和欣赏的眼光看待它们,而并不表现出生之为人的尊贵和高傲,不屑于与它们为友。诗人们往往以孩童般纯真的心灵观物,把一切都当成与自己平等的生命,不光

---

① [美] 杜维明:《试谈中国哲学的三个基调》,《中国哲学史》1981 年第 1 期。

有生命的动植物,即使没有生命的山川河流也被赋予生命。

中国古代人与自然之间的亲和关系,有着深厚的哲学内蕴,又是整个民族文化积淀的产物。"在世界古代各文化系统中,没有任何系统的文化,人与自然,曾发生过像中国古代样的亲和关系。"[①] 将自我人格、精神融入自然物之中,与自然亲和无间,也正是中国古典诗学的深长兴味所在。"与物为友"的理念几乎是中国古代诗人不自觉形成的一个诗学传统。"在与天地万物的精神往还之中达成在人群中无法达到的高度默契,在与自然世界的心灵吐纳之中获得在日常生活中无法得到的高峰体验,这是人生的至境,也是精神的至境。"[②] 自然物是天地间自然而然的存在,与人世无涉无争,诗人们与物为友,与自然亲和,即是暂时摆脱纷繁复杂的人际烦恼,涤除思虑,获得心灵的暂时休憩与安顿,从而在亲近自然中静享生命的愉悦。

自然界构成了人类的生存环境,同时也成为诗人的审美对象和心灵知交。唐初王绩曾说:"帷天席地,友月交风。"(《答刺史杜之松书》)表现出以风月为友,在天地间怡然自得的情趣。宋诗中更有大量表现以山川风物或动植物为友的诗歌。以风月为知己者如陆游:"老来苦无伴,风月独见知。未尝费招呼,到处相娱嬉"(《风月》);"风月成交友,溪山管送迎"(《游山戏作》)。风月成了不待邀请而自来的朋友,聊以慰藉诗人寂寥的心灵。僧人赞宁则把白云当作俦侣:"白鸟行从山鸟没,青鸥群向水湄分。松斋独坐谁为侣,数片斜飞槛外云。"(《秋日寄人》)白云自来自去,本与人无涉,诗人却产生了与之亲和的心理,这是与自然风物浑融合一的生态意识的表现,也寄托着诗人高洁的志趣,因为在长期的文化积累中,白云已经被赋予了"超逸、脱俗"的文化象征内涵。杨万里亦云:"宜江风月冉溪云,总与诚斋是故人。"(《跋常宁县丞齐松子固衡永道中纪行诗卷》)将曾经生活过的地域的自然风物视同老朋友,可见其对自然的欣赏和热爱之情。

山川是生态环境的重要组成部分,在中国文化中又是静穆、仁智的象征,因而宋诗中咏叹山川或表达以山川为友的作品非常多。唐代大诗人杜甫每每以仁者之心对待山水花鸟,已经表现出一定的生态伦理观念:"一

---

① 徐复观:《中国艺术精神》,春风文艺出版社1987年版,第193页。
② 姚文放:《文学传统与生态意识》,《社会科学辑刊》2004年第3期。

重一掩吾肺腑，山鸟山花吾友于。"(《岳麓山道林二寺行》)将山势的起伏与人的生命节律作比，把山上的各种飞鸟和野花当成自己的朋友。古代文人提倡"读万卷书，行万里路"，游览大好河山历来是文人雅兴，山川总是高雅文人一贯的朋友。正如宋代诗人苏洞所说："百川我友朋，五岳我弟兄。"(《中秋》)他们在诗中有时是客观咏叹，有时则采用拟人手法，将青山、鱼鸟拟人化，使诗歌情趣顿生。如史弥宁《青山》："青山见我喜可掬，我喜青山重盍簪。"明明是"我"去游览青山，诗人却想象青山见到"我"也喜上眉梢。李曾伯《过庐山》："世如春梦空头白，山似故人终眼青。"诗人将青山视为自己不变的知己。

山川之中少不了花草鱼鸟，于是诗人们更多的是与这些动植物呼朋道友。宋代诗人王质（1135—1189）在经历仕途的曲折后奉祠山居，写过大量的《山友辞》《水友辞》《山友续辞》《水友续辞》《山水友余辞》《山水友别辞》，吟咏山水之中的各种动植物。其中，"山友"包括拖白练、青菜子、泥滑滑、黄栗留、提葫芦、屈陆儿、山和尚、啄木儿、蕲州鬼、百舌儿、不如归去、山乐官、画眉儿、雪钱子、白头翁、婆饼焦、脱却布袴、郭公、山鹧姑等，"水友"包括鸳鸯、鹨鶒、翡翠儿、鹭鸶、江鸥、青桩、野鸭儿、红鹤、鸬鹚、鱼鹰、陶河、鸡䳇、鱼姑、鱼燕子、水莺子、鱼乌子、科斗儿、水鸦鹊、寐卑子等，这充分显示了诗人对装点自然界的各种动植物的熟悉和浓厚兴趣，也反映了诗人所居之地自然物种的丰富多彩和生态环境的优良。清代康熙年间，宋荦结王质"山水友辞"五卷，题名为《林泉结契》，以为其有"寄怀尘外"之意。可见，这种集中的"以物为友"的吟咏也引起了后代学者的注意。另外，宋代散文中也有许多关于山川风物以及各种动植物的赋赞，同样体现了宋代文人对于自然生态事物的关注，我们也可从中看出他们朴素的生态意识。宋代诗人与物为友的"物与"情怀，是他们发自内心的与自然的亲近，而非故作姿态。林宪《有怀》十首其二："上古有至人，与物常无心。山与豺虎游，水与鸥鹭吟。后世岂无人，于道未纯深。狎鸥舞而去，猛虎宜其侵。"与物无心，才能与物融为一体，达到天人合一的境界。

因为诗人将自然界的各种动植物视为朋友和知己，故在诗歌中赋予它们以人的种种思想感情，这表现为拟人手法的大量运用。"莺能嘲客语，花解笑人忙。"(晁说之《春色》)花鸟本是有生无知之物，但诗人却常常以己度之，将其视为活泼可爱、能与人交流互动之物。自然山川、动植物本来是不具有类似于人的思想意识的，但在诗人的笔下，"啼鸟似逢人劝酒，好山如为我开眉"（张耒《二十三日即事》）；"莺花旧识非生客，山水曾游是故人"（陆游《阆中作》）；"二年饮泉水，鱼鸟亦相亲"（苏轼《留别雩泉》）；"几年鱼鸟真相得，从此江山是故人"（张耒《发安化回望黄州山》）；"山禽于我情何厚，逐马声声似见留"（王疏《游天平山》）。在诗人眼中，山花禽鸟于己是何其多情！陆游还会因为失去了朝夕相处的溪鹩而伤心："不见池边整羽衣，绕村散觅走群儿。卑飞正恐为人得，径去何须报我知。"（《失溪鹩》）事实上，并非山川鱼鸟自来亲人，只是诗人主观上把它们想象成可亲可近的朋友罢了，而这种想象正是源于诗人素朴的万物平等、天人合一思想，体现出诗人爱物友物的生态友好情感。

将动植物拟人化，在想象中与之对话、交流，使古代诗歌呈现出一派生机勃勃、人与自然万物欣然相处的生态和谐场景。如陆游《暮归舟中》二首其二："回头语孤鹤，伴我莫先飞。"则借渴望与孤鹤相互作伴表达了自己的孤寂和高洁。张镃《命鹿》："双鹿林泉友，新居后我成。角低方长旺，斑嫩未分明。濯濯孤塘晚，呦呦草径晴。仙畴吾种玉，汝辈耦而耕。"以一对鹿为来自林泉即自然界的朋友，愿与之共居田园。而戴复古的《诘燕》通篇就是诗人对燕子的"诘问"："去年汝来巢我屋，梁间污泥高一尺。啄腥抛秽不汝厌，生长群雏我护惜。家贫惠爱不及人，自谓于汝独有力。不望汝如灵蛇衔宝珠，雀献金环来报德。春风期汝一相顾，对语茅檐慰岑寂。如何今年来，于我绝踪迹。一贪帘幕画堂间，便视吾庐为弃物。"直接以"汝"称燕，与之讲理，颇有趣味。去年燕子来巢，诗人倍加护惜，不求回报，只愿与之默默相对；今年却不见旧燕，故心生质疑。诗人的护燕之举体现了对自然生命的喜爱和怜惜，也体现出朴素的生态伦理观念。在特殊的情境之下，自然界的花鸟还会被诗人引以为同病相怜的知己。景祐三年（1036），欧阳修在被贬赴夷陵途中作《江行赠雁》："云间征雁水间栖，缯缴方多羽翼微。岁晚江湖同是客，莫辞伴我更南飞。"诗人将自己不幸被贬的身世遭际与江雁作对比，引以为知己，邀请它与自己做伴前往贬所。这就使人与自然物的关系从较为单纯的欣赏把玩上升至慰藉心灵的高度。

自然界的鸥鹭，不仅是诗人真挚的朋友，同时又如同一位超尘绝世的高人，在一旁笑看诗人的出处行藏，并时常与诗人对话或神交。鸥鹭鱼鸟很早就出现在诗歌中,可见诗人对它们的欣赏和喜爱。如杜甫曾经把鸥鸟当作相亲相近的朋友:"自去自来梁上燕,相亲相近水中鸥。"(《江村》)宋代诗人继承前代传统,对鸥鹭的歌咏更多。在诗人的想象当中,鸥鹭鱼鸟每每笑看诗人在尘网中的浮沉:"日日怀归今得归,旧时风物未全非。江边鸥鸟应相笑,底事尘埃满客衣"(崔敦礼《狼山》);"白鸥相见忽相猜,居士星星似我哉"(苏泂《白鸥》);"推挤不去已三年,鱼鸟依然笑我顽"(苏轼《与毛令方尉游西菩寺》二首之一);"此心久已灰,入鸟无惊猜。轻鸥翔集处,邀我相徘徊"(邹浩《下鸥台》)。这些诗句既体现出诗人与自然界生物的亲近,又蕴含着其对于离世出尘、自由自在的隐逸生活的向往。唐庚《白鹭》:"说与门前白鹭群,也宜从此断知闻。诸君有意除钩党,甲乙推求恐到君。"诗人与白鹭的对话,表现出对白鹭的爱护,又流露出对党派斗争的嘲讽。清代陈衍编选的《宋诗精华录》评论此诗道:"末句可入《世说新语》。"以鸥鹭鱼鸟为超逸之士,与它们的自然习性及闲静、自由的体态特征是直接相关的。

在宋代文人的雅致生活中,又有明确呼物为友,并将几种自然物集中起来称述的"岁寒三友""梁溪四友"之说,以之为君子人格的象征,用以自喻或喻人。张元干《岁寒三友图》:"苍官森古鬣,此君挺刚节。中有调鼎姿,独立傲霜雪。"李纲《梁溪四友赞》:"山居有松竹兰菊,目为'四友',且字松曰'岁寒',竹曰'虚心',兰曰'幽芳',菊曰'粲华',各为之序。"由松、竹、兰、菊等植物的自然属性生发出某种人格精神,就将其纳入了人类的精神道德和审美文化系统当中。"梅兄乃我义理朋,竹友从我林壑游。青青不受尘土涴,皓皓肯与红紫伴。"(家铉翁《雪中梅竹图》)称梅花为"梅兄",唤竹为"竹友",可见诗人的审美趣味和价值取向所在。以梅、竹为友几乎成为宋代文人的普遍爱好,这一方面源于梅、竹这两种植物自身的自然物性以及由此而生发出的文化内涵,另一方面也是一些文人附庸风雅、自我标榜的途径之一。两宋咏梅诗、咏竹诗的兴盛,是这一时期植物生态状况的反映,也体现了这两种植物的自然属性在人们意识中的淡化及其人文内涵的增强。

诗人对于居所的描绘,往往能够勾画出其居住地优美的生态环境,并体现出鲜明的爱物、友物精神。如陆游《小园》:"清泉白石皆吾友,绿李黄梅尽手栽。冲雨茭鸡时上下,近人栗鼠不惊猜。"勾勒出一片洁净深幽、生机勃勃、人与自然和乐相处的景象。陆游还把梅和月呼为"二友":"剩储名酒待梅开,净扫虚窗候月来。老子幽居得二友,人间万事信悠哉。"(《二友》)又与松竹结交:"寄怀鱼鸟卧烟汀,结友松筠醉草亭。"(《自述》二首其一)诗人的潇洒风神在与自然物态的亲密接触中得到了充分展现。刘克庄《方寺丞新第》二首其二曰:"按行花木皆僚友,主掌湖山即事权。"表现出与花木为友的精神以及徜徉于湖山之间的怡然自得。又有与兰菊为友者:"笔墨徜徉事,溪山淡泊肴。只留兰与菊,傍我作知交。"(陈颜《散怀》)在社会人事之外,别辟一自然物作为知己,这是古代文人寓托自己高洁人格的普遍方式,其亲近自然、与物交友的情怀,无疑与天人一体、"民胞物与"的哲学思想有着深刻的关联。后世诗人则很好地继承和发扬了这种"物与"精神:"与梅同瘦,与竹同清,与柳同眠,与桃李同笑,居然花里神仙。与莺同声,与燕同语,与鹤同唳,与鹦鹉同言,如此话中知己。"(明代陆绍珩《醉古堂剑扫》)把梅、竹、莺、燕等动植物特有的习性和姿态与人联系起来,从与它们的精神交流中获得了心灵的怡养和慰藉。

宋代诗人"物与"情怀的产生,一方面以"天人合一""民胞物与"的哲学生态观为思想基础,另一方面则是缘于当时的生产力发展水平不高,自然界得以以其更为本真的面貌呈现,而且人与这种原初自然的接触相对于现代社会更多。"物与"观念契合生态友好和生态关怀的生态伦理精神的本义,是我国古代诗歌中十分宝贵的生态思想资源。同时,以物为友,将大量动植物、山川风物写入诗歌,变为丰富多彩的诗歌意象,也造就了古代诗歌意象化、形象化的特色,增强了古代诗歌的生态意味和艺术美感。

第四节 戒杀爱物思想与放生善行

如果说上述"物与"情怀除了包含自发的生态意识因素外,一定程度上还应当归因于诗人与生俱来的天真性情,那么宋诗中的大量戒杀诗、悯物诗和放生诗则带有更为鲜明的生态伦理色彩。中国古代哲学具有崇生、贵生的传统观念,圣人国君往往以好生为尚。"生"是神圣的,可敬可畏,因而戒杀、放生思想既符合自然界的生态原则,又体现出人类对自然界其他生命的珍视和人道主义情怀。

一 戒杀诗

生态保护原则要求自然界的各种生命都在其所属的自然环境中自由自在地生长，而人类制造的"网罟之祸"与无情杀戮往往会中断自然界生命的正常存续。"飞鸟数求食，潜鱼亦独惊。前王作网罟，设法害生成。"（杜甫《早行》）"网罟"是与生物的自由本性截然对立的，人类设法作网罟是对自然界生物物性的戕害，是对生命的无情残杀，因而是不符合"生态"本义的。

天生万物，其生存的机会理应是均等的。其他动物与人类同样具有知觉，理应受到人类的尊重："人之与兽，共禀二仪之气，俱抱五常之性。虽贤愚异情，善恶殊行，至于目见日月，耳闻雷霆，近火觉热，履冰知寒，此之粗识，未宜有殊也。"（《刘子·殊好》）这就要求人们不得任意伤害和杀戮其他动物，古代有些诗歌直接表明了戒杀思想。如白居易曾作《戒杀诗》："谁道群生性命微，一般骨肉一般皮。劝君莫打枝头鸟，子在巢中望母归。"以通俗的语言道出了物无贵贱、天伦则一的道理。宋诗以"理致"见胜，更有不少诗人直接以"戒杀"为题，表现自己仁慈、惜生、护生的思想观念。虽然他们所表达的并非如我们现代这般系统的、科学的生态伦理思想，却透露出一种朴素的生态智慧。黄庭坚晚年信佛，作《戒杀诗》曰："我肉众生肉，名殊体不殊。原同一种性，只是别形躯。苦恼从他受，肥甘为我须。莫教阎老断，自揣应何如。"认为万物一体，虽形异而性同，人类不应不顾动物的苦痛而贪图一时的口腹之快。吕本中曾作《戒杀八首》，其一曰："劝君勿杀犬，犬有为主心。为主反见杀，君何无浅深。君贫犬不去，君富犬分忧。执以付鼎镬，于君心隐不。"其四曰："劝君勿杀鸡，鸡能伺昏晓。闻鸡君即起，一一家事了。一朝被烹煮，不念前日功。主人取暂饱，鸡苦固无穷。"劝人勿杀鸡犬并说明理由，即鸡犬能为人类服务，并设身处地地考虑它们被杀害的感受。其六曰："愿君普断杀，能益君寿数。子孙亦长年，皆以不杀故。君子远庖厨，非有意于善。但能观自身，此理即可见。"主张以己度物，体谅物情，与物和平相处。认为"普断杀"可得到相应的回报之说，则具有佛教"戒杀"的说理意味。苏轼"钩帘归乳燕，穴纸出痴蝇。为鼠常留饭，怜蛾不点灯"（《次韵定慧钦长老见寄》）以及陆游"拍蚊违杀戒，引水动机心"（《自警》）、"自怜爱物还成癖，门巷春来草没腰"（《野兴》二首其一），则是对戒杀爱物思想的极端化表述，充分表现出诗人对生命的痴情。宋诗在总体风貌上是以说理见长的，"戒杀诗"明显地表现出这一特点，但其中蕴含的生态伦理精神值得关注。

陆游先后写过多首以《戒杀》为题的诗歌，我们来试看其中的一首："物生天地间，同此一太虚。林林各自植，但坐形骸拘。日夜相残杀，曾不置斯须。皮毛备裘褐，膏血资甘腴。鸡鹜羊豕辈，尚食稗与刍。飞潜何预汝，祸乃及禽鱼。豺虎之害人，亦为饥所驱。汝顾不自省，何暇议彼欤？"同样认为自然界万物虽形骸各异，但都具有在天地间生存的天然权利，不应互相残杀，诗人所寻求的是人与自然万物和谐相处的"陶然欢有余"的生态美境界。因此，陆游痛斥某些人"暴殄天物"的行为："暴殄非所安，击鲜况亲见。那得屠杀业，为客美肴膳？"（《戒杀》）诗人对自然界生物因人们的口腹之欲而惨遭捕杀、戕害的现象给予有力的抨击，进而生出"蔬食"的思想。现代生态伦理观念并不排斥人类从自然界中获取自身生存所必须的物质资料，而是要求人们不得在满足自我基本生存需求之外给其他生物带来过度的、不必要的伤害，陆游从远古时期"圣人"的做法中体悟到了这一点："洚水初平时，草木充九州，禽兽孳育繁，与人为敌仇。于时圣人作，日夜为民忧，思有以胜之，食肉而服裘；然后人奠居，禾黍岁有秋。岂知千载后，戕杀无时休？一食刀机赤，百味供膳羞。豪侈方相夸，哀哉非始谋。"（《杂感五首以不爱入州府为韵》其四）陆游反对的是人类对禽兽无休止的戕杀，而并非反对一切杀戮。这种思想在当时是难能可贵的。

佛教一向主张爱护生命，慈悲为怀，所以戒杀观念尤为强烈。"不杀生"是佛教徒应当遵循的第一戒律，"杀"是诸罪中之最重，而"不杀"是诸般功德中之首要。佛教认为，人类和其他生物均应"缘起"而生，众生平等而互相依存，"杀"则是对这种依存关系的破坏，会遭到"恶报"。释遵式《放生慈济法门序》："儒冠五常谓之仁，释御四等谓之慈，皆恶残去杀，推惠广爱之谓也。然后果五福之曰寿，证四德之曰常，实唯不杀放生之大统也。……不杀则草木等爱，枝叶靡伤，然后始可也。"[1]极力主张不杀、放生，对生命一视同仁。释了元《戒杀文》："鳞甲材毛

---

[1] 曾枣庄、刘琳主编《全宋文》（第一〇册），上海辞书出版社、安徽教育出版社2006年版，第132页。

诸品类，众生与佛心无二。只为当时错用心，致使今生头角异。水中游，林里戏，何忍将来充日计。磨刀着火或研齑，口不能言眼还觑。或槌椓，或刀刺，牵入镬汤深可畏。……戒杀兼能买放生，免入阿鼻无间地。"可见，佛教戒杀观念带有明显的宗教色彩，是因相信三世轮回、善恶有报而采取的一种思想态度和行为方式，但在客观上是符合爱护生命的生态伦理观念的。宋代笔记小说中有不少关于因杀害动物而遭到报应的故事，如刘斧《青琐高议》后集卷之三记载，天圣年间，桂阳蓝山县民曹尚之父，因曾杀一猿而化身为猿，又记载以杀鸡为业者马吉患风疾而死[①]，这些都反映了中国古人带有因果报应迷信色彩的戒杀思想。

　　地球上的一切生命都是可敬可畏的，人类作为地球生态系统经过长期演变而形成的一种智慧生物，堪称万物之灵。人若想生存下去，就必须从自然界中获取所需要的物质资料，所以人类为了维持生存而食用某些动物、植物是自然而然的，也是正当的，符合生物链的法则。近代"敬畏生命"的生态伦理学观念只是主张人不应对动植物造成不必要的伤害，而应尽力地保护他们。宋人笔记小说记载："山谷信佛甚笃，而晚年酷好食蟹，所谓'寒蒲束缚十六辈，已觉酒兴生江山。'又云'虽为天上三辰次，未免人间五鼎烹。'乃果于杀如此，何哉？东坡在海南，为杀鸡而作疏；张乖崖之在成都，为刲羊而转经。是岂爱物之仁不能胜口腹之欲耶？山谷谈无碍禅，苏张行有为法，亦各其所见尔。"[②] 其实，虽然佛教主张不杀生，但人类不可能做到绝对不杀生，只不过在满足自身生存和发展之外，在道义上主张爱护生命而已。

　　戒杀诗常常在诗歌中直接言说戒杀主旨，而诗歌形式本身仅作为作者借以传达戒杀思想的一种载体而存在，因而这样的诗歌缺少诗味，正体现了宋人好言理、好议论的风气。但是，戒杀作为一种最根本的生态观，渐渐内化为诗人们爱物、悯物、放生的生态意识，这在宋诗中也有诸多表现。生命可贵，故不可无故伤生、害生，而要加倍怜爱，对于物之"苦痛"当给予同情，对于被捕捉的生物亦当放归自然，使遂其性。这是宋代诗人的哲学生态观，也是一种略带浪漫色彩的生态保护意识。

---

　　① 上海古籍出版社编《宋元笔记小说大观》（一），上海古籍出版社2007年版，第1107页。

　　② （宋）葛立方：《韵语阳秋》卷一九，上海古籍出版社1984年版。

二 悯物诗

在中国古代农业社会，牛、马等牲畜与人们的生活密切相关，为人们的劳作、交通等方面提供了许多便利，出身于农家或居住在乡野的诗人们常常对它们生发议论，抒发怜悯爱物之心。如许及之《悯牛行》："牢牛得肉那忍吃，非论阳报谈阴德。忆牛初生成犊时，随母耕田眼先识。茧栗渐长初胜犁，脱轭项间染能赤。一行错误随后鞭，习得犁行如界直。耕来耕去禾稻成，得闲放食行田塍。稻秋掠嘴不敢食，自啮枯草甘如饧。马终蒙帏犬蒙盖，牛岂无功遭横害。"认为牛从一生下来就为人类耕田，对人类有功，不应再遭到宰割，表达了对牛被杀害的痛心。而"老农爱犊行泥缓"（陆游《春晚即事》四首其四）的爱物之举，则是诗人希望看到的景象。马作为古代重要的交通工具，也应受到人们的爱护。方回《驿马叹》："爱人而爱物，人当近仁耳。使其一不爱，何惜一马死。我赋驿马篇，哀歌有深旨。"哀叹驿马的辛劳与逝去。曾原一《题瘦马歌》："少尽其力老弃之，可怜骨立行步迟。何心更惜干障泥，病夫醉兀枯行枝。主家刍豆岂不饱，吾宁忍死不愿肥。肥时无奈人争骑，骑时鞭打无休时。"体现了对马遭到主人粗暴对待的不满。梅尧臣《疲马》："疲马不畏鞭，暮途知几千？当须量马力，始得君马全。"则主张爱护生物，量物之力而用之。

另外，对于与人类生活密切相关的其他动物，诗人们也倾注了一片爱怜之心。艾性夫《悯蟹》："落阱都缘奔火明，林然多足不支倾。是谁贻怒到公等，怜汝无肠受鼎烹。支解肯供浮白醉，壳空竟弃外黄城。江湖好是横行处，草浅泥污过一生。"表现了对蟹遭受鼎烹的痛心和对生命自由自在的向往。许及之《再用韵谢德久见和》："人为物灵钧受命，物本于人无诉病。圣远庖厨存此心，诗咏虫鱼明物性。沙噀入咏诚蠢蠢，因之演雅聊援引。此辈已分泥涂辱，吾侪忍加汤火窘。"也是对物性及生命本然状态的极力维护。张舜民《鲸鱼》："东海十日风，巨浪碎山谷。长鲸跨十寻，宛转在平陆。雷火从天来，耄然劆两目。肌肤煮作油，骨节分为屋。腥膻百里内，户户至厌足。我闻海上人，明珠可作烛。鲸鱼复何罪，海若一何酷。从欲逸风伯，大钧问不告。踌躇复叹息，归咎当溟渎。托形天地间，独尔有含蓄。大者不能容，小者又何益。却羡虾鱼辈，安然保家族。"鲸鱼被捕捉来满足人类的多种用途，但诗人认为这种行为甚伤生理，不禁为之黯然神伤。陆游还曾经注水救鱼："清波溜溜入新渠，邻曲来观乐有余。试手便同三日雨，满陂已活十千鱼。喜如雷动风行际，快若天开地辟初。万物但令俱有托，吾曹安取爱吾庐。"(《鱼池将涸车水注之》) 这便将仁爱之心推及人类自身之外的自然万物。王令"长江虽长缯网多，纤鳞何处逃生命"(《长江万顷明如镜》) 表达了对于长江碧波万顷的美景之下缯网众多，鱼儿难逃性命的体察和忧虑。许棐《池鱼》："深浅生涯足，浮沉世念轻。莫贪钩上饵，去作鼎中羹。"则是对池鱼的殷勤告诫，同时又带有一种隐喻色彩。

宋代诗人对鸟类的爱怜和保护，同样富于深情。许及之《晚田黄雀词》："黄雀不知来处所，或云海化或蛰土。秋至晚田拾禾黍，投身不知入罔罟。十中八九不计数，黄雀之死孰怜汝。汝不如博谷并布谷，又不能快活催麦熟。农夫辛苦耕，无功食其禄。无功尚可那无厌，腹饱果然犹不足。呜呼一年三百六十日，常时安在今时出。安得山间野穀生石田，与汝饱死终天年。黄色雀，还可怜。"诗人同情黄雀的处境，并希望它们能够避开网罟，得享天年。杨时《哀鸿》："哀鸿常苦饥，悲鸣垂其翼。朔漠晓霜寒，江湖晚烟霁。乾坤一网罟，高飞亦何益。日暮无与群，惊风暗沙碛。"则道出了诗人对于物类所处的饥寒、网罟之祸等恶劣处境的忧虑。施韦泽认为："中国伦理学的伟大在于，它天然地、并在行动上同情动物。"[①] 这与中国自古以来形成的天人合一、惜生重生观念有着直接联系，同时也与在中国古代漫长的农业社会当中人与动物的关系更为密切有关。生命是值得同情的，而在乡野农家，牛、马等牲畜与人们朝夕相处，人与这些动物之间日久培养起了一种类似于人与人之间的感情，故而爱护动物、同情动物成为诗人们的共识。

动物是人类的朋友，而各种各样的植物也是生态环境的重要组成部分。它们显示着顽强的生命力，使这个世界披上绿色，变得生机盎然，并为各种动物提供食物来源和栖息之地。宋代诗人同样在诗歌中咏叹各种植物，表现出对植物的关切。赵崇鉘《青阳》："青阳满芳蕤，流连度丘园。眄睐不忍折，恐伤造物恩。"植物沐浴造物主的恩泽而生，也有其存在的权利，因而诗人虽爱之而不忍摧折。诗人已经能够意识到天地生物的伟大

---

① [法] 阿尔贝特·施韦泽：《敬畏生命：五十年来的基本论述》，陈泽环译，上海社会科学院出版社 2003 年版，第 75 页。

和生命的可贵。郭震《东郊赋诗》："今日出东郊，东郊好春色。青青原上草，莫放征马食。"不叫马儿食原上之草，既是对草类的爱惜，也是对东郊生态环境的保护。孔武仲《惜竹》："老藓墙阴夕照间，何人折我翠琅玕？即之绿叶随尘化，犹有低枝带露残"是诗人对青青翠竹被人折断的怜惜，而苏轼"夜来雨雹如李梅，红残绿暗吁可哀"（《惜花》）则是对花朵被风雨摧残的深切哀怜。人们爱护生物，也会无意中得到它们的"回报"："出槛亦不剪，从教长旧丛。年年到朱夏，叶叶是清风。"（陈亚《惜竹》）植物具有净化空气、绿化环境、护道遮阴等生态功能，无疑会给人们的日常生活和生存环境带来好处。

善感多情的诗人们有时甚至不忍除草害生，如张耒《庭草》："冉冉朝雨霁，欣欣禽哺雏。鲜鲜中庭草，佳色日已敷。童子恶其蕃，谒我尽扫除。我为再三撷，爱之不能锄。人生群动中，一气本不殊。奈何欲自私，害彼安其躯。况我麋鹿性，得此亦可娱。"青青庭中草，悦目而愉心，而从世俗的眼光观之，则有"杂草丛生"之嫌，应当清除。诗人爱之，认为人与万物本于同一阴阳之气所生成，植物的生命也是珍贵的，不应因人类一己之私而害其生，这是对生命的敬重。吕本中《恶木》亦云："恶木不忍伐，留我窗户前。人皆笑我拙，我独为汝贤。共生天地间，谁不愿长年。如何枝叶内，便纵斤斧穿。……伤生有禁止，亦具月令篇。好木虽云好，不须公爱怜。恶木虽云恶，莫自生仇冤。"从"齐物论"的观点出发，认为"好木"与"恶木"是人们从自身的利益出发做出的分类，实际上，各种草木只是依其本性自在生长，客观上本无善恶之分，其生长不应受到人为的阻断。有的诗人甚至设想将对人类无用的荆棘移到水滨柳树下面护柳，从而"遂物理""成天仁"："万甲绿未动，棘丛已蓁蓁。所害虽尚微，剪薙当及辰。舍锄忽三叹，念尔亦一春。是中留复难，恻然为之擘。筑垣俯清池，池上插柳青。谁能限刍牧，徙之池水滨。柳吾所甚爱，护柳吾不嗔。美丑无弃材，位置固在人。岂特遂物理，亦以成天仁。"（黎廷瑞《除棘》）"遂物理"即顺应植物自然生长的规律，"成天仁"即成全诗人的爱物之心。物无贵贱，均由天地造化所生，只是当人们用利己的眼光看待时，才分出了它们的优劣贵贱，殊不知从生态学意义上讲，各种生物都有其存在的天然理由和权利，并不因人的好恶而改变。又有林尚仁《课伐木》诗："手挥樵斧气如虹，几树寒烟一饷空。午夜无依乌鹊冷，数声应恨月明中。"人类伐树不仅伤害了树木，也使鸟类失去了栖居之所，破坏了它们的生存环境，诗人对此表现出深深的忧虑。这是古代诗歌中较早提及伐木的危害的作品。

三 放生诗

因为哀怜大千世界中各种生命被无情摧残，宋代诗人便有了许多放生的言行。唐代君王的好生之德受到宋代诗人的推崇，如欧阳修曾作《唐放生池碑》曰："放生池，唐世处处有之。王者仁泽及于草木昆虫，使一物必遂其生，而不为私惠也。惟天地生万物，所以资于人，然代天而治物者常为之节，使之足用而取之不过，故物得遂其生而不夭。三代之政如斯而已。"① 对统治者放生、遂生的政令措施极为赞赏。许仲蔚《放生池》云："唐家旧佛祠，楼阁影参差。鱼散不知处，水流无断时。山光朝暮变，人事古今移。惟有好生德，恩波尚满池。"放鱼而使之遂性，被视为高尚的德行。宋真宗天禧四年（1120），太子太保判杭州，王钦若奏请以西湖为放生池，禁捕鱼，为君主祈福。宋真宗曾发布《纵鹰鹘诏》《放鹰犬诏》《禁采捕山鹧诏》等，认为采捕禽类有违物性，应当体现"仁"意，使万物熙宁，其中也蕴涵着对生物自由生命的尊重和道德伦理关怀。会稽（今浙江绍兴）丁锐，生活于宁宗、理宗时期，尝作《好生之德》："天地以好生为德，故羽毛鳞介无一不遂其性；诸佛以慈悲为念，故蠢动含灵无一不适其情。此无他，只是存心广大，一切众生皆吾爱子，一切血属皆吾性命，则放生讵可缓耶？世人当知戒杀，止足以解物之冤。若能放生，不唯与物为恩，又集无穷之福。"虽然他在文中所讲的"好生得福"理论含有不少因果报应的迷信成分，但其对好生之德的宣扬是可取的，也是符合现代生态伦理精神的。

佛家讲戒杀放生，宋代诗人亦常常对自然万物怀有欣赏玩味和仁爱怜悯之心，放鱼是最常见的放生举动和吟咏对象。渔猎是人类获取生活资料的一种方式，本无可厚非，但如果不分时节地过度渔猎，或者以荼毒生灵为乐趣，则是暴殄天物、有伤生理的恶劣行为。杜甫观看打渔场景时就曾哀叹道："吾徒胡为纵此乐，暴殄天物圣所哀。"（杜甫《又观打鱼》）宋诗中有不少诗歌表现了对生物自由自在状态的欣赏以及对其被人类打扰和迫害的忧心。如："池上独垂钓，日斜含夕阴。游鱼方适意，微我亦无

---

① （宋）欧阳修：《文忠集》卷一百四十二，《四库全书》本。

心"（沈辽《钓鱼》）；"天气冷涵秋，川长鱼正游。虽知能避网，犹恐误吞钩"（邵雍《川上观鱼》）；"湖上移鱼子，初生不畏人。自从识钩饵，欲见更无因"（苏轼《次韵子由岐下诗·鱼》），用诗意的语言表现了生物趋利避害的生态现象，表现出对它们的哀怜。宋代有许多描写"放鱼"举动的诗歌，如邵雍《放小鱼》："纤鳞不足留，此失一生休。放尔江湖去，宽渠鼎镬忧。更宜深避网，慎勿误吞钩。天下多庖者，无令落庶羞。"把鱼放入江湖并"叮嘱"它避开渔网，自由自在地游弋并得享天年。李复《放鱼》："胡忍事一饭，遽使刀俎亲。无罪就死地，恻然伤吾仁。解之谢来客，放尔归通津。不期明珠报，相忘乃吾真。"写救鱼于刀俎之下，以成"仁"意，即仁慈爱物的生态保护意识。王安石"物我皆畏苦，舍之宁啖茹"（《放鱼》），李流谦"咫尺波涛即胡越，不忍觳觫人心同"（《放鱼》），范成大"嗟予赎放岂徼福，忍把汝命供吾饕"（《放鱼行》），则从动物与人类同样具有苦乐感受的角度，表达了对生物的深切同情。陆游曾作《广德军放生池记》，从前代帝王各遂动植物生养之宜的做法出发，反对"暴殄天物，放而不知止"，而赞赏唐代修建放生池的行为。在陆游的诗歌中，我们常可看到诗人的"放生"善行："爱物停垂钓，劬身自荷锄"（《杂兴》六首其三）；"病来作意停鲜食，留得青钱买放生"（《病思》六首其三）；"送药时时过邻父，放鱼日日度溪桥"（《野兴》二首其一）。这种放生行为是对自由生命的尊重和爱护，是诗人对动物实行"仁道"的生态伦理精神的生动体现。

除了放鱼，宋诗中还有放飞鸟类而不食的善行，如陈宓《放鹧鸪》："有生惟万类，好恶与人参。以彼刳肠苦，为吾悦口甘。蔬餐人所尚，肉食我诚惭。放汝飞翔去，腾云更宿岚。"羁縻或杀戮是对动物物性的极大戕害，因而诗人们往往不忍为之，而是主动释放、保护它们。还有邹浩《放竹鸡》："鼓翅出樊笼，双飞意气同。便鸣泥滑滑，深应竹丛丛。善也还天性，时哉属岁丰。弋人情已得，宁复堕机中。"将生物放归自然，便是还原它们的天性，是符合生态之本义的。

宋诗中还有不少对于打猎场景的描述，也体现出作者对动物的同情。如王迈《猎者》："山中有猎者，设网张四隅。稚獐为所絓，性命悬庖厨。母獐至网外，踯躅相悲呼。明知猎者意，于己并觊觎。奈爱不可割，投网与子俱。猎者偶省悟，攒眉发长吁。纵之与偕活，长揖谢猎徒。焚网毁毒矢，放鹰逐韩庐。人物强非类，天性元不殊。爱母寝皮猿，惜子乔腹鱼。

人均作此念，可费佃与渔。猎者仁孝心，洞然贯体肤。彼为中国阱，愧见此猎无。"可见，猎人有时也会为动物界的母子亲情所打动，从而生出同情怜悯之心，放弃捕捉猎物。范仲淹《观猎》一诗在描写打猎的壮观场景之后感叹道："惟开三面者，盛德播弦匏。"劝诫人们对自然界生命手下留情。欧阳修则救鹿于罗网而驯之并最终放之于山林："朝渴饮清池，暮饱眠深栅。惭愧主人恩，自非杀身难报德。主人施恩不待报，哀尔胡为网罗获。南山蔼蔼动春阳，吾欲纵尔山之傍。岩崖雪尽飞泉溜，涧谷风吹百草香。饮泉啮草当远去，山后山前射生户。"（《驯鹿》）诗歌描绘了优美的自然环境和获救之鹿自由闲适的生存状态，饱含着对鹿的爱怜。这是对自由生命的尊重和爱护，也是人类对动物实行"仁道"的生态伦理精神的生动体现。

　　宋诗对于人与自然之间的不和谐音符亦有所反映。如陈舜俞《野烧》："急烧山上草，莫顾山下木。烧草得地美，欲种来岁粟。乘风纵巨燎，烈烈遍岩谷。既不问玉石，何暇爱麋鹿。寄谢种粟翁，乘时择嘉谷，无俾稂莠俱，还见故草绿。栋材已灰烬，著意规饱腹。"农人为了种庄稼而烧草，无暇顾及烈火殃及高大的树木、山间的玉石及麋鹿。人类为了满足自身的生存而除去所谓的"杂草""害虫"，破坏了其他动植物生存的生态环境，殊不知万物皆阴阳造化所生，自有其存在的权利和理由。

　　综上所述，宋代是一个善于探究物理、理性精神发达的时代，宋代理学家对天人关系作了深入的探讨，提出了"天人合一""民胞物与"等思想，而宋代诗歌亦表现出浓厚的生态伦理意识。宋代诗人主动与自然亲近的"物与"情怀、戒杀爱物思想及其放生举动等都在诗歌中淋漓尽致地表现出来，成为宋代诗歌在内容主旨方面的一个特色。

第三章

生态美的内涵与宋诗中生态美的呈现

对于"美"的性质问题,一般认为它是人的主观意识与外物的客观形态相契合的产物。如朱光潜先生认为:"美是客观方面的某些事物、性质和形状适合主观方面的意识形态,可以交融在一起而成为一个完整形象的那种特质。"[1] 可见,"美"是由人的意识、审美观念投射到外界自然物之上而产生的一个价值判断术语。还有一种观点认为,美是客观存在的,与人的主观意识无关。"物体的美是其自身价值的一个标志。当然这是我们的判断给予它的。但是,美不仅仅是主观的事物。美比人的存在更早。蝴蝶和鲜花以及蜜蜂之间的配合都使我们注意到美的特征,但是这些特征不是我们造出来的,不管我们看见还是没有看到,都是美的。"[2] 也就是说,无论人类认识到与否,美都是与事物相伴生的,它客观存在于自然物及其相互之间的协调关系之中。这就承认了自然物本身存在的美。尽管从自然科学的角度来说,自然界本身是自由自在、自然而然存在的,无论人是否发现、意识到都是如此,但是只有人类能够用自己的观念将自然界富有生机、万物和谐一体的状态概括为"美",并通过语言传达出来。"夫美不自美,因人而彰。兰亭也,不遭右军,则清湍修竹,芜没于空山矣。"(柳宗元《邕州柳中丞作马退山茅亭记》)自然景物的美正是通过人的表现和传扬而广泛地为人所知晓、认识并对之生出向往之情的。宋代葛立方《韵语阳秋》亦言:"余谓滁之山水,得欧文而愈光。"滁州就是因人因文而名的一个典型的例子。"境入东南处处清,不因辞客不传名。屈平岂要江山助,却是江山遇屈平。"(李觏《遣兴》)同样,中国东南部之清丽风景也是因文人骚客之歌咏而闻名于世。

---

[1] 朱光潜:《论美是客观与主观的统一》,《哲学研究》1957 年第 4 期。
[2] [德]汉斯·萨克塞:《生态哲学》,文韬等译,东方出版社 1991 年版,第 58 页。

宋代诗人善于从寻常的自然风景和人文景观中发现生态之美,并将这种美通过诗歌的艺术形式生动地展现出来。有宋一代吟咏自然物象,表现与山水花鸟为友、在与大自然的近距离接触中颐养身心的诗歌特别多,这一方面显示了诗人亲近自然的审美情趣,另一方面则为宋诗增添了一股浓郁的生态意味。

第一节　生态美的内涵与特征

古今中外的文人墨客对大自然的赞美俯拾皆是。自然之美景客观存在,但唯有诗人最敏于观察,善于感发,每每代众人而言之,且往往能够引起读者的共鸣。16世纪意大利作家巴达撒尔·卡斯蒂里奥尼说:"请看我们眼前的大千世界:广阔的天宇,明亮的繁星,海洋拥抱平原,山峦、峡谷、河流点缀大地,各式各样的树木和五彩缤纷的花草把世界打扮得千姿万态;不妨说,这是自然和上帝创作的壮丽、伟大的画卷。"[1] 由浩瀚天宇、广阔海洋、绚丽花草等组成的大千世界,的确就像是一幅造物主的杰作,其鬼斧神工、辉煌瑰丽,每每令人叹为观止。这是一种自然之美,具体呈现为雄奇险秀的形象美、五彩缤纷的色彩美、清音悦耳的声响美等诸种形态。生物及其周围环境的组合,形成一幅幅天然的图画,人类生存于其间,从广义上讲也成为自然美的一个组成部分。

然而,随着生态科学和生态美学的发展而产生的"生态美"概念,内涵与自然美有所不同。总体而言,"自然美"概念是与"艺术美"对举而言的,偏重于自然界静态的景观之美、天然无伪饰之美;而"生态美"概念则是与生态失衡相对立而存在的,偏重于事物之间动态的关系协调之美。自然美是自然事物自身所具备的审美价值,而生态美则存在于各生态因子之间尤其是人与自然的关系之中。"在自然美中,众多的生命与其生存环境所表现出来的协同关系与和谐形式,就是一种自然的生态美。……空气、水、植物在生命维持的循环中相互协同,这本身就是美的,并创造着美。"[2] 而这种美不是人为的,而是造化所成就的。对于人类而言,"生

---

[1] 中国社会科学院外国文学研究所编《欧洲古典作家论现实主义和浪漫主义》(一),中国社会科学出版社1980年版,第109页。

[2] 佘正荣:《生态智慧论》,中国社会科学出版社1996年版,第257页。

态美首先体现了主体的参与性和主体与自然环境的依存关系,它是由人与自然的生命关联而引发的一种生命的共感与欢歌。它是人与大自然的生命和弦,而并非自然的独奏曲"。[①] 生态美既包括自然界一定空间区域内的自然景物有机组合、协调布局所映现出的美,同时也包括作为生态系统重要因子的人类活动及其所开垦的田地、建筑的屋舍、桥梁、亭榭、楼台等与自然景物相协调所呈现的美。当然,自然美与生态美是相互联系、相互交融的。自然美是生态美生成的基础,生态美则涵盖包容了自然景物美、自然万物相互协调共荣共生之美。生态美的建构,是以和谐的生态秩序或曰生态伦理为前提和基础的,只有正常的、和谐的生态秩序才有可能带给人以协调、安恬的美感。

生态系统是一个由非生命物质的生命支撑系统和不同功能特性的生物体所组成的一个整体系统。其中,绿色植物是重要的生产者,它们通过光合作用制造出有机物质;各种动物和人是生态系统中的消费者,只能直接或间接地依靠绿色植物来维持生命;而各种微生物则是生态系统中的分解者,它们将有机体的残骸分解为无机物释放到环境中去。食物链体现着生态系统内部各要素之间的本质联系,把生物与非生物、生产者与消费者、消费者与消费者等连成一个整体系统,形成物质交换和能量转移的全过程。"在生物圈的时空范围内,各种植物、各种动物、各种微生物与自然环境编成目的—手段的立体交叉网络,保持着生物圈的生态平衡。它们具有内在的目的性和不可替代的内在价值。"[②] 动物、植物、微生物以及无机环境都是生态系统不可或缺的重要构成要素,各自发挥着不可替代的作用,维持着生物圈的平衡。

有学者把生态观念的具体内容概括为"生""和""合""进"四个字。"生",就是生气、生机、生命、生殖的意思,这是生命和生态的最基本的特征,崇生、惜生、护生、优生正是生态观念的灵魂所在。"和",即和平、和善、和谐,互有差异和矛盾的各种生物之间不仅能够互容共存,而且互补共生,相反相成,相克相生。"合",是合作、综合、融合的意思,这是指生物间互补共生的和谐关系上升到合作创生的新水平。

[①] 徐恒醇:《生态美学》,陕西人民教育出版社2000年版,第119页。

[②] P. W. Taylor, *Respect For Nature*, Princeton University Press, 1986, p.119.

"进",即进取、进化、进步,生命现象终究是要演化、进步的。① 这是有一定道理的,"生"是生态的第一要义,"和"与"合"则体现着生态的内在要求,那就是协调、共生,"进"是生物发展的必然趋势。笔者认为,生态观念还有一个重要因素可概括为"自",即自在、自由、自生、自灭,而无须过多人为的干预和改造。各种生命的诞生和存在是自然而然,非人力可以左右的,其自身的属性、特征、习性及其相互之间依存和利用的关系也是天然的,而非人类或任何有意志之物可以强加或改变。

总体而言,生态美的内涵和特征可概括为生机盎然、自由自适、欣然相处三个方面。万物之"生"是生态学之本质关怀,无生则一切无从谈起,生机盎然正是生态美最集中的体现,是构建其他形式的生态美的基础。万物自由自适、各得其所也是生态美的一个要义,如果违背自然物性,必定会破坏生态美。生命多样性、万物共生互容则是生态美更高一级的表现形态,是由生态各要素构成的关系网络所体现出来的一种协调之美。

一 生机盎然

中国古代哲学十分重视"生":"日新之谓盛德,生生之谓易"(《易传·系辞上》),"生生自庸"(《尚书·盘庚》),"天地之化,自然生生不穷","道则自然生万物。今夫春生夏长了一番,皆是道之生,后来生长,不可道却将既生之气,后来却要生长。道则自然生生不息"②,将"生"作为万物的本源和宇宙运动变化的动力。生生不穷,乃天地间亘古之机理,蕴含着无限奥秘。这种"生"物之理,古代哲学家往往以"道"名之,实际上指的就是大自然生生不已、阴晴圆缺、草木荣枯、周而复始的变化规律。程颢曰:"天地之大德曰生,天地氤氲,万物化醇,生之谓性,万物之生意最可观。"③ 将"生"视为天地之根本原理和德行所在。李觏《闵雨诗》云:"我闻皇穹大德在生育,爱养万物同婴儿。"认为"皇天"即自然界的最大恩德就在于生养万物。理学家喜观万物生意,也正是为了在万物之中体悟生命的生生不息。生机是地球上一切生命最本质

---

① 参见曾永成《文艺的绿色之思——文艺生态学引论》,人民文学出版社2000年版。
② (宋)程颢、程颐:《二程遗书》卷一五,上海古籍出版社2000年版。
③ (宋)程颢、程颐:《二程遗书》卷一一,上海古籍出版社2000年版。

的特征，诗人每每惊异于万物的"生意"并赞叹之。车尔尼雪夫斯基说："人若要发现自然是美的，就只须能够看出自然是生养万物的大怀抱，看出自然中也有类似人生中的生机，那就够了。"① 实际上，人作为万物之灵固然有着强大的生命力和创造力，而自然界其他生物的求生本能和顽强生命力每每令人类惊叹、钦佩，甚至自叹弗如。

"生态显示出来的第一特征，就是它充满着蓬勃旺盛、永恒不息的生命力。生态美是活性物质的光辉和韵律。绿色植物窃取天火，转换太阳能以维护自己的生命，并养育所有动物种群这一过程，贯注着永不衰竭的生命活力之美。"② "生态"的中心要义即在于生命，生态系统的运行正是维持生命的存在和再生的保证。生机，正是生命的表征，给人以希望、信心，令人振奋，而死亡和衰败则给人无望之感，令人情绪低落。"大树、灌木、花草是大地的饰物和衣装。再也没有比只有石子、烂泥、沙土的光秃秃的田野更悲惨凄凉的了。而当大地在大自然的吹拂下获得勃勃生机，在潺潺流水和悦耳的鸟鸣声中蒙上了新娘的披纱，它就通过动物、植物、矿物三界的和谐，向人们呈现出一派充满生机、兴趣盎然、魅力无比的景象——这是我们的眼睛百看不厌、我们的心百思不厌的唯一的景象。"③ 当我们身处自然之中，与天地万物融为一体时，我们就会感到心醉神迷，达到神与物游的化境。

生命现象是地球上最伟大的奇迹，而生物物种的多样性、生命个体的独特性，最能体现大自然的造化之功。世界上没有完全相同的两片树叶，每一个生命都是自然界的伟大创造，具有独一无二的价值。张载曰："人与动植之类已是大分不齐，于其类中又极有不齐。某尝谓天下之物无两个有相似者。"④ 程颢亦言："物之不齐，物之情也。"⑤ 正是由于生物的多样性、丰富性，才造就了富有生机和活力的大千世界。梭罗曾经说："你看这些莠草，有100万农人整个的春天夏天除它，然而它仍旧占优势，现在正在一切田埂、牧场、田野与花园上胜利地生了出来——它们这样精力旺

---

① [俄] 车尔尼雪夫斯基：《美学论文选》，缪灵珠译，人民文学出版社1957年版，第119页。

② 佘正荣：《生态智慧论》，中国社会科学出版社1996年版，第259页。

③ [法] 卢梭：《漫步遐想录》，徐继曾译，人民文学出版社1986年版，第88页。

④ (宋) 张载：《张载集》，中华书局1978年版，第322页。

⑤ (宋) 程颢、程颐：《二程遗书》卷二上，上海古籍出版社2000年版。

盛。我们而且用卑贱的名字去侮辱它——例如'猪草''苦艾''鸡草''鲥花'。它们也有雅致的名字——长生草、繁缕、枝移、雁来红……诸如此类。"[1] 所谓的"良木"和"莠草"其实只是人类从自身立场出发对植物所作的分类，天地间的任何生命都有其存在的天然价值和理由，都可以展示其勃勃的生机和生命的喜悦。从这一点来看，生命是平等的，一切生命都是值得敬畏的。适应环境顽强生长并谋求更有利的生存环境，几乎是一切生物的本能。

中国古代诗歌中常以"生意"来歌咏自然万物的生机勃发之态。唐人已有对草木之欣欣生意的歌咏："兰叶春葳蕤，桂华秋皎洁。欣欣此生意，自尔为佳节。谁知林栖者，闻风坐相悦。草木有本心，何求美人折？"（张九龄《感遇》其一）宋代文人对"生意"的吟咏更为普遍。苏轼诗文中多次出现"生意"一词，可见作者对于生命之根本特征即葱茏生机的觉识：

　　谁知深山子，甘与麋鹿友。置身落蛮荒，生意不自陋。
　　　　　　　　　　　　　　——《夜泊牛口》

　　夭桃弄春色，生意寒犹快。惟有落残梅，标格若矜爽。
　　　　　　　　　　　　　　——《许州西湖》

　　阴阳不择物，美恶随意造。柏生何苦艰，似亦费天巧。天工巧有几，肯尽为汝耗。君看藜与藿，生意常草草。
　　　　　　　　　　　　——《和子由记园中草木》其三

　　蠹皮溜秋雨，病叶埋墙曲。谁言霜雪苦，生意殊未足。
　　　　　　　　　　——《御史台榆、槐、竹、柏》之《榆》

　　兰菊有生意，微阳回寸根。方忧集暮雪，复喜迎朝暾。
　　　　　　　——《正月十八日蔡州道上遇雪，次子由韵》其一

---

[1] 转引自杨通进编《生态二十讲》，天津人民出版社2008年版，第39页。

穷年生意足，黄土手自启。

——《小圃五咏·人参》

所谓"生意"，指的就是生命蓬勃不息的意味和韵致，是生命有机体的基本表征。上述诗句中的"生意"主要是针对植物而言，指其萌动生长的态势，令人感到生命勃发的力量。由物之生机又推及人之精神体格，苏轼有时也用"生意"来指代人的命运或精神风貌，如被贬至儋耳后给友人写信曰："天之丧予，一至于是，生意尽矣！"（《与范元长》）奉赦北归后，又自述曰："某病甚，几不相见，两日乃微有生意。"（《与参寥子》其二十）另外，书法灵动之妙也可称之为"有生意"："伏阅妙迹，凛凛有生意。"（《答秦太虚》其七）可见，苏轼诗文中的"生意"与古代"生态"一词意义相近，只不过"生意"侧重于生命蓬勃的意味，形容的是物的"精神"；而"生态"侧重于饶有生机的姿态，形容的是物的外貌，所指较为具体。春日是最能让人感觉到生命的萌发生长的季节："律回岁晚冰霜少，春到人间草木知。便觉眼前生意满，东风吹水绿差差。"（张栻《立春日禊亭偶成》）花木在适宜的条件下生长茂盛不足为奇，而在穷山僻壤之中无名的野草、野花最能显现生命力的顽强；"春到穷山生意回，试凭山土育根荄。花开莫笑无名器，纵得名花未易栽"（吕陶《种花》）；"不入群芳谱，生机屑化工。十年多旷土，一种自春风"（林景熙《草花》）。"生意"既是古代"生"的哲学在自然界的生动呈现，也是诗人诗兴和诗歌诗意的重要来由。而草木所展示出的蓬勃生机亦给诗人的心灵带来欣悦，进而强化了其自身生命的"生意"。

宋代文人对于"生意"的来由即阴阳造化之力，也颇多关注。邵雍《小园逢春》："小隐园中白本花，各随红紫发新芽。东君见借阳和力，不减公侯富贵家。""阳和力"即春季万物所赖以萌发生长的和暖生物之力。范仲淹《牡丹》："阳和不择地，海角亦逢春。忆得上林色，相看如故人。"阳和力是普施万物的，这也体现了"造物主"的博大无私。吕夷简《江南立春》："灰律何时应，江春昨夜来。细风先动柳，残雪不藏梅。"可见诗人对季节变化所引起的物色之动体察何其细微。"雪里犹能醉落梅，好营杯具待春来。东风便试新刀尺，万叶千花一手栽"（黄庶《探春》）与"地暖春才半，蹊深气已暄。风光何处好，雪浪此时翻。匀似金刀剪，装成玉杖繁"（强至《李花》）则是采用拟人手法，将造化运行之无形规律具形化为一双类似于人的裁剪之手。宋代诗人所言"阳和""东风"等，其实就是对植物生长所凭借的外部温度、气候等生态因素的感知，只不过将其具体化、诗意化了。

二 自由自适

生态之美原本就是一种宇宙自然之美，"乃天造地设，自然生成，并非人力而致，不像文化之美、艺术之美都是人的创造，属人造之物"[1]。也就是说，生态美意味着生命自然无伪的本然状态，而不具有人类艺术加工之物的目的性。大自然不存在确定的含义、明确的目的性，而是具有更强的普泛性和开放性，因此诗人面对大自然的审美也是非常自由、轻松、无碍的。

生态的另一个典型特征在于各种生命的"自由自适"，即万物自由自在地存在、生长，而不被人为改变或扭曲。"天致其高，地致其厚，月照其夜，日照其昼。阴阳化，列星朗，正其道而物自然。故阴阳四时，非生万物也。雨露时降，非养草木也。神明接，阴阳和，而万物生矣。故高山森林，非为虎豹也。大木茂枝，非为飞鸟也。流源千里，渊深百仞，非为蛟龙也。致其高崇，成其广大，山居木栖，水潜陆行，各得其所宁焉。"（《淮南子·泰族训》）自然界具有一种无目的性，一切都是按照其本来的面目和功能自然而然进行的。人类在自然界中的存在也应当是自由无碍的，正如黑格尔所说："人必须在周围世界里自由自在，就像在自己家里一样，他的个性必须能与自然和一切外在关系相安，才显得是自由的。"[2]怡然自适一直是人们所追求达到的心灵境界。"当主观虚一而静的心境朗现出来，则大地平寂，万物各在其位、各适其性、各遂其生、各正其正的境界，就是逍遥齐物的境界。"[3]尘世间的喧扰纷争，人生际遇的坎坷偃蹇，往往给人带来不安定、不自在之感，而当以虚静之心感知天地万物时，就可以暂时泯灭物我分别，而达到一种逍遥自适的境界。这是对生态哲学的体悟，也是生态审美之功效。诗人在与造化合一的和谐意境中，更

---

[1] 胡经之：《生态之美何在》，载曾繁仁主编《人与自然：当代生态文明视野中的美学与文学》，河南人民出版社2006年版，第15页。

[2] ［德］黑格尔：《美学》（第一卷），朱光潜译，商务印书馆1979年版，第322页。

[3] 牟宗三：《中国哲学十九讲》，上海古籍出版社1997年版，第116页。

加洞彻到生命的本质,看花开花落、雁去雁回、鱼跃鸢飞,万千生命都依其本能本性自然而然地存续,而不加任何伪饰。

诗人们既然向往生命的自由状态,便屡屡在诗中咏叹自然风物和各种动植物的自然之态、自得之乐。"虚明见纤毫,羽虫亦飞扬。物情无巨细,自适固其常。"(杜甫《夏夜叹》)无论形体大小,安适应当是生命的常态,也是生态美形成的重要因素。吕陶《晚倚南楼》:"野情无限物无穷,一凭危楼又晚空。过雨郊原浑积翠,送春亭榭尚余红。烟光已属绡图上,湖影初归宝鉴中。飞鸟潜鱼应自得,倚栏小憩豁双瞳。"在一幅美如绡画的郊原暮景中,飞鸟潜鱼是那样的安闲自得,让诗人的心胸也开阔起来。可以说,鱼、鸟是中国古代诗人笔下最常见的自在生命的象征。鱼类本无知,但在诗人眼里,水中的游鱼是那样的自得自乐:

波清日暖足优游,去去来来总自由。

——袁燮《观鱼》

风波不到处,修鳞自徜徉。一与芳饵辞,此乐殊未央。借问那得知,吾人亦相忘。

——张守《鱼乐亭》

昔闻鱼可羡,今见鱼可愧。邂逅临池处,潇洒出尘意。秋风八月起江湖,水染绀碧霞绮疏。悠然掉尾波间去,须信人生不及鱼。

——孔武仲《愧鱼亭》

游鱼本无知,只是依其本能来来去去地游弋、觅食,但在诗人眼里,却是那样的自在自得。这是人们人为地附加于鱼类之上的特征,虽然有想象的成分,却寄托着人类自身对于自由无羁的向往。水边江鸥安闲自得的意态也令诗人羡慕:"酒旗鱼艇两无猜,月影芦花镇相得。离筵一曲怨复清,满座销魂鸟不惊。人生不及水禽乐,安用虚名上麟阁。"(徐铉《又题白鹭洲江鸥送陈君》)飞鸟也是自由生命的象征:"枝禽亦似欣欣意,飞入烟林自在鸣。"(李曾伯《宁国道间喜晴》)白云本为无生之物,但在诗人笔下,却常以"无心"、自去自来形容之,似乎把它也当成了有生之物:"好鸟自飞还自下,白云无事亦无心。"(曾巩《静化堂》)游鱼的安闲与飞鸟的自在被诗人体悟日久，渐渐地成为人们固定的思维模式，于是在很多情况下就同时出现，或上下句对举，或将"鱼鸟"合为一个词："禽鱼皆遂性，草木自吹香"（陆游《雨后》）；"群鱼散漫吸新水，好鸟间关啼翠阴。悠然物我俱自得，一霎南风吹我襟"（孔平仲《池上》）。群鱼嬉戏游弋、鸟儿婉转自鸣，这是物性使然，而人类因为有自我意识而诞生出种种烦恼，便往往借助于体验其他生物之自得来实现自身的悠然自得。"门前杨柳树，长系波头船。隔岸几人家，青林吐炊烟。飞鸟逐林间，游鱼跃深渊。物各适其性，于人胡不然。"（罗椅《题信丰县城门六首·安成》）诗人由物性之自然，联想到人生之适意。"岂知世外人，长与鱼鸟逸。"（苏轼《送灵上人游庐山》）所谓"逸"，即超脱自适，不为尘俗所束缚。陆游更是直言"适意"之于人生的根本性："人生适意方为乐，甲第朱门只自囚。"（《西岩翠屏阁》）认为人只有任其性情生活才能够快乐，而追求仕禄会带来身心的束缚。这是对人生存的精神生态的关注。

除鱼、鸟之外，其他自然物象的自得之态也时常为诗人所咏叹，如："仰看翔翩俯游鳞，物意容容各自春。遥想沧江五君子，长身玉立伴闲人。"（魏了翁《再和招鹤》其一）诗人俯仰天地，飞鸟游鱼都是那样的意态安然，"物意容容各自春"是自由无碍的生态精神的生动概括；"鹤"娴静优雅，也成为闲适、高洁的君子人格的象征。苏舜钦《过苏州》："绿杨白鹭俱自得，近水远山皆有情。"则把"绿杨"与"白鹭"并举，刻画动植物生命之自在自得。"鸢在青天鱼在川，马牛谁络更谁穿。"（许及之《次谏长韵赠严处士》）鸢鱼自由，牛马也不应被人类所羁縻，这是对生物本性的尊重，但在现实中却难以实现。"幽泉大自在，映月泻潺湲。"（罗椅《秋日杂兴》二首其一）泉水也是那样的悠然自得，从容不迫地缓缓流淌。"幽兰怀春风，葭蓬亦芽苗。同时不同调，物物自生活。"（孙应时《和答陆华父》）在同一个生态系统中，各种生物都有其自身独特的姿态、本能、习性，自由自在地存续，不相干预、不相攻伐。"鹏鷃逍遥意，鸠鹰变化时。物生良自足，天命本无私。"（孙应时《高南仲自云间归退轩盖明府以四诗送之末章专以见及南仲索和遂次其韵》）造化无私，万物各依照其本性而生存，自在自足，这也体现了一种生态之美。

万物本于天地间自得自乐，人类制造的"网罟之祸"则是对这种自由物性的戕害。扩而言之，人与其他生物一样，也有着向往自由的本性，但某一社会共同体内的各种思想体系、道德传统、生活方式等，则交织成错综复杂的无形网络，规范、导引着人们的各种行为。从生态学角度来讲，这一张张无形之网何尝不是对人的自由本性的一种规范和约束呢？

三 欣然相处

万物欣然相处是生态美最集中的体现。万物一体、共生共荣的整体观、和谐观是生态学的基本观念。西方绿色和平运动于1976年提出了《相互依赖宣言》："地球是我们'身体'的一部分，我们必须学会像尊重我们自己一样地尊重它；正像爱我们自己一样，我们也必须爱这个星球上的一切生命。"同时宣言还提出了生态学的三大原则："1.一切生命形式都是互相依赖的；2.生态系统稳定性取决于它的多样性和复杂性；3.所有资源都是有限的，所有生命系统的生长也是有限的。"[①]"相互依赖"即生态学的本质内涵所在，人们只有从思想上认识到万物一体，地球生物界与人类的生存休戚相关，才能真正地去关心其他生物，最大程度上做到与自然万物和谐相处。生态之美，是地球上万千生物共同弹奏的乐章。由个体组成种群、群落，构成一个个地域性生态系统，进而构成整个地球生态系统。生物种类繁多，千奇百怪，它们之间的关系错综复杂，其互相依赖、互相斗争、共存共荣，令人称叹。生物物种的多样性、共生性、协调性是生态美的题中应有之义。生态学家认为："从生命与环境的关系中我们便看到了生态美的深刻的本体论含义：生命是建立在生命之间、生命与环境之间相互支持、彼此依赖、共同进化的基础上。每一生命包含着其他的生命，生命之间相互包含，生命本身也包含着环境，没有谁能单独生存。生命之间的关系、生命与环境的关系，与生命的存在同样真实。这就是生态学的场本体论。"[②] 所谓"场"，就是指各种生命与其无机环境交织成的一个个自给自足的生态系统。生命之间、生命与环境之间的关系是切实存在的，任何生命都不可能脱离这种有机联系而独立存在。"生态美是充沛的生命与其生存环境的协调所展现出来的美的形式。通过这种形式，生物与环境之间的交流融合、协同合作的关系透露出内在的'神性'，焕

[①] 余谋昌：《生态哲学》，陕西人民教育出版社2000年版，第12页。
[②] 参阅 J. B. 卡利科特《生态学的形而上学含义》，余晖译，《自然科学哲学问题》1998年第4期。

发出美的光辉。"①"美"的存在本身即应体现为一种协调,各事物之间关系的均衡融洽。

生态精神是尊重物种多样性的,因而万物和谐相处并非泯灭差别,等同划一,而是在保持个体特性的基础上的共生共荣。"夫和实生物,同则不继。以它平它谓之和,故能丰长而物生之;若以同裨同,尽乃弃矣。故先王以土与金木水火杂以成百物。"(《国语·郑语》)所谓的"和谐相处",也并非完全没有竞争和残杀,而是依照生物各自本性的正常相互作用。"和谐是生命之间相互支持、互惠共生以及与环境融为一体展现出来的美的特性。……物种之间的竞争通常导致的是多样性而不是灭绝。在植物中,并不是单一的优势物种取得生存权,高大的乔木下也生长着矮小的灌木或更低的草类植物,它们和谐地相处,充分地利用着环境提供的生存条件。在动物中,不同物种也是相互依赖、相互制约、互利共生的,甚至捕食者与被捕食者的关系也有互利的一面,与环境也是和谐的。……正是众多的生命之间的相互合作及其与环境的协调,造就了生态景观的和谐美。"②这段话恰如其分地论述了"和谐"的真正内涵,即"和谐"并非没有生存竞争,在自然选择基础上实现的物种进化也是不同生物之间互惠共生关系在更高层次上的一种表现。因此,人们对生态美的感知也不能停留在外在的颜色、形态、对称性等感性直观形式方面,而要深入到物种之间、生物与周围无机环境之间的协调关系中去。

在中国古代天人合一、万物共生的哲学思想背景下,诗人们往往具有一种朴素的生态意识,以敬畏之心欣赏、善待其他生命,因而诗歌中大多呈现出一种物我欣然相处的生态之美。"在中国的古代哲学思想中,人与自然是在同一个浑然和谐的整体系统之中的,自然不在人之外,人也不是自然的主宰,真正的美就存在于人与自然的和谐中,最大的美就是人与天地、万物之间的那种化出化入、生生不息、浑然不觉、圆通如一的和谐。这不但是一种超越了功利的和谐,甚至也是超越了概念与逻辑、超越了人类语言的和谐。"③中国古代诗歌对这种物我相感、天人浑然一体的和谐

---

① 佘正荣:《生态智慧论》,中国社会科学出版社1996年版,第258页。
② 同上书,第260—261页。
③ 鲁枢元:《生态时代:中西学术精神流向的新格局》,载曾繁仁主编《人与自然:当代生态文明视野中的美学与文学》,河南人民出版社2006年版,第77页。

意境的表现，使其呈现出一种独特的诗意和韵味。人类与自然界其他生命物种之间存在着一种天然的亲和性，这种亲和性源自生命本源的同一，也正是人与万物欣然相处的心理基础。人们渴望亲近自然、体验自然，在与大自然的亲密接触中获得生命本质的印证和自我精神的升华。中国古典诗歌呈现出人与自然的和谐相处之美，是一种真正的生态美，也是"诗意"产生的重要来由。《诗经》中已出现了大量对活泼泼的动植物情态的描写，或以各种物态起兴或作比，抒写人的情感和活动，人与物是那样和谐无间地融合在一起，故而有人称"《诗经》所体现的是一种'天人之和'之'志'，是一种古典形态的生态人文主义"①。在古代诗人眼中，自然界的花鸟虫鱼、山川草木都成了他们可以嬉戏、可以晤谈的朋友。这种以物为友的情怀源自古老的"万物有灵"观念，进而演化为一种对万物的生态关怀。在诗人笔下，人与生物的相处是那样的亲密无间："爱此江边好，留连至日斜。眠分黄犊草，坐占白鸥沙。"（王安石《题舫子》）诗人睡卧江边，与黄牛共享青草；而醒后坐起，又与白鸥共占白沙。这样的诗句是诗人非有爱物之心、与物亲和之感所不能道出的。"春芜满地鹿忘去，夏木成阴莺自来。"（陆游《小园》）春草流莺等各种动植物均依时节而动，进入诗人的小园之中，对人没有惧怕和戒心，这正是诗人们所欣然向往的境界。

值得注意的是，宋诗中多次出现了"和"这一词汇，一般为和暖、和谐之意，涵盖了"天象之和""人事之和""天人之和"等，而"天人之和"最能体现生态之美韵。王禹偁《花权赋》序曰："天地权四时，四时权万物，于是万物各得其权矣。万物间钟英萃秀，若花之权得之和煦，而失于风雨，仅累乎人事之倚伏邪？"② 天地主宰四时，四时主宰万物。譬如花朵，唯有得和暖适度之气，方能盛开，若遇风雨交加则憔悴矣。"谷鸟有和声，杖藜北园路"（张耒《谷鸟》），写诗人倾听谷鸟的和鸣；"风光明淑奈渠何，非暖非寒直是和"（杨万里《春晓》），"和"指温度适中，催生万物；"阳春催物态，清暇养天和"（韦骧《和适意》），言天

---

① 曾繁仁：《试论〈诗经〉中所蕴涵的古典生态存在论审美意识》，《陕西师范大学学报》（哲学社会科学版）2006年第6期。

② 曾枣庄、刘琳主编《全宋文》（第七册），上海辞书出版社、安徽教育出版社2006年版，第258—259页。

象和暖，人亦适意。在自然界中，谷鸟和鸣，阳春晴和，是天象之和的表现，万物沐浴其中亦感到安适和乐。欧阳修《六一诗话》评唐代严维"柳塘春水漫，花坞夕阳迟"两句诗"天容时态，融和骀荡，岂不如在目前乎？"气象融和，令人读之便觉欣然感发。诗人有时还将自然现象与人事联系起来，将自然界之奇景视为人间祥瑞的象征，如"天地有至和，薰蒸效兹祥。异哉桃李蹊，葩萼俱作双。纷纷承朝露，一一含春阳"（李处权《赋樊氏园双花》）以及"朝和物和天地和，荐之千载之一时。主人生平不好异，一见错愕开双眉"（李曾伯《咏荆州瑞莲》），将葩萼成双视为祥瑞，也体现了"天人之和"的朴素生态意识。"和"的意义由"和暖""祥和"到"和谐"，意思逐渐深化，而"生态美"之万物和谐、天人和谐的本义也逐渐显现。

综上所述，由"生态"重视生命、尊重自由、倡导和谐的应有之义出发，"生态美"即体现为一种生机美、自由美、协调美。此外，物种的多样性，气象的怡人，大气、水质等生态环境要素的相对无污染，也让人体验到一种生态的美感。

第二节　宋诗中所展现的江浙一带生态图景

如前所述，中国南、北方在气候、物产、地形地貌等方面差异较大，南方有着相对温暖湿润的气候，有利于植被的生长及动物的活动。到了宋代，特别是南宋时期，北方人口大量南迁，南方天然的优良生态条件日益得到开发和利用，文化也随之兴盛起来。这一时期中国经济和文化重心的南移、北人南迁以及士大夫为官时期的游历、任调，都使宋诗对南方生态景观的表现大为增多。宋代在南方地区置淮南东路、淮南西路、江南东路、江南西路、两浙路，大致包括今江苏、安徽、江西、浙江几省。本节我们拟选取描写最具江南水乡特色的江浙一带（现代行政区划意义上的）景色的诗歌为代表，来分析考察宋代诗歌中所展示的生态美景。

江南，泛指长江以南区域，历代因行政区划的不同而涵盖的具体地域有所不同。宋代的江南东路、西路，辖境大致相当于今江苏、江西二省，而明清则以太湖平原的苏州、淞江、常州、杭州、嘉兴、湖州、太仓六府一州为江南。广义的"江南"涵盖了长江中下游流域以南，南岭、武夷山脉以北地区，即今苏南、皖南以及浙江全境。"江南"作为一个约定俗成的区域概念，凝结着深厚的历史与文化积淀，古典诗文对于"江南"的描述越来越增加了其富庶、温润、诗意的色彩，日益丰富着这一概念的语义。以"杏花春雨"为江南之典型风景特征，较早见于元代诗人虞集《腊日偶题》："为报道人归去也，杏花春雨在江南。"但是，江南之柔婉春景、清灵山水一直是存在的，只是一经虞集"杏花春雨"道出，这一意象遂得以强化，成为江南生态美景的代名词。苏轼《寒芦港》："溶溶晴港漾春晖，芦笋生时柳絮飞。还有江南风物否，桃花流水鳖鱼肥。"以"桃花流水鳖鱼"为江南风物的代表，同样道出了江南景物的特色。

江南的春天是最富于生机和美韵的，因而诗人对江南春季景象的描写和咏叹颇多："玲珑楼阁江城晚，杨柳丝丝凝碧烟。飞燕不归春满地，百花香里听啼鹃。"（邹登龙《江南春》）和风丽日，鸟语花香，这是典型的江南春景，也是自然生态之生机美、自在美、和谐美的生动展现。其他许多诗歌虽不言"江南春"，但所咏大多为春景。金君卿《南塘》："二月江南烟雨多，南塘一夜涨春波。堤边游女最归晚，争引渔舟作棹歌。"写江南春季雨多的气候特色，并引出人物的活动。而张耒的《江南曲》描写江南女采莲的欢乐场景："平湖碧玉烟波阔，芰荷风起秋香发。采莲女儿红粉新，舟中笑语隔烟闻。高系红裙袖双卷，不惜浮萍沾皓腕。争先采得隐船篷，多少相欺互相问。吴儿荡桨来何事，手指荷花示深意。郎指莲房妾折丝，莲不到头丝不止。月上潮平四散归，舟轻楫短去如飞。断肠脉脉两无语，寄情流水传相思。"景美人情亦美，相映成趣。"江南杨柳春，日暖地无尘。渡口惊新雨，夜来生白蘋。晴沙鸣乳燕，芳草醉游人。向晚前山路，谁家赛水神。"（释善昭《东林寺》）东林寺位于今江西庐山西麓，当时属于江南西路辖境，故称之为江南。此诗突出了江南春日水多、花草繁茂的特色。"江南二月多芳草，春在濛濛细雨中。"（仲殊《润州》）润州属于今镇江，春日雨量充沛也是江南气候的一个特色。"山从天目成群出，水傍太湖分港流。行遍江南清丽地，人生只合住湖州。"（戴表元《湖州》）湖州地区山多水多，亦体现了鲜明的江南特色。本节拟以吴中、山阴、西湖三个典型性江南区域和景观为例来讨论宋诗所呈现的生态美景。

一 吴中

吴中，即今江苏吴县，春秋时为吴国都城，古亦称吴中，向来以水多闻名。水是生命之源，是地球的血脉，人类对于水有着天生的依赖和亲和之感。"天一生水"（《尚书大传·五行传》），水居五行之首。老子曰："上善若水。水善利万物而不争，处众人之所恶，故几于道。居善地，心善渊，与善仁，言善信，政善治，事善能，动善时。夫唯不争，故无尤。"（《老子》第八章）赋予水以崇高的道德内涵。宋代诗人丁谓咏"水"曰："积润浮天大，长源带地雄。至柔知不器，上善若无功。静与澄心等，清将照胆同。淡交如我与，颜饮乐其中。"（《水》）因为有了水，万物才得到滋养，从而焕发出勃勃生机。

水多是江南典型的地域特征，故有"江南水乡"这一引人无限遐想的美称。水乡是富于诗意的，常常带给诗人浪漫的遐想和纯净的情感，进而发之于诗作。"君到姑苏见，人家尽枕河。古宫闲地少，水港小桥多。夜市卖菱藕，春船载绮罗。遥知未眠月，乡思在渔歌。"（杜荀鹤《送人游吴》）这首著名的诗歌几乎成为苏州的城市名片。郑宣《上苏州水利书》曰："天下之利莫大于水，水田之美无过苏州。"① 极言苏州水的优势地位。河、湖等各种形态的水体的普遍存在，显示出苏州生态环境的特优性，进而成就了此地经济的发达、人文的兴盛。而且江南水体大多平和如镜而无大风大浪，颇具怡人性和亲和性，其晶莹澄澈、温润恬静、平静柔美的美学特征，都给人以生态审美的愉悦之感，令人览之有净化心灵、藻雪精神之效。水是灵动、鲜活的，层层涟漪仿佛能够拂动人的心绪，令人浮想联翩。水面清澈平静时便有了周围无数景物优雅的倒影，扩大了人的视界，可谓水与天光云影共徘徊。

太湖位于江苏省南部，大部分水域濒临苏州，是我国第三大淡水湖，古称震泽、具区、笠泽，由长江、钱塘江下游泥沙封淤古海湾而成，烟波浩渺，既可发挥灌溉之利，又颇具生态旅游和审美价值。宋代诗人对太湖的歌咏也是咏叹吴中美景的一个重要方面。翁卷《过太湖》："水跨三州地，苏州水最多。"言太湖面积广大，而苏州所占水域最多。宋代罗处约《题太湖》："三万六千顷，湖侵海内田。逢山方得地，见月始知天。南国吞将尽，东溟势欲连。何当洒为雨，无处不丰年。"写太湖的广阔浩渺，设想湖水上升为雨，灌溉农田，海内将无处不丰收，颇具理趣。范成大

---

① 曾枣庄、刘琳主编《全宋文》（第七五册），上海辞书出版社、安徽教育出版社 2006 年版，第 374 页。

《苏州十咏·太湖》："有浪即山高，无风还练静。秋宵谁与期，月华三万顷。"极言太湖之浩渺、壮美。苏颂《望太湖》："杳杳波涛阅古今，四无边际莫知深。润通晓月为清露，气入霜天作暝阴。笠泽鲈肥人脍玉，洞庭柑熟客分金。风烟触目相招引，聊为停桡一楚吟。"写太湖景色之浩渺与物产之丰饶。钱昭度《怀具区》："平生爱具区，岛屿交陂湖。竹雨笼鸂鶒，花烟湿鹢鸩。神仙疑有宅，鱼鳖自为都。何事劳长想，机云本是吴。""具区"即太湖，此诗写太湖之上的气象及生物状况，可见其物产之丰饶。陈舜俞《太湖一首和姚子张》："太湖可渔山可樵，渔樵隐者非一朝。"则由湖山之美景生出归隐之思。此外还有对吴地松江秋景的描绘，如姚铉《松江》："句吴奇胜绝无俦，更见松江八月秋。震泽波光连别派，洞庭山影落中流。汀芦拥雪藏鱼市，岸橘香风趁客舟。清兴不穷聊一望，烟空云霁倚层楼。"波光山影，游鱼岸橘，清景无限。

　　宋代苏州籍诗人有范仲淹、范成大、范师道等，他们对于家乡山水的热爱形诸诗篇。范仲淹《送常熟钱尉》："姑苏台下水如蓝，天赐仙乡奉旨甘。梅淡柳黄春不浅，王孙归思满江南。"突出了苏州水的澄澈与植物的柔美，表达了对故乡的依恋之情。其《横塘》诗曰："南浦春来绿一川，石桥朱塔两依然。年年送客横塘路，细雨垂杨系画船。"绿色满川，最具生态意蕴；细雨垂杨，送客横塘，怡人的美景更增添人的离愁。范成大曾作《苏州十咏》，歌咏苏州十处著名的山川风景，其中《洞庭山》云："吴山无此秀，乘暇一游之。万顷湖光里，千家橘熟时。平看月上早，远觉鸟归迟。近古谁真赏，白云应得知。"洞庭山位于太湖东南部，分为洞庭东山和洞庭西山，东山是深入太湖中的一座半岛，西山是太湖中最大的岛屿，故诗人言"万顷湖光里"。山上有橘、杨梅等各种果树，既具有绿化环境之功效，又具有一定的经济价值。范师道曾描绘位于苏州西南部的天平山的风光："旦暮常白云，表里皆珍石。烟岚十里光，松桂四时色。我因一纵游，烦襟一开释。"（《天平山》）白云、珍石、烟岚、松桂，勾画出天平山上优美的自然生态。

　　姑苏美景名闻天下，因而送人游姑苏者往往在诗中勾勒吴中山水之美，表达自己的向往之情。如欧阳修《述怀送张惣之》："东吴山水天下秀，羡君轻舟片帆逗。"夸赞吴地山水之美，羡慕友人有幸前往。张良臣《送人游姑苏》："儿时吾亦寄君州，细细听君说旧游。处处绿波通酒巷，女郎多在采菱舟。"突出了姑苏的水乡特色。释行海《送人之姑苏》："片帆归去百花洲，今日因君忆旧游。泽国风烟多好景，洞庭林壑最宜秋。垂虹未霁难收影，顽石如今不点头。记得一番吟最苦，翻然惆怅为吴钩。"姑苏之"百花洲"及"泽国"景象，给人一种梦幻般的美感。曾经在苏州为官、生活或途经此地的诗人，也每每为其地生态美景所打动，妙笔成篇。刘过《泊船吴江县》："草树连塘岸，人家半橘洲。"河塘众多，植物繁茂，人家傍水而居，是苏州水乡的人居特色。杨万里《泊平江百花洲》："吴中好处是苏州，却为王程得胜游。半世三江五湖棹，十年四泊百花洲。岸旁杨柳都相识，眼底云山苦见留。莫怨孤舟无定处，此身自是一孤舟。"写十年之中四度经过苏州百花洲，对此间风物已经产生了深厚的感情。范仲淹亦曾作《献百花洲图上陈州晏相公》："穰下胜游少，此洲聊入诗。百花争窈窕，一水自涟漪。洁白怜翘鹭，优游羡戏龟。阑干红屈曲，亭宇碧参差。倒影澄波底，横烟落照时。月明鱼竞跃，春静柳闲垂。万竹排霜杖，千荷卷翠旗。菊分潭上近，梅比汉南迟。岸鹊依人喜，汀鸥不我疑。彩丝穿石节，罗袜踏青期。素发频来醉，沧浪减去思。步随芳草远，歌逐画船移。绘写求真赏，缄藏献己知。相君那肯爱，家有凤凰池。"将百花洲图上之水体、花卉、鸥鹭、芳草等一一写入诗中，淋漓尽致地描绘出了百花洲的生机盎然之景。

二　山阴

越州山阴，即今浙江绍兴市，自王羲之《兰亭集序》一出，绍兴兰亭便成为著名的风雅之地。会稽山、鉴湖也是生态环境优良之地，故常常为诗人们所歌咏。宋代诗人对于山阴的歌咏，以陆游为最。陆游是山阴人，宦游后退居家乡，以其充沛的精力和雄厚的笔力创作了大量描写当地清丽风景的名篇佳作。作为一位诗人，陆游热爱自然、亲近自然，有着强烈的戒杀爱物思想和物与情怀，又常有融入自然、回归本真的"野性"之思，因而吟咏山川风物成为他在爱国主题之外的又一大诗歌创作主题。而陆游家乡山阴的典型江南水乡风光，恰好为其提供了得天独厚的创作资源。"造物有意娱诗人，供与诗材次第新。"（陆游《冬夜吟》）山川常在，而诗材常新，故诗歌佳作源源不断。

"吾州清绝冠三吴，天写云山万幅图。"（陆游《小雨泛镜湖》）以天工画图比喻家乡之美景，颇有自豪之意。"五百年前贺季真，再来依旧作闲人。一生看尽佳风月，不负湖山不负身。"（陆游《秋日杂咏》）自然界美景与诗人之审美眼光相遇，则两合矣，既不"辜负"青山，也不枉自己爱山之心志。事实上，诗人的确饱享家乡的山川丽景："吾庐镜湖上，傍水开云扃。秋浅叶未丹，日落山更青。"（陆游《吾庐》）越州人家往往傍水而居："傍水无家无好竹，卷帘是处是青山。"（陆游《故山》）青山翠竹随处可见，郁郁葱葱，生机无限。"叶底珍禽不受呼，弄风小蝶点残芜。舍南舍北秋光好，到处皆成一画图。"（陆游《秋日杂咏》）画图是静的，而自然生态之景观则是充溢着生命之生机与灵动的。幽居于青山绿水之间，远离尘世喧嚣，正好与诗人返璞归真的精神相契合："万家水竹古山阴，拣得幽居惬素心。"（陆游《幽居》）直至后来，陆游仍深情地怀念湖边闲居的生活："我家山阴道，湖水淡空濛。小屋如舴艋，出没烟波中。天寒橘柚黄，霜落穤稬红。祈蚕箫鼓闹，赛雨鸡豚空。叉鱼有竭作，刈麦无遗功。去年一月留，行役嗟匆匆。今年归兴动，舣舟待秋风。社饮可欠我，寄书约邻翁。"（陆游《病中怀故庐》）诗歌中对水乡风俗的描写，深具人情之美。

陆游在诗中所描绘的家乡的具体景观，包括兰亭、稽山、镜湖等，如《兰亭》："兰亭绝境擅吾州，病起身闲得纵游。曲水流觞千古胜，小山丛桂一年秋。酒酣起舞风前袖，兴尽回桡月下舟。江左诸贤嗟未远，感今怀昔使人愁。"写兰亭美景，兼怀东晋王羲之诸贤曲水流觞之风雅。又如《兰亭道上》："湖上青山古会稽，断云漠漠雨凄凄。篮舆晚过偏门市，满路春泥闻竹鸡。"则更具人间烟火气息。对稽山的咏叹，如《稽山》："我识康庐面，亦抚终南背。平生爱山心，于此可无悔。晚归古会稽，开门与山对。奇峰绾髻鬟，横岭扫眉黛。岂亦念孤愁，一日变万态。风月娱朝夕，云烟阅明晦。一洗故乡悲，更益吾庐爱。东偏得山多，寝食鲜不在。宁无度世人，谈笑见英概。御风倘可留，为我倾玉瀣。"诗人爱山，居地即与山为邻，以女子之髻鬟、眉黛作比，描写稽山之变幻万态，可见诗人对稽山的赏爱之意。《稽山行》则对此地的风俗人情有着生动的描绘："稽山何巍巍，浙江水汤汤，千里亘大野，勾践之所荒。春雨桑柘绿，秋风秔稻香。村村作蟹椴，处处起鱼梁。陂放万头鸭，园覆千畦姜。春碓声如雷，私债逾官仓。禹庙争奉牲，兰亭共流觞。空巷看竞渡，倒社观戏场。项里杨梅熟，采摘日夜忙，翠篮满山路，不数荔枝筐，星驰入侯家，那惜黄金偿。湘湖莼菜出，卖者环三乡。何以共烹煮，鲈鱼三尺长。芳鲜初上市，羊酪何足当。镜湖澹众水，自汉无旱蝗。重楼与曲槛，激滟浮湖光。舟行以当车，小伞遮新妆。浅坊小陌间，深夜理丝簧。我老述此诗，妄继古乐章。恨无季札听，大国风泱泱。"某一地域的风俗总是依托当地自然生态条件而产生的，具有鲜明的地方特色，风土人情也是生态美景的重要组成部分之一。鉴湖，又称镜湖、长湖，是会稽郡的重要水利资源："鉴湖之广，周回三百五十八里，环山三十六源。自汉永和五年，会稽太守马臻始筑塘，溉田九千余顷，至宋初八百年间，民受其利。"[1] 鉴湖还是重要的自然景观："镜湖春游甲吴越，莺花如海城南陌。十里笙歌声不绝，不待清明寒食节。青丝玉瓶挈新酿，细柳穿鱼初出浪。花外金羁络雪驹，桥边翠幕围螭舫。怕雨愁阴人未知，时时微雨却相宜。养花天色君须记，正在轻云嫩霭时。"（《春游》）春季是生机盎然的季节，草长莺飞，繁花似锦，游人亦笙歌不绝，真有天堂般的烂漫！

陆游之外，其他浙江籍诗人或为官、漫游至山阴的诗人，对此地生态美景亦赞赏有加。"越山长青水长白，越人长家山水国。"（王安石《登越州城楼》）"山水国"是对浙江一带水乡特色的生动概括，暗寓着诗人对生态佳胜之地的向往之情。柴望《越山》："吴越山分两岸青，遥遥帆影是西兴。江花历乱如红雨，云树高低似画屏。"以画屏譬喻云树之美。江湖派诗人戴复古是浙江台州人，曾向陆游学诗，作《会稽山中》云："晓风吹断花稍雨，青山白云无唾处。岚光滴翠湿人衣，踏碎琼瑶溪上步。人家远近屋参差，半成图画半成诗。若使山中无杜宇，登山临水定忘归。"以"图画"和"诗"譬喻会稽山下人家居住之地的诗情画意。还有众多诗人游赏鉴湖之诗作，也颇具生态美韵。如陈著《过鉴湖》："越城胜境素来夸，才入东关分外嘉。八百顷荷西子态，几千余寺贺君家。画屏山色饶烟水，丽锦天光落晚霞。惜景欲图湖上住，钓船泊处是生涯。"烟水迷蒙，湖光如画，令人直欲长居此地。王十朋《过鉴湖》二首："谁把青铜铸鉴湖，湖光冷浸越王都。东风二月西游客，买得扁舟入画图。""春水如天浪未生，扁舟真在鉴中行。渔人不问君王觅，占得湖光亦自荣。"写湖水之清泠、明净，生活于其间的渔人不觉有何异样，君王却以之为胜境。诗人又有对绍兴境内若耶溪的咏叹："越水乘春泛，船窗掩又开。好山沿岸去，骤雨落花来。岸影樵人渡，歌声浣女回。沧浪无限意，日暮更悠哉。"（释契嵩《泛若耶溪》）泛舟春水，观两岸青山与樵夫、浣女的活

---

[1] （元）脱脱等：《宋史》卷九七《河渠志》，中华书局1977年版。

动，令人顿生出尘之想。

三 西湖

吴中以水多闻名，浙江亦是水乡。张继先《钱塘》："几万人家水绕城，白云开处见丹青。地连金色三千界，山映瑶峰六尺屏。晓凭阑干披宿露，夜收帘幕透寒星。浙江风物端无赛，半拟蓬莱半洞庭。"夸赞浙江风物之佳盛，认为此地兼具仙岛和湖国的特色。浙江境内的西湖名气之大，使其成为几乎家喻户晓的带有唯美色彩的风景名胜。"一个湖是风景中最美、最有表情的姿容。它是大地的眼睛；望着它的人可以测出他自己的天性的深浅。湖所产生的湖边的树木是睫毛一样的镶边，而四周森林蓊郁的群山和山岸是它的浓密突出的眉毛。"① 如果将天地视为一个生命有机体，那么水就是它的血脉，而澄澈圆润的湖水犹如大地富有灵气的眼睛。这是美国人梭罗眼中的瓦尔登湖，而中国文人最情有独钟的莫过于西湖了。

"天下西湖三十又六，惟杭州最著。"（清陆以湉《冷庐杂识》）具体说来，名为"西湖"者有临安西湖（浙江杭州）、邛州西湖（四川邛崃）、桂林西湖（广西桂林）、铅山西湖（江西永平）、婺源西湖（安徽芜湖）、惠州西湖（广东惠州）、颍州西湖（安徽阜阳）、琼州西湖（海南海口）、蜀州西湖（四川成都）等，这些"西湖"大部分以其地理位置居一城或一地之西而命名，还有一些则是因仿杭州西湖建造而称"西湖"。这些湖的景色俱佳，如石安期写邛州西湖："先生宴坐西湖曲，水上青山削寒玉。日光浮动山影来，酿作一壶春酒绿。"（《邛州西湖》）而杭州西湖因地处江南风景佳丽之地，又有众多诗人墨客对它一再歌咏，因而其神奇秀美的色彩大大增强，几乎独擅天下。西湖有久远的历史并曾几度易名。明代田汝成《西湖游览志》记载："西湖，故明圣湖也。周绕三十里，三面环山，溪谷屡注，下有渊泉百道，潴而为湖。汉时，金牛见湖中，人言明圣之瑞，遂称明圣湖。……以其负郭而西也，故称西湖云。"② 西湖自汉代即有"明圣湖"之名，而"西湖"的名气更大。吴自牧《梦粱录》卷一二记载了有名的"西湖十景"："近者画家称湖山四时景色最奇者有十曰：苏堤春晓、曲院荷风、平湖秋月、断桥残雪、柳浪闻莺、花港观鱼、

---

① ［美］亨利·梭罗：《瓦尔登湖》，徐迟译，吉林人民出版社1997年版，第175—176页。
② （明）田汝成：《西湖游览志》，东方出版社2012年版，第1页。

雷峰夕照、两峰插云、南屏晚钟、三潭印月。春则花柳争妍，夏则荷榴竞放，秋则桂子飘香，冬则梅花破玉，瑞雪飞瑶。四时之景不同，而赏心乐事者亦与之无穷矣。"西湖十景的名称颇富诗意，不同时节的典型风景在一年中各擅其胜。

"临安西湖周回三十里，源出于武林泉。钱氏有国，始置撩湖兵士千人，专一开濬。至宋以来，稍废不治，水涸草生，渐成葑田。"苏轼在神宗熙宁四年（1071）至熙宁七年（1074）通判杭州期间，治理西湖，"禁自今不得请射、侵占、种植及窬葑为界"。"轼既开湖，因积葑草为堤，相去数里，横跨南、北两山，夹道植柳，林希榜曰'苏公堤'，行人便之，因为轼立祠堤上。"[①] 苏轼居杭期间写过大量赞美西湖景致的诗歌。在中国，杭州西湖的"西子"之喻几乎尽人皆知。这一譬喻即源于苏轼那首著名的诗歌——《饮湖上初晴后雨》："水光潋滟晴方好，山色空蒙雨亦奇。欲把西湖比西子，淡妆浓抹总相宜。"西湖之景，晴好雨亦好，正如越国女子西施，天生丽质，无论怎样打扮都美丽动人。这首诗既道出了西湖生态环境之幽静秀美，同时又暗喻着作者圆融通达的文化性格。东坡这首西湖诗偏于议论，缺乏具体细致的描绘，其他诗人的众多西湖诗弥补了这一不足。"长忆西湖胜鉴湖，春波千顷绿如铺"（范仲淹《忆杭州西湖》），"绿如铺"写出了湖水之碧绿与平静；"双湖带山郭，三岁甫来过。猎猎葭芦老，飞飞鸿雁多。晨晖明野树，晚思渺烟波。怀我孤山下，归欤具一蓑"（孙应时《早秋独出初行邑西湖》），于自然美景中生发"归欤"之思；"山色波光步步随，古今难画亦难诗。水浮亭馆花间出，船载笙歌柳外移"（汤仲友《西湖》），湖光山色，是最能使人陶醉的，"难画亦难诗"真切地表达了诗人的审美感受：虽然描绘西湖之诗画众多，然而天然之诗画岂是人间笔墨所能包容穷尽的呢？又如曾巩《西湖二月二十日》："花开满北渚，水渌到南山。鱼鸟自翔泳，白云时往还。吾亦乐吾乐，放怀天地间。顾视彼夸者，锱铢何足言。"诗人目睹美好春景而生自我解脱之乐，看轻了人间的是非得失。梅尧臣《西湖闲望》："夏景已多趣，湖边日更佳。园葵杂红紫，岸柳自欹斜。雨气收林表，城阴接水涯。爱闲输白鸟，尽日立汀沙。"湖水静美，而湖边的动植物也必不可少，它们与湖水一起共同勾画了这幅天然的图画。

[①] （元）脱脱等：《宋史》卷九七《河渠志》，中华书局1977年版。

荷花是西湖的重要景致之一，诗人对此亦爱赏有加。郑獬知杭州时作《湖上》："秋影落西湖，渌波净如眼。摇船入芰荷，船里清香满。花深不见人，但听歌声远。还从过船处，折倒青荷伞。为采秋芳多，不觉飞霞晚。回船未到堤，更引金莲盏。"荷香清远，声歌相闻，此时此景，怎能不令人开怀畅饮？杨万里《晓出净慈寺送林子方》："毕竟西湖六月中，风光不与四时同。接天莲叶无穷碧，映日荷花别样红。"描写荷花盛开之景况，"碧"与"红"的对比增添了诗歌的色彩美。程安仁《西湖四景》："阳春三月天气新，湖中丽人花照春。满船罗绮载花酒，燕歌赵舞留行云。五月湖中采莲女，笑隔荷花共人语。靓妆玉面映波光，细袖轻裙受风举。芙蓉秋晓传清香，西施初洗匀新妆。中秋月魄两相照，玉壶皎洁无纤芒。严冬凛凛霜雪天，银山玉树相钩连。薄雪远草相掩映，似无似有虚无间。百年人事有尽处，四时景物无穷年。"集西湖四季景色于一首诗歌，其中夏、秋两季荷花盛开飘香之景尤为动人。人事有尽，而西湖四季景色亘古轮替不息。刘庭式《游西湖》："胜地留连久，西湖得再游。芰荷围画舫，杨柳护红楼。风月苏堤夜，烟云葛岭秋。买鲜沽美酒，切莫计觥筹。"除了湖面芰荷，湖边的杨柳如忠诚的卫士一般护卫着西湖和岸边建筑，起到了重要的环境绿化作用。柴望《西湖》："年年柳眼青归处，门外游人可自闲。天气又晴晴又雨，楼台依寺寺依山。酒边歌拍穿花外，船上箫声落水间。光景留连空自惜，鹧鸪啼罢暮城关。"也写到了西湖之柳，并以"鹧鸪啼"暗示时光之速。陈宓《西湖歌》："夫君之游兮，嫣荷为之笑迎。夫君之归兮，白鹭为之致情。嗟此湖几千百年兮，曷尝遇夫夫君之清。人如玉兮水如镜，雨如珠兮山如屏，我为此歌兮不知谁为之声。抑天籁之自鸣，抑性情之自生。风卷其纸，陶然忘形。"以楚辞的形式歌西湖之秀美，揽水上之荷花、岸边之白鹭以及如画之山水于其中，为读者勾勒出西湖之绝佳景致和人居于其中的陶然忘形之态。

宋代具有生态美意蕴的诗歌，绝不局限于上述描写江浙生态景观之作，然而由于这一带生态优良，风景佳胜，所以在此类诗歌中表现得尤为突出。实际上，由于我国古典诗歌的意象化和蕴藉性特征，诗歌中出现的许多生态事物和生态景观具有某种共性，其地域性特征并不明显。诗人们所关注的景物，所生发的情感，所采用的传达手法，都存在很大程度的相似性。这是历代文学传统积淀的结果。当诗人们接受了前代诗文的大量审美熏染之后，再亲身领略诗中所描写的自然景观，往往会不自觉地把头脑中的诗意和人文内涵融入其中。钱锺书先生对这一问题曾有过精彩的论说:"古代作家言情写景的好句或者古人处在人生各种境地的有名轶事,都可以变成后世诗人看事物的有色眼镜,或者竟离间了他们和现实的亲密关系,支配了他们观察的角度,限制了他们感受的范围,使他们的作品'刻板''落套''公式化'。"① 在文学传统的熏陶渐染下,诗人所感知到的自然物其实在一定程度上已经人文化了,这直接影响到他们在前人的基础上进行新的诗歌创作,而一代一代累积的花草禽鸟等意象,渐渐成为诗人不假思索即可道出的经典性诗语。

第三节 诗歌艺术形式与宋诗的"绿化"

宋代生态诗歌中所呈现的各种意象并非自然景物的直接映射和原版呈现,而是经过了诗人审美眼光的选择、过滤甚至是加工改造的。通过古典诗歌的特定形式和艺术手法,诗人们使生态美景更为凝练化、集中化,因而比现实生态世界更多了一层审美的韵味。不仅如此,诗歌还以其独特的艺术魅力使现实中的自然风物在这一特定的艺术形式中凝定化、永恒化,从而超越时空的界限而获得永久的价值。

一 修辞手法的运用与生态美的呈现

朱光潜先生曾在一封给青年朋友的书信中说:"诗是最精妙的观感表现于最精妙的语言,这两种精妙都绝对不容易得来的,就是大诗人也往往须费毕生的辛苦来摸索。"② 宋代生态诗歌最常用的修辞手法是以对仗的形式将自然物象对举,展现出丰富生动的生态景观。自然物象是中国古典诗歌最重要的构成元素,也是对仗手法运用的主要来源。唐人在诗歌格律运用方面已经达到纯熟境地,如"留连戏蝶时时舞,自在娇莺恰恰啼"(杜甫《江畔独步寻花》句),"雨中草色绿堪染,水上桃花红欲然"(王维《辋川别业》)等诗句,对仗手法的运用使动植物情态相对而出,偶对之下显得更为贴切、鲜明,动植物的情态被刻画得细致入微。宋代生态诗歌更是常常采用意象对举的手法,均衡布局,以突出生态之美。"经由中

---

① 钱锺书:《宋诗选注》,人民文学出版社1989年版,第161页。
② 朱光潜:《诗论》,北京出版社2005年版,第335页。

国古典诗歌的研磨、涵化和推广，音节的匀齐感已经深入到了所有汉语言说者的心底，成了他们不自觉的一种'语句'期待，特别是成为了汉语诗人的一份重要的音律美学'需要'。"①宋代诗人对诗歌格律、作诗技法等谙熟于心，其诗歌也常常采用对仗、拟人等修辞手法，使自然界的生态之美以更加生动的形式展现出来。

依据格律诗对仗的规范，宋代生态诗歌主要以律诗的中间两联，将天象、动植物名称、颜色词、拟声词、状态词、形容词等对举，呈现出一种整饬美。而诗人在遣词造句时，诗歌的对仗法则亦能开动其思维，使其眼前的自然物象在诗歌中更为合理地布局。首先来看五言诗句。"雨气知鱼乐，烟光验鸟愁。"（苏洞《若耶溪》）"雨气"对"烟光"，"知"对"验"，"鱼"对"鸟"，"乐"对"愁"，将天象与生物的情态联系起来，对仗妥帖，而描述亦准确。"川原相萦纡，林谷递深秀。"（孙应时《如宁庵》）写自然环境，对举"川原"与"林谷"，并分别以"萦纡"和"深秀"形容之。"轻鸥闲态度，孤雁苦声音。"（戴复古《江上》）对举两种禽鸟，而"闲"与"苦"实则出于诗人的想象和揣测。"夜潭鱼戏月，春地鹿眠花。"（鲁交《游安乐山》）描写潭中之鱼和坪上之鹿安详自在的意态，相映成辉。"戏蝶栖轻蕊，游蜂逐远香。"（宋真宗《海棠》）将蝴蝶与蜜蜂两种昆虫对举，描写其轻盈的姿态与活动。"日净山如染，峰暄草欲熏。梅残数点雪，麦涨一溪云。"（王安石《题齐安壁》）名词、形容词、动词、数量词的对仗工整妥帖，景物及其特征对举列出，文字简省而洗练。"鹤立莓苔径，犬眠兰菊丛。"（李昉《又捧新诗见褒陋止睹五章之绮丽如九奏之凄清》）鹤、犬均安闲自得。"鹤闲梅下立，人静月中行。"（史卫卿《西湖山居灯夕》）将鹤与人的意态、活动作对比，二者仿佛浑然合一。再来看七言诗句。"洛浦春光花满树，渭川风景竹成林。"（释行海《春日写怀》）写春日水畔景象，花竹对比，令人可以想见春光明媚之态与物色之妖娆。"乐意相关禽对语，生香不断树交花。"（石延年《金乡张氏园亭》）写园亭内鸟语花香的优美生态图景，有声有色，而禽鸟花木的生机盎然之态跃然纸上。"仁恩在物禽鱼遂，喜气随人草木妍。"（刘季孙《西湖泛舟呈东坡》）描写西湖治理之后的景象，禽鱼遂性、草木繁盛，人亦欢悦。"花开红树乱莺啼，草长平湖白鹭飞。"（徐元杰《湖上》）

---

① 李怡：《中国现代新诗与古典诗歌传统》，西南师范大学出版社1999年版，第158页。

对举花、草、莺、鹭，勾画出湖畔周围的一个完整生态系统。"寒水漾烟轻似縠，微云笼月淡如秋。"（田锡《茱萸堰泊》）则为描写生态气象的美感。陆游善于运用对偶，被刘克庄誉为"古人好对偶，被放翁用尽"[①]。陆游的"避日小鱼穿藻去，倚风轻燕拂帘飞"（《春尽遣怀》）写出了暮春时节鱼、燕两种自然界生物的灵动活泼情态。

有些对仗诗句则表现出人与自然物之间的亲和关系。"静看猿哺果，闲爱鹤梳翎"（陆游《溪园》），"猿哺果""鹤梳翎"是那样的自在、安详，"静看"与"闲爱"都是人发出的动作，表现了人对猿、鹤这两种动物的喜爱和安恬的心境。"放生鱼自乐，施食鸟常驯"（陆游《书屋壁》），更是诗人爱物而物亲人的直接表露。又如"共窥鹤迹行苔径，同听莺声坐柳荫"（李昉《谢侍郎三弟朝盖相过》），表现了诗人对自然界生命的钟爱；"静与猿鹤同梦，动与云月同意"（杨万里《与余丞相》），人与其他动物及风月仿佛浑然为一；"闲随戏蝶忘形久，细听啼莺得意同"（陆游《山园》），自然界的戏蝶与啼莺，似乎能与诗人沟通，诗人与之达到了精神上的契合。诗人每每将动植物乃至山川风物视为知己，于观察外物之中陶然忘形，可见人与自然之间关系的亲和。

大千世界是五彩斑斓的，色彩是生态不可或缺的重要元素之一，也是生态美的一个重要表现形式。诗句对仗中有一类明显的格式，即色彩词的对仗。马克思曾说："色彩的感觉是一般美感中最大众化的形式。"[②] 色彩是这个世界自然呈现而不可或缺的，宋诗中描写自然景物的色彩之美往往以对仗的形式对举而出。诗人常常有意识地将颜色词对仗，凸显色彩明丽之美，如："秋色入林红黯淡，日光穿竹翠玲珑"（苏舜钦《沧浪怀贯之》）；"一江晓绿浮鸂鶒，万树春红叫杜鹃"（李宗谔《寄梓州郑文宝》）；"柳叶鸣蜩绿暗，荷花落日红酣"（王安石《题西太一宫壁》）；"红入西园早，青归平野多"（黄公度《春思》）；"竹新得雨笋争绿，蕉不知霜花自红"（李曾伯《过邻水道间》）；"细香红菡萏，疏影碧梧桐"（李昉《又捧新诗见褒陋止睹五章之绮丽如九奏之凄清》），均为红、绿两种颜色互相映衬，色彩对比十分鲜明。有的则以红、白两种色彩对比构成对句，如"白鸥世界秋容澹，红蓼汀州水际肥"（李曾伯《过西海隘即

---

① （宋）刘克庄：《后村诗话》，中华书局1983年版，第40页。
② 《马克思恩格斯全集》第13卷，人民出版社1962年版，第145页。

事》),"白菡萏香初过雨,红蜻蜓弱不禁风"(陆游《六月二十四日夜分梦范至能李知几尤延之同集江亭诸公请予赋诗记江湖之乐诗成而觉忘数字而已》)。

颜色相近词也可以对举,如"青"与"绿"两种颜色:"青郊鸣锦雉,绿水漾金鳞"(范仲淹《青郊》);"绿芷杂芳浦,青溪含白石"(欧阳修《答钱寺丞忆伊川》);"绿叶忽低知鸟立,青萍微动觉鱼行"(陆游《初夏闲步村落间》)。又如"芳堤细草鳞鳞绿,深院垂杨袅袅黄"(陈宗远《春日书景》),重叠词"鳞鳞""袅袅"的运用,使"绿""黄"两种颜色倍添可爱。有些诗歌中则出现多种颜色词,如:"紫燕黄鹂驱日月,朱樱红杏落条枚"(黄庭坚《和答赵令和前韵》);"绿鬓风前无几在,黄花雨后不多开。丰年江陇青黄遍,落日淮山紫翠来"(范成大《重九赏心亭登高》);"春将紫翠笼丹桂,晚觉苍黄植绿槐"(曹彦约《课花木》);"青霜红碧树,白露紫黄花"(杨万里《秋圃》)等。有些颜色词则与特定的自然事物联系起来代表地名,如:"帆归黄鹤浦,人滞白蘋洲。"(欧阳修《倦征》)颜色词的运用使自然生态事物的形象更加鲜明,诗歌语言也变得绚丽多彩,典型者如"红""绿"对举:"绿萍合处蜻蜓立,红蓼开时蛱蝶飞"(欧阳修《小池》);"嫩莎经雨如秧绿,小蝶穿花似茧黄"(《村居初夏》)。还有些诗歌将颜色词用作动词,如:"霜浓黄木叶,雨过绿园蔬。"(顾逢《闲居杂兴》其二)将颜色词"黄""绿"动化,写自然界之风霜雨露对植物产生的相应作用。造化的萌生万物之力最集中地表现于春日的煦暖之气:"春风过柳绿如缲,晴日蒸红出小桃。"(王安石《春风》)春日的和风煦日赋予这世界五彩缤纷与万千生机,生态之美尽显。

除了瑰丽斑斓的色彩之外,宋代诗歌中亦常出现自然界的山涧水声、鸟鸣虫吟,使诗歌呈现出一种立体声的效果,而非仅仅是一幅平面的图画。如"落花已尽莺犹啭,垂柳初长蝉欲鸣"(欧阳修《述怀送张惚之》),"古寺满修竹,深林闻杜鹃"(苏轼《游鹤林招隐二首》),"疏钟渡水来,素月依林上"(陆游《夜归》)等。景中有声,声色相映,增强了画面的动感与生机。绘画是平面的艺术,而诗歌则可以通过拟声词等作用于人的听觉,使人如闻其声,如临其境。如"鸟哢已关关,泉流初浃浃"(欧阳修《与李献臣宋子京春集东园得节字》),"幽蝉自嘒嘒,鸣鸟何喈喈"(欧阳修《桐花》),"关关""浃浃""嘒嘒""喈喈"等拟声词，各肖其声，充分满足了读者的听觉审美。

"移情说"是西方近代美学中的一个重要范畴，其基本主张是，人作为行为主体在观照世界外物时，设身处在事物的境地，将自己的情感移入、外射到有生命或无生命的对象中去，使对象人格化，获得主体的感情投射或生命投射，仿佛它也有感觉、思想、情感、意志和活动，从而产生审美影响。主体将客体看作一个有生命的直接交流对象，将自己的主体意志心绪传递给它，从而使客体成为主体情感的一种外在形式。达到物我交融、物我同一的境界。"移情说"的创立者立普斯认为，在审美移情中，主体"并不是面对着对象或和对象对立，而是自己就在对象里面"①。这实际上就是以人的感情来推想万物，与拟人手法有一定的相近之处。

拟人手法的大量运用，使诗歌中的动植物拥有了类似于人的思想感情，活跃了起来，并能够与诗人进行交流，增添了诗中景象的生机美与和谐美。诗人将自然物拟人化，它们之间的关系也被赋予世态人情。"自然具有了人的性灵，人的表情，灵动词也就常常用于无灵的自然。""把人生的戏剧性放进大自然，以热闹喧哗的场面取代优美静观的诗画，是将自然物拟人化的必然结果。"②以人拟物，是将物象世界写活的一个重要途径。日本学者也发现了这一点："宋诗屡屡把自然拟人化，把自然也拉入人的世界，是件趣事。"③宋诗中的拟人手法，通常能够把自然物写活，展现出它们灵动的生机与活泼的意趣。试看这些诗句：

野桃含笑竹篱短，溪柳自摇沙水清。
——苏轼《新城道中二首》其一

岸柳细摇多意思，野花初破足精神。
——蔡沆《春日即事二首》其一

雨霁鹁鸠喜，春归鹈鴂知。

---

① 北京大学哲学系美学教研室编《西方美学家论美和美感》，商务印书馆1980年版，第274—275页。
② 肖驰：《中国诗歌美学》，北京大学出版社1986年版，第160页。
③ [日]吉川幸次郎：《宋元明诗概说》，李庆等译，中州古籍出版社1987年版，第39页。

——陆游《平水》

花如解笑还多事，石不能言最可人。

——陆游《闲居自述》

鼻关已通蜂蝶闹，酒杯频到燕莺猜。

——曹彦约《课花木》

野猿有果频窥槛，山鸟无人忽下阶。

——李至《题义门胡氏华林书院》

幽花傍水有孤笑，好鸟随人时一鸣。

——吴则礼《携家游南山》

有情芍药含春泪，无力蔷薇卧晓枝。

——秦观《春日五首》其一

运用拟人手法描写动植物的意态，饶有生趣。"意思""精神"、喜悦、欢笑、流泪等，本是人所特有的思想感情，诗人却将其移加到动植物之上，写得十分"热闹"。陆游善用对偶，且有一颗爱物之心，其"百草吹香蝴蝶闹，一溪涨绿鹭鸶闲"（《开岁屡作雨不成正月二十六日夜乃得雨明日行家圃有赋》），使自家园圃中的禽鸟似乎有了人的逸致和幽情，生机盎然；陆游的"鱼虎飞照水，意若爱翠裾"（《园中杂咏》）更是将人类的爱美之心赋予鸟类，使鸟的生命也鲜活起来，颇为可人。

除了有生命之物，山川、云霞等无机物也被诗人赋予了人的丰富情感：

青山解留客，绿竹遍题诗。

——戴复古《东轩》

第三章　生态美的内涵与宋诗中生态美的呈现

天巧挽成螺髻样，梳云沐雨百娇生。

——陈岩《螺髻峰》

云霞弄霁辉，草树含新绿。

——梅尧臣《游龙门自潜溪过宝应精舍》

在诗人笔下，青山亦多情，云霞亦工巧。这样，以有情写无情，以动态写静态，就把自然风物写活了。还有的运用比喻的修辞手法："吴山濯濯烟鬟青，湖水练练光绕城"（周麟之《与苏州守十诗以兵卫森画戟燕寝凝清香为韵》），"似说怒涛仍白马，还看远嶂只青螺"（陈恭《吴山》），前者以髻鬟为喻，后者以青螺为喻，均颇具美感。对举、拟人等修辞手法的运用，使诗歌中的自然物象得以更加整饬的形式、生动的姿态呈现，强化了自然生态世界的美感。

二　宋代诗歌的"绿化"

基于对工业革命带来的生态危机的觉识，首先在欧美诸国产生了"绿色运动"和"绿色革命"，运动的倡导者力图以绿色代替黑色、灰色和白色，以新兴的生态工业文明取代传统的工业文明。绿色运动是西方20世纪六七十年代从资源保护运动中发展起来的、内容涵盖众多的世界性的社会运动。绿色运动已经发展出了许多组织和政党，这些绿色组织和绿党，是一股对世界未来前途有较大影响的政治力量，他们旨在引起人们生活方式的根本变革，逐步走向健康的生活方式。"绿色具有永不衰败的魅力，它可能有益于人类的健康，因而它具有一定的必要性；一系列活泼的或低沉的、单一的或复杂的色调将由枝叶的绿色中分出，而在一种不可理解的奇迹之下，它们从来也不互相冲突或互相损害。"[1] 现在，"绿色"已经成为"环保""自然""无污染"等生态内涵的代名词，"绿色食品""绿色奥运""绿色软件"等词汇层出不穷。绿色是象征生命的颜色，绿色家园是人类得以宁静安居的乐园。

宋代诗人纯熟作诗技巧和修辞手法的运用，更加凸显了自然界的生态和谐之美，并使宋诗呈现出"绿化"、生机化的特征。自然界之奇山丽水

---

[1] ［比利时］P. 迪维诺：《生态学概论》，李耶波译，科学出版社1987年版，第221页。

进入诗人的视界和心灵，使诗人感受到大自然的生命律动、造化之壮观神奇，心胸亦随之舒展、廓大，以如此之心胸撷取自然物象作诗，诗歌自然会变得灵动、多彩。自然生态使诗人的心灵得以"绿化"，进而使其诗歌得以"绿化"、富于生命意蕴，而读者在阅读这些"绿化"了的诗歌时，其心灵也会受到感染而体验到大自然的生机与活力之美。

英国美学家克莱夫·贝尔在其《艺术》中说："在各个不同的作品中，线条、色彩以某种特殊方式组成某种形式或形式间的关系，激起我们的审美感情。这种线、色的关系和组合，这些审美地感人的形式，我称之为有意味的形式。'有意味的形式'，就是一切视觉艺术的共同性质。"①这是针对视觉艺术而言的，然而，诗歌同样能够通过文字符号来传达各种意义，激起我们头脑中的想象，调动起我们的审美感情。诗歌中的各种自然风物、动植物的名称以及对它们的情态进行刻画和形容的文字，很容易在读者脑海中形成一幅幅生动的画面，这样文字便成为一种沟通作者所见所感与读者审美想象的媒介，意在言外，韵味无穷，诗歌的感染力遂大大增强了。古代诗歌正是因缤纷多姿、生机灵动的自然物象入诗而得以"绿化"，如果缺少了自然物象描写，那么可以想象这些诗歌将会变得多么抽象乏味、了无诗意，东晋玄言诗惯于说理，即使涉及自然风物也往往成为玄理的印证，因而少了许多诗味。

古代自然环境优美、物种多样的生态状况构成诗人创作的良好背景，诗人们撷取各种自然物象入诗，使诗歌语言不再仅仅是一种抽象的文字符号，我们从字里行间能够看到多姿多彩的生态世界以及人与自然和谐相处的生动画面。自然界丰富多彩的绿色生态因子进入诗歌，使诗歌得以"绿化"，诗歌所呈现出来的画面变得更为绚丽多姿、五彩斑斓。柳宗元《钴姆潭西小丘记》云："枕席而卧，则清泠之状与目谋，潺潺之声与耳谋，悠然而虚者与神谋，渊然而静者与心谋。"②自然界正以其生动的声、色、意、态与人的心境相契合，并通过作家的文字传达而在作品中展示出一幅幅五光十色的生态画卷。

宋代诗歌的"绿化"可以从两个方面来进行初步探讨。首先，宋代

---

① ［英］克莱夫·贝尔：《艺术》，周金环、马钟元译，中国文联出版公司1984年版，第4页。

② （唐）柳宗元：《柳宗元集》，中华书局1979年版，第766页。

诗歌题材广泛，诗人们在日常生活中采撷大量花草禽鸟、绿水青山等动植物及自然风物入诗，并以相应的艺术形式来进行传神写意的描绘，遂使诗歌意象丰富而不单一，笔致灵动而不凝滞。"造化之功，功大而不自伐。故山川之气出焉，为云泉，为草木，为鸟兽，必异其声色，怪其枝叶，奇其毛羽，所以彰造化之迹用也。山川之气，气形而不自名，所以文藻之士作焉，为歌诗，为赋颂，为序引，必丽其词句，清其格态，幽其旨趣，所以状山川之梗概也。"（王禹偁《桂阳罗君游太湖洞庭诗序》）[①] 宋代文人对于江山之丽与造化之奇有着浓厚的兴趣，他们俯仰天地，用诗词文赋等多种文学表达形式来传达和赞赏这种美感。诗歌更是以意象为基本的组成元素，这些意象大部分来自生态世界的生物因子和非生物因子。特别是多姿多彩的动植物被诗人们写入诗歌，便进入了人们的审美文化领域。古代诗歌或以自然物起兴、比拟，或专门吟咏某一自然物，都具有一定的认识价值和艺术价值。大量的自然物象反映出两宋时期动植物的生态状况，也带给读者尤其是如今每日居住于城市之中的现代人以一股清新之感和浓郁的生态气息，具有很高的生态文化价值。生态平衡的重要内涵之一即在于维护生物的多样性，而非单一或少数物种的畸形发展。综观宋代诗歌，诗人描绘自己行旅、郊游或山居、村居所见山川、动植物等生态场景，反映了当时未被污染的生态环境和生物物种的多样性。

其次，"绿化"还意味着一种生态友好、生态和谐之美，宋代诗歌生动地展现出人与自然物和谐相处的和乐场景，这也是宋诗"绿化"特征的内涵之一。在中国古代思想文化背景下，诗人们往往具有一种朴素的生态意识，其诗歌大多呈现出一种万物自得、物我欣然相处的生态美韵。宋代诗人以一颗"物与"之心亲近自然，与各种动植物为友，与之对话交流，在宋诗中展现出一个五彩缤纷的生物世界。辛弃疾在被罢官闲居带湖、瓢泉期间，以湖光山色、山花山鸟、松菊鸥鹭为友，读渊明书，交游野老，聊解苦闷。他创作了大量反映闲居之地的山川美景、田园风光、乡村风俗以及读书饮酒生活的词作，呈现出一派生机勃勃、人与物、物与物欣然相处的生态美景观，客观上与中国古代"天人合一"的生态精神正相契合。辛弃疾的闲居词为读者展现了一幅幅自然界万物生机勃勃、人与自然和谐相处的生态画卷，具有很高的生态美学价值。"一松一竹真朋

---

① （宋）王禹偁：《小畜外集》卷一三，《四部丛刊初编》本。

友,山鸟山花好弟兄。"(《鹧鸪天》)正是辛弃疾朴素生态意识和物我观念的鲜明体现。值得注意的是,辛弃疾在词中明确提到了"物我欣然一处"这一颇具哲学意味的话语,体现出一种科学、进步的生态观:"溪边白鹭,来吾告汝:'溪里鱼儿堪数。主人怜汝汝怜鱼,要物我欣然一处。'"(《鹊桥仙·赠鹭鸶》)采用拟人手法,与白鹭对话,要白鹭体察主人心意,勿食溪中之鱼,体现了对鱼儿的爱怜,亦有利于维护自然山水的清幽之美。"物我欣然一处",是诗人退隐闲居生活中所追求的人与自然关系的理想境界,也是他获得精神愉悦的一个重要来源。此外,古代田园诗对于四季景色、山川河流、花草树木、虫鱼鸟兽、农作物以及乡村野老生活状况的描写颇多,在诗中,山村的自然美景与人居环境、乡村风情和谐地融为一体,生态意味十分浓郁。

　　徜徉于较少受到污染和破坏的良好生态环境当中,宋代诗人们以其朴素的生态意识、经由其审美眼光和审美心胸的过滤采撷大量自然物象写入诗歌,并熟练运用各种艺术手法表现之,不仅勾画出了具有某种共性的生态之美,而且提升、强化了这种美韵,这不得不归功于古典诗歌这一独特文学样式的艺术魅力。

第四章

山水吟赏

——宋代文人士大夫的朴素生态觉识与山水诗

山水诗是中国古代诗歌的一大传统题材。自然山水是激发诗人创作兴致的一个重要契机，加之倾心自然、向往林泉的精神文化传统，自然山水的吟咏绵延不绝。在中国古代文人那里，山水不仅仅是自然的山水，还有着深刻的文化内涵。山水象征着自然、隐逸、超世、自由无羁，因而文人们倾心山水，以高度的热情和精湛的诗艺来讴歌青山绿水。这样，人与自然在实用性的功利关系之外，又多了一层精神层面的审美关系。目前古代文学领域关于山水诗的论著很多，大多从山水诗的主题及其艺术表现手法方面着眼进行论析。本章拟从"生态"角度对宋代山水诗进行阐释，分析宋代诗人普遍具有的林泉之志与亲近自然的"野性"意识，展现宋诗所描写的山水景观的生态平衡之美以及自然山水对诗人的精神净化作用。

第一节 宋代诗人的林泉之志与"野性"意识

宋代是一个文化兴盛的社会，宋代文人普遍具有较高的文化修养和审美情趣。他们继承并大大发扬了前代文人向往自然、倾心林泉的精神文化传统，走进自然，与山水交友，创作了大量山水吟赏之诗。宋代文人在诗歌中所表现出来的"林泉"好尚与渴望身心自由的"野性"意识，是其朴素生态意识的表现，也是宋代山水景物诗繁荣的一个思想基础。

一 林泉之志与归隐之思

自古以来，中国文人就与自然山水结下了不解之缘。在中国士人的精神世界里，"山水"占据着举足轻重的地位。爱好林泉，倾心自然，几乎成为历代士林的风尚。谢灵运《游名山志并序》曰："夫衣食，人生之所资；山水，性分之所适。"① 衣食是人类维持基本生活所必需的，而山水则具有安顿人们心灵的文化功用。"昏旦变气候，山水含清晖。清晖能娱人，游子憺忘归。"（谢灵运《石壁精舍还湖中作》）朝暮之间，景色变换，山水之清丽明媚、宁静恬淡，使人的心灵也变得安然恬静起来，人们徜徉于山水之间，常有物我皆忘、流连忘归之感。左思《招隐》："非必丝与竹，山水有清音。"出于自然、浑然天成的山水清音，是真正的天籁之音，胜过人工所创造的器乐之声。"取欢仁智乐，寄畅山水阴。"（王羲之《答许椽》）"智者乐水，仁者乐山"（《论语·雍也》），"仁智乐"即山水之乐，指自然山水所具有的"仁""智"文化象征意蕴及其给人们所带来的怡神畅怀之功效。

宋代文人士大夫喜好山水更是成为一代风尚，这一方面是由于源远流长的山水文化传统——"吾师仁智心，爱兹山水音"（范仲淹《留题常熟顶山僧居》），另一方面是由于士人们在厌倦官场或仕途坎坷之时往往从自然山水的吟赏之中寻求精神解脱。宋代统治者虽然采取优待文官的策略，文人的境遇有所改善，但宋代又是中央集权制高度发展，士人的精神自由受到严重束缚甚至禁锢的时代。加之两宋党争激烈，迁谪流贬现象十分普遍，所以当士人们在现实生活中郁郁不得志时，便往往转向自然山水寻求精神慰藉和解脱。"山林本我性，章服偶包裹。"（欧阳修《思二亭送光禄谢寺丞归滁阳》）"子瞻性好山水。"（苏轼《再跋醉道士图》）宋代文人大多具有热爱自然山水的天性，亦喜欢作诗吟咏之。理学家们还把常常游览山水当成澄怀悟道的重要途径，因此周敦颐"雅好佳山水，复喜吟咏"②，朱熹"每经行处，闻有佳山水，虽迂途数十里，必往游焉"③，张栻"平生山水癖，妙处只自知"（《清明后七日与客同为山东之游翌朝赋此》）。徜徉于自然天地的"山林之乐"得到文人们的推崇："夫穷天下之物，无不得其欲者，富贵者之乐也。至于荫长松，藉丰草，听山溜之潺湲，饮石泉之滴沥，此山林者之乐也。而山林之士视天下之乐，不一动其心；或有欲于心，顾力不可得而止者，乃能退而获乐于斯。彼富贵者之能致物矣，而其不可兼者，惟山林之乐耳。惟富贵者而不得兼，然后贫贱之

---

① （明）梅鼎祚编《宋文纪》卷十，《四库全书》本。
② （宋）周敦颐：《周濂溪集》，中华书局1985年版，第144页。
③ （宋）罗大经：《鹤林玉露》，中华书局1983年版，第282页。

士有以自足而高世。"（欧阳修《浮槎山水记》）富贵者之乐乃物质富足之乐，而山林者之乐则是身心融入自然所获得的精神愉悦，富贵者不易达到这样的境界，而贫贱之士如果实现了人与自然的精神契合从而使内心得以安乐，那么他就可以高蹈于世，受人敬仰。

宋代郭思编著的《林泉高致集·山水训》记载其父郭熙的话说："君子之所以爱夫山水者，其旨安在？丘园养素，所常处也；泉石笑傲，所常乐也；渔樵隐逸，所常适也；猿鹤飞鸣，所常亲也。尘嚣缰锁，此人情所常厌也；烟霞仙圣，此人情所常愿而不得见也。"这便从古代文人生活的环境和价值取向说明了他们对于山水的普遍喜好及其倾心于自然的审美观。又说："白驹之诗，紫芝之咏，皆不得已而长往者也。然则林泉之志，烟霞之侣，梦寐在焉，耳目断绝，今得妙手郁然出之，不下堂筵，坐穷泉壑，猿声鸟啼依约在耳，山光水色滉漾夺目，此岂不快人意，实获我心哉，此世之所以贵夫画山之本意也。"[1] 林泉之志，即诗人倾心于自然山水的情趣，是一种遗世之念、超尘之想。若以审美之心胸看待自然山水，那么它们就是无价的。

在宋诗中，"山水""山林""林泉""泉石"等，作为自然界的象征，往往成为诗人们反复吟咏的对象或抒怀明志的媒介物。"山林兴甚长，湖海情何极。"（张九成《十九日杂兴》）自然界广阔博大的山林湖海，是慰藉精神、激发诗兴的重要契机，因而诗人们常常因物起兴，付诸吟咏。"因病爱闲多得趣，逢场作戏亦何心。鸟鱼飞泳全真性，水石风流有至音。衰朽自知无所用，量才只合在山林。"（蔡戡《爱闲堂》）山林乃万物自得之所，也是诗人渴望全性养真的所在。"闲中意趣定何如，静把陈编自卷舒。希圣希贤真事业，潜天潜地细工夫。林泉有分吾生足，钟鼎无心世味疏。政使一贫真到骨，不妨陋巷乐颜癯。"（真德秀《闲吟》）"潜天潜地"即对天地与万物之理的体察，"林泉"体现出的与"钟鼎"相对立的出世之味，也是诗人暂时摆脱尘世束缚实现精神超越的场所。"俸外不教收果实，公余多爱入林泉。"（王禹偁《滁州官舍》）在仕途遇挫或历经人事浮沉之后，诗人们每每追慕美景悦目、清音悦耳的林泉之景、山水之乐，以期从中获得精神的慰藉。"圭组老无味，林泉路更长。"（徐铉《送清道人归西山》）诗人们为官半生，历尽宦海浮沉之后，往往

---

[1] （宋）郭思编《林泉高致集·山水训》，影印文渊阁《四库全书》本。

产生去职归隐之意。"三宿山中始出山，出山心尚在山间。浮名夺我林泉趣，不及高僧一味闲。"（王十朋《出雁山》）林泉趣，即亲近自然、内心和乐安定之趣，因为它是超功利、不关人世间是非得失的，所以有涤除思虑、净化灵魂之功效。"风尘非所愿，泉石本相宜"（孟贯《山中答友人》），"富贵良非愿，林泉毕此生"（蔡格《自咏》），宋代诗人每每在与友人的书信往来或吟咏自我性情时表达弃尘世而亲泉石之心，这一方面归因于古人亲近自然的精神文化传统，另一方面也是文人之间相互砥砺、相互比照的结果，也就是说，渴慕林泉已经成为宋代文人的一代文化风尚。有的诗人则以"泉石"名轩："郭外多佳士，溪南好结庐。因君爱泉石，令我想风雩。既有琴书乐，应无世俗拘。谁能厌朝市，来此共须臾。"（陈文蔚《赋叶茂卿泉石轩》）朝市是喧嚣的，而林泉永远是清净无尘、遗世独立的，因而对内心世界丰富的文人们来说具有极大的吸引力。

宋代文人的"林泉之志""泉石之心"与中国古代源远流长的隐逸文化传统密切相关。"儒道虽异门，云林颇同调。"（孟浩然《宿终南翠微寺》）儒家"浴乎沂，风乎舞雩，咏而归"（《论语·先进》）的曾点之志，"天下有道则见，无道则隐"（《论语·泰伯》）的仕隐行藏之道，都在积极倡导入世有为的同时，为士人的精神安居开辟了一个路径。道家主张清静无为，一切顺应自然，对云林归隐更是有着特殊的钟爱。隐居山林，与自然山水、草木鸟兽为友，亲近自然生态，是人们回归自然的生存状态和平和心境的最佳途径。南朝梁陶弘景《诏问山中何所有赋诗以答》："山中何所有，岭上多白云。只可自怡悦，不堪持赠君。"陶弘景自号"华阳隐居"，隐居于句容茅山。山中寂寞，只有白云相伴，然而诗人的精神是怡然熙悦的，这就是避世归隐给人带来的精神慰藉作用。宋代叶茵《入山》："到来非俗境，一片隐心生。晓雾沉山色，春禽和水声。逢人多古貌，对语率真情。同在无怀世，炉熏答圣明。"在巍巍青山之中，离世隐逸之心顿生，这是生态世界对人产生的巨大熏染和同化作用。归隐林泉之念，甚至反映到诗人的梦中："林泉入梦吾当隐，花鸟催诗岁不留。"（陈与义《次韵谢表兄张元东见寄》）王安石作《思归赋》："朝吾舟兮水波，暮吾马兮山阿。……万物纷披萧索兮，岁逶迤其今暮。吾感不知夫涂兮，徘徊彷徨以反顾。盍归兮，盍去兮，独何为乎此旅？"① 王安

---

① （宋）王安石：《临川先生文集》卷三八，《四部丛刊初编》本。

石虽然官至宰相，为革除弊政而大力推行新法，但因触犯了官僚地主阶层的利益，也遭到了来自各方的反对，使他的用世理想难以完全实现。在旅途困乏、失路彷徨之际，他想到了归去。思归，即渴望回归自然天地与精神家园，安顿身心。尽管诗人们精神上向往林泉之乐，但是迫于用世之志和生活的压力，这种理想在现实中却难以真正实现："李白高吟处，师归掩竹关。道心明月静，诗思碧云闲。绿树寒凌雪，飞泉响遍山。自惭丘壑志，皓首不知还"（徐铉《送元道人还水西寺》）；"人生乐处是家山，归即须归说便难"（倪龙辅《酬答》）。"丘壑志"体现了诗人倾心于自然的审美观和向往隐逸的自由精神，但人在仕途，思归、念归却往往不得归，因此林泉之志便成为文人士大夫们精神上的永恒追求。

许多诗人都曾经对隐居生活作过诗情画意的描绘，如郑思肖《隐居谣》："布衣暖，菜羹香，诗书滋味长。"以及陈羽《隐居》："稚子新能编笋笠，山妻旧解补荷衣。秋山隔岸清猿叫，湖水当门白鸟飞。"生态之美，人情之乐，加之精神之愉悦，都向世人显示着隐逸的巨大魅力。生活于北宋初期的林逋（967—1028），一生未入仕途，在西湖孤山结草庐为家，梅妻鹤子，可谓归隐文士的代表。其诗歌主要描写隐居之地的环境及诗人恬淡的心境，诗歌风格恬淡闲远。林逋写过许多以"隐"为题的诗歌，用细致的笔触描绘隐居地周围优美的生态环境和自己的生活状况，辞清意远。如《湖山小隐》："昼岩松鼠静，春堑竹鸡深。"《小隐自题》："竹树绕吾庐，清深趣有余。鹤闲临水久，蜂懒采花疏。酒病妨开卷，春阴入荷锄。尝怜古图画，多半写樵渔。"诗人隐居的湖山周围竹树环绕，有鹤相伴，生活闲适而安定。林逋居于湖山，热爱湖山，也用诗心妙笔勾画湖山之景，以至于欧阳修评价道："自逋之卒，湖山寂寥，未有继者。"[①] 陈抟也是北宋初典型隐士的代表，他曾作《归隐》一诗："十年踪迹走红尘，回首青山入梦频。紫陌纵荣争及睡，朱门虽贵不如贫。愁闻剑戟扶危主，闷见笙歌聒醉人。携取旧书归旧隐，野花啼鸟一般春。"[②] 陈抟于后唐时举进士不第，遂隐居武当山二十余年，后移居华山云台观，后周召为谏议大夫，他也未接受。在他的思想观念当中，与其违背自我心志

[①] （宋）欧阳修：《归田录》卷二，《笔记小说大观》（二十一编，第3册），新兴书局1978年版。

[②] （清）厉鹗：《宋诗纪事》卷五，上海古籍出版社1983年版。

而出仕，不如隐居于春意盎然的山野怡养性情来得舒心。

值得注意的是，在三教融合的思想文化背景下，宋人的隐逸呈现出精神化的趋向。[①] 宋代文人士大夫认为，如果能够做到精神上的清静无碍，那么不必非要做到形迹上的归隐不可。黄中厚《隐逸》："宛宛溪流叠九湾，山间林下鸟关关。钓矶茶灶山中乐，大隐屏边日月闲。"所谓"隐逸"不仅在于生活环境远离尘俗闹市，关键在于主体心境的平和宁静、怡然自适，所以即使是隐于朝市的"大隐"，也可获得一种闲趣。邵雍《思山吟》："只恐身闲心未闲，心闲何必住云山，果然得手情性上，更肯埋头利害间。动止未尝防忌讳，语言何复着机关。不图为乐至于此，天马无踪自往还。""心闲"，指的正是心无窒碍，闲适通脱，而这与一个人的哲学修养、人生感悟能力是密切相关的。甚至居官也可成隐，即"吏隐""中隐"："我今方吏隐，心在云水间"（王禹偁《游虎丘》）；"既知吏可隐，何必遗轩冕"（司马光《嵩山作吏隐庵于县寺俾光赋诗勉率塞命》）；"未成小隐聊中隐，可得长闲胜暂闲"（苏轼《六月二十七日望湖楼醉书五绝》其五）；"小隐即居山，大隐即居廛。夫君处其中，政尔当留连。早晚有诏书，唤君远朝天。欲为中隐游，更着三十年"（张孝祥《中隐》）；"从容吏隐间，游戏僧俗里。孤月浪中翻，吾心正如此"（曾几《上饶方君小倅官而不婚，宦居偏户间，静无官宦之事，舍后梯城而上，即栅为亭，尽得溪山之胜，名之曰"快哉"，为作四小诗以快哉此风为韵》其三）。南宋"四灵"之间多有交游唱和，翁卷《次徐灵渊韵赠赵师秀》曰："三年在任同仙隐，一日还家只旧贫。种得溪蒲生似发，教成野鹤舞如人。"此诗是赵师秀三年任满返乡之时翁卷次徐玑韵所作。友人虽然在外为官，然而却无案牍之劳形，内心自适如同"仙隐"一般，种蒲养鹤，生活悠然，作者的羡慕之情溢于言表。

二 宋代诗人的"野性"意识

以上我们考察分析了宋代诗人的林泉之志与归隐之念，如果说这种向往林泉的志向还带有几分文人情趣的高雅意味，并继承了前代隐逸的精神文化传统，那么宋诗中多次出现的以动物之性自喻以及"野性""野情"

[①] 参见曹瑞娟《三教融合与宋代隐逸的精神化转向》，《乐山师范学院学报》2008年第9期。

"野思""野兴"等词汇，则带有更加鲜明的生态意识，即渴望摆脱束缚，依其本性自由、本真地存在。以麋鹿、猿鹤等自比，表明宋代诗人已经认识到自由无羁是生态世界的一个重要特征，而这种不加矫饰的生命本性被他们概括为"野性"。走进郊野，漫步林间，则是诗人们对自我身心的舒展释放和对自由本性的暂时性回归。

由于宋代统治者实行"兴文教，抑武事"①的政策，宋代知识分子地位之高、文人所受待遇之优厚，实非其他朝代可比。但与此同时，宋代中央集权制的加强，使宋代文人深感精神的不得自由。所以，宋代许多诗人提到自己天性爱自然，并以麋鹿、猿鹤等动物之性自喻，表达自己向往自由无羁之心志。大中祥符年间，真宗遣陕令王希招隐士魏野，魏野辞曰："麋鹿之性，顿缨则狂。岂可瞻对殿墀，仰奉清燕。"②认为自己生来即具有不甘束缚的麋鹿之性，难以胜任入朝为官，履行克己奉公的职责。陈抟亦曾作《谢手诏并赐茶药表》辞真宗征召曰："尧道昌而优容许由，汉世盛而任从四皓，嘉遁之士，何处无之？再念臣性同猿鹤，心若土灰，不晓仁义之浅深，安知礼仪之去就？"③隐士以麋鹿性自比，士大夫们亦如此，如苏轼曰："我本麋鹿性，谅非伏辕姿。"（《次韵孔文仲推官见赠》）又说："谁知深山子，甘与麋鹿友。置身落蛮荒，生意不自陋。"（《夜泊牛口》）以麋鹿自喻或与麋鹿为友，皆为倾心自然、渴望以其本性自由无羁地生活的思想表露。洪刍《题泐禅院》："平生麋鹿性，名山恣幽寻。"将喜爱游山与自己的自然天性联系起来。既然生来具有自由之性，诗人们便以"麋鹿姿""猿鹤姿"等比喻自我姿态面貌："平生麋鹿姿，不意华屋居"（汪藻《书局晚归》），"我生猿鹤姿，颇有山水缘"（程俱《和林德祖惠山诗一首》），以猿鹤姿、麋鹿姿作比，蕴含着诗人对亲近自然、自由自在的生活状态的向往。又有与麋鹿同群者："老觉山林可避人，正须麋鹿与同群。"（陈师道《即事》）避居山林，与野兽同群，表达了作者向往自然、渴望自由无羁的思想感情。

值得注意的是，宋代诗人频频写到"野"字，如"野鹤""野人"

---

① （宋）李焘：《续资治通鉴长编》卷一八，中华书局1979年版。
② （元）脱脱等：《宋史》卷四五七，中华书局1977年版。
③ 曾枣庄、刘琳主编《全宋文》（第一册），上海辞书出版社、安徽教育出版社2006年版，第224页。

"野水""野性""野兴""野思""野情"等等。"邑外谓之郊,郊外谓之牧,牧外谓之野,野外谓之林,林外谓之坰。"(《尔雅·释地》)野,即介于城邑与山林之间的田野、旷野。景焕《野人闲话序》曰:"野人者,成都景焕,山野之人也。"[①] 将"野人"解释为山野之人,"野"即山野。其实,从抽象意义来讲,"野"代表着原生态、无伪饰、无束缚,是与人工、尘俗截然对立的。"身如野鹤栖无定"(翁卷《寓南昌僧舍》),"野鹤"之"野",既是指诞生于自然原野,天然存在,又意味着依照本能、本性而生存的自在状态。"白鸥非避俗,野性自难驯。"(陆游《种秫》)自然界生物的原始本性与生俱来,是很难被人为改变和驯化的。沈辽《养猿》:"孤猿逸重巘,清啸久不闻。中怀为牢落,日跂吴山云。宓子有深致,远将清思分。萧飒野人姿,慰我澧江濆。动静得真性,超然离世纷。春华二月来,苑囿争敷芬。谁言关闭趣,聊以乐朝暾。毋怀故山归,吾将汝为群。""野人姿",即散淡高逸之姿,"动静得真性,超然离世纷"是对"野"的最好诠释。猿本来就应在旷野中自在生存,诗人的关养之举有违物性,但借以表达了自己与其为群的志趣。

宋代诗人将符合生物本然状态的自由不羁之性称为"野性",这是"野情""野兴"等生发的基础。与我国现当代文学评论中的"野性"之狂野、极端化、非道德等意义不同,宋代诗人所谓的"野性"带有更多的原生态意味,指的是一种本真的性情。陆游曾写过一首直接以"野性"为题的诗歌:"野性从来与世疏,俗尘自不到吾庐。醉中往往得新句,梦里时时见异书。稚子那偷服药酒,家僮尚护放生鱼。今朝更有欣然处,引得清泉灌晚蔬。"(《野性》)可见,野性是一种疏世离尘之性,是与自然亲和、爱惜生命之情怀,是乐见生命盎然勃发之意趣。诗人又说:"野性纵壑鱼,官身堕阱虎。"(陆游《与高安刘丞游大愚观壁间两苏先生诗》)由苏轼"尘容已似服辕驹,野性犹同纵壑鱼"(《游庐山次韵张传道》)演化而来,以自然界生命为喻,将为官视为个人本真性情的对立面。因为自然界生物物种都具有造化所生就的天然之性,渴望依照其本性自然而然地存续,所以人与其他动物之间具有这种可比性。"羽仪虽接鸳兼鹭,野性终存鹿与麇。"(欧阳修《早朝感事》)野生的麋鹿被当作野性的最佳体

[①] 曾枣庄、刘琳主编《全宋文》(第三册),上海辞书出版社、安徽教育出版社2006年版,第145页。

现。"古松奇石水潺潺，小小茅庵一两间。野性自知难适俗，山林僻处且偷闲。"（袁燮《山中》）于山中筑茅舍独处，自称本性难以适俗，这里的"野性"就附加了率真无伪的本真性情的意味。

"野兴"，即倾心向往山林原野的兴致和趣味。"马穿山径菊初黄，信马悠悠野兴长。"（王禹偁《村行》）信马行于山间村野，自然风景的平和优美足以愉悦身心。陆游写过许多以"野兴"为题的组诗，表达了疏尘俗人事而亲自然生态的情趣。如《野兴》二首：

红饭青蔬美莫加，邻翁能共一瓯茶。舍西日紧花房敛，港北风生柳脚斜。筇杖不妨闲有伴，茆檐终胜老无家。自惊七十犹强健，采药归来见暮鸦。

鬓边莫笑久星星，造物常钟我辈情。每带余酲蹋花影，又和残梦听莺声。轩窗风过书签乱，洲渚潮生钓艇横。韩子未除豪气在，文章都待不平鸣。

描写作者退居山阴之后的生活，触处皆佳景，心境亦闲适，人与周围自然生态和谐地融合在一起。茅舍虽简，但能够与各种花鸟亲密无间地接触，诗人便觉其乐融融。又有同名诗作一首："荷锄通北涧，腰斧上东峰。秋水清见底，晓云深几重？冬冬传社鼓，渺渺楼钟。归觅村桥路，诗情抵酒浓。"走入原野，领略自然，不仅可使身心得到舒展，亦成为诗情、诗兴的一个重要来源。陆游栖身于乡野之中，视域开阔，美景在目，兴致自然浓厚："破晓凭鞍野兴浓，鹭飞先我过村东。绿针细细稻浮水，绛雪纷纷花舞风。陌上秋千喧笑语，担头粔籹簇青红。谁知老子裵回意，绝爱山横淡霭中。"（《九里》）山横淡霭，静穆悠远，人亦安定熙悦。陆游还写过一些短小精悍的绝句，如《野步》二首："堤上淡黄柳，水中花白鹅。诗情随处有，此地得偏多。""水生已抹堤，草长复侵路。小蝶仍可怜，欲下却飞去。"写漫步郊野的所见所闻，淡淡几笔便勾勒出了动植物的情态，语浅而韵味悠长。另如《野步书触目》："村落初过雨，园林殊未霜。幽花杂红碧，野橘半青黄。飞鹭横秋浦，啼鸦满夕阳。最怜山脚水，撩乱入陂塘。"幽花、野橘、飞鹭、啼鸦、夕阳、陂塘等意象以对仗的方式相组合，新鲜活泼而又诗意盎然，诗人以此将郊野的美景全部摄于笔下。

对于嘉遁之士而言，赏自然美景而遂自由之性，是隐居的最大魅力。陈抟辞谢宋真宗征召时曰："数行紫诏，徒烦彩凤衔来；一片闲心，却被白云留住。渴饮溪头之水，饱吟松下之风，咏嘲日月之清，笑傲霞云之表。遂性所乐，得意何言？精神高于物外，肌肤浮乎云烟。虽潜至道之根，第尽陶成之域。"（陈抟《谢手诏并赐茶药表》①）"闲心"即热爱原野自然之情意。日与青山绿水为邻，笑傲林泉，自由舒展性情，是隐居的真谛所在。隐士之外，宋代文人士大夫也有着倾心林泉的雅好，每每在诗中吟咏自己的"野情""野思""野怀"，表达走进自然、欣赏自然、感受自然的思想情趣。如：

绣衣乘驿急如星，山水何妨寄野情。
——徐铉《送察院李侍御使庐陵因寄孟员外》

适与野情惬，千山高复低。好峰随处改，幽径独行迷。霜落熊升树，林空鹿饮溪。人家在何许？云外一声鸡。
——梅尧臣《鲁山山行》

谁怜大地多奇景，自爱贫家有古风。会向红尘生野思，始知泉石在胸中。
——程颢《和王安之五首·野轩》

黄鸡白酒田间乐，藜杖葛巾林下风。更若食芹仍暴背，野怀并在一轩中。
——司马光《野轩》

走进大自然的山山水水，最能感受到自然天地的广阔和生态的本真意味，人们向往回归自然的情思最可在山水畅游间得到实现；而如果心怀林泉，那么即使身处红尘喧嚣之中，也会有闲旷之思。诗人以"野"名轩，正可寄托自己雅洁不俗的情怀。大自然的生态意味，有时被描述为"野

---

① 曾枣庄、刘琳主编《全宋文》（第一册），上海辞书出版社、安徽教育出版社2006年版，第224页。

意":"江边一雨洗秋容，北郭东郊野意浓。老大怕它人检点，隔溪隔柳看芙蓉。"（刘克庄《出郭》）雨过之后，万物如洗，山川风物及动植物都焕发出新的生机，令人爱怜。

正是由于倾心自然的乡野之趣以及雅好林泉的精神文化传统，宋代诗人吟咏山水之作非常多，即使不专事吟咏，也往往以之起兴或作比，显现出关注自然生态的自发意识。

三 宋代山水诗的兴盛

山水在生态文化中的意义在于，水是生命之源，孕育了万物，是万物赖以生存和发展的原动力；山是植物生长繁茂、动物栖居、矿藏丰富之地。山，《说文解字》释曰："山，宣也，宣气散生万物，有石而高。"将山视为散生万物之所，并对山的形貌有了一定描述。古人已经充分认识到了山的特点及其对于人类的重要性："山，草木生焉，鸟兽蕃焉，财用殖焉，生财用而无私为焉，四方皆伐焉，每无私予焉，出云风以通乎天地之间，阴阳和合，雨露之泽，万物以成，百姓以享。"（《尚书大传·略说》）认为山是草木生长、鸟兽繁衍之地，并有宝藏供人开发和利用，山的恩泽无私而广大。刘向《说苑·杂言》对于山的特征亦有论述："夫山，万民之所观仰。草木生焉，飞鸟萃焉，走兽休焉，宝藏殖焉……育群物而不倦焉，四方并取而不限焉。"这是山的博大之处。其实山与水是分不开的，水也是万物生长所不可或缺的宝贵资源。《管子·天地篇》曰："水者何也，万物之本原也，诸生之宗室也，美恶贤不肖愚俊之所产也。"将水视为宇宙间一切生物的本源。宋人项安世作诗论水曰："水于天地间，体物而不倚。其数为天一，众有之所始。"（《水图诗寿王丞相》）也已明确意识到水之于地球上各种生命的本源性地位。宋代葛繁《净业院结界记》则山川共论："深山大泽，草木之所依附，而鱼龙之所泳游，盖天地既付物以生，而动植之所安息在是也。"① 深山大泽，往往是多种多样的动植物的生长栖息之地。

对于人类而言，山川除了具有巨大的实用价值之外，还具有一定的审美价值，即山川之美能给人带来无限的精神享受。被称为"山中宰相"

---

① 曾枣庄、刘琳主编《全宋文》（第八一册），上海辞书出版社、安徽教育出版社2006年版，第41页。

的陶弘景曾在与友人的书信中夸赞隐居之地永嘉的山水云："山川之美，古来共谈。高峰入云，清流见底。两岸石壁，五色交辉。青林翠竹，四时俱备。晓雾将歇，猿鸟乱鸣；夕日欲颓，沈鳞竞跃。实是欲界之仙都。"（陶弘景《答谢中书书》）自魏晋开始，"山水成了士人生活的一部分，甚至成为生活的过程。……他们对于佛理的体认与对山水的感受，就常常是同时进行的。"①俄国车尔尼雪夫斯基也从美学的角度论述山的形象道："就大地的轮廓来说，使人惊心动魄的首先是山岳的崔巍；它们给人以庄严的印象。"②自然界总是鱼跃鸢飞、生机勃勃的，万物是那样的自由自在，俯仰自得。山川是自然界具有代表性的风景，面对或壮观或秀美的山川，诗人总是情不自禁地歌咏之，即使是那些不纯粹描写山水景物的诗歌，也往往以山水物象起兴，由此引发或借以衬托自己的感情，因此中国是一个山水诗异常发达的国度。所谓山水诗，是一个约定俗成的说法，大体是指以描写自然界山水景观为主的诗歌。当然，山水景观不限于整体抽象的"山"和"水"，还包括与之相关的浮云清风、花鸟虫鱼等自然景观以及亭台楼榭等人文景观。山水诗以描摹山水景物，抒发对自然的欣赏、赞美之情为主要内容，但因为自然山水等相关物象在中国古代诗歌中的泛化，山水诗还往往和羁旅行役、忧时伤国、咏史怀古等其他主题结合在一起。我们所研究的具有生态色彩的山水诗，主要是指以描摹山水，表现人对自然的欣赏和热爱之情、人与自然的和谐关系为主旨的较为"单纯"的山水诗。"宋初吟咏，体有因革。庄老告退，山水方滋。"（《文心雕龙·明诗》）山水在晋宋以前的诗歌中主要作为背景而存在，自东晋玄言诗告退以后，山水审美兴盛起来，山水诗大量涌现。士人们似乎产生了一种"风景爱好的文化心理"③，应和酬唱、宴饮送别、咏怀明志等无不言及山水风景。但是，此时的山水诗是"以自然作为人的思辨或观赏的外化或表现"④，主客体仍然对峙着，且加入了玄学思辨的成分，到了宋元以后，诗人们则将自然山水与自身的生活、情感融合在一起。

---

① 罗宗强：《魏晋南北朝文学思想史》，中华书局1996年版，第186—187页。

② ［俄］车尔尼雪夫斯基：《美学论文选》，缪灵珠译，人民文学出版社1957年版，第123页。

③ 陶文鹏、韦凤娟主编《灵境诗心——中国古代山水诗史》，凤凰出版社2004年版，第229页。

④ 李泽厚：《美学三书》，安徽文艺出版社1999年版，第103页。

在宋代诗歌中，我们常常可以看到诗人对于爱山的表白，这是古代山水文化兴盛的心理动因，是诗人自然生态审美情感的直接表露和集中体现。浪漫主义诗人李白"五岳寻仙不辞远，一生好入名山游"（《庐山谣寄卢侍御虚舟》），对天下名山倾注了极大的热情，四处寻仙访胜。宋代诗人爱山之深，竟至成为一个癖好："我不能茶有风冷，爱山成癖欠消磨"（曹彦约《游惠山观第二泉》）；"诗人性癖爱看山"（杨万里《寄题喻叔奇国博郎中园亭二十六咏·爱山堂》）；"平生爱山僻，暇日聊徜徉"（俞烈《题东山》）；"山翁有山癖，尽日对山青"（丘葵《书山翁房壁》）。杨万里《跋丰城府君刘滋十咏》："丰城府君爱山成癖，不知身之化为山欤，山之化为身欤？读山中十咏，觉岚翠染衣，崖冻袭骨。"爱山之深，竟至于与之同化不分，这是杨万里对丰城府君的赞赏，也显示了他自身的精神旨趣。杨万里自言"一生爱山吟不就"（《赠写真水监处士王温叔》），对山倾注了极大的热情。欧阳修更是不无夸张地说："须知我是爱山者，无一诗中不说山。"（《留题南楼二绝》）陆游也是"爱山入骨髓，嗜酒在膏肓"（《晨起看山饮酒》）。在士大夫的传统观念当中，"德"为最高，而张耒"平生爱山如好德，未尝一饭忘泉石"（《题大苏净居寺》），将"爱山"与"好德"并列，可见其爱山之深。陈尧佐《杭州喜李度支使至》："湖山平生亲，松竹亦瓜葛。深期悦情话，跬步成契阔。"把湖山当成自己的朋友和知己。范仲淹《题翠峰院》："翠峰高与白云闲，吾祖曾居水石间。千载家风应未坠，子孙还解爱青山。"爱山情结已成为范氏代代相传的家风。王安石《游钟山》："终日看山不厌山，买山只待老山间。山花落尽山长在，山水空流山自闲。"山的静谧安定、伟岸不倨、泰然自若，总能给人以精神的慰藉和启示。

宋代诗人往往以山林为人生适意之所："赋资在山林，适趣非任放。乾坤入我牖，得此一昭旷。雨露日以深，禾黍日以长。妻儿喜相谓，一饱知可望。饭蔬适我愿，此意应勿爽。"（赵崇嶓《适趣》）山林间有恬淡的趣味，有简朴真淳的生活，栖身山林是潇洒适意而非焦虑不安的。"回归自然是生态文学永恒的主题和梦想。"[①]虽然迫于现实生活的压力，诗人们并不一定能够做到形迹上的避世隐居，但其精神上的追求和向往是永恒的。性爱丘山，寄意林泉，已经成为一种诗意化的人生风范和精神文化

[①] 王诺：《欧美生态文学》，北京大学出版社2003年版，第10页。

传统。

唐代山水诗富于空灵的意境，宋代山水诗则更为平易，表现题材进一步扩大，增添了更多的人间烟火气息，并加入了诸多田园风光和乡土风情的描绘。宋代诗人善于从日常起居所见的寻常风景之中发现诗意，一定程度上将日常生活审美化了。"宋代山水诗比起唐代山水诗来，同现实生活的联系更密切，也更富于地区乡土风情和生活气息。"[1] 在宋代诗人眼中，日常可见的山水景观是诗歌创作的最佳题材："满眼皆诗料，诗成稿自添。好山长在眼，终日不垂帘。"（顾逢《闲居杂兴》）诗人居所周围的好山好景为其诗歌创作提供了大量诗材，而诗人漫游、行旅中所见山水，也是诗歌创作的良好素材。正如陆游所谓："法不孤生自古同，痴人乃欲镂虚空。君诗妙处吾能识，正在山程水驿中。"（《题庐陵萧彦毓秀才诗卷后》）一程又一程的山水能够给诗人带来诗兴，并提供诗材。杨万里亦言："山思江情不负伊，雨姿晴态总成奇。闭门觅句非诗法，只是征行自有诗。"（《下横山滩头望金华山》四首其二）旅程中的山山水水，是激发诗人创作的最佳契机。

诗人们爱山而游山居山，大量山居诗呈现出自然生态与精神惬意的双重生态平衡之美。傍山水而居，既是对原始自然生态的亲近，也意味着诗人在自我精神世界中的诗意栖居，具有深长的生态意味。

第二节　宋代文人的诗意栖居

"诗意栖居"是德国哲学家海德格尔借用诗人荷尔德林的一句诗提出的一个概念："人诗意地栖居在大地上。"他认为，"作诗才首先让一种栖居成为栖居"，"栖居是以诗意为根基的"[2]。鲁枢元先生提出，"栖居"是一个生态诗学的命题："'栖居'，显然是一个关于诗意如何切入生存的概念，一个人与自然如何美好共处的概念，一个有关'生态诗学'的概念。"[3] 人栖居于天地之间，必定涉及人与外界生态的关系，而"诗意栖

---

[1] 陶文鹏、韦凤娟主编《灵境诗心——中国古代山水诗史》，凤凰出版社2004年版，第554页。

[2] ［德］海德格尔著：《海德格尔选集》（上册），孙周兴选编，上海三联书店1996年版，第465页。

[3] 鲁枢元：《生态文艺学》，陕西人民教育出版社2000年版，第168页。

居"则是一种审美化的生存方式。亲近自然,以友善的眼光看待自然,用心去感受天地的恢宏,生命的可贵,这种心境就是一种审美化、诗意化的心境。诗意生存与物质生活之间并不存在必然的联系。在中国古代物质文明并不发达的情况下,精神文化却得到了高度发展。或者我们可以说,原初的生态,朴素的生活方式,单纯的思虑,恰好为古代文人的诗意生存提供了良好的契机。

宋代的城市和商业已经有了一定的发展,但就诗歌艺术来说,"诗在山林而人在城市"(杨万里《西归诗集序》),诗歌与自然物色之间存在着天然联系,"诗意"是优美的自然生态与人的审美化心灵相互作用的产物。"文学艺术家身上的自然特性常常帮助他们写出独具风格的作品。这不仅仅指自然环境对他们生活与心灵的影响,也指他们身上的自然的生活方式,包括所谓的原始主义倾向。"① 走进原野,便涤除了思虑,接近了艺术。"静故了群动,空故纳万境。"(苏轼《送参寥师》)虚静之心,其实就是一种无杂念萦怀的清空心境。在虚静的心境下,人才有可能从尘俗的关注中暂时抽身出来,从一定高度感受自然、思考人生。法国艺术家罗丹说:"艺术,就是所谓静观、默察;是深入自然,渗透自然,与之同化的心灵的愉快;是智慧的喜悦,在良知照耀下看清世界,而又重视这个世界的智慧的喜悦。"② 认为人与自然合一就会产生审美的愉悦,把自然对于艺术的作用提到了很高的地位。

宋代文人在亲近自然的文化传统和林泉之志的感召下,游山居山成为他们普遍的生活方式。《林泉高致集·山水训》云:"世之笃论,谓山水有可行者、有可望者、有可游者、有可居者。画凡至此,皆入妙品。但可行可望,不如可居可游之为得。何者?观今山川,地占数百里,可游可居之处,十无三四,而必取可居可游之品。君子之所以渴慕林泉者,正为此佳处故也。""游山"尚属与内心渴慕的林泉有一面之晤,"居山"则可与之长久相依相伴,是文人们更为推崇的一种境界。宋代吟咏山居的诗歌非常多,诗人们试图从山居中获得精神的颐养和心志的超脱,一定程度上实现"诗意的栖居"。谢灵运曾作《山居赋》,其序曰:"古巢居穴处曰岩栖,栋宇居山曰山居,在林野曰丘园,在郊郭曰城傍,四者不同,可以理

---

① 丁来先:《自然美的审美人类学研究》,广西师范大学出版社 2005 年版,第 79 页。
② 王峰等编选《艺林妙语》,上海文艺出版社 1995 年版,第 69 页。

推。"在青山绿水旁筑屋而居是宋代文人普遍向往的一种生活方式。杨万里《山居记》曰:"身居金马玉堂之近,而有云峤出临之想;职在献纳论思之地,而有灞桥吟哦之色。"从儒家修齐治平的社会理想来说,士人应当心怀天下,为国为民积极奔走,但同时,自然亲和心理与登山临水、吟咏性情风雅传统,又促使士人们无法忘情于山林野土。宋代文人所作的大量山居诗描写了其各自所居之地优美的生态环境,充分展示了他们融入自然、自得自乐的诗意栖居情怀,颇具生态美感。这些诗歌依其内容大致可分为三类。

其一,直接言说城居之喧嚣与山居之静美,表达山居之愿。人们的日常生活和周围环境密不可分,居住环境、工作环境和各种活动的环境,都会给人的身心带来相应的影响。"在一个人工设计的环境之中,不论多么'文明',不论多么开通,对于原始的单纯朴实,我们似乎都有一种与生俱来的向往,希望接近大自然的生活状态。因此都市的居民都乐于暑期林中露营、沙漠旅行,或披荆斩棘,到人迹不到之处。每隔一段时间,我们就想返回大自然的怀抱之中,直接感知它的脉搏跳动。"[1] 亲近自然几乎是人类的天性使然,因为人类诞生于自然界,自然是人类之根基所在。"尘劳最是爱山居"(范旻《游南雁荡》),宋代诗人往往将城市与山林作对比,抒写山居之乐趣:"岂无城中居,高墙围大屋。爱此原野间,山静溪水绿"(陈舜俞《廉溪》);"生平雅不乐城市,背郭开轩喜再来"(李吕《绝尘轩》);"种竹为垣护草堂,面山临水纳幽芳。从容泉石无牵绊,不似从前志庙廊"(金朋说《幽居吟》)。在山水间幽居,没有世俗烦扰牵绊,心境自然开朗。王迈《山居即事》:"出处行藏不偶然,何曾由我总由天。收回紫陌红尘足,来结青山绿水缘。"将出处行藏看作天意所定,表示愿意弃绝尘世而与山水结缘。也有的诗人较为豁达地看待山居野处:"城居未免嚣尘役,野处闲观德性初。究竟孰为清与浊,此心安处即吾庐。"(袁燮《山居》二首其二)认为无论居于何处,只要内心安定便可立身。

其二,描绘山居、水居之地的优美风光和良好生态环境。如刘叔骥《吾庐》:"竹树深藏远市哗,吾庐真似野人家。幽禽就浴阶前水,游蝶来寻几上花。"写居所周围竹树掩映,禽鸟相伴,生趣盎然。戴复古《见山

---

[1] [日]铃木大拙等:《禅与艺术》,徐进夫等译,北方文艺出版社1988年版,第8页。

居可喜》:"一溪盘曲到阶除,四面青山画不如。修竹罩门梅夹路,诗人居处野人居。"依山傍水而居,正是诗情诗兴之所由来。"天下名山僧占多",佛家一向选择远离尘俗的名山大川作为清修之地,僧人所作诗歌大多描绘所居之地的自然风景,同样充满生趣。如释行海《山窗即景》:"阴阴苔坎乱鸣蛙,光射林扉落月斜。池面绿铺蕉叶影,露阶红遍凤儿花。"声色相映,环境清幽,正是体道悟理的最佳场所。又有以江居、水居为题者,如邹登龙《江居》:"独作幽居计,江边屋数间。水流天自在,心远地宽闲。锄月栽梅树,移云叠石山。白鸥盟欲结,倚杖看潺湲。"建屋江边,看水流潺湲,心境亦宽闲起来。王镃《水居》:"飞鸥贴水水连天,一半青山一半烟。日暮潮回渔父醉,不知船阁浅沙边。"水畔超尘忘机的白鸥成了诗人最好的朋友。结庐于广袤的自然天地之中,空气清新,视野开阔,又有诸多花鸟相伴,生态环境之优良可以想见。

其三,写山居生活,表达自得自适之乐。方岳曾两度被罢官闲居,写过大量以"山居"为题的诗歌,其中《山居》十首均以"我爱山居好"开头,写山居的种种好处,抒发自适情怀,如其三曰:"我爱山居好,闲吟树倚身。田园无事日,天地自由人。野竹穷三径,山苗草八珍。醉归浑不记,黄犊自知津。"山居的好处甚多,在诗人笔下集中地表现为"闲适"和"自由"。李之仪《秀远堂次赵德孺韵》:"爱山依山住,如山不少下。山中所有多,惟取不容舍。烟云实交游,松竹乃保社。尚欠目所穷,披蓑宁问榜。廓然宇宙宽,信矣和无寡。"交游云树,实则是诗人想象中的一种精神上的交流。连文凤《山居》:"无名亦无利,非隐又非仙。逐兽机心息,闻禽野性便。俗淳犹近古,人老不知年。此是山居乐,山中别一天。"山中生活没有具体的时间概念,如同别辟一人间。诗人这里所言是一种与世无争、自然无为之乐,而更多的诗人则是从山间动植物的勃勃生机中感受生命的乐趣。李新《山居》:"绿树初浮光,嘉禽自行乐。厨烟续云根,涧水断冰脚。徜徉一樽酒,坐看山花落。日暮归去来,嫣香浥罗幕。"绿树红花,行云流水,禽鸟自得,给人一种和乐的美感。陆游《居山》:"涉世缘虽薄,居山味自长。穿云双履湿,洗药一溪香。有酒作脸缬,无愁供鬓霜。辽天渺归鹤,千载付茫茫。"写自己的闲适心境,意味深长。柴望《山居》:"老来无一事,僮与鹤相随。绕屋疏疏竹,编墙短短篱。起来花换影,知已睡多时。莫厌山居寂,山人只自宜。"生活条件虽然简朴,但作者的心境是怡然自适的。顾逢《石湖山居》:"幽居入翠微,乐似在松时。野景俱成画,山行总是诗。黠禽争浴水,戏鹊倒悬枝。此意谁能识,徜徉只自知。""黠禽争浴水,戏鹊倒悬枝"两句写得十分诙谐,但也正是诗人拥有离世山居的空明心境方能觉察到的。

  人们向往大自然,渴望怡养身心于大自然,于是在城市中营造了模仿自然山水的生态园——园林。"简文入华林园,顾谓左右曰:'会心处不必在远,翳然林水,便自有濠、濮间想也,觉鸟兽禽鱼自来亲人。'"(《世说新语·言语》)园林,就是将自然界的花木、山水移入有限的空间里,辅以人工建筑的厅堂、楼台、亭榭、小桥等,创造出的富于自然意境的天地。园林,是自然之"林"与人工之"园"的结合,是文人雅士"居家"与"在野"的完美结合。园林是城市中的山林,是具体而微的自然生态园,一般为风雅文人居住或雅集的场所。"在烦嚣而狭隘的城市生活空间里,中国人却借方寸之地,为人们创造出具有'高度自然精神境界'的园林,无论在物质和精神文化上,无疑地都是对世界精神文化做出的杰出的贡献。"① 中国园林就是依托自然山水,模拟自然界来组织、布局,将自然风景与人工建筑巧妙结合,力图使人工契合天工,从而营造出富于诗意的居住环境。就自然山水方面来说,人们"把凡是自然风景中能令人心旷神怡的东西集中在一起,形成一个整体,例如岩石和它的生糙自然的体积,山谷,树林,草坪,蜿蜒的小溪,堤岸上气氛活跃的大河流,平静的湖边长着花木,一泻直下的瀑布之类。中国的园林艺术早就这样把整片自然风景包括湖,岛,河,假山,远景等等都纳到园子里"②,而另一方面,古代发达的建筑文化也在园林营建中充分地展示出来。亭台楼榭、室内布景等都十分讲究,加之随处可见的牌匾楹联,使整个园子既富有天然的生机,又备显文化意味和艺术的美感。园林即是自然性与人工性的统一,"天人合一"是园林艺术追求的最高境界。

  明代计成所作《园冶》描述园林风景道:"山楼凭远,纵目皆然;竹坞寻幽,醉心即是;轩楹高爽,窗户虚邻;纳千顷之汪洋,收四时之烂缦。"③ 环境清幽是园林的一个典型特征,同时,园林通常能把四海之物、

---

  ① 张家骥:《中国造园论》,山西人民出版社2003年版,第61页。
  ② [德]黑格尔:《美学》第三卷(上),朱光潜译,商务印书馆1979年版,第103—104页。
  ③ (明)计成著,陈植注释:《园冶注释》,中国建筑工业出版社1988年版。

四时之景纳入一片小小的天地中,这就是园林的写意艺术。"所谓造园艺术的'写意'就是以局部暗示出整体,寓全(自然山水)于不全(人工水石)之中;寓无限(宇宙天地)于有限(园林景境)之内。其奥妙就在于:中国艺术是立足于贯通宇宙天地的'道'去观察和表现自然万物的,所以'咫尺山林'的小小园林,却给人以一种深邃的、无尽的时空感。"①"一峰则太华千寻,一勺则江湖万里",园林妙造自然,经由人们的想象,便成了"不尽山、无穷水"的象征。

从东汉至北宋,洛阳园林一直为全国之最。"人间佳节唯寒食,天下名园重洛阳。"(邵雍《春游》五首其四)熙宁六年,司马光改判西京御史台,在洛阳购地营建独乐园,作《独乐园记》寄给苏轼,苏轼遂作《司马君实独乐园》诗吟咏道:"青山在屋上,流水在屋下。中有五亩园,花竹秀而野。花香袭杖履,竹色侵杯斝。樽酒乐余春,棋局消长夏。洛阳古多士,风俗犹尔雅。先生卧不出,冠盖倾洛社。虽云与众乐,中有独乐者。"设想司马光居于独乐园的情景,写其环境之清幽与主人之自得之乐。宋代园林的营建兴盛起来,这与宋代经济的发展、文人境遇的改善以及仕隐风尚的转变都有一定关系。不同于隐于朝市的大隐和隐于荒山的小隐,园林为士人们提供了一个中隐之境,即隐于艺术化的自然之境。苏轼《灵璧张氏园亭记》曰:"古之君子,不必仕,不必不仕。必仕则忘其身,必不仕则忘其君。"②张氏筑园亭于汴、泗之间,"使其子孙开门而出仕,则跬步市朝之上;闭门而归隐,则俯仰山林之下。于以养生治性,行义求志,无适而不可",这种进退裕如的生活是令人羡慕的。

今苏州沧浪亭,原为五代吴越广陵王钱元璙后人的池馆,庆历五年(1045)苏舜钦被贬谪后以四万钱购得,筑亭其中,取名沧浪,饱享园林之乐。其《沧浪亭记》云:"前竹后水,水阳又竹,穷无极,澄川翠干,光影会合于轩户之间,尤与风月相宜。"风景何其清幽。诗人又以诗歌咏道:"一径抱幽山,居然城市间。高轩面曲水,修竹慰愁颜。迹与豺狼远,心随鱼鸟闲。吾甘老此境,无暇事机关。"(《沧浪亭》)城市中的山水园,足以慰藉诗人内心的落寞。"迹与豺狼远"暗寓避祸之意,"心随鱼鸟闲"即退居之后精神获得解脱。次年春,苏舜钦作《初晴游沧浪

---

① 张家骥:《中国造园论》,山西人民出版社2003年版,第62页。
② 孔凡礼点校《苏轼文集》,中华书局1986年版,第369页。

亭》："夜雨连明春水生，娇云浓暖弄微晴。帘虚日薄花竹静，时有乳鸠相对鸣。"雨过之后，春水涨溢，云朵娇媚，花竹无语，亭亭静立，时有小斑鸠的鸣叫声为院落平添无限生机。这是园林的典型景致，充满静谧和谐的生态意味。环境优美，诗人的心境亦闲适起来："花枝低欹草色齐，不可骑入步是宜。时时携酒只独往，醉倒唯有春风知。"（《独步游沧浪亭》）胡仔评此诗曰："真能道幽独闲放之趣也。"① 较之仕途劳碌奔波，独自隐居于园林自有幽独之感，虽然是诗人仕途失意不得已而为之，但所获得的不失为一种怡悦身心的诗意栖居方式。

第三节　宋代山水诗的生态美韵

生态问题既是关涉人类生存的自然科学问题，也是人类审美文化和精神领域的一个重要组成部分。"审美价值的生态尺度的生成性，使人类总是面对着一个古老而又常新的'终极关怀'。"② 生态审美，是对地球上一个个或大或小的生态系统的审美，也包含着人们对自身生存状况这一根本问题的关注。

魏士衡在其《中国自然美学思想探源》一书中梳理了中国古人对于自然的审美关系的生成和发展过程，认为文人们的山水游赏活动促使其对自然美的欣赏从自发走向了自觉，改变了过去人与名山大川之间主要是崇敬与被崇敬的关系，缩短了彼此间的距离。"人对自然从恐惧、崇敬转变为爱，没有这一转变，人们便不可能从自然界感受到美。只有在人们感到自然可亲而不是可怕的时候，人们才会以爱抚的眼光去打量自然的一切，才会发现其中蕴涵丰富的美，诗人、画家才有以自然美为素材的作品创造出来。"③ 宋代山水诗体现了诗人对自然生态的亲近和关注，呈现出种种生态美韵，大致可归纳为生机之美、纯净之美、如画之美、和谐之美四个方面来进行考察。

一　生机之美

三江源，即长江、黄河和澜沧江的源头。在海拔数千米的青藏高原

---

① （宋）胡仔纂集《苕溪渔隐丛话》前集卷三二，人民文学出版社1962年版。
② 曾永成：《文艺的绿色之思：文艺生态学引论》，人民文学出版社2000年版，第31页。
③ 魏士衡：《中国自然美学思想探源》，中国城市出版社1994年版，第10页。

上，仍然生活着各种各样的动植物。夏季雪山融化，形成了草原，孕育了生命。有水草的地方形成一块块草甸，随意地散布在高原上。生命在那里创造着一个又一个的奇迹。高原上的灌木多种多样，千姿百态，为了适应高寒的生存环境，它们的叶片大多变成针状，还有些低矮的植物匍匐在地上生长。由于环境的恶劣，那里的植物大多是多年生长一次开花，开过花之后即走向枯败。走在高原上，你似乎能够听见它们发出的细微而坚定的声音："我要为生命开一次花！"生命就是如此的顽强、艳丽，令人心灵震颤。遍布的花草为高原增添了无限的生机，它们静静地展示着生命的平和与喜悦。

　　如前所论，生机是生态最本质的内涵和最重要的特征，如果没有了生机，生命也就不复存在。山水本身属于无机界，但它们又是成千上万、种类繁多的生物的栖居繁衍之所。正是这些生物的存在才使得世界焕发出了勃勃的生机和动人的光彩。山水诗所描绘的对象绝不限于山和水的整体形象，还包括众多随处可见的动植物，这些动植物的出现，使山水诗具有了生意和灵性。诗歌中对绿树和花草的描写，往往能给读者以绿意和生机之感。如晁端禀《琅邪山》："琅邪山色连云绿，烟树参差裹岩谷。幽香烂漫四时花，翠影交加万竿竹。"山体为绿色植被所覆盖，四时均有花朵绽放，一片生意盎然。许及之《池塘小景》："昨夜春水生，垂杨蘸波碧。湖中相忘友，两两有鸂鶒。"春季河畔的垂杨与水中嬉戏的水鸟，为世界增添了无限生机。胡溥《清溪》："杨柳汀州绿四围，沙中禽鸟杂相依。烟留群鹭和鸥卧，霞带孤鸿与鹜飞。"诗中出现了杨柳、鹭、鸥、鸿、鹜等动植物，勾画出一条小溪周围富有生气的生态系统。

　　诗人们还常常采用拟人手法，化静为动，拟物为人，使诗歌情趣顿生。如范仲淹《绛州园池》："绛台使君府，亭阁参园圃。一泉西北来，群峰高下睹。池鱼或跃金，水帘长布雨。怪柏锁蛟虬，丑石斗貔虎。群花相倚笑，垂杨自由舞。静境合通仙，清阴不知暑。"在诗人笔下，各种动植物成了有意识、有表情之物。杨万里的诗歌富有谐趣，常采用拟人手法撷景物入诗，生机灵动，如《小池》："泉眼无声惜细流，树阴照水爱晴柔。小荷才露尖尖角，早有蜻蜓立上头。"诗人将泉水和绿树当作有情有义之物，并且敏感地觉察到荷花的生长和蜻蜓的出现所带来的生意。生机之美，是地球上生命活力之美，也是宋代山水诗所蕴含的最动人的生态特征。

二 纯净之美

我们注意到，宋代山水诗有不少以"清江""清溪"为题的诗歌，描写水的澄澈。当时的水少被工业或生活所污染，呈现着清净澄明的姿态，令人览之有怡神悦性之功效。唐代李白曾写过一首《清溪行》："清溪清我心，水色异诸水。借问新安江，见底何如此。人行明镜中，鸟度屏风里。向晚猩猩啼，空悲远游子。"清溪之清澈如同明镜，令人惊异。宋代大量诗歌也描写到了水的湛蓝、澄澈，以及生物嬉戏于水中的自得之乐。张耒《东溪》："东溪何潺潺，秋水清见底。纵横小石圆，一一静无滓。空山人不到，泂泂响环佩。我来每终日，漱濯弄清泚。"此诗描写东溪，一再用"清见底""无滓""清泚"来形容，可见溪水之清。有的诗人则以"璧"来形容水之光洁："一片水环璧，分明镜可窥。游鱼吹白沫，浴鹭扑清漪。有月有星夜，无云无雨时。倚栏相对处，如看浑天仪"（顾逢《圆池》）；"野水光如璧，澄心不觉劳。与天无表里，共月见分毫。绿好磨长剑，清宜泛小舠。淡交今已矣，惆怅越波涛"（钱昭度《野水》）。后一首虽然以感怀人事结尾，但并不妨碍我们对它前面主体部分所蕴含的生态意味的解读。

溪水澄澈如镜，便有了对"照镜"即倒映于水中的人或景物的描写。"入郭僧寻尘里去，过桥人似鉴中行"（张先《题西溪无相院》），人如同在镜中行走；"沧浪清可爱，白鸟鉴中飞"（范仲淹《出守桐庐道中》十绝），天空中的白鸟映入水中，如同在镜中飞翔；"青山自负无尘色，尽日殷勤照碧溪"（杨万里《玉山道中》），原本是青山与绿水为邻，青山不自觉地映到水里，诗人却想象成是青山也来照镜；"涓涓万古意，湛湛一尘无。明月来窥镜，宵寒露滴珠"（蒲寿宬《心泉》二首其一），写夜晚明月也来窥镜；"画船俯明镜，笑问汝为谁。忽然生鳞甲，乱我须与眉"（苏轼《泛颍》），诗人正得意照镜，忽然鱼儿搅动水面，诗人的影像遂被打破，十分诙谐。更有甚者，将岸上之物置入水中，将水中之物移到天上："未识贵池好，尝闻弄水名。白鸟鉴中立，画船天上行。"（陈舜俞《弄水亭》）水面之上的景物映入水中，白鸟如同在水中站立，画船如同在天空中行走。翁卷《野望》："一天秋色冷晴湾，无数峰峦远近间。闲上山来看野水，忽于水底见青山。"诗人本欲上山看水，却"意外"地看到了青山，写常理而不以常语道之，妙趣横生。泉为活水，通常比河湖之水更为澄澈："泉动涌联珠，泉静湛片玉。渊源出以时，动静清可掬。凭栏冰雪寒，敛衽毛发肃。内以洗我心，外以刮我目。"（包恢《观泉》）以珠玉喻泉水，可见作者的爱怜之情，而水清至极，便给人以清冷的感受，"洗心刮目"则体现了清泉对人的精神陶冶作用。又如陆游《山行》："山光秀可餐，溪水清可啜。白云映空碧，突起若积雪。我行溪山间，灵府为澄澈。"在山光秀美、溪水清澈的溪山间行走，人的心境也随之空明起来。吴孔锜《玉山听泉》："鸣泉出涧洁而莹，尽日锵锵解佩声。绝俗不须频洗耳，试听余响自心清。"写山泉莹洁，水声泠泠，人的心事烦忧也被涤除一空。

可见，自然山水的生态状况的确会对人的精神产生相应的影响。水清，则人的情绪亦欣欣然；若面对一片被人类生产和生活污染的水域，那么人的情绪也会受到破坏。

三　如画之美

自然生态描写造就了宋代诗歌的"如画"之美。洪迈《容斋随笔》曰："江山登临之美，泉石赏玩之胜，世间佳境也，观者必曰如画。"[1] 山水景致虽出于自然，却如同造物主之灵心妙运，如画家一般的巧妙构思布局，乃天然的图画；而诗歌对自然物象的采撷、运用对仗手法对举而出的各种风物及其姿态，能使读者透过文字在脑海中勾画出生态事物的微妙情态，亦如画家之构图布景，产生一种如画之美。苏轼《书摩诘蓝田烟雨图》中有一段著名的评论："味摩诘之诗，诗中有画；观摩诘之画，画中有诗。"[2] 所举诗作"蓝溪白石出，玉川红叶稀。山路元无雨，空翠湿人衣"，色彩明丽，的确具有如画之美。其实，不仅王维的诗歌如此，自然景物的色彩、布局的构图之美在许多古代诗歌都是存在的。如南齐谢朓《晚登三山还望京邑》中的名句："余霞散成绮，澄江静如练。喧鸟覆春洲，杂英满芳甸。"晚霞绮丽如锦，江水清澈如白练铺展，春日的原野五色小花丛生，而鸟鸣如同画外音，使整个画面倍添生机。古代众多为诗词名句配图的"诗意图"的出现，正体现了古代诗歌"诗中有画"的艺术特征。

---

[1]（宋）洪迈：《容斋随笔》，上海古籍出版社1978年版，第214页。
[2]（宋）苏轼：《苏轼文集》，中华书局1986年版，第2209页。

中国山水诗既有山水形体的工致刻画，又有神理韵致的呈现，其意象的营构、布局及其传神写意，都给人以如画的美感。人们常把"诗情"与"画意"联系起来，就是注意到了诗歌与绘画两种艺术的相通之处。绘画讲究布局匀称、色彩鲜明，诗人注意到眼前景象的色彩美及其作为一个完整生态系统的整体性、和谐性，故有"如画"之喻。我们所说的宋代山水诗的如画之美，不同于西方的"如画"美学观念。18、19世纪在英美发展起来的"如画"美学，主张以艺术的标准来衡量自然，以为艺术高于自然，甚至要求按照人类既定的审美要求来裁剪、控制、管理自然，这是人类中心主义思想的表现。对于某些作品来说，接近于自然美才是最高的艺术境界。"如画美学要求一片景色所具有的特点是基于源自绘画而不是自然的准则之上的，因而许多公园和花园需要有品味的'改进'以适应规定的要求。"[①] 在中国人的观念当中，自然山水是真实的，而绘画中的山水是经过了画家的组织、加工，是艺术化的，因而更加凝练、更加集中，当我们说"风景如画"时，正是注意到了自然风景的纯净性和完美性特征。宋代具有"如画之美"的山水诗，大致可分为两类。

一类是诗歌中明确出现"如画""画屏"等字眼，说明观赏者已经意识到了所见山水景物的如画特征。如林逋《西湖》："混元神巧本无形，匠出西湖作画屏。春水净于僧眼碧，晚山浓似佛头青。栾栌粉堵摇鱼影，兰杜烟丛阁鹭翎。往往鸣榔与横笛，细风斜雨不堪听。"杭州西湖之美可谓天下绝伦，隐逸诗人林逋将其视为造化的杰作。顾逢《甫游冷泉亭》："万绿重重如泼翠，一泓泉水侵苍苔。分明天地开图画，山自飞来猿自来。"写西湖之畔的冷泉亭之景，直言景色如天工的图画。宋孝宗《冷泉堂诗》："山中秀色何佳哉，一峰独立名飞来。参差翠麓俨如画，石骨苍润神所开。"写飞来峰上一片碧绿，如神工所开画图般严整。刘季孙《过西湖》："临汾人事迫，初喜到西湖。遇雪非尘世，和山是画图。水消鱼欲出，春近柳先苏。只就亭前宿，幽怀不可拘。"写晋州西湖景色之美，竟令人不敢置信乃于尘世中所见，青山如同经过剪裁过滤的图画一样。刘敞《微雨登城》二首其一："雨映寒空半有无，重楼闲上倚城隅。浅深山色高低树，一片江南水墨图。"直言江南生态美景恰如一幅水墨图画。桂

---

① 鲁枢元主编《自然与人文——生态批评学术资源库》（下册），学林出版社2006年版，第856页。

林阳朔风景也是"水墨屏风数百家"（陶弼《题阳朔县舍》）。秦观《泗州东城晚望》："渺渺孤城白水环，舳舻人语夕霏间。林梢一抹青如画，应是淮流转处山。"泗州，在今江苏盱眙县东北，汴水入淮之处。孤城、白水、舳舻、夕霏、林梢、青山，景美如画。"连天芳草晚萋萋，蹀躞花边马不嘶。蜂蝶已归弦管静，犹闻人语画桥西"（方岳《湖上》），"好山光不尽，幽鸟语无多。树影秋云杂，泉声画磬和"（赵湘《书松门寺壁》），将人语、泉声写入画屏，可谓别具匠心。还有的诗人以善于发现美的眼光把人与自然美景融合为一的图景生动地呈现出来："波间指点见青红，雪脊嶒棱倚半空。幻出生绡三万幅，游人浑在画图中"（孙觌《横山堂》二首其一）；"岸树冥茫外，人家点画中。断烟分紫翠，残照抹青红"（白玉蟾《远景》）；"人在画屏中住，客依明月边游。未卜柴桑旧宅，须乘五湖扁舟"（苏轼《忆江南寄纯如》五首其三）。将人置入图画，增添了画面的动感，也映衬出人所游览或居住的生态环境的诗意。画图虽美，犹可人为，而许多天然风景是大自然造化的伟力所为，是人工所不可能创造出来的，因而又有诗人写眼前美景胜过图画："山南山北水平湖，屏障天开画不如"（孙应时《次日湖上》）；"世间何处觅西湖，风月无边酒一壶。尽道此中如画景，不知此景画中无"（顾逢《西湖如画轩》）；"烟云变态无穷极，百幅生绡画不如"（朱诜《画不如亭》）。写自然风景胜过人工图画，其实是比"风景如画"更高层次的赞赏，因为它突出了风景的浑然天成、不可复制性，凸显了造化的神奇和伟大。

另一类是诗歌中并未直接出现"如画"字样，但其所描绘的山水图景给读者以如画之感。这便是诗人选取典型性的景物，并以诗歌的艺术形式和修辞手法将其生动呈现的结果。苏轼曾评价王维的诗歌"诗中有画"，其实宋人的山水诗同样存在着类似的如画之美。宋代是书画艺术发达的时代，题画诗也非常多。宋代题画诗所描写的画中景致生动逼真，如同对实景的描绘。如苏轼著名的《惠崇春江晚景》二首其一："竹外桃花三两枝，春江水暖鸭先知。蒌蒿满地芦芽短，正是河豚欲上时。"短短四句诗即勾勒出春天万物欣欣向荣、蓬勃欲出的生态景象。释行海《题山水图》二首："暮色溪山远，烟林一两家。孤舟何不住，雁欲下平沙"；"烟动芦根出，天高雁点微。溪林茅屋晚，遥认钓船归"。若不看诗题，读者很容易把诗歌所写当成实景，实际上这是一首题山水图之诗。图画是静态的，而诗人却以动语铺排出之，使整个画面鲜活起来，富于动感。山水诗中景致如画，山水画中有诗的意境，这也是宋代山水诗与山水画"诗画交融"特点的典型体现。

"因图画和题画诗发达的影响所及，一般的宋诗似乎也熏染着画的情调，在诗里面表现出来。这种充满了画意，即所谓'诗中有画'的诗，以宋人的描写为最精工。"①释永颐《汀涨》："泽国迷春涨，芳洲生绿波。净涵汀树小，闲占浦云多。风晚低轻燕，川明媚浴鹅。望人烟思远，奈此暮山何。"描写汀上风物，对景生情，以思乡怀人结尾。当读者吟咏此诗时，不禁将作者的形象也纳入了想象的画图中。游酢《山中即景》："翠霭光风世界，青松绿竹人家。天外飞来野鸟，涧中流出桃花。"用六言诗的形式写山中人家所面对的色彩明丽、生机盎然的生态世界。米芾《过当涂》："鸥鹭依寒水，蒹葭静晚风。烟光秋雨细，树色碧山重。"米芾作为一位画家兼诗人，其诗中所勾勒的场景亦如同一幅水墨山水图。

四　和谐之美

有学者将"和谐"视为生态批评的核心范畴，认为"人与自然的和谐，人与社会的和谐，人与人的和谐，人与自身的和谐，这是生态文艺（文化）中最为根本性的内涵，是生态批评反复探寻和积极倡导的"②。宋代山水诗中的和谐之美，一方面表现为诗中所呈现的各种动植物与其周围环境之间的和谐相处之美，另一方面表现为人与自然物的关系协调之美。

先来看第一个方面，即诗中同时出现多种生物，它们之间的关系是和谐的。如陈宗礼《山行》："川原绿已张，春去今何在。深树涵幽姿，微云弄晴态。禽声互酬应，林霏间明晦。渐远人迹稀，清音自虚籁。"林间禽声互答，自在飞鸣，不图人知。"双鸠并睡枯桑上，一鹭闲行白水边。"（释行海《闲居》）双鸠并宿于枯桑之上，一只白鹭闲步水边，互不侵扰。"鸦鸦乘犊去，鸭鸭伴鸥眠。"（葛天民《小隐自题》）鸦与犊同去，鸭伴鸥共眠，这是一幅怎样安详静穆的生态图景！陈宓《山行》："禽声戛玉琤如堕，蝶翅新妆粉欲飞。山静物闲无一事，却嫌钓叟下鱼矶。""山静物闲"是自然景物的本质特征，而人的活动却打破了自然界的宁静安详。顾逢《湖上》："湖边春已过，正是绿阴时。独步无人处，微吟得意诗。

---

① 胡云翼：《宋诗研究》，巴蜀书社1993年版，第15页。
② 刘文良：《范畴与方法：生态批评论》，人民出版社2009年版，第4页。

斜阳浮舴艋，远水立鸬鹚。物命真堪惜，游鱼脱钓丝。"写湖上景象，对于物命的怜惜体现了作者朴素的生态保护意识。

另一方面，宋代山水诗展示了人与自然物之间关系的融洽。在诗歌中，青山、花草、禽鸟等自然物都是同人一样有性情、可与人交流之物。当然，这种"交流"很大程度上是诗人想象中的，但正体现了诗人对人之外的生命以及无机环境的谦敬之心。"好山如故人，欣然见眉宇。又如梳晓鬟，红绿相媚妩。"（胡志道《忘归洞》）把山比喻成故人，欣然与之"交往"。"无人独赋溪山谣，山能远和溪能听。"（林希逸《溪上谣》）认为山水能够听懂诗人的歌谣并与之唱和。"伊川不到十年间，鱼鸟今应怪我还。浪得浮名销壮节，羞将白发见青山。野花向客开如笑，芳草留人意自闲。"（欧阳修《再至西都》）"怪""闲"本是人才有的心理，"笑"乃人才有的表情，诗人却自如地把它们运用到鱼鸟花草之上，且以自己之"白发"与青山之青对比，竟至于羞见。张耒与青山的"交情"更是深厚："青山如君子，悦我非姿媚。相逢一开颜，便有论交意。今晨决然去，掺若执我袂。谓山无见留，此事宁久置。"（《出山》）相处日久，诗人欲出山之时，青山竟也执袖相留，不忍见诗人离去。"群山思会面，扶病一登楼。"（葛天民《雨中》）不说自己想念群山，却说群山希望见到自己，故扶病登楼会晤，可谓一往情深。孙应时《道中寄同舍》："山色忽相送，江流不作声。别怀初酒醒，病骨更寒侵。"诗人送别友人之时，山色亦相伴随，江流亦哽咽无声，可见山水与人之间的"深情厚谊"。

除了将青山视为故知，诗人还把山花山鸟当作自己的朋友。"青山双夹小溪流，绿筱人家古渡头。虽是溪山不相识，劝人啼鸟却相留"（陈文蔚《辛丑春游金华出东郊》），"山瀑两道泻，木叶四时春。日暝不知去，鱼鸟会留人"（洪朋《庐山》），明明是诗人自己流连忘返，却说成是鱼鸟相留，可见其在心理上与自然的亲和。胡圭《入山》："摆落世尘缚，愿结岩栖缘。一层复一层，古道多回旋。白云随我后，幽鸟鸣我前。云禽亦佳侣，一见即忻然。"诗人甚至将禽鸟当成自己的伴侣。郭祥正《山中》："山花为我一笑兮，山草为我以忘忧。"作为植物的花草也似乎那么善解人意。张耒《东溪》："麋鹿见我熟，相对不复起。"相处日久，麋鹿也与诗人成了熟友而不复惊走。

自然山水原初的生态之美被诗人经由审美眼光的拣择和过滤写入诗歌，强化了美景的纯粹性和诗意色彩，使山水的生态美韵以更加富有意味的形式呈现。当我们以生态学的眼光重新审视这些诗歌时，一定程度上就是恢复和还原其中的生态意蕴。感知古代山水诗中的生态之美，是我们从古代传统文化中获取生态审美熏陶的重要途径。

第四节　生态美景对诗人的精神净化作用

人类依赖于自然界而生存，而自然界的淳朴和博大，又每每给人以审美的愉悦和智慧的启迪。"人类出于自然，又凭自己的智能活动去征服自然。然而当人类面对自己的智能活动给自己生产出的无穷的困惑和烦恼时，便又期望全身心地回归到生命和心智的起点，与自然融洽为一，以滤除生活和心智中那些自寻的烦恼。此时，人类就越来越深切地感受到自然的宽厚博大、亲切怡人。于是便形成了疏人事而近自然的自由观。"① 人类具有发达的意识和改造自然的本领，但也正因如此，人类比其他生物多出许多烦恼。自然界其他生物依照本能自然而然地存续，而人类具有丰富的思想感情和各种各样的欲望，当欲望不得实现时便产生了诸多的烦恼。当人们走近自然，切身感受到其宽厚博大、自在无羁的风貌时，那些尘俗的烦恼便随之慢慢化解。亲近自然，正是人们渴望获得精神解脱和心灵自由的表现。在对大自然生态之美的体验和欣赏中，人们的精神得以净化，这是自然的人文价值的一个重要方面。

一　回归自然，天人合一

"山光悦鸟性，潭影空人心。"（常建《题破山寺后禅院》）自然界的山光水影具有神奇的精神净化作用。"振辔于朝市，则充屈之心生；闲步于林野，则辽落之志兴。……为复于暧昧之中，思萦拂之道，屡借山水，以化其郁结。"（孙绰《三月三日兰亭诗序》）跻身于嘈杂的闹市当中，心境亦逼仄；漫步于辽阔的林野，心境亦舒展开来，畅游山水可产生化解郁结的作用。魏晋名士"欣赏山水，以游览为乐，最基本的动机还是'借山水以化郁结'。这是因为山水令人'神超形越'，可以解忧散怀，豁畅

---

① 张海鸥：《古典自然哲学与古典诗歌中的自然象喻》，《吉林大学社会科学学报》2000年第3期。

心神，与他们追怀玄远的心境正相符合"①。从自然山水的审美中获得情感的释放与心灵的熙悦，是许多诗人力图达到的精神境界。"表达主体在与自然山水亲密接触中所获得的物我交契的心理满足和审美愉悦，是许多古代山水诗的主旨。与此相应并伴随着文学的觉醒以及人们对自然山水独特审美价值的认识的飞跃，中国古代山水诗学领域里出现了不同于'言志说'和'缘情说'及画论'畅神说'的'悦性说'。"②悦性，即怡悦性情，使心灵得到安顿。宋人林希逸有《山光悦鸟性》一诗："细大皆天性，逍遥宇宙间。山光非为鸟，鸟悦自因山。晓日浮青嶂，春云影翠鬟。物情如有识，乐意自相关。疏密阴俱好，飞鸣态自闲。夕阳归翅急，应是倦知还。"感悟到生物无论大小，都可逍遥于宇宙之间，"大小大快活"③。

大自然是最为博大和自足的，当人们在纷扰的尘世中遭遇挫折、感到疲惫和痛苦时，总喜欢亲近自然，从宇宙的浩瀚中体悟自身的渺小，从而看淡人世际遇，重新获得内心的平衡。投身于自然，自由、本真、诗意地存在，是更贴近于生命的本源的一种生存方式。而静穆的大自然永远是人类得以放松身心、休憩灵魂的最佳场所。恩格斯说："大自然是宏伟壮观的，为了从历史的运动中脱身休息一下，我总是满心爱慕地奔向大自然。"④对于中国古代人的生存状态，林语堂先生曾这样评价道："中国人生活苦闷，得以不至神经变态，全靠此一点游乐雅趣。西人之评中国文化，最称赞奇异者，即在不堪其忧之中，穷人仍然识得安乐，小市民在傍晚持鸟笼在街上谈天，江北车夫在茅屋之外，种些花草。盖中国无宗教，其所以得性灵之慰安者，专在自然之欣赏。"⑤言下之意，自然之欣赏几近中国人类似于宗教的一种情怀，在世俗生活中，人们普遍习惯于从对自然山水的欣赏和体味中获得心旷神怡之感受。在政治失意之后，士人们往往将目光投向自然，"以自然为人生幸福的补偿形式"⑥。"在诗人心目中，

---

① 王国璎：《中国山水诗研究》，中华书局2007年版，第108—109页。
② 卞良君：《中国古代山水诗学中的"悦性说"》，《贵州社会科学》2007年第1期。
③ （宋）程颢、程颐：《二程遗书》卷二，上海古籍出版社2000年版。
④ 《马克思恩格斯全集》第39卷，人民出版社1974年版，第63页。
⑤ 林语堂：《林语堂名著全集·拾遗集（下）》（第十八卷），东北师范大学出版社1994年版，第26页。
⑥ 胡晓明：《万川之月——中国山水诗的心灵境界》，生活·读书·新知三联书店1992年版，第9页。

大自然宁静宽阔、和谐舒徐、万族欣如、生意周遍，游息其间能疗治城市生活、尘世纷扰给予心灵上之创伤，并能熏发德慧，使其潜滋。"① 因此，自然界对于人类的精神价值是巨大的。生态世界的平和、生意盎然，往往能够使人受到感染，平复心绪。

中国山水诗绝不仅仅是客观物象的描摹，而是在其中灌注着诗人的情感、精神和智慧。中国诗人"投入自然所求者并非兴奋与陶醉，而是摆脱尘劳，游息忘机，人在大化中获得解脱，如游鱼从容，安恬闲适，无一毫激动追逐意。……中国诗人所寄托之境每为平时远山、翠谷、清溪，不待云峰海日玮丽壮观方见自然之美，即最平凡之景物，如桑田、农圃、小桥、回塘、松风、一丛草、数枝花，皆足令人欣然意远，忘却百忧"②。宁静淡远、怡然自得是中国山水诗所透露出来的情趣格调。梅尧臣评西湖处士林和靖诗集道："其顺物玩情为之诗，则平淡邃美，读之令人忘百事也；其词主乎静正，不主乎刺讥，然后知其趣向博远，寄适于诗尔。"③从静美恬淡的自然风景中寻求适意，是古代大部分山水诗作的主旨，而与之相应的平淡风格，也给读者以莫大的精神享受。在儒释道三家"尚自然"的人生哲学作用下，"在大自然中追求逍遥自在、任情适意、快然自足的乐趣，这就是中国山水田园诗的基本精神所在，也是山水田园诗派的审美理想、艺术趣味形成传统继承性的主要原因"④。宋代文人普遍具有较高的哲学修养，他们往往能够从对自然山水的观照中获得一种自适、空明的心境，体悟到人生之真谛所在。

这真谛一是消除功名利禄之心。"山泉漱工琴，尘世谁知音。植杖憩于此，顿消名利心"（郑国辅《清音亭》）；"白云深处有清音，上接祥光古木森。不但濯缨兼濯足，直须一洗利名心"（王威《清音》）；"山远源深绝市声，许由因此隐方成。一生独喜枕流好，万事何如酌水清。野衲洗心滋味淡，骚人照影利名轻。软红尘里浑如醉，谁识斯泉可濯缨"（徐集孙《冷泉亭》）。漱玉流泉，清音悦耳，身临其境则使人的追名逐利之心顿消。与"利名"相关联的是"机心"，即为获取利名而采取种种策略、

---

① 许思园：《中西文化回眸》，华东师范大学出版社1997年版，第102页。
② 同上书，第101页。
③ （宋）林逋：《林和靖集》，《四库全书》本。
④ 葛晓音：《山水田园诗派研究》，辽宁大学出版社1993年版，第31页。

手段，这种用心也会给人生带来负累。"樵路萦连入翠微，清泉白石可忘机"（敖陶孙《皋亭山》）；"地与市朝远，云藏山水深。长令有心者，到此自无心"（晁端禀《无心亭》）。自然美景也可涤除人的思虑和机心，正所谓"好景信移情，直连毛骨诚"（邵雍《宿寿安西寺》）。

二是消除世俗烦忧。方回《葺圃》："山水清音屡见招，经丘寻壑尚逍遥。宅门南北双桐木，篱径高低万菊苗。特创小亭观藓石，待穿枯沼架茅桥。忽思万事皆虚幻，何苦空将百虑焦。"诗人从山水清景中发觉人事的虚幻和微不足道，开解自己不必思虑满怀。文及翁《山中夜坐》："悠悠天地间，草木献奇怪。投老一蒲团，山中大自在。""大自在"，即超尘忘机之后所获得的灵魂上的自由状态。张耒《初见嵩山》："年来鞍马困尘埃，赖有青山豁我怀。日暮北风吹雨去，数峰清瘦出云来。""豁我怀"即使人胸怀开阔之意。刘达《冰泉洞》："飞泉落巍巍，湍水去激激。未若洞中源，静渊如得适。清润挹千岩，冷凝涵四壁。幽讨会有时，烦襟聊与涤。"写渊水之安恬，并畅想有朝一日借助于清泠的泉水一洗尘俗之烦恼。"我无一事行万里，青山白云聊散愁"（陆游《与青城道人饮酒作》），"山水饶心赏，能忘恤纬忧"（程公许《陪宪节饭石堂书院渡江游双泉墅即席和韵》），"微波坐来息，人意亦平宽"（毕公信《环碧堂》）等，都是讲山水景物的散忧解愁之功效。晁端禀《清风亭》："物外林泉静，闲中日月长。清风飒然至，可以傲羲皇。"写人如果徜徉于自然中，心无挂碍，便可做到逍遥自在。

这种忘怀物我、天人合一的思想，能给人纷繁复杂的心绪带来宁静，使其精神得以休憩。"通过思想、情感、心灵与宇宙自然的'合一'，并与万物达成统一性，这一直是人类宗教情怀深处的梦想与渴望；这种渴望似乎是无意识的，似乎也潜藏于所有的生命形式里，但基于人类精神的高度发达，基于人类天性的更加敏感，所以人类似乎以更加复杂的形式渴望着这种回归与统一。在这种存在的'合一'里，人们克服了种种冲突与不平衡，回归于久远的和谐中，并得到一种宁静感：和谐之中所体现出来的生命与心灵的宁静感。"[①] 但是，一味的和谐、宁静也往往消泯了冲突、抗争的存在。李泽厚先生认为："包括上述中国传统思想中的人生最高境界的审美也具有这方面的严重缺陷。它缺乏足够的冲突、惨厉和崇高

[①] 丁来先：《审美静观论》，中国社会科学出版社2008年版，第92页。

（Sublime），一切都被消融在静观平宁的超越之中。"① 而这种整体主义的浑融之思，正是生态学整体论、系统论观念的集中体现。

有些山水诗伴随着咏史怀古主题，这类诗歌往往体现出宏大的宇宙时空感和深长的人生况味。王十朋《江月亭》："江山今古几英雄，割据并吞总是空。惟有江流不转石，千秋长在月明中。"英雄已矣，山河如斯，明月长照，自然界的永恒与人世的变迁形成鲜明的对比。黄庑《临水》："人生朝复暮，水波流不驻。去年昨日水，今日到何处？惆怅雨残花，嫣红随水去。花落水东流，识尽人生事。"流水落花，不正象征着红颜的老去与生命的难以留驻么？宋永孚《盐泉》："一泉流白玉，万里走黄金。人事有因革，宝源无古今。"泉水长流，似乎没有什么时间概念，而人事则已大改。陆游《楚城》："江上荒城猿鸟悲，隔江便是屈原祠。一千五百年间事，只有滩声似旧时。"以天地自然的"不变"与人世的"变"作对比，尽显历史沧桑之感。有学者言："像自然那样去对待一切，岂不是一种幸福？于是，人事与自然、有限与永恒的鲜明对照中，中国诗人大多懂得一种自然观照方式，放弃前者，皈依后者。"② 顺应自然规律，悦纳时空流转，才能在有限的生命当中获得精神的安适与自由。

二 "遣子穷愁天有意，吴中山水要清诗"——迁谪与山水诗

"诗人自古例迁谪。"（杨万里《正月十二日游东坡白鹤峰故居其北思无邪斋真迹尤存》）朋党之争几乎贯穿整个宋代，给政局带来了不安定因素，也给文人士大夫带来贬谪流放之苦。北宋从要求政治变革的景祐党争、由范仲淹庆历新政引起的庆历党争，到由熙宁变法引起的长达半个世纪的新旧党争，都给文人士大夫的身心造成了严重影响，使其产生一种动荡不安之感。南渡之后，在内忧外患之际又有绍兴党禁、庆元党禁等党派之争。党争之中，又时有文字狱的发生。如元丰二年的"乌台诗案"、元祐期间的"车盖亭诗案"等，都是牵涉人数较多、打击力度较大的文字狱。南宋时期，秦桧相党制造了胡铨"奏疏案"、李光"私史案"等文字狱。宋代文字狱作为派别斗争及思想统治的工具，大多由当事人牵连数人，波及范围广，受牵连者或被降职迁谪，或被流放远徙，虽然在统治者

---

① 李泽厚：《中国古代思想史论》，天津社会科学院出版社2003年版，第305页。
② 胡晓明：《中国诗学之精神》，江西人民出版社2001年版，第228—229页。

不杀读书人的政策下得以保全性命，大多在被贬之际尚有一定的闲职和俸禄，但其身心仍然遭到了严重的摧残。而当他们遭遇此种厄境之时，羁旅途中或贬谪之地的山水风物便成了他们最好的精神良药。如果说诗人平日的山水吟赏还主要是吟咏性情、感悟天人至境，那么迁谪时期的读解山水便具有了更为实用的价值，那就是慰藉诗人受挫的心灵，渡过心理危机。

欧阳修在为梅尧臣的诗集作序时说："予闻世谓诗人少达而多穷，夫岂然哉？盖世所传诗者，多出于古穷人之辞也。凡世之蕴其所有，而不得施于世者，多喜自放于山巅水涯之外，见虫鱼草木、风云鸟兽之状类，往往探其奇怪；内有忧思感愤之郁积，其兴于怨刺，以道羁臣寡妇之所叹，而写人情之难言，盖愈穷则愈工。然则非诗之能穷人，殆穷者而后工也。"（《梅圣俞诗集序》）写古代士人不遇于时，往往会将目光投向大自然，其生存的自然环境会助其写作。苏轼则从"天意"的角度看待士人的穷达："仰看鸾鹄刺天飞，富贵功名老不思。病马已无千里志，骚人长负一秋悲。古来重九皆如此，别后西湖付与谁。遣子穷愁天有意，吴中山水要清诗。"（《和晁同年九日见寄》）晁同年，名端彦，字美叔，时提点两浙刑狱，置司杭州。熙宁九年（1076）五月，晁端彦因违法解任质审于润州，苏轼写诗和之，言晁端彦之所以遭遇挫折是因为吴地秀美的山川向他"索要"清词丽句。苏轼无疑是一位通达之人，他总是能在恶劣的生存环境中发现生活的乐趣，保持生活的热情。在惠州贬所时，苏轼曾作《食荔枝》二首，其一曰："罗浮山下四时春，卢橘杨梅次第新。日啖荔枝三百颗，不辞长作岭南人。"虽然是被贬至尚待开发的蛮荒之地，但是其地四季如春、物产丰饶的特点却令诗人忘却了被贬的失意和自然条件的恶劣，诗人甚至诙谐地说若能饱享美食，则愿长居此地。杨万里亦将劳苦的行役当作上天所赐予的游览大好河山的良机："一岁官居守一州，天将行役赐清游。"（杨万里《晨炊旱塘》）羁旅行役的辛苦被欣赏自然清景的兴致一扫而空。

欧阳修同样是一位性情豁达的文人，他在仕途受挫时也往往能够寄情于山水之间而自得其乐。"前时永阳谪，谁与脱缰锁。山气无四时，幽花常婀娜。石泉咽然鸣，野艳笑而偀。宾欢正喧哗，翁醉已岌峨。"（《思二亭送光禄谢寺丞归滁阳》）在仕途不得志之时，天地的广阔，自然的婀娜，使人似乎忘却身之所在，名缰利锁随之摆脱。"行见江山且吟咏，不因迁谪岂能来。"（欧阳修《黄溪夜泊》）面对大好的江山，诗人感慨是迁谪使他有幸得以有此佳游。在谪居滁州等地的生活中，欧阳修把游览江山当作一项重要的生活内容和精神寄托："惟有山川为胜绝，寄人堪作画图夸"（欧阳修《寄梅圣俞》）；"终年迁谪厌荆蛮，唯有江山兴未阑"（欧阳修《离峡州后回寄元珍表臣》）。其《伊川独游》写道："东郊渐微绿，驱马忻独往。梅繁野渡晴，泉落春山响。身闲爱物外，趣远谐心赏。归路逐樵歌，落日寒川上。""物外"之心，即不以是非得失萦怀之心，而诙谐的性情正是诗人生活乐趣的重要来源。《竹间亭》则通过描写鱼鸟之闲适，映衬出人也应当随缘自适："啾啾竹间鸟，日夕相嘤鸣。悠悠水中鱼，出入藻与萍。水竹鱼鸟家，伊谁作斯亭。翁来无车马，非与弹弋并。潜者入深渊，飞者散纵横。奈何翁屡来，浪使飞走惊。忘尔荣与利，脱尔冠与缨。还来寻鱼鸟，傍此水竹行。鸟语弄苍翠，鱼游玩清澄。而翁乃何为，独醉还自醒。三者各自适，要归亦同情。翁乎知此乐，无厌日来登。"竹间亭在颍州西湖。"三者各自适，要归亦同情"，乃物我相融的忘我之境。徜徉于青山丽水之间，诗人还时常与鱼鸟、风云等物"神交"："但爱亭下水，来从乱峰间。声如自空落，泻向两檐前。流入岩下溪，幽泉助涓涓。响不乱人语，其清非管弦。岂不美丝竹，丝竹不胜繁。所以屡携酒，远步就潺湲。野鸟窥我醉，溪云留我眠。山花徒能笑，不解与我言。惟有岩风来，吹我还醒然。"（欧阳修《题滁州醉翁亭》）野鸟、溪云、山花、岩风似乎都成了诗人的朋友，这是怎样一种物我相融的和谐境界！

王禹偁出身贫寒，入仕后多次遭贬，他也力图从自然山水中寻求心灵慰藉和精神解脱。"平生诗句多山水，谪宦谁知是胜游。南下阆乡三百里，泉声相送到商州。"（《听泉》）遭遇贬谪，哪知是游览胜地的契机，泉水也有情有义地相送。在贬官黄州期间，王禹偁所作《黄州新建小竹楼记》显示了其日渐淡泊的生活情趣。作者在描写了竹楼清幽的景致之后，叙述自己的生活曰："公退之暇，披鹤氅衣，戴华阳巾，手执《周易》一卷，焚香默坐，消遣世虑。江山之外，第见风帆沙鸟、烟竹云树而已。待其酒力醒，茶烟歇，送夕阳，迎素月，亦谪居之胜概也。"可见此时的诗人已经能够于谪居生活之中体验到与大自然亲近的乐趣了。在苏州时，王禹偁曾往游虎丘："乐天曾守郡，酷爱虎丘山。一年十二度，五马来松关。我今方吏隐，心在云水间。野性群麋鹿，忘机狎鸥鹮。乘兴即一到，兴尽复自还。不知使君贵，何似长官闲。"（《游虎丘》）"吏隐"即半官半隐，作者自言被贬之后虽然尚有官职而心已隐逸，于是寄情自然，与物交友，消解烦忧。这些山水诗歌都体现了自然山水对诗人的重要精神净化和涤虑作用。

　　山水美景具有净化诗人心志的作用，而诗人们用诗心妙笔所描绘的山水之灵境，也向读者传达出一种诗性之思，具有陶冶读者心灵之功效。"山水诗在表现雄壮或幽美的自然山水风景中渗透着诗人挚爱自然与人生的情怀，蕴含着诗人澄怀观道、感悟宇宙和人生奥秘的理趣，可以藻雪尘滓，陶冶心灵，升华人们的精神品格，提高人们的审美情趣，具有其他题材的诗歌所不可替代的思想和艺术价值。"[1] 在描写山水风景之际体怀悟道，几乎成为中国古代山水诗歌的创作传统。于是，后世读者一方面能够看到已经恒定于诗人笔下的彼时彼地的生态情境，另一方面又能跟随诗人于奇山丽水中感受精神之怡然与超脱。

---

　　[1] 陶文鹏、韦凤娟主编《灵境诗心——中国古代山水诗史》，凤凰出版社2004年版，"导言"第6页。

第五章

田园放歌

——宋代田园诗的生态解读

中国古代是农业文明发达的社会，人们对于乡村田园怀有一种天然的淳朴情感。"中国文化之重心在道德与艺术"，"其文化为道德与艺术精神所贯注"①，这与西方文化之重心在科学与宗教至为不同。中国古代优美的田园风光、和乐的乡村生活与高度发展的诗歌艺术相结合，遂强化了田园的诗意情调，诞生了恬静和谐、平淡悠远的田园诗精神。栖身于田园，空间视野是开阔的，心情是闲适淡定的，精神是纯净愉悦的，人与大自然是贴近融合的。农家生活方式的简朴，民俗的丰富多彩，又令乡村平添了几分热闹气息。有人说，田园诗精神是中国文学艺术的主流，其实这种精神就是一种淳朴自然、与造化合一的生态精神。

一般来说，山水诗是以自然山水及与山水相关的其他自然风物为主要描写对象的诗歌，田园诗是以田园风光和乡野生活为主要描写对象的诗歌。二者主要是以题材类型来大致区分的，但这种区分是相对的。古代许多山水诗和田园诗交融而合一，而且常常和仕隐出处、忧国伤时、咏史怀古等内容联系在一起，而并非纯粹描绘自然景色。山水田园诗的这一特点源于古典诗歌以自然物象为基本构成要素、借自然物比兴寄托的抒情传统。我们认为，虽然这些诗歌的主题并不纯粹，而是通常在同一首诗歌中既有田园风光的描绘，又有诗人内心思想活动的展现，兼及其他主题，或者说"景语"之后每每以"情语"或"理语"结尾，但是这并不妨碍我们对该诗中所蕴含的生态意味和生态之美的考察。宋代山水诗和田园诗也有交融的现象，本章所论述的田园诗主要是依据诗歌中出现的"田园"

---

① 参见唐君毅《中西文化精神之比较》，载郁龙余编《中西文化异同论》，生活·读书·新知三联书店1989年版，第31页。

"村""农家"等以及表现田园风光和乡野生活的各种意象来选取的，拟从宋代诗人的归田情结、乡村生态环境、乡村风俗、乡村野老的生活状况等方面来考察论述宋代田园诗的生态意蕴。

第一节 宋代诗人的乡村田园情结

由于宋代科举打破了门第的限制，大量平民子弟也能够通过读书科举步入仕途，因而出身于乡野的文人士子为官后对家乡和恬静的田园生活仍然有着本能的怀恋和向往。于是，在行旅途中或赋职闲居、迁谪流放之时，他们都把目光投向了平和的乡村田园，以简淡的笔调勾勒乡野风光及田家生活之乐，透露出一股浓郁的生态意味。

一 乡土之思

在中国古代诗歌中，思乡怀人是一个永恒的主题。有学者曾这样论述故乡：

> 故乡是一块自然环境，是天空，大地，动物，植物，时光，岁月；故乡是一支聚集的种群，是宗族，是血亲，是祖父祖母、外婆外公、父亲母亲、邻里乡亲、童年玩伴、初恋情人；故乡是生命的源头，人生的起点，是一个由受孕到妊娠到分娩到呱呱坠地到生长发育的过程；故乡又是一个现下已经不再在场的、被记忆虚拟的、被情感熏染的、被想象幻化的心灵境域。在"故乡"这个语汇中，蕴涵着丰富的生态学、生理学、心理学、诗学、美学、文艺学的意义。[①]

故乡是特定的自然环境与乡族亲情以及童年记忆的结合物，其含义是异常丰富的。因而，"诗人的怀乡，象征着人类对自己生命的源头、立足的根基、情感的凭依、心灵的栖息地的眷恋"[②]，怀乡就是怀念自我生命的起点和本源，带有浓重的情感积淀意味。宋代诗人有不少出身于农家，而后经由科举步入仕途，他们对于乡野田园有着一种天然的亲和感。田

[①] 鲁枢元：《生态文艺学》，陕西人民教育出版社2000年版，第97页。
[②] 同上。

园，对他们来说就意味着故土，是他们生命的起点，也是他们无论走到哪里都要牵挂的所在。陆游《过村店有感》："细篾络丹柿，枯篱悬碧花。炊烟生旅灶，野水漱寒沙。栖鸟争投树，归牛自识家。恍然游蜀路，搔首忆天涯。"此诗为淳熙十四年秋陆游作于严州任所。写路过村店时，见飞鸟归巢、归牛还家，而追忆在蜀地为官的日子。李曾伯《登郢州四望亭》："复出烟尘表，乾坤指顾中。数峰连野迥，一水与天通。沙外迎孤鹜，云边数乱鸿。家山在何许，心与大江东。"李曾伯是怀州（今河南汝阳）人，寓居嘉兴（今属浙江），但几经辗转，四处为官。登临远眺，不禁感慨家山远隔，愿意随这江水奔流到故乡。登临之作以思乡念归结尾，几乎成为一种固定的写作范式。

还有的诗人在仕宦在外或游历途中遇到类似于家乡的景色，不禁感而伤怀。王禹偁在任商州（今陕西商县）团练副使时，作《村行》："马穿山径菊初黄，信马悠悠野兴长。万壑有声含晚籁，数峰无语立斜阳。棠梨叶落胭脂色，荞麦花开白雪香。何事吟余忽惆怅，村桥原树似吾乡。"眼前的山村景象令诗人联想起了故乡济州钜野（今山东巨野），所以忽然心生惆怅。虽然景色相似，但诗人对于故乡的感情却非其他地域可比，乡思乡情具有一种唯一性、排他性。刘季孙《三月十三日过西湖》："春风湖上过，数顷卷琉璃。断岸独无语，扁舟谁可期？水云僧有约，凫鹭莫相疑。一一吾乡似，伤心渡此时。"写眼前西湖的实景令诗人想起故乡，不由得伤怀。杨万里《感兴》："行役忘衰暮，逢春感物华。一来梅岭外，三见木棉花。山鹿宁游市，江鸥本卧沙。红尘无了日，白发未还家。"春天景象令诗人感慨岁月的流逝，人已老而家未归，未得回到符合自己本性的安居之地。那么，诗人们想到故乡何以如此伤怀呢？

海德格尔曾在《人，诗意地安居》一书中引述荷尔德林《漫游》（1802）一诗后提到：

> 接近故乡就是接近万乐之源（接近极乐）。故乡最玄奥、最美丽之处恰恰在于这种对本源的接近，绝非其他。所以，惟有在故乡才可亲近本源，这乃是命中注定的。正因为如此，那些被迫舍弃与本源的接近而离开故乡的人，总是感到那么惆怅悔恨。既然故乡的本质在于她接近极乐，那么还乡又意味着什么呢？

还乡就是返回与本源的亲近。①

因为想念故乡而不得归,加之在外为官漂泊的种种滋味涌上心头,故乡便成了诗人们心灵上最亲近的所在,成为其感情上的寄托。海德格尔最后总结道:"诗人的天职是还乡,还乡使故土成为亲近本源之处。"敏感的诗人将思乡的百般滋味用诗歌作品传达出来,虽然思念的具体地域不同,但情怀是相通的,因而极易引起读者的共鸣。每个人都有故乡,都有那样一个生命的本源,也都有一份积淀在内心深处的对故乡的怀恋情感。

在宋代诗歌中,雁、橘、莼菜等动植物成为诗人借以表达思乡之情的典型意象。"久作他乡客,深惭薄宦非。不知云上雁,何得每年归。夜静声弥怨,天空影更微。往年离别泪,今夕重沾衣。"(徐铉《闻雁寄故人》)大雁为候鸟,至秋而南翔,无有更易,而人却思归不得,不禁令人伤怀。雁在乡间是常见的一种鸟类,故看到雁就很容易联想到家乡。戴表元《雁南飞》:"雁南飞,飞且鸣。我不爱尔绝汉排云之健翼,爱尔秋来意气各有适,江湖万里同风声,风声万里秋萧索,山乡田荒水乡薄。不应专为稻粱来,得饱自住今亦乐。群飞嘹唳奈尔何,青天茫茫无网罗。谁知世有苦心者,夜半闻声悲转多。雁南飞,劝尔飞时莫近征妇舍,手触边衣添泪下。更莫飞近贫士屋,弦绝樽空怨凄独。雁南飞,飞且止,世事惊人例如此。我昔扁舟五湖水,年年见尔秋风裹。如今未断少年情,一度雁来心一惊。今年雁来明年去,明年去去江南路。欲将书寄去边人,明年认作书回处。""鸿雁传书"这种古老的通信方式,在古代文学中却成为一种颇具意味的象征形式,"雁"则成为连接故乡与游子的媒介,成为思乡念归的代表意象。

徐铉是广陵(今江苏扬州)人,先仕南唐,累官至吏部尚书,入宋后为太子率更令。太平兴国初,直学士院,后以庐州女僧道安诬陷事,贬静难军行军司马。他写过不少怀念故乡扬州的诗歌:"莫怪临风惆怅久,十年春色忆维扬。"(《赠维扬故人》)橘为南方作物,扬州所种亦多,故诗人以"橘"意象作为乡情的代表:"游人乡思应如橘,相望须含两地情。"(《登甘露寺北望》)"鲈鱼莼菜"的典故也常被诗人用来表达思乡

---

① [德]海德格尔:《人,诗意地安居》,郜元宝译,广西师范大学出版社2000年版,第69页。

之情："山资足后抛名路，莼菜秋来忆故乡"（徐铉《送魏舍人仲甫为蕲州判官》）；"乔木人谁在，鲈鱼我未还。归心寄秋水，东去日潺潺。"（徐铉《送净道人》）莼菜是江南特有的一种水生蔬菜，以苏州的"太湖莼菜"与杭州的"西湖莼菜"为最有名。鲈鱼是生活在近海的一种鱼，有名的有松江（今上海一带）的四腮鲈鱼。据《晋书·张翰传》记载："翰因见秋风起，乃思吴中菰菜、莼羹、鲈鱼脍，曰：'人生贵得适志，何能羁官数千里以要名爵乎？'遂命驾而归。"张翰为苏州人，在洛阳做官时思及故乡特有的风物，便有了归家之念，"莼鲈之思"从此成为乡情乡思的代表。鲈鱼、莼菜等意象也超越了其特定的地域而具有了普遍性的"故乡"内涵，即使并非吴地人也可借用其来表达思乡之情。

二 回归精神家园

家园感作为一种人类本质性的情感，可细分为若干层次：（1）从人类学或哲学本体论意义上所体现出来的人类对自然、社会的依恋；（2）从伦理学意义上所体现的对祖国、对民族发源地和对故乡、对亲人的深深依恋；（3）从人生哲学意义上所体现出来的对自然山水的依恋。① 人本为群居动物，理所当然不能脱离自然界与人类社会；同时，"人"又具有某种伦理学上的意义，故对于民族、家国有着强烈的认同感和归属感；另外，人还属于精神化的智慧生物，其对于自然生态世界有着某种本质上的向往和精神需求，渴望从中获得心灵的安顿与休憩。宋代田园诗人不仅对于生养自己的故土怀有深深的眷恋，同时，他们在尘世生活之中往往将田园作为清净、诗意的栖居地，"归园田居"一定程度上也代表着他们对于回归精神家园的强烈渴望。蔡幼学《田园》："野水萍无主，清风草自香。庭阴新似染，物色去如忙。岸树鱼依绿，畦花蝶斗黄。家园向来梦，静数四年强。"纯净和谐之山水田园是诗人倾心向往的家园，是安顿身心的最佳处所。田园诗即对于家园——自然家园与精神家园的咏叹，是人的生命与自然家园互相碰撞与交融的和弦，令人心灵震颤。

"田园芜矣好东归，今昨从渠较是非。荷子远来无所问，江湖雅志莫相违"（李曾伯《和王潜斋韵送闻人松庵》）；"丘壑何如归去好，江湖终非老来宜"（李曾伯《送清湘蒋韵》）；"竹边闻鹤思高举，松下观禽绝倦

---

① 参见陈望衡《环境美学》，武汉大学出版社2007年版，第111页。

飞"（李曾伯《和傅山父小园十咏》），均为表达归居田园之向往。戴复古《淮上回九江》："江水接淮水，扁舟去复回。客程官路柳，心事故园梅。活计鱼千里，空言水一杯。石屏有茅屋，朝夕望归来。"诗人心念故园，而石屏茅舍的魅力不仅仅在于空间上远离尘嚣，更在于居于此地时的诗人能够获得精神上的自由清净。有的诗人则直接畅想归耕田园的场景，如张炜《归耕》："二顷良田供活计，一鉏风雨饱丰年。妻条桑叶催蚕起，儿脱莎衣傍犊眠。不是此心甘隐退，为贪农隙理残编。"种田植桑，妻儿和乐，又有闲暇可以读书，岂不美哉！江上渔樵的生活尤其多了几分诗情画意："自得田园趣，临溪屋数椽。最堪犁钓处，只在水云边。细雨归庄犊，斜阳晒网船。烹鲜供一饱，垂老正相便。"（顾逢《题可耕渔处》）"田园趣"，指的正是一种闲适恬淡的心境和情调。刘克庄《江行》："晓发霜寒甚，添衣过石桥。蟹工蹲水怪，渔妇饰山魈。海舶多停岸，人家尽面潮。平生村野熟，欲此老耕樵。"写江上渔村的生活，表达了归居之愿。

但是，对于业已步入科举仕途的士人们而言，归居田园通常只能作为一种精神上的向往而存在，现实情况是他们通常到了晚年才得以隐退安闲下来："微官共有田园兴，老罢方寻隐退庐。"（苏轼《傅尧俞济源草堂》）但是，作为一种难解的情结，"归隐""归耕"等仍在诗歌中反复出现。如周密《倦游》："眼底茂林修竹，梦中流水桃花。难莫难兮行路，悲莫悲兮无家。淡薄功名鸡肋，间关世路羊肠。且携乌有是叟，同入无何有乡。甫里田十万步，成都桑八百株。从教卿用卿法，不妨吾爱吾庐。"厌倦世俗之后，回归乡野之思顿生。郭祥正《言归》："谁紫予足兮，眷白云之徜徉。还印绶于有司兮，贤守足以往诉。将俟代而返兮，念岁月之云暮。休欤归乎，春山旎旎，春水弥弥，春蒲濯濯，春鱼尾尾。吾亲在前，吾子在后，饮甘涤洁，以介眉寿。"郭祥正，当涂（今属安徽）人，举进士后曾知武冈县（今湖南武冈），通判汀州（今福建长汀），知端州（今广东肇庆），后又隐居于当涂青山。这首诗便写了作者辞官归田的决心，并描绘了田园春景在目，其乐融融的景象。可以说，身在仕途而心念田园，几乎成为宋代士大夫一个难解的情结。有意思的是，连宋代皇帝也曾有过对归居田园的向往："缓扶藤杖过东篱，一笑田园生事微。老骥岂甘伏枥在，大鹏端合负天飞。云归远岫翠屏合，霜着疏林红叶稀。散帻岸巾聊自度，未妨高处挂朝衣。"（宋孝宗《归遮家园》）或许他只是以文士的口吻来抒写田园，但这也说明了田园之思在宋代文化观念中的普遍性。

三　追慕陶渊明

在中国古代文化史上，陶渊明是一个具有精神原型意义的人物。千百年来，陶渊明真淳笃厚、仁爱宽和的性情，"不为五斗米折腰"的气节操守和人格精神，遗世独立、躬耕田园的生活方式，委运任化、超脱旷达、安贫乐道的人生态度，悠然自适、诗酒风流、啸傲田园的隐逸情趣，以及作为他的艺术独创的真率自然、清新朴茂、静穆高远的田园诗艺术范式与审美境界，一直深深影响着中国士人的价值观念、人格精神、生存方式、处世态度，影响着中国诗歌的发展，形成了中国历史上令人瞩目、引人思索的重要文化文学景观。后代士人在讴歌自然、吟咏田园的时候往往引陶渊明为同调，而当仕途遇挫，被迁谪远徙时，更是往往以陶渊明为知己，从而寄托自己高洁不俗的襟怀。可以说，作为一种人格境界，陶渊明已经成了中国古代士大夫精神上的一个归宿。"我爱陶家趣，林园无俗情。"（孟浩然《李氏园林卧疾》）这种"陶家趣"，就是远离尘俗、恬淡闲远的田园诗精神。唐代爱陶者已多，到了宋代，和陶诗、拟陶诗非常多，成为一个引人注目的文化现象。

陶诗"无一字不怡然自得"[①]，"物我一体，心与大自然泯一，这正是老庄的最高境界，也是玄学所追求的最高境界。但是这种境界，自玄风煽起以来，还没有人达到过。陶渊明是第一位达到这一境界的人。……陶渊明之所以能够达到这一人生境界，就在于他真正持一种委运任化的人生态度，并且真正做到了委运任化"[②]。摆脱尘网羁绊而回归田园，返璞归真，是宋代诗人们的精神向往，因为唯有在精神纯净的田园之中，生命的本质特征即自由无碍才能得以真正实现，人在与万物和谐相处、与大自然冥然合一时，灵魂才能得以安顿。旷远的大地和原生态的田园最能化解人的焦虑不安情绪，使人获得一种恬静舒适的心境和归属感。

宋代诗人追慕陶渊明成为一代风气，究其原因，这与宋人注重内在道德修养和君子人格的文化氛围有关，也与他们的仕途境遇有关。在宋代实行的中央集权制度下，士大夫的精神自由受到严重的压抑，而国家的各种内忧外患、党同伐异，也常使他们面临或遭遇贬谪流放的打击，因此在仕

[①]　（明）钟惺、谭元春：《古诗归》卷九，《续修四库全书》本。
[②]　罗宗强：《玄学与魏晋士人心态》，浙江人民出版社1991年版，第345—346页。

途困厄或是精神疲惫之时，他们往往从陶渊明其人其诗中找寻精神上的慰藉。如辛弃疾把陶渊明、邵雍、白居易三人诗歌并列为"三益友"："朝阳照屋小窗低，百鸟呼檐起更迟。饭饱且寻三益友，渊明康节乐天诗。"（《鹤鸣偶作》）三人诗歌的共同特点，即都有一部分描绘自然景物和安适心境的诗风清丽的田园诗，对这类诗歌的喜爱是稼轩向往回归自然心境的写照。宋初晁迥为太平兴国五年（980）进士，至道末擢右正言直史馆知制诰，旋为翰林学士加承旨，天禧中判西京留司御史台，以太子太保致仕。他晚年曾作《放归去来辞》曰："陶令曾言归去来，解印还家不回首。屏贵都遗身外名，忘忧酷嗜杯中酒。白傅曾言归去来，了知浮世非长久。独步逍遥自得场，饮食寝兴随所偶。罗隐曾言归去来，濩落生涯何所有。明日船中竹一竿，要学江湖钓鱼手。鼂叟亦言归去来，抗表辞荣养衰朽。京洛红尘旧满衣，总脱临风都抖擞。"[①] 仿陶渊明《归去来兮辞》，从陶渊明、白居易、罗隐写到自己，表达弃功名而归居田园之愿。另外，嘉祐间进士杨杰慕渊明之风范而作《归来堂赋》，杨万里亦曾和陶渊明《归去来兮辞》，表达自己与陶渊明的共鸣。除了仰慕陶渊明避世隐居的高蹈风范之外，士大夫们亦从渊明身上领略到了文人高雅的生活情趣并歌咏之。如欧阳修"吾见陶靖节，爱酒又爱闲"（《偶书》），"吾爱陶靖节，有琴常自随"（《夜坐弹琴有感二首呈圣俞》其一），即将饮酒、弹琴作为陶渊明高雅情绪的象征。在诗酒自娱的田园生活中，陆游亦追慕陶渊明，并引以为知己："我诗慕渊明，恨不造其微。退归亦已晚，饮酒或庶几。雨余钼瓜垄，月下坐钓矶。千载无斯人，吾将谁与归？"（《读陶诗》）所以我们认为，陶渊明以及后世许多诗人的田园诗，不仅是指田园题材，更重要的是代表着一种回归自然、回归精神家园的审美趣味，代表着一种审美化的存在方式。

苏轼是宋代士大夫中最为推崇陶渊明的文学家。他被贬期间，曾经遍和陶诗，可见对陶渊明的敬仰和喜爱。如《和陶游斜川》："谪居澹无事，何异老且休。虽过靖节年，未失斜川游。春江渌未波，人卧船自流。我本无所适，泛泛随鸣鸥。"写自己的谪居生活，淡而有味。他甚至说："此东方一士，正渊明也。不知从之游者谁乎？若了得此一段，我即渊明，渊

[①] 曾枣庄、刘琳主编《全宋文》（第七册），上海辞书出版社、安徽教育出版社2006年版，第161—162页。

明即我也。"(《书渊明东方有一士诗后》)将渊明与自己混同为一。苏轼在诗文中反复咏叹归去,晚年又写了大量的"和陶诗"和"拟陶诗",可是他终身未得真正归隐。从通判杭州,到知密州、徐州、湖州,再到黄州及惠州、儋州,苏轼在词作中频频提到了"归""归去"或表达了类似停止漂泊的归隐思想,如:"苍颜华发,故山归计何时决"(《醉落魄·苏州闾门留别》);"故山犹负平生约。西望峨眉,长羡归飞鹤"(《醉落魄·席上呈杨元素》);"此生飘荡何时歇?家在西南,长作东南别"(《醉落魄·离京口作》);"我欲乘风归去,又恐琼楼玉宇,高处不胜寒"(《水调歌头》);"便欲乘风,翻然归去,何用骑鹏翼"(《念奴娇》);"几时归去,作个闲人。对一张琴,一壶酒,一溪云"(《行香子·述怀》);"归心正似三春草"(《虞美人》);等等。那么,是什么原因使苏轼"老去才都尽,归来计未成"(《南歌子》)呢?一是缺少归隐的物质生活保障:"我亦恋薄禄,因循失归休。不须论贤愚,均是为食谋。谁能暂纵遣?闵默愧前修。"(《除夜直都厅,囚系皆满,日暮不得返舍,因题一诗于壁》)二是传统的儒家积极用世情怀对其影响之深:"岂敢便为鸡黍约,玉堂金殿要论思。"(《次韵蒋颖叔》)

其实,随着隐逸文化精神化倾向的增强,隐居已非必往日的遁迹山林,渔隐和桃隐传统也日趋消泯,苏轼的"归去"情结实质上也只是一种精神上的追求,而并非真的要在形迹上归隐。"在宋代,三教彼此影响,一方面走向世俗化,一方面重视个人或自我。儒家讲修齐治平,不能脱离世界;庄子则是世界的旁观者,不实际参与,认为社会是妨害个人自由的,要作逍遥游;禅宗教人回到世界去,教人砍柴担米就是'道',平常心就是'道'。"①除了三教融合的思想文化背景的影响,个人的家学、经历、性情对作家作品中独特的仕隐主题的形成,也起着重要作用。

第二节 宋代田园诗中的自然生态与精神生态

"在漫长的农耕社会,自然是独立于人类之外的物化世界,同时也是满足人们审美需要和寄予心灵的精神家园,那时的人类,对自然世界充满敬畏和热爱,对生命精神满怀眷恋和憧憬,以自然启示人格和艺术、具有

---

① 余英时:《中国文化与现代变迁》,三民书局1995年版,第177页。

田园意趣和生命意义又充满人文精神的人文文化由此崛起。这一阶段人和自然的关系基本是和谐的，因此，这一阶段的思想、文化、艺术无不浸润着浓郁的自然主义精神，洋溢着对自然的热爱和赞美之情。"① 对于农人而言，他们在乡村田园中耕作、收获、生活；对于文人士大夫而言，田园则更多地成为审美的对象。在这块特定的审美场域中，自然是素朴而美的，人的心情是和乐而安闲的。宋代田园诗所描绘的境界大多自成一个完整和谐的生态系统，充分显示着自然生态环境之美与诗人精神生态之美。

一 乡野之美

宋代以村居、郊居、野望等为题的诗歌很多，其中对村庄原野中的动植物、山川风物的描绘，呈现出一派生机盎然、平静祥和的景象。张舜民《村居》："水绕陂田竹绕篱，榆钱落尽槿花稀。夕阳牛背无人卧，带得寒鸦两两归。"既有天然之水流、花木，又有人工之农田、篱墙，夕阳西下，牛带寒鸦归巢，体现了一种天地与人浑然合一之境。郭仁《村居》："移家杨柳湾，小筑田家坞。一宵春雨晴，满地菜花吐。"一场春雨过后，万物生机萌动，给人带来一股清新之气。林尚仁《村居即事》："外事少曾闻，深居似隐居。谿明花照影，风细水行文。蚕室寒初闭，蜂房早已分。偶因寻药去，踏破一村云。""溪明花照影，风细水行文"景色柔美，而"蚕室寒初闭，蜂房早已分"则是乡村特有的景致。与单纯的自然山水景致不同，乡村田园有人的气息，有耕田种豆的人家，有不时鸣吠的鸡犬之声："无边曲径藏枫叶，半倒疏篱着豆花。一片田园秋日里，数声鸡犬野人家。"（严羽《村居》）这是一种人与自然融合无迹的生态景致。方千里《杨休烈村居》："篱落牵牛放晚花，西风吹叶满人家。闭门久雨青苔滑，时见鸳鸯下白沙。"院落里盛开着牵牛花，种植着树木，连绵的雨下过之后地上长满了青苔，能够不时看到鸳鸯沐浴嬉戏，宁静中又潜藏着生机。范成大《村居即景》："绿遍山原白满川，子规声里雨如烟。乡村四月闲人少，才了蚕桑又插田。"② 写川原景色与农人活动，语言洗练而有韵味。

还有的诗人写到郊外闲居或郊行所见之景，对乡野之美亦有生动描

---

① 林红梅：《生态伦理学概论》，中央编译出版社2008年版，第184页。
② 谢枋得《千家诗》七言卷上，此诗亦见于翁卷《苇碧轩集》，题作《乡村四月》。

绘。在城市与乡村之间的"郊外"是宋代文人特别向往的所在，这是一种很有意思的文化现象。如周端臣《幽居》描写郊居之景道："寄拙东郊外，柴扉常昼关。绿分邻屋树，青借隔城山。花少游蜂懒，日长啼鸟闲。晓来新雨过，绕砌绿潺潺。"象征自然界生机的"绿色"成了作者郊居之地风景的主色，睹之令心灵得到润泽。李龏《题友人郊居》："鸥鹭群栖地，幽人长闭关。孤村皆是水，叠石自为山。春雨车溪外，秋风笠泽间。短篱忘世味，惟看钓舟还。"居住在郊外，看山水云石，鸥鹭钓舟，恍然生出一种"忘世"之味。释惠高《郊行》："野田分路入谁家，绿树鸣莺坎闹蛙。过午歇凉人睡足，村村水满稻吹花。"这首诗中在优美的画面中多了声响效果，莺叫蛙鸣，显得十分热闹，而浇灌后的稻田在微风中淡淡吐花，给农人带来辛勤劳作之后的喜悦感。乡村美，水村风景尤美。"家住烟波似画图，残年不复叹头颅。"（陆游《水村》）在陆游眼里，江南水乡就如同画图一般美丽而富有诗意。他描写湖畔村庄的风景道："四十来居湖上村，翩翩七见改初元。风梢解箨竹过母，露叶成阴桐有孙。渴鹿出林窥药井，驯鸥掠水傍棋轩。老人不用夸顽健，时看孙曾浴画盆。"（《湖村》）诗人从四十岁来湖村居住，岁月流逝，竹和桐树也长大了，时见鹿、鸥经过。葛天民《湖村晚兴》："残霞伴孤鹜，远烧杂斜晖。秋向诗中出，人从画里归。柳塘双桨急，茅舍一灯微。小艇穿篱入，蒲蓬正拥扉。"落霞孤鹜，人从画图般的湖面划艇归来，穿篱入门，一切是那样的美丽安详。刘过《寄湖州赵侍郎》："桑柘村村烟树浓，新秧刺水麦梳风。舟行苕霅双溪上，人在苏杭两郡中。鼓角丽声相旦暮，旌旗小队间青红。主人夙有神仙骨，合住水晶天上宫。"则把湖州水村比喻为天上的水晶宫，更带有梦幻般的迷离色彩。

乡野四时景色不同，而每一季节的风景都有其独特之处。春日景象如胡圭《春行南村》："鸟语知春晨，晨起行阡陌。雨晴气已变，崖涧岚犹积。杂花林际明，新水田中白。时逢耦耕人，问我将何适。"春季的乡村，鸟语花香，万物复苏，农人辛勤劳作，洋溢着一股清新气息。范成大《余杭》："春晚山花各静芳，从教红紫送韶光。忍冬清馥蔷薇醶，薰满千村万落香。"描写春日杭州乡野之景，忍冬、蔷薇等各种山花的姿容和香气令人陶醉。方岳《农谣》五首其五："漠漠余香着草花，森森柔绿长桑麻。池塘水满蛙成市，门巷春深燕作家。"草花生香，桑麻泛绿，蛙满池塘，燕子筑巢，这是晚春之景。陈著《村景》四首则描写了村庄四季的不同景色:"南陌耕云脉脉,东风吹雨斜斜。流水满村春事,炊烟隔岸人家。"(自注:春)"田舍灌苗戽水,店家汲水施浆。穉子清溪浴午,老樵绿树休凉。"(自注:夏)"风生老树飞叶,雨过残云带霞。禾场牛卧落日,渔村鸦起平沙。"(自注:秋)"雪霁山屏可画,风高雁字难书。访梅桥断呼渡,芟麦天寒倚锄。"(自注:冬)农人春事耕耘,夏事灌溉,秋季收获,冬季理麦,这些都是伴随着季节变换自然而然进行的,进入诗人的笔下就沾染上了诗情画意的格调。

淳熙十三年(1186),范成大居住于石湖时曾作《四时田园杂兴》组诗,分别描写春日、晚春、夏日、秋日、冬日田园的景象,各为十二绝句,共六十首。组诗以描写春季景象为主,涉及各种各样的花草树木、鸟兽虫鱼。其中写到的春日动物有鸟雀、蝴蝶、鸡、黄犬、牛、蚕等;植物有樱桃、柳花、桑叶、桃杏等。晚春动物有蛙、乌鸟、鲀、鸦、莺、燕、蜻蜓、蛱蝶、鹳等;植物有荷、牡丹、楝子、芹、薤、菜花、菘、芥苔、稻、菜花、梅子、杏子、麦花、青梅等。夏日动植物有梅子、杏子、麦花、菱、蜩螗等,秋日有杞菊、橘、葵、菊花、稻等,冬日有梅、菘等。农家翁媪、童子、行客、商旅的活动穿插其间,一切显得那样融洽和谐。如《春日田园杂兴》其三:"高田二麦接山青,傍水低田绿未耕。桃杏满村春似锦,踏歌椎鼓过清明。"花木与麦田一片春意盎然,交相辉映,人亦欢欣。组诗之外,范成大还有许多描绘田园风光的诗作,如《初夏》二首其一:"清晨出郭更登台,不见余春只么回。桑叶露枝蚕向老,菜花成荚蝶犹来。"其二:"晴丝千尺挽韶光,百舌无声燕子忙。永日屋头槐影暗,微风扇里麦花香。"诗人出去寻春却发现了生机勃勃的夏日景象。在乡村田园,自然风光与耕田劳作的农人都是生态美的积极参与者,自然界的蝴蝶、百舌、燕子、柳条,加上栽种的菜花、桑槐、麦子,养的蚕等,日光、微风也来助兴,整个场景清新而富有活力。林子明亦曾作《春日田园杂兴》:"一点阳和薰万宇,最饶佳致是山庄。鸡豚祝罢成长席,莺燕听来隔短墙。嗜酒不嫌多种秫,无襦长恨少栽桑。东郊劝相何烦尔,农圃吾生自合忙。"东风借助一点阳和力,使春日田园充满佳致,诗人亦感到兴趣盎然。

宋代田园诗在自然风光和农田桑麻的描写之外,往往会出现人物活动的描写,尤其是山童、稚子等人物形象,不失为优美田园风光中的生动点缀。王镃《溪村即事》二首:"村村绿树起青烟,隔岸行人叫渡船。昨夜不知何处雨，水推枯叶出溪边。""春深水暖鳜鱼肥，腰笪山童采蕨归。一路蜜蜂声不断，刺花开遍野蔷薇。"绿树如烟，可见当时乡野绿化得非常好，春溪中的鳜鱼正肥，山童上山采蕨而归，蔷薇遍野，蜜蜂不时归来，饶有生意。王操《村家》："野景村家好，柴篱夹树身。牧童眠向日，山犬吠随人。地僻乡音别，年丰酒味醇。风光吟有兴，桑麦暖逢春。"景物描写中着一"牧童"形象，还有人家所养的山犬，使画面活动起来。邹登龙《溪村》："兀兀小桥西，人家住绕溪。云山当户入，竹树出檐齐。风急花初尽，春深莺乱啼。稻畦新雨足，稚子亦锄犁。"人家依山傍水而住，在田地里辛勤耕耘，而天公亦作美，风调雨顺，该诗中"稚子"的形象十分可爱。

在田园诗中，除了自然界的树木、花草、鸟雀、虫鱼等生物之外，农家所种植的桑麻、饲养的牛羊鸡犬等，带有更明显的农家特色。"老牛粗了耕耘债，啮草坡头卧斜阳。"（孔平仲《禾熟》）写牛的意态和活动，悠闲而安详。张耒《村晚》："深坞繁花丽，晴田细径分。孤舟春水路，芳草夕阳村。暗雀投檐静，昏鸦集树喧。牛羊自归晚，灯火掩衡门。"在夕阳芳草的优美画面中，鸦雀归巢，牛羊亦归主人家，有一种静谧和谐的生命意味。林逋《湖村晚兴》："沧州百鸟飞，山影落晴晖。映竹犬初吠，弄船人合归。水波随月动，林翠带烟微。寺尽疏钟起，萧然还掩扉。"山鸟、落晖、归船、钟声，这一切是那样协调地组合在一起。陈宗远《宿村》："野畦新雨过，蛙杂水溅溅。风扫竹前地，月明柳外天。人过惊犬吠，妇绩趁蚕眠。舍北数声橹，夜归何处船。"写旅人借宿山村，蛙声、水声混成一片，偶尔有几声犬吠，农妇正忙于织布，为读者勾勒出一幅乡村夜景图。戴复古《山中即目》二首其一："岩路穿黄落，人家隐翠微。笼鸡为鸭抱，网犬逐鹑飞。竹好堪延客，溪清欲浣衣。禅扉在何许，僧笠戴云归。"写农家所养禽畜之间的关系，生动逼真。陈兴《晚村》："危楼当晚眺，秋日易斜西。并柳禅分韵，行空雁草啼。半疏黄叶脱，不尽碧云低。寂寞樵村迥，牛歌短更齐。"写秋日村景，虽然略显萧瑟，但"牛歌"的出现增加了诗的悠长意味。石介《访田公不遇》："主人何处去，门外草萋萋。独犬睡不吠，幽禽闲自啼。老猿偷果实，稚子弄锄犁。日暮园林悄，春风吹药畦。"写诗人访人不遇所见，睡犬、幽禽、老猿、稚子，静谧而安详。杨万里《农家六言》："插秧已盖田面，疏苗犹逗水光。白鸥飞处极浦，黄犊归时斜阳。"以六言诗的形式描述田野里秧苗、白鸥、黄犊,呈现出一派恬静和谐的景象。李光《行潘峒诸村爱其岩壑之胜田畴之美因成小诗》:"村落家家社酒香,杂花开尽绿阴凉。山畦是处田畴美,时有归牛带夕阳。"直言田畴之美,归牛斜阳则给人以日暮思归之感。戴复古《山村》:"野老幽居处,成吾一首诗。桑枝碍行路,瓜蔓网疏篱。牧去牛将犊,人来犬护儿。生涯虽朴略,气象自熙熙。""朴略"即淳朴单纯,"熙熙"是天与人、人与人之间关系融洽的写照,这里亦涵盖了动物界的亲情。

二 田家之乐

以上主要描述的是宋代田园诗中体现的风光之美,包括自然风光与人文风光,这些体现了乡村田园的自然生态之美,人与周围环境是那样浑然一体地融合在一幅幅生态画面当中。其实,景美之外,田园还有一个重要特征,那就是安乐闲适的情调。诗人们向往着居于田园之中不受世俗打扰、如世外桃源般的生活。宋代田园诗有许多描述了农家生活之和乐,表达了对这种良好精神生态的赞赏和渴慕。

首先,宋代田园诗突出了乡村民风之淳朴与人情之和美。当然,在很多情况下,田园风光的描写与人情的描写是交融在同一首诗中的。如周端臣《幽居》:"井好通邻汲,茶香喜客来。"表现了邻里间关系的友好以及对客人的欢迎。潘玙《野人家》二首其一:"枯藤伴棕榈,行到野人家。细雨肥梅实,轻风动菜花。村深难贳酒,客至旋煎茶。笑说生涯事,栽桑与种麻。"村庄地处偏僻,难以买到好酒,田家便煎茶待客,笑谈桑麻。陆游山阴诗除了自然生态美景的呈现之外,还常描绘到农家之乐及乡野间民风之淳朴,如那首著名的《游山西村》:"莫笑农家腊酒浑,丰年留客足鸡豚。山重水复疑无路,柳暗花明又一村。箫鼓追随春社近,衣冠简朴古风存。从今若许闲乘月,拄杖无时夜叩门。"农人好客,而且一年四季有一系列的民俗活动,令诗人不禁希望再度来游。陆游还有一首《岳池农家》曰:"春深农家耕未足,原头叱叱两黄犊,泥融无块水初浑,雨细有痕秧正绿。绿秧分时风日美,时平未有差科起,买花西舍喜成婚,持酒东邻贺生子。谁言农家不入时,小姑画得城中眉,一双素手无人识,空村相唤看缲丝。农家农家乐复乐,不比市朝争夺恶。宦游所得真几何,我已三年废东作。"写农家耕种、婚嫁的场面,邻里关系其乐融融,不似朝市有尔虞我诈、强抢争夺之恶。所谓"农家自堪乐,不是傲王公"(陆游《农家》），这农家之乐，便是一种远离官场倾轧纷争的淳朴自得之乐。"春水六七里，夕阳三四家。儿童牧鹅鸭，妇女治桑麻。地僻衣巾古，年丰笑语哗。"（陆游《泛湖至东泾》）夕阳之下，水傍人家男耕女织，儿童牧鸭，衣着古朴，笑语喧哗，这是一幅多么祥和的田园图景！欧阳修《田家》："绿桑高下映平川，赛罢田神笑语喧。林外鸣鸠春雨歇，屋头初日杏花繁。"此诗为欧阳修被贬滁州时所作，写乡村田野的自然风光与祈禳风俗，景清人乐。赛田神，即旧时农家于每年立春后第五个戊日即春社日举行的赛神会，祭祀土地神，祈祝丰收。欧阳修的另一首诗《过张至秘校庄》云："田家何所乐，篝笠日相亲。桑条起蚕事，菖叶候耕辰。望岁占风色，宽徭知政仁。樵渔逐晚浦，鸡犬隔前村。泉溜塍间动，山田树杪分。鸟声梅店雨，野色柳桥春。有客问行路，呼童惊候门。焚鱼酌白醴，但坐且欢忻。"篝笠、桑条、蚕、菖叶、鸡犬、泉水、山田等都是乡间常见之物，正是这些事物构成了乡间生活的基本内容，亦建构了农人欢欣开朗的精神世界。又如丘葵《江乡》："芦荻丛边日正长，人间乐处是江乡。溪童钓艇分鱼闹，蚕妇山炉煮茧香。疏雨漏天青破碎，冲风滚浪白猖狂。鸥沙犊草皆诗思，毋怪幽人觅句忙。"诗人将江乡视为"人间乐处"，并描写了溪童、蚕妇的活动及鸥、犊的形象，勾勒出一片和乐的氛围。乡间风物安闲的意态，农人的欢乐，都是诗人们钟情于表现的对象。

其二，描写农家庆贺丰年的欢乐场景，颇具感染力。潘玙《田家》："田事收成了，仓箱积万千。鸡鸣秋屋外，牛卧夕阳边。溪树争收果，村醪不值钱。幸无征役苦，一醉乐丰年。"丰收是对农人辛勤耕耘的回报，同时也得益于自然界的风调雨顺，所以是最值得庆贺的。张耒《田家》三首其一："野塘积水绿可染，舍南新柳齐如剪。去冬雪好麦穗长，今日雨晴初择茧。东家馈黍西舍迎，连臂踏歌村市晚。妇骑夫荷儿扶翁，月出桥南归路远。"其二："社南村酒白如汤，邻翁宰牛邻媪烹。插花野妇抱儿至，曳杖老翁扶背行。淋漓醉饱不知夜，裸股掣肘时欢争。去年百金易斗粟，丰岁一饮君无轻。"农家互相馈赠礼品，举家出游，饮酒狂欢，是对自己一年辛勤劳作的最好补偿。詹初《田居》："南开数亩田，妻子共锄耕。比岁颇丰稔，仰天歌治弘。忧贫本匪念，忘物自怡情。遥忆执舆者，问津来上平。"由丰收写到"忘物而怡情"，认为游于物外才是获得精神愉悦的重要途径。陆游《蚕麦》写到春耕之后，农妇们"缫丝捣麨笑相呼"，也洋溢着乡间淳朴的快乐情绪。宋人还有一些直接以"田家乐"为题的田园诗，抒写乡间田家的安乐，如杨万里《田家乐》："稻穗堆场谷满车，家家鸡犬更桑麻。漫栽木槿成篱落，已得清阴又得花。"①写农家的丰稔景象，兼及景物描写。"时节屡丰有，民里无欺侵"（蔡襄《寄题滁州丰乐亭》），丰收富足使乡间的风俗更加淳朴无欺。

  当然，农家虽有淳朴的快乐，但辛苦也不可避免，诗人对此亦有认识，如叶绍翁《田家三咏》："织篱为界编红槿，排石成桥接断塍。野老生涯差省事，一间茅屋两池菱。""田因水坏秧重插，家为蚕忙户紧关。黄犊归来莎草阔，绿桑采尽竹梯闲。"及"抱儿更送田头饭，画鬓浓调灶额烟。争信春风红袖女，绿杨庭院正秋千。"农人的生活条件简朴，劳作却很艰辛。有的诗人对此有一定的亲身体会："近来有新趣，买得薛能园。疏壤延瓜蔓，深锄去草根。花时长载酒，月夜正开门。最识田家乐，辛勤更不言。"（薛师石《瓜庐》）农人除了田间劳作的辛苦，还有饥寒与官租催逼："新见鹊衔庭树枝，黄口出巢今已飞。栗留啄椹桑叶老，科斗出畦新稻齐。田家苦作候时节，汲汲未免寒与饥。去来暴取独何者，请视七月豳人诗。"（张耒《田家》三首其三）表现了诗人对农家靠天吃饭，未免饥寒，同时又有租吏横行的同情。吴仙湖《农家》："农家冬事足，何处不祈禳。煨芋分儿食，笃醪唤客尝。犬眠茅舍暖，犊跳野田荒。勿遭官租急，令渠乐岁康。"表达了诗人对农家丰穰康乐的美好祈愿。

  其三，抒写农家闲适安乐的生活状态。农人的生活是简单而淳朴的，他们日出而作，日落而息，春耕秋收，一切依自然节律而进行。罗南山《田家》："逐壮鸡飞过短墙，茅柴烧尽满林霜。酿成社酒家家醉，炊得新粳处处香。牵犊负犁朝种麦，开渠引水晚浇桑。老农不管催租急，未夜烘衣先上床。"展示了典型的农事活动以及老农自由自在的心境。王镃《溪村》："水路随山转，溪晴踏软沙。斜阳晒鱼网，疏竹露人家。行蟹上枯岸，饥禽衔落花。老翁分石坐，闲话到桑麻。"农人最喜欢谈论的莫过于桑麻了。诗人们在村居中则拥有更多的闲情逸致，如赵处澹《村居》："乍晴山染碧，过雨落疏花。水阔暮天迥，村居春昼嘉。倚栏时展画，留客旋烹茶。剩得闲中趣，吟诗到日斜。"村居的最佳意境即"闲"，人能够以平静的心境细细地欣赏自然物色，展露本真的自己。郑獬《村家》："临水夹疏篁，萧然一环堵。稚子戏芳草，小妇舂黄黍。为生虽甚微，犹

---

① 此诗又作滕白《观稻》，文字略有异。

足安吾土。应笑马上人，衣湿朝来雨。""稚子戏芳草，小妇春黄黍"，日子虽然平淡，但诗人内心安适，倒不解征人、旅客何以那样在外劳苦奔波。在农人看来，种田植桑是早已习惯的农事活动，而儿孙满堂则是他们精神安乐的重要来源。受我国古代封建社会重宗室和家族的传统观念的影响，农人安土重迁，而尤其重视宗族的延续和人丁的兴旺，因而儿孙众多、家族和睦是他们精神愉悦的主要来源："种茶岩接红霞坞，灌稻泉生白石根。皤腹老翁眉似雪，海棠花下戏儿孙。"（滕白《题汶川村居》）乡间野老长寿，在花下与儿孙嬉戏，其怡适之情令人羡慕。从生态理论上来讲，"闲"应当是一种更符合人的自由本质的心境，有利于人们维持精神生态的平衡。

农家之外，居于乡村的诗人亦可于村居当中享受一种闲适的心境："菊过重阳尚吐香，晚秋风景属村庄。日羹野菜同妻饭，时倩邻笃对客觞。霜后树枝多老丑，雨余山色半微茫。近来少人城中去，为爱闲居滋味长。"（耕吴《村庄即事》）闲居的"滋味"便是一种融入自然、恬淡安定的天然之趣。范成大《秋日田园杂兴十二绝》之一："静看檐蛛结网低，无端妨碍小虫飞。蜻蜓倒挂蜂儿窘，催唤山童为解围。"这首诗写得趣味盎然，然而诗中描写的场景是诗人非有"闲"的心境所不能体察的。

其四，有些诗歌以"桃源"比拟现实中的田园图景，体现了对田园优美生态的认知。陶渊明的《桃花源记》为世人描述了一个景色优美、屋舍俨然、"黄发垂髫，并怡然自乐"的世外桃源，虽然它只是一个乌托邦式的田园理想，却成了人们渴望安定、和乐生活的美好理想的寄托，成为人们心目中的美好家园。我们看到，这个理想家园首先是生态环境良好——桃花成林，芳草鲜美，其次是农人种田、筑屋、修路等为生存而进行的改造自然的活动，再次是没有战乱和赋税，在这样一个世外天地里，人们如葛天氏之民，无论老少都怡然自乐。人、社会与自然组成了一个三位一体的复合生态系统，可称为全景生态系统。有人认为，陶渊明的《桃花源记》最大的贡献就在于构想和描绘了"桃花源"这一具有经典意义的"全景生态的理想图景"，"如果说归隐田园是一条思想之路的话，那么这一路向的最高目标就是'桃花源'"[①]。桃花源是自然景色之美与人际

[①] 王立、沈传河、岳庆云：《生态美学视野中的中外文学作品》，人民出版社2007年版，第51页。

关系、人与自身关系协调的精神生态之美的完美结合。

这种"桃花源"式的和谐之美在宋代田园诗中也多有呈现。如卢多逊《南水村》："珠崖风景水南村，山下人家林下门。鹦鹉巢时椰结子，鹧鸪啼处竹生孙。渔盐家给无虚市，禾黍年登有酒尊。远客杖藜来往熟，却疑身世在桃源。"在描绘了南水村的动植物风光和农家景象后，感慨竟似生活在陶渊明笔下的桃花源一般。何昌弼《横塘道中》："一舸凌风去，萦纡几度村。水清鱼引子，田美稻生孙。山近尘埃远，秋晴枕席温。悠悠迷处所，疑是武陵源。"这首诗主要是从自然风景的角度讲横塘之境如同美丽的武陵源。王安石《即事》①："径暖草如积，山晴花更繁。纵横一川水，高下数家村。静憩鸡鸣午，荒寻犬吠昏。归来向人说，疑是武陵源。"将山村美景与人间烟火气息混融在一起，花草繁茂，流水人家，鸡犬相闻，岂不是正如陶渊明《桃花源记》所勾画的武陵图景？宋自逊《山家》："一片青山水四围，家家有竹护柴扉。养成猿鹤通人语，放去牛羊识路归。紫蕨甘肥轻鼎味，绿蓑安稳胜朝衣。浮云遮断人间事，浪说桃源今世稀。"突发奇想，认为浮云可以将世外人事隔离开来，使山家自成桃源境界。"问讯边头事，溪翁总不知"（戴复古《麻城道中》），"头白县门犹未识，但闻人说有官家"（释行海《田翁》），化用《桃花源记》中的典故，写溪翁不知边事，田翁不识县门，而只是在自己所生活的那一方田园世界里自足自乐。生活于山水田园之中的陆游，也享受着一种精神上的自由与自得："平生绝爱山居乐，老去初心亦渐偿。"（《山居》）作者屡次借"太古民""桃源""神仙"等词语表达这种乡居之乐："自疑太古民，百年乐未央"（《山泽》）；"桃源处处有，不独武陵人"（《书屋壁》）；"君看此翁闲适处，不应便谓世无仙"（《题斋壁》）。"桃源"式的田园，是良好的自然生态与精神生态的完美结合，是田园诗学之美最集中的体现。

第三节 农耕时代的田园主义诗学

古老的中华民族历经了漫长的农耕文明时代，以农耕为主的生产和生活方式对古代政治、经济等社会文化的各个方面都产生了相应的影响，文

---

① 一作《径暖》。

学艺术也沾染上了农耕文明的印痕。农耕时代的生产和生活方式一定程度上限制了诗人的视阈和诗歌表现的领域,规范了其思想和情感的模式。"每一种文学,都有它天然而特出的色调和气质。如果说工商文明的气质是精明,那么游牧文明的气质便是强悍,而农耕文明的气质则是平和。"①在农耕时代,人与自然界的关系更为紧密,要遵循自然节律进行劳作,以获得生存所必需的物质资料。农耕时代的诗学颇具生态美韵,倡导一种自然、诗意的田园牧歌般的生存方式,追求与大自然的相通相融,不同于技术时代实用主义的诗学。美国当代学者唐纳德·沃斯特在其《自然的经济体系》一书中将生态学传统分为田园生态学与帝国生态学两种,"田园主义观点倡导人们过一种简单和谐的生活,目的在于使他们恢复到一种与其他有机体和平共存的状态",而帝国传统"是要通过理性的实践和艰苦的劳动建立人对自然的统治"②。在现代以理性和技术为主导的社会形态下,自然逐渐淡化了其神秘色彩,其带给人的惊奇、敬畏、欣赏、愉悦之情也日渐远去,随之淡漠的还有人从与自然的精神交流中获得的恬淡诗意之美。

田园之美,体现着东方文化之美。东方文化主张顺乎四时,合于天地,是贴近自然、敬畏自然的。《说文解字》释曰:"树谷曰田","园,所以树果也"。田园的基本含义即指田地和园圃,一般与种植耕作有关。所谓田园主义诗学,则不仅仅包括大量田园题材的诗歌,它还代表着一种回归自然、回归精神家园的审美趣味,代表着人类审美化的存在方式。田园文学传统的魅力就在于它根源于人源于自然这一本性,以乡野生态图景之优美、静谧、恬淡、安乐给人以精神的慰藉,呈现着简朴的生活哲理。"村村皆画本,处处有诗材。"(陆游《舟中作》)乡村田园良好的生态环境为诗歌及其他艺术创作提供了丰富的素材。"春风漠漠野人居,若使能诗我不如。数株苍桧遮官道,一树桃花映草庐。"(陈与义《将至杉木铺望野人居》)诗人设想居住于乡野之人,所见所闻均为自然界原生态美景,当诗情满怀。从本质上说,"乡村是富于诗意的,因为乡村更接近大

---

① 秦丽辉:《论陶渊明田园诗的农耕文明气质》,《云南民族大学学报》(哲学社会科学版) 2007 年第 4 期。
② 鲁枢元主编《自然与人文——生态批评学术资源库》(下册),学林出版社 2006 年版,第 778—779 页。

自然，因为乡村有带花朵的田野，有真正的泥土的芬芳。在乡村的氛围里有一种灵魂的意味。……在一些大自然的氛围里，在人生的一些生命时刻，我们都被一种叫诗意的感受所笼罩，我们的心灵也因为这种诗意而感受到一种隐蔽的激动，或因为这份诗意而感受到从未有过的平静"[1]。中国古代田园诗的魅力正在于它发现并传达了这种源自"天人合一"哲学的诗意。"中国社会的特点是，由于漫长的农业社会历史，传统的生态文化有着深厚的思想基础，传统文化的'天人合一'在人与自然亲密的基础上形成了一种发达而又原始的文化心理，这就是人们总以诗意的情怀去体悟自然。农耕社会认为人与自然本为一体，是一种亲和关系。"[2] 我们以生态眼光去考察田园诗，赏鉴其中的自然生态之美与精神生态之美，一定程度上暗合了古代天人合一的哲学生态观。

原始社会时期的自然界带给人类的是一种神秘感、恐怖感，但随着农牧业的发展和人类对自然界的探索和开发，以及对各种自然规律的认识和把握，这种恐怖感逐渐淡化，自然界给予人类更多的是一种依赖感、皈依感。朝市的喧嚣，空间的逼仄，人际的争斗，生活的不如意，往往令人的心灵产生疲惫之感，渴望走进自然，徜徉于博大的山水田园，恢复自然视听，放松身心。"对于中国人来讲，他们让心灵站在一个超越性的制高点上去整合物象世界，目的不是脱离大地去复乐园，而是充满思乡之情地去回望那大地上的故乡。"[3] 古代田园诗正是暗寓着这样一种潜意识当中的还乡情绪。因为在"自然"这个永恒的家园里，生命的美好与庄严，自然界的平和与静穆，使诗人在审美静观中不禁产生了一种类似宗教的情感和意绪，所以能够暂时抛却尘世俗务，而将自我生命融合消泯在对自然的归依之中。

理学家邵雍曾居于乡间，尽享闲观万物之乐，其间作诗吟咏性情，因"志士在畎亩，则以畎亩言"（《击壤集自序》），故名其诗集曰《伊川击壤集》。击壤，为古代一种游戏的名称。《太平御览》卷七五五记载："壤，以木为之，前广后锐，长尺四，阔三寸，其形如履。将戏，先侧一

---

[1] 丁来先：《审美静观论》，中国社会科学出版社2008年版，第195页。
[2] 张艳梅、蒋学杰、吴景明：《生态批评》，人民出版社2007年版，第11页。
[3] 刘成纪：《物象美学：自然的再发现》，郑州大学出版社2002年版，第243页。

壤于地，遥于三四十步，以手中壤敲之，中者为上。"①《乐府诗集》卷八三《击壤歌》曰："帝尧之世，天下太和，百姓无事。有八九十老人击壤而歌：'日出而作，日入而息。凿井而饮，耕田而食。帝力于我何有哉！'"②邵雍作《击壤集》，意在表明自己闲居乡野的自在自得之趣。"昔在陶唐，光宅万国。下或知有，帝将何力？鼓腹击壤，嬉游无极。自然而然，忘适之适。中古道薄，亲仁怀德。末世政乱，奸宄寇贼。淳风不远，可以叹息。"（徐铉《野老行歌图赞》）"鼓腹击壤"，可以视为安乐田园生活的典型情境。"静"与"闲"是邵雍《击壤集》中出现频率颇高的字眼："仙家气象闲中见，真宰功夫静处知"（《首尾吟》）；"静坐澄思虑，闲吟乐性情"（《独坐吟》）；"静随芳草去，闲逐野云归"（《晚步吟》）；"静处光阴最好，闲来气味偏长"（《小车六言吟》）。静坐闲吟，与物亲和，颇具天人浑然同体的生态意味。

　　宋人杨徽之有两句诗："水隔淡烟修竹寺，路经疏雨落花村。"（《寒食寄郑起侍郎》）有学者这样解读道："每一个中国诗人心中，都有一座淡烟修竹寺，有一个疏雨落花村。中国诗的发展，到了宋代，有了寺，有了村，也就不是纯粹的荒野自然，而有了人的人文活动、人的顾念流连。"③宋代教育文化发达起来，审美趋于日常生活化，诗人们普遍用诗歌描述日常所见所闻，将人的种种活动纳入诗歌，因而造就了宋诗清雅平淡的风格特色。宋代田园诗既有对乡野风光和风土人情的描写，又有文士归隐田园式的怡然自乐，皆体现出一种和谐安详的静美。戴复古《宿农家》："门巷规模古，田园气味长。小桃红破萼，大麦绿衔芒。稚犬迎来客，归牛带夕阳。儒衣愧飘泊，相就说农桑。"诗中明确提出"田园气味"一词，所谓的"田园气味"指的就是田园景象给人带来的一种诗意、祥和的精神享受，意味着自然，静谧，和谐，闲适，无争。这种"气味"主要表现在宋代田园诗的意象、格调两个方面。

　　陶渊明田园诗奠定了此后中国一千五百多年来田园诗的基调。陶诗中的审美意象如山泽、园林、荆扉、柴门、鸡犬、桑麻、桃李、归鸟、野老、稚子等体现乡间风情的事物和人的形象，以及其诗清新质朴、恬淡闲

---

① （宋）李昉等：《太平广记》，影印文渊阁《四库全书》本。
② （宋）郭茂倩辑《乐府诗集》，影印文渊阁《四库全书》本。
③ 胡晓明：《诗与文化心灵》，中华书局2006年版，第177页。

远的风格,都被后代田园诗人很好地继承和发扬:"渊明已黄壤,诗语余奇趣。我行田野间,举目辄相遇。谁云古人远,正是无来去。展卷味其言,即今果何处。"(陈渊《越州道中杂诗》十三首其八)宋代田园诗意象大致可分为自然意象与人文意象两种,自然意象包括山野、河流、草木、鸟兽等自然界原初存在的事物,人文意象包括村舍、农作物、畜养的牲畜等经由人的行为作用的事物,另外还有野老、农妇、稚子等人物形象。这些意象是田园诗的典型特征。茅屋村舍、鸡犬桑麻等具有代表性的田园意象,带给人一股浓郁的田园生活气息。田园诗的生态之美也是在这些意象上表现出来的。与旷远静美的乡村风物和诗人闲适自得的心境相适应,宋代田园诗也大多呈现出一种淡远平和的风格韵味。

宋代士大夫文人普遍具有较强的社会责任感,他们对于民生疾苦的关注是很多的,宋代田园题材诗作也有一部分涉及了农家之苦。如王安石《郊行》:"柔桑采尽绿荫稀,芦箔蚕成密茧肥。聊向村家问风俗,如何勤苦尚凶饥?"农民春耕秋耘,辛勤劳作,使四海无闲田,但犹有凶饥,不禁让人思考百姓疾苦的根源,那就是统治者的政令措施。除了赋役沉重,还有不时发生的自然灾害,如水灾、旱灾等,给农人带来痛苦。仁宗庆历八年(1048)秋,淮河发生水灾,梅尧臣作诗描写了他路经一个小村看到的景象:"淮阔州多忽有村,棘篱疏败谩为门。寒鸡得食自呼伴,老叟无衣犹抱孙。野艇鸟翘唯断缆,枯桑水啮只危根。嗟哉生计一如此,谬入王民版籍论。"(《小村》)陈衍评曰:"写贫苦小村,有画所不到者。末句婉而多风。"[1] 陈师道家道贫寒,对民生疾苦多有体察,其《田家》诗曰:"鸡鸣人当行,犬鸣人当归。秋来公事急,出处不待时。昨夜三尺雨,灶下已生泥。人言田家乐,尔苦人得知。"田间劳作辛苦备尝,加之赋税沉重,农家生活实属不易,天灾之年更是艰难。

人类在世间的生存是充满劳绩的,田园风光虽美,但农家的耕作是劳苦的,且又有饥寒之忧,为何田园诗人们却把田园写得那样富于诗情画意呢?诗人笔下的田园无疑经过了其审美眼光的过滤,已经被纯净化、诗意化了。加之中国古代有着强大的田园诗传统,日复一日,诗人以一颗"文化心灵"去体验和感受现实中的乡村田园,这种诗意遂被一再强化。"文化心灵,即在代代相承的文学传统中养成的、具有悠久深厚文化内涵、具

---

[1] (清)陈衍评点:《宋诗精华录》,巴蜀书社1992年版,第77页。

有深刻的华夏民族特点的艺术心灵。"① 在诗书文化发达的宋代,文人们更是普遍接受了前代艺术传统的熏陶渐染,以一颗文化心灵看待自然界,一定程度上将其诗意化了。这种诗化的田园与现实中的田园相比,更具有一种纯净性、集中性和自然生态、人文生态的美感特征,因而生态意味更加浓厚。

---

① 胡晓明:《诗与文化心灵》,中华书局2006年版,第452页。

第六章

时节之咏

——宋代时节诗中的生态感悟与物理言说

茫茫寰宇，日月运行，大化流行不息。自然界是人类赖以繁衍生息的家园，是人类进行生产和生活活动的场所，也是人类主要的认识对象之一。神奇的大自然时常引发我们无尽的遐想，也带给我们精神上的愉悦。"尽管伟大的、最初显得压倒一切的自然现象，在人心灵中激起畏惧、害怕、赞美与欢乐，但由于同一现象的每日重现，日月交替的准时无误，上弦月和下弦月的周期变化，季节的前后衔接，以及众星之有节期的漂移，都使人养成一种宽慰感、宁静感和安全感。这种信心和依赖成为人们的精神支柱，基于这种信任和服从的感情产生了信仰。"[①] 人们在天长日久的观察和体验中，发现了自然界运行的规律性，继而产生了一种安全感和信任感，而这种安全感和信任感正是人类与自然亲和的心理基础。中国古代哲学特别是道家所信奉的"道"，即万物发生、运行的某种秩序和规律性。宋代诗人感物而作，写过不少歌咏时节、气象的诗歌，又喜探研天地之理，感悟自然的伟大。在诗歌中言理，使宋诗呈现出"理趣"的特征。

第一节 春日气象的热情歌咏

气象是生态环境的一个重要组成部分，与人每天的生活相伴随，并对人的身心产生着相应的影响。敏感的诗人体察物色之变而发诸吟咏，创作了大量时节吟咏之诗，其中以对春日的歌咏最多。春季是万物最具生机的季节，吟咏春日之诗是季节诗中最具生态意味的一类。

---

① [英]麦克斯·缪勒：《宗教的起源与发展》，金泽译，上海人民出版社1989年版，"中译本序"第4页。

一 "物我相感"与诗歌创作

在古人的哲学观念中,外界的物色之变总是能够引起人体内部身体和心理的相应变化,物我相感是客观存在的。"人生有喜怒哀乐之答,春秋冬夏之类也。喜,春之答也;怒,秋之答也;乐,夏之答也;哀,冬之答也。天之副在乎人,人之性情有由天者矣。"(董仲舒《春秋繁露·为人者天》)将人的喜怒哀乐与四季作类比,认为人的性情受到生态情境的重要影响。"春山烟云绵联人欣欣,夏山嘉木繁阴人坦坦,秋山明净摇落人肃肃,冬山昏霾翳塞人寂寂。"①春夏秋冬四季变换之中,山的景色不同,会给人的心理情绪造成相应的影响。外国文艺理论家同样认为,自然与人是可以统一的,因为"二者不仅都'具有生命',而且表现出一种韵律与和谐,就像同一首诗的两个小节,同一部交响乐的两个乐章一样。它们是'谱了同一曲调的'。我们能够熟悉自然,因为'自然界中这种和谐的语言是我们灵魂的母语'。"②诗人内心的美感韵律与自然万物的生命律动的感应、共鸣,触动了诗人的诗兴,促使其创作出诸多描写自然景物或以自然外物起兴、比德的诗歌。

人类和其他生物生存于其中的生态环境除了生物因子之外,还包括阳光、水、空气、土壤等非生物因子,这是生物维持自身的正常生存所不可或缺的。这些非生物因子的状况也会给生存于其中的动植物带来重大的影响。也就是说,自然万物与宇宙间的气象存在着某种同构相应的关系。而宇宙间的气象变迁最明显的标志,就是季节的变换。"幽忧无以销,春日静愈长。薰风入花骨,花枝午低昂。往来采花蜂,清蜜未满房。春事已烂漫,落英渐飘扬。蛱蝶无所为,飞飞助其忙。啼鸟亦屡变,新音巧调簧。游丝最无事,百尺拖晴光。天工施造化,万物感春阳。"(欧阳修《暮春有感》)春季煦日普照,和风送暖,万物感应这种造化之气自然萌生。"鸠鸣兮屋上,雀噪兮檐间。百鸟感春阳,有如动机关。雄雌相呼和,日夕聒聒不得闲。砌下两株树,枯条有谁攀。春风一夜来,花叶何班班。乃知天巧夺人力,能使枯木生红颜。"(欧阳修《感春杂言》)百鸟感春气之变而鸣叫歌呼,如同扳动了机关一样准确无误;同时,冬日枯败的树木在

---

① (宋)郭思编《林泉高致集·山水训》,影印文渊阁《四库全书》本。
② [印度]纳拉万:《泰戈尔评传》,刘文哲、何文安译,重庆出版社1985年版,第70页。

春风的"感召"下一夜之间萌生新绿。

　　动植物应时节而动,对于人类而言,自然界除了会给其肌体带来影响之外,还会影响到人的心境,触动其灵魂。"才听鸣蜩叶底声,倏闻振羽草根吟。物情感我千丝鬓,时事萦人一片心。"(李曾伯《自和》)物色之变迁令诗人发觉时光的流逝,不禁暗自伤怀。"自然风景中许多不同的境界,例如自然的温和爽朗、芬芳的寂静、明媚的春光、冬天的严寒、早晨的苏醒、夜晚的宁静之类,也契合人的某些心境。平静而深不可测的大海可能蕴藏着无穷的翻天覆地的威力,人的心灵也有这种情况;反过来说,大海的咆哮翻腾,涌起狂风巨浪也可以引起灵魂的同情共鸣。"① 人们对于天地间风雨晦明、四季景色的感受是不同的,而这种种感受在人与人之间具有某种共通性。一天之中,朝阳给人以希望和新生之感,而黄昏则让人的内心趋于平静,人自身的生物节律与自然界的节律之间存在着一种天然的感应。美国诗人亨利·梭罗在其《瓦尔登湖》中甚至这样感叹:"太阳,风雨,夏天,冬天,——大自然的不可描写的纯洁和恩惠,他们永远提供这么多的健康,这么多的快乐!对我们人类这样的同情,如果有人为了正当的原因悲痛,那大自然也会受到感动,太阳黯淡了,风像活人一样悲叹,云端里落下泪雨,树木到仲夏脱下叶子,披上丧服。难道我不该与土地息息相通吗?我自己不也是一部分绿叶与青菜的泥土吗?"② 在诗人的眼中,人与自然完全合而为一了,大自然与人类之间有着那样深切而普遍的"同情"。

　　"我们底最隐秘和最深沉的灵境都是与时节,景色和气候很密切地互相缠结的。一线阳光,一片飞花,空气底最轻微的动荡,和我们眼前无量数的重大或幽微的事物与现象,无不时时刻刻在影响我们底精神生活,及提醒我们和宇宙底关系,使我们确认我们只是大自然底交响乐里的一个音波:离,它要完全失掉它存在的理由;合,它将不独恢复一己底意义,并且兼有那磅礴星辰的妙乐的。"③ 宋代有许多感物之作,这与前代诗歌的感物传统一脉相承,但究其根源,则是"天人感应"这一古老的哲学思

---

① [德]黑格尔:《美学》(第三卷),朱光潜译,商务印书馆1979年版,第263页。
② [美]亨利·梭罗:《瓦尔登湖》,徐迟译,吉林人民出版社1997年版,第130页。
③ 梁宗岱:《诗与真·诗与真二集》,外国文学出版社1984年版,第78页。

想。"凡物无意于感人，而人有情于感物。"（宋祁《感蚯蚓赋》[①]）物本无情，人却有意。人的身心每每受到外界景物的触动，而最大的感触就是节物的更替，令他们觉察到光阴的流逝。"物情岂愿岁时道，一气潜移不自由。日出鹁鸪还唤雨，夏初蟋蟀已吟秋。"（陆游《感物》二首其一）天地之气主导着万物之变，时光匆匆流逝。"四时有代谢，卉物互相逾。红者方蕊萼，白者已芬敷。人生一气中，不出造化炉。乘除无了时，逝者如斯夫。愿作涧松老，莫作朝菌枯。"（姜特立《感物》）四季轮回，逝者如斯，人皆愿得长年。"昨日摘花初见桃，今日摘花还见李。晴风暖日苦相催，春物所余知有几。中年多病壮心衰，对酒思归未得归。不及墙根花与草，春来随处自芳菲。"（欧阳修《和圣俞感李花》）以诗歌的对仗手法出之，更显植物的萌生之速，芳草年年绿，而人只能随着时间的洪流一直向前，令诗人感怀。时光流逝之感是季节变换给诗人带来的最大感触。

二　四时可爱惟春日

中国早在夏商时期就总结出了四季变化的规律，发明了历法，对人们的生产、生活尤其是农业生产活动起着重要的指导作用。地球依照其固有的轨道运行，于是一年有了四季的变化和二十四节气，年复一年，无有更易。地球上的各种生命便依时节而萌动、变化，并且适时地作出各种调整以适应外界变化。诗人时常敏感地觉察到时令更移带来的物色之变，并以诗歌咏之。这种时节之咏颇富有生态意味。李昉《冬至后作呈秘阁侍郎》："节辰才过一阳生，草树依依已有情。杨柳莫嫌凋旧叶，牡丹还喜动新萌。潜惊绿竹微添翠，暗觉幽禽渐变声。从此日长天又暖，时时独如小园行。"虽然刚过冬至，但白日渐长，天已开始转暖。旧叶换新绿，林间变幽禽，预示着一个新的季节的来临。"春不遗穷僻，天如念寂寥。鸟啼知节换，池溜觉冰消。"（陆游《立春后作》）立春之后，鸟儿纷纷啼鸣，水池里的冰雪消融，让人意识到时节已经变换了。这种变化无论在哪个角落都能让人感觉到，这就体现了自然的博大。

一年四季之中，春季是最富于生机和色彩的，也是最易撩动诗人的诗思和心弦的一个季节，因而古代诗歌中吟咏春天的作品俯拾即是。我们讨

[①] 曾枣庄、刘琳主编《全宋文》（第二三册），上海辞书出版社、安徽教育出版社2006年版，第113页。

论宋代诗人在季节诗中的生态感悟，即以描写春日的诗作为主。寒来暑往，春去秋来，四季轮回之中春季最能体现生命的强大再生能力。春天是新一年的开始，"一年之计在于春"，春天代表着新生，代表着希望，因而人们也喜欢以崭新的面貌来迎接春天："岁月新更又一春，迎春还是旧年人。愿除旧妄生新意，端与新年日日新。"（詹初《新春》）春天万象更新，令人亦有欣欣之意。

咏春之作以描绘春日和煦景象为主要内容。春季给人的第一印象就是艳阳高照，和风送暖。正是由于太阳和暖风的作用，天地间之气才得以变化——由寒冷转为温煦，万物才得以萌发新生。诗人们也大多注意到了这一点："日暖风和明媚天，最宜吟咏入诗篇。庭花吐蕊红如锦，岸柳飞丝白似绵。深院雕梁巢燕返，高林乔木谷莺迁。韶光正近清明节，花坞楼台酒旆悬。"（朱淑真《春晴》）"暖"是春天带给人的最明显感受，"绿"是春天最普遍的颜色。陈羽《春暖》："东风吹暖气，消散入晴天。渐变池塘色，欲生杨柳烟。"直接以"春暖"为题，写东风吹拂，使池塘边的杨柳萌生并且枝叶日渐浓密。释文悦《春日闲居》："林下春时节，融融万物新。眷兹和煦力，孰不谓通津。"赞叹造化回暖之力的强大。范镇《春》："绛萼梅初蕊，青条柳未阴。群芳自先后，一气本无心。"认为春天之暖气虽一，但物性有差异，故花开也有先有后。"若若堂北桃，昨日花犹小。暖风迟景一日功，万萼千葩烂相照。东风漾漾吹朝雨，朝日满檐春鸟语。樱桃得暖花意忙，接萼连枝间先吐。兰芽出地长可握，小笋如簪堪荐箸。欣欣万木谁使然，时来不肯居尘土。"（张耒《感春》）"一日功"，极言物色变化之速，暖风好像顷刻之间使繁花盛开、草木敷荣。

诗人又往往采用拟人手法来描写春风、春花、春鸟，如："春风东来暖如嘘，过拂我面撩我裾。不知我心老有异，亦欲调我儿女如。庭前花枝笑自爱，风里草力更相扶。旁林曲树足飞鸟，不闻燕雀鸥鸢乌。求雌要雄各有意，岂但斗竞争春呼。"（王令《春风》）春风、花草都变成了有生命之物，十分风趣。"天欲游人不踏尘，一年一换翠茸茵。东风犹自嫌萧索，更遣飞花绣好春"（杨万里《春草》二首其一）；"百花开尽到酴醿，一片春心又欲归。可恨东风留不得，漫教啼鸟怨斜晖"（刘过《春归》），也是以自然风物为有思想、有感情之物，设想或安排它们之间的关系，增添了诗歌的趣味。桃花是春季开得最烂漫的花卉，被诗人誉为"占断春光是此花"（向敏中《桃花》），在诗人笔下，桃花仿佛嫣然开笑靥："野田春水碧于镜，人影渡傍鸥不惊。桃花嫣然出篱笑，似开未开最有情。"（汪藻《春日》）写花有情，实际是诗人将自己的思想感情移加到花上之故。"掩映红桃谷，夤缘翠柳堤。"（徐铉《春日紫岩山期客不至》）红桃与绿柳相映，是春季的典型景色，它们仿佛是整个春天的主人。

张耒《感春十三首》为读者展现了一幅幅和谐宁静、丰收在望的春景图。"春郊草木明，秀色如可揽。雨余尘埃少，信马不知远。黄乱高柳轻，绿铺新麦短。南山逼人来，涨洛清漫漫。人家寒食近，桃李暖将绽。年丰妇子乐，日出牛羊散。携酒莫辞贫，东风花欲烂。"春天的原野草木葱绿，欣欣向荣，秀色如可揽入怀中。刚下过一场雨，信马漫步，"黄乱高柳轻，绿铺新麦短"，远处有南山，近处有洛水，寒食将至，桃李将绽，"年丰妇子乐，日出牛羊散"。南山浮云起，天又将雨，"苍鸠鸣竹间，两两自相语。老农城中归，沽酒饮其妇。共言今年麦，新绿已映土。去年一尺雪，新泽至已屡。丰年坐可待，春服行欲补"，一幅和乐温馨的"阳春话丰年"图跃然纸上，青山绿水、桃李新麦与勤劳朴实的老农构成了生动和谐的生态美景。

与冬季的寂寥相比，春季的生机之美还在于它有鸟语禽言、飞泉流瀑等自然声响，尤其是春禽的鸣叫，为这个世界倍添生意："万叠云山拥翠屏，笋舆终日面山行。幽禽上下好音语，到底不知谁命名。"（张榘《闻春禽》）群山之中，禽鸟的叫声悦耳动听，不知是谁给它们起的名字。莺是春季较为常见的一种鸟，其声柔细而清脆："草深时见蝶，叶密但闻莺"（项安世《春游》）；"数片落花蝴蝶趁，一竿斜日流莺啼"（邵雍《春游》），均为将蝶与莺对举，一姿态优美，一声音悦耳。"鸠啼青樾破，鹭匝绿秧行。"（姚勉《春日即事》）林鸠的叫声仿佛将树林划破，白鹭悠闲地绕田行走。吕南公《关关春树莺》："关关春树莺，晨哔不知久。似欣融和景，乐得飞鸣友。"以莺为自己的"飞鸣友"。"满园红紫已争新，百啭幽禽亦唤人。"（朱熹《次秀野韵》五首其二）园中的各种幽禽似乎是在唤醒春睡中的人。鸟声之外，还有农歌响起："梁燕无声半掩关，昼长人静觉春闲。闲中却有农歌起，声在晴烟绿树山。"（姚勉《春日即事》）乡间农人的歌声悠远绵长，使人的心境亦变得平旷。

咏春之作的另一个主题是表现自然万物的自得其乐，表达诗人自己对拥有同样适性安乐的生存状态的渴望。"春来物物尽欣怡"（陈宓《感春》），万物欣然向上，怡然自得，人也应当依照其自身性情快乐地生活：

"惟人适性而乐生，子云闭户非其情"（黄裳《春日寄友人》）。在人们的观念当中，自然界的动植物是自由自适的："鸣飞各有适，赤白纷无数"（秦观《春日杂兴》十首其一）；"乘时各有适，皥皥齐康庄"（赵崇嶓《春日》）；"我爱沙边双白鸥，飞鸣相乐还相求"（张耒《感春》）；"鱼鸟自同千里乐，风烟漫逐一城香"（杨蟠《熙春园》）；"无数小鱼真得所，一双新燕宿谁家"（张舜民《东湖春日》）；"最喜白鸥相狎久，对人自在浴清波"（戴昺《四月节景》）。而人在静观万物之自得时，自己的心胸情志也得到了浩养："草木意欣荣，禽鸟声上下。静中观物化，胸次得浩养。"（何基《暮春感兴》）进而忘机、远俗："物到忘机乐，人因远俗清。"（姚勉《春日即事》）

节物更替，令人感伤时光的流逝，但生机不穷，人们不必伤春悲秋。"节物相催各自新，痴心儿女挽留春。芳菲过尽何须恨，夏木阴阴正可人。"（秦观《首夏》）春季过后，万物继续生长，夏季树木也是可爱的。方回《首夏》二首其二："寒燠分时序，生成续化工。窈迟登麦日，肯怨落花风。春气何曾绝，天机岂易穷。谁云老圃淡，早著石榴红。"认识到寒暑是由时序所决定的，天机不穷，夏季亦有缤纷的色彩点缀园圃。"生物趋功日夜流，园林才夏麦先秋。"（黄庭坚《北窗》）诗人对于秋景的吟咏也是很多的："荻花风里桂花浮，万竹生云翠欲流。"（葛绍体《秋日东湖》）芦荻茫茫，桂花飘香，翠竹正绿，秋景何曾不好？"秋日郊居好，风光属散人。雍容观物化，潇洒任天真。菊好芙投老，杨疏柳效颦。飞翻看两蝶，喜得自由身。"（许及之《次韵常之秋日郊居》十首其一）欧阳修认为，春日软媚而秋节最劲："四时惨舒不可调，冬夏寒暑易郁陶。春阳著物大软媚，独有秋节最劲豪。"（《送子野》）苏轼更是赠友人道："荷尽已无擎雨盖，菊残犹有傲霜枝。一年好景君须记，最是橙黄橘绿时。"（《赠刘景文》）写暮秋景色，却充满生机，暗含着对友人精神品格的褒扬和鼓励。对于冬季的咏叹以两首雪景诗为例："吴儿经年不识雪，忽惊大片遮空来。黑帝不分苦荒拙，六花一夜随风开。"（郑獬《杭州喜雪》）杭州位于江南，下雪并不常见，故令人惊喜。方回《步雪过长桥》："太湖三万八千顷，物色分明为我饶。风急落帆临古塔，雪深着屐渡长桥。一蓑灭没渔家乐，数字攲斜雁路遥。小立忍寒不能去，百年壮观尽今朝。"描写观太湖雪景，亦蔚为壮观。可见，一年四季都有其独特的生态景象与韵致，而诗人对四季景象的描绘也是各有千秋。

第二节　叹造化之奇，究天地之理——宋代诗人的生态物理言说

　　天地造化之功的确是令人惊叹的，宋代诗人对于宇宙间气象的变化规律充满了好奇，因而在描述四季景色之外，又往往感悟生态物理。宋代是一个尚读书识理的时代，宋太祖曾问宰相赵普："天下何物最大？"赵普回答："道理最大。"① 道理包括自然界之理与人类社会道德之理。宋代科举考察主议论的策论以及两宋理学的兴盛，都是宋人理性思维发达的表现。在自然科学、社会事务、哲学思想、诗词文赋等领域，宋人无不有求理的倾向，并以此为尚。理学家尤其喜爱于自然景物、日常生活中求理，如张九成从"野色更无山隔断，天光直与水相通"中悟出"道理透彻处"②。诗人陆游曾这样阐述诗的要诀："诗岂易言哉？一书之不见，一物之不识，一理之不穷，皆有憾焉。"（陆游《何君墓表》③）我们本节所研究的宋代诗人的"生态物理言说"，是指宋代自然生态诗在景物描写之外，又往往加上对天地之本然状况的究诘。"至哉造化功，孰与究终始。究之既不能，徒然自忧喜。"（释法演《遣兴》）虽然当时的诗人对造化之功并不能做出科学合理的解释，但他们对于造化的赞叹和吟咏蕴含着丰富的生态意蕴。

一　天机自动

　　"天地之心，见乎动复也。一阳初动于下矣，天地所以生育万物者本于此，故曰天地之心也。天地以生物为心者也。"（欧阳修《易童子问》卷一）认为催生万物为天地的天然机能。"地载天覆，万物中育。孕怪钟奇，在此寒竹……"（王禹偁《怪竹赋》）宋代文人脱口便可道出这样的物理。禅宗有这样一段公案："问：如何是佛法大意？答：春来草自青。"春来草自青，道出了自然万物各依其本性萌生的规律，令人感受到自然生

---

① （宋）沈括：《梦溪笔谈·续笔谈》，《四部丛刊续编》本。
② （宋）张九成撰，（宋）于恕编《无垢先生横浦心传录》卷上，清绮斋民国十四年（1925）影印本。
③ 《渭南文集》卷三九，《四部丛刊初编》本。

命所涌动的生机与气韵，领悟到宇宙间万物生生不息的力量之源。陆游《柳》："春来无处不春风，偏在湖桥柳色中。看得浅黄成嫩绿，始知造物有全功。"由柳条的颜色变化意识到了造物即自然的力量。"花自春风鸟自啼，岂知造物天为春。"（白玉蟾《快活歌》二首其二）春天景象都是无言无形之"天"所造就的。"短研深煨倒插宜，明年便有绿垂垂。只因造化大容易，不见岁寒冰雪时。"（宋自逊《种柳》）"只消顷刻便漫漫，人亦求窥造化难。"（施枢一《雪》）造化之力无与伦比，非人力可以企及。"天地无他功，其妙在自然。"（魏野《寓兴》七首其一）"天意无佗只自然，自然之外更无天。"（邵雍《天意吟》）自然，即不劳人为、自然而然生物的机理。"天地劳覆载，日月劳往还。"（魏野《寓兴》七首其六）天覆地载而成无限空间，日月往还而成亘古时间，万物皆处于无限的时空当中。陈耆卿《闲居杂兴》六首其一："万化逐流水，一往不复回。昨日栏中花，今晨安在哉。焚香心如冰，未受寒暑催。赠花以片言，自落还自开。"时节更易，乃"天意"所为，其流逝也非人力可挽。王安石《即事》六首其六："日月随天旋，疾迟与天谋。寒暑自有常，不顾万物求。蜉蝣蔽朝夕，蟪蛄疑春秋。眇眇上古历，回环今几周。"日月运行是由天然物理所决定的，四时寒暑也有其常，不因外物而改变。欧阳修《天辰》："天形如车轮，昼夜常不息。三辰随出没，曾不差分刻。北辰居其所，帝座严尊极。众星拱而环，大小各有职。不动以临之，任德不任力。天辰主下土，万物由生殖。一动与一静，同功而异域。惟王知法此，所以治万国。"以"车轮"比喻循环不息的天道，非常形象。

造化之功是普施万物、无有差等的，许多诗人注意到了这一点并吟咏之。"造化无情不择物，春色亦到深山中。山桃溪杏少意思，自趁时节开春风。"（欧阳修《丰乐亭小饮》）造化虽无情，然而客观上它对万物是平等的："黄天典下民，实亦付自然。祸福与是非，日夜相推迁。譬犹泥在钧，随分有丑妍。丑非其所恶，妍非其所怜。彼怜吾不知，方知乐其天。"（彭汝砺《自然》）张侃《偶书二绝》："静观万物各随缘，天亦何心付自然。鹪鹩不材鹦鹉贵，岂知鹪鹩得天年"；"久知凫短鹤长语，谁赋花荣竹脆诗。物理无穷难测识，且倾美酒乐天时"。在这里，"天"成了有意志的神性之天，而用"自然"来代表自然规律，讲万物都是随缘而生，不得改易。吴惟信《野步寻梅》："夕阳一半落群峰，寒叶零霜野望空。阴谷忽然逢造化，小梅枝上见春风。"阴冷山谷中的小梅也悄然绽放，可见春风造化之力。范仲淹《西溪见牡丹》："阳和不择地，海角亦逢春。忆得上林色，相看如故人。"诗人在野外偏僻之地西溪看见了盛开的牡丹，感慨阳和之功是普施到天地间每一个角落的。"春来凡草木，开处总成花。东皇本无心，世人徒尔夸。"（陈文蔚《以花枝好处安详折酒盏满时捐就持为韵赠徐子融》）认识到花开本为应阳和之气而生，并非什么人有心为之。

宋代诗人常以"天机"来代表自然规律和自然界的伟力。如张侃《天机》："泛观物理任天机，莫泥春残事遽非。蝶粉莺衣阴处泊，燕泥鸥雪雨中归。装成闲景真堪玩，写入清吟细解围。""任天机"，即遵循自然规律。赵希逢《和百舌》："四序循环机不息，百花独梅先占得。"以"机"来指代四季更替之理。张耒《鸣蜩》："鸣蜩嘒高风，逮夜且复静。草虫何为者，落日鸣复逞。阴阳且战争，微物何所竞。化工执其机，开阖惟所命。朔雁有行意，肃肃如待令。江河有旧渚，宁畏风霜劲。"以自然为有意志之神，称其为"化工"，认为是他执掌着万物开阖的规律，而万物如同待令般地等待时节的到来。张侃《晨起》曰："万物虽异性，天地同一机。时至乃飞鸣，人讹反生疑。禽语空啾唧，有怨难穷推。好生毛羽者，细听强诬欺。遂使本然质，由是深有亏。清风到阶庭，处处禽语奇。勿问声如何，天地何曾私。""万物虽异性，天地同一机"，万物的形态、习性有异，但都是造化作用的产物，天地无情亦无私。家铉翁《赠隐者忘机》其一曰："寂然不动机已兆，感而遂通机乃神。一阳昨夜回冰底，生意流行万象春。"其二曰："万古周流此一机，何尝丝发涉人为。不须苦用忘忘意，认取存存不息时。"自然万物的生成和呈现都是宇宙大化流行的结果。万物共同处于一个生态系统整体中，并受到同一个自然之道——"机"的支配。支配宇宙间万物的自然规律具有无为而无不为的强大力量，令人深刻感受到天地间万物生生不息的生命力。"四时有大信，万物谁与期？"（欧阳修《立秋有感寄苏子美》）四季流转的自然规律不以人的意志为转移，因而被称为"大信"。宇宙的生生不息之道，也是儒道两家所推崇的社会之"道"的本源和依归所在。

二 荣枯有时

万物之生各有其时，草木荣枯乃造化所为，非人力可以左右。美国学者埃里克·詹奇认为，自然进化的动力在于自组织，所谓自组织，是指事物（系统）不是由于外部的强制，而是通过自己内部的组成部分之间的相互作用，自发地形成有序结构的动态过程。① 唐代浪漫主义诗人李白则以诗歌的形象化语言写道："草不谢荣于春风，木不怨落于秋天。谁挥鞭策驱四运，万物兴歇皆自然。"（《日出入行》）草木春长秋落，本自然而然，应运而生，一切皆非意识所能干预。宇宙间导致四季轮换的一双无形之手，便是自然规律，是自然的伟力决定着万物的兴盛和衰败。人类须明了这一物理："天地长不没，山川无改时。草木常得理，霜露荣悴之。"（陶渊明《形赠影》）主张缘起论的佛家最能参透这一物理："兰芳春谷菊秋篱，物必荣枯各有时。"（释祖镜《偈》）

　　理学家认为，"物理最好玩"②，他们对于洞察天地自然之理具有浓厚的兴趣，其探研也已达到很高水平，如解释宇宙生成的太极论、气论等。"早梅冬至已前发，方一阳未生，然则发生者何也？其荣其枯，此万物一个阴阳升降大节也。然逐枝自有一个荣枯，分限不齐，此各有一《乾》、《坤》也。各自有个消长，只是个消息。惟其消息，此所以不穷。至如松柏，亦不是不雕，只是后雕，雕得不觉，怎少得消息？方夏生长时，却有夏枯者，则冬寒之际有发生之物，何足怪也！"③ 以阴阳二气运动来阐释万物各有荣枯、万物之发生各有其时的规律，认为生命发生凋落的时节有异是正常的，不可一概而论。从科学的角度看，"万物荣枯自有时，梅花非早菊非迟"（傅知录《题太平馆》），在纯粹的自然界当中，其实并不存在花开的时间早晚之分。有的诗人以"转环"来比喻宇宙运行之理："重阳黄菊花，零落始无有。微阳动渊泉，嫩芽出枯朽。青青好颜色，寂寥霜雪后。物理如转环，开花岂其久。"（彭汝砺《菊苗》）"转环"，即荣而复枯，枯而复荣，如此循环不穷，生命也正是在这样的荣枯规律当中生生不息地进行的。黄裳对草有过这样的咏叹："五行在万类，惟草最柔弱。春至忙发生，秋来遽衰落。……莫笑荣复枯，浮生尚堪托。"（《灵草》）虽然一年一度荣枯，生命短促，然而也不失为一段完整的生命旅程。树枯并不足叹，因为其中孕育着新的生机："凋悴缘何事，青青忆旧丛。有枝

---

① 参见［美］埃里克·詹奇《自组织的宇宙观》，曾国屏等译，中国社会科学出版社1992年版。

② （宋）程颢、程颐：《二程遗书》卷二，上海古籍出版社2000年版。

③ 同上。

撑夜月，无叶起秋风。暑路行人惜，寒巢宿鸟空。倘留心不死，嘘拂待春工。"（林景熙《枯树》）春日是绝大多数植物生长发芽的季节，"春工"即春日和暖的气候所具备的复苏万物之力。"宿叶自脱新叶生，东园忽已清阴成。"（陆游《东园晚兴》）在江南，好多树木秋天并不落叶，而是到了春天萌生新叶的时候旧叶才落，令人感受到一种新生的喜悦，而新叶生长之快也是令人惊异的，不知不觉间就有了万树清阴。"不因花事荣枯异，未觉春工代谢忙。"（罗与之《春残》）花木荣枯变换，让人意识到原来"春工"正忙于万物之新陈代谢。将自然运行的规律拟人化为有意识之物，以形象来代替抽象的无形规律。

　　自然界生物生长的客观规律原本如此，但多愁善感的诗人们往往联想到年华的逝去与生命的不永，每每为之伤感。"春风吹尽一川冰，野色山光弄晚晴。节物荣枯能几许，人生寒暑正堪惊。"（孙应时《春日自警》）春日到来，然而诗人联想到应时节而生灭的各种植物，便不禁忧虑人生之速。"草木一何情，容悴皆有时。飒飒凉风至，一夕失华滋。壮士抚萧晨，慷慨令心悲。流光日以迈，西风生别离。渺渺愁予怀，此怀谁能知。"（连文凤《秋怀》八首其一）由草木之衰败思及光阴之流逝，不禁愁苦满怀。欧阳修《述怀》："岁律忽其周，阴风惨辽夐。孤怀念时节，朽质惊衰病。忆始来京师，街槐绿方映。清霜一以零，众木少坚劲。物理固如此，人生宁久盛。"由物色之变迁感慨人生之不永，而这都是由同一"物理"所决定的。陆游则通过观察燕子的来去感知春去秋来："燕来我何喜，感此中春时。燕去亦何有，无奈凋年悲。四序如循环，万物更盛衰。我亦寓斯世，如客会当归。骊车已在门，恋恋终何为。达人付无心，欣厌两俱非。岂有天壤间，会合无别离。"（《赠燕》）四季轮转，万物兴歇，既然宇宙运行自有其固定的规律，若为达人就不应心生喜厌之情。故有诗人豁达地说："倚阑莫问荣枯事，付与东风管物华。"（贾似道《琼花》）认为人不必为草木荣枯而或喜或忧，不如将物华的生长与凋落交给"东风"即自然之力来安排。戴昺《莫悲秋》："伤春非贞女，悲秋非烈士。时运自循环，我心如止水。剥固复之机，荣乃悴之始。未识天地妙，胡为浪悲喜。鹞蓬或数仞，鹏海或万里。大小何必齐，蒙庄未穷理。"诗人认识到人应当顺应自然之变化而不必为之悲喜，甚至也没有必要从理论上将万物齐一。实际上，虽然人们能够从理智上认识到四序循环的规律，但很难做到心如止水，尤其是敏感多思的诗人。还有的诗人直接说："人观落叶悲，我视落叶喜。请看四序速，次第若屈指。风霜一瞬过，望春时有几。荣固悴之端，衰亦盛之始。须知众木疏，便是群芳启。举此较人事，盖不异物理。否泰与消长，反复殊未已。"（韩琦《落叶》）认识到草木枯荣乃自然界常理，"衰亦盛之始"，并推及人事，认为否极泰来、盛衰循环也同于物理。这是诗人在四季流转的时光中对自然物仔细观察得出的生活经验，同时也是自然界的至理。

三 万物静观皆自得

两宋是理学发达的时代，涌现了众多的理学家，并形成了诸多学派。理学家们大多出入佛老，而最终从二家哲学中吸取部分义理精髓，大大发展了儒家哲学的本体论。他们对天地之理有着浓厚的兴趣，倾心于探物究理，因而大多喜好亲近自然，静观物理。这一方面可颐养性情，提高其内在精神修养功夫，另一方面与儒家所推崇的"曾点之志"正相契合。"周茂叔窗前草不除去，问之，云：'与自家意思一般。'子厚观驴鸣，亦谓如此。"[1] 观青草，听驴鸣，都让人感知到自然界其他生命与己类似的蓬勃生意。

北宋理学家邵雍曾为自己的诗集《伊川击壤集》作序曰："《击壤集》，伊川翁自乐之诗也。非唯自乐，又能乐时与万物之自得也。"[2] 并提出了"以物观物"的理论："情之溺人也甚于水"，"诚为能以物观物，而两不伤者焉。盖其间情累都忘去尔，所未忘者独有诗在焉。然而虽曰未忘，其实亦若忘之矣。……因闲观时，因静照物，因时起志，因物寓言，因志发咏，因言成诗，因咏成声，因诗成音，是故哀而未尝伤，乐而未尝淫，虽曰吟咏情性曾何累于性情哉？"又作《观物外篇》云："以物观物，性也；以我观物，情也。性公而明，情偏而暗。"他认为，人唯有抛却思想情绪的困扰，完全融入自然物之中，以客观之心境体物观物，方能觉察到物之本相。同时，邵雍亦认为应当赋予万物以"同情之心"："以身观万物，万物理非遥。马为乘多瘦，龟因灼苦焦。能言谢鹦鹉，易饱过鹪鹩。伊洛好烟水，愿同渔与樵。"（《和闲来》）"以身观万物"，即以己推物，这样更易推及物情物理。

---

[1] （宋）程颢、程颐：《二程遗书》卷三，上海古籍出版社2000年版。
[2] （宋）邵雍：《击壤集》，《四库全书》本。

邵雍自称有"江山气度，风月情怀"（《自作真赞》），可见其对自然的钟爱。邵伯温《易学辨惑》记载，方春之时程颐前来拜访邵雍，邵雍便欲率其同游天门街看花。"伊川辞曰：'平生未尝看花。'先君曰：'庸何伤乎？物物皆有至理。吾侪看花，异于常人，自可以观造化之妙。'伊川曰：'如是则愿从先生游。'"譬如赏花，即有善或不善赏花之差异："人不善赏花，只爱花之貌。人或善赏花，只爱花之妙。花貌在颜色，颜色人可效。花妙在精神，精神人莫造。"（邵雍《善赏花吟》）花的精神气韵是人所达不到的。邵雍作过多首以"观物"为题的诗歌，体现了其作为一位理学家的襟怀，其《观物吟》："时有代谢，物有枯荣。人有衰盛，事有废兴。"将人事与自然物联系起来，认为二者都遵循着一致的盛衰之理。又《观物吟》二首其二："百谷仰膏雨，极枯变极荣。安得此甘泽，聊且振群生。"观谷木之枯而思欲救之。邵雍认为，各类动植物当中人为最贵："一气才分，两仪已备。圆者为天，方者为地。变化生成，动植类起。人在其间，最灵最贵。"（《观物吟》）并将天比拟为有意志之物，将物类之生成视为自然而然，认为人与万物可以共生共荣："日月星辰天之明，耳目口鼻人之灵。皇王帝伯由之生，天意不远人之情。飞走草木类既别，士农工商品自成。安得岁丰时长平，乐与万物同其荣。"（《乐物吟》）万物同生共荣，符合生态学的基本理念。

中国古代哲学一向有着重生、爱生、乐生的精神，而又以自由自在、无拘无束为最高的生命境界。"人于天地间，并无窒碍处，大小大快活。"① 这里讲的就是万物平等的思想，人是天地间万物的一种而已，如果能够做到与万物融为一体，去除过多的心机和杂念，人便可以达到自由境界，泰然自乐。因此人们见"鸢飞戾天，鱼跃于渊"，往往心生渴慕，希望自己也能够像自然界鱼鸟那样自由驰骋，一展自己的才情。从科学的眼光来看，自然界本无目的性，万物自生自灭，单纯而无机心。"池鱼自乐谁知我，林鸟相忘不避人。"（戴昺《书房》）鱼鸟之自得自乐，对人类具有极大的吸引力，每每令人羡慕和向往。程颐《秋日偶成》二首其二："闲来无事不从容，睡觉东窗日已红。万物静观皆自得，四时佳兴与人同。道通天地有形外，思入云烟变态中。富贵不淫贫贱乐，男儿到此是豪雄。""万物静观皆自得"，是一种怎样和谐的生态图景！这种图景的产

---

① （宋）程颢、程颐：《二程遗书》卷二，上海古籍出版社2000年版。

生，主要在于观照主体的虚静心境，宗白华《美学散步》论道："艺术心灵的诞生，在人生忘我的一刹那，即美学上所谓'静照'。静照的起点在于空诸一切，心无挂碍，和世务暂时绝缘。这时一点觉心，静观万象，万象如在镜中，光明莹洁，而各得其所，呈现着它们各自的充实的、内在的、自由的生命，所谓万物静观皆自得。这自得的、自由的各个生命在静默里吐露光辉。苏东坡诗云：'静故了群动，空故纳万境。'王羲之云：'在山阴道上行，如在镜中游。'空明的觉心，容纳着万境，万境浸入人的生命，染上了人的性灵。所以周济说：'初学词求空，空则灵气往来。'灵气往来是物象呈现着灵魂生命的时候，是美感诞生的时候。"[①] 暂时忘却物我，凝神观照，感受万物的自在生命，加之心灵的感悟升华，艺术的美感随之诞生。

宋代观物诗可分为两类，一类是细致描写所观生物的情态，另一类是从观物中体察物理。首先来看第一类。白玉蟾曾作《观物》二首："蜂占蔷薇封食邑，蚁侵螺赢借军须。雨天风急鸠呼妇，水国烟寒雁唤奴"；"晓鹭守溪图口腹，暮蛛借屋计家生。不羁野马空中骋，无喘蜗牛壁上耕。"描写蜂、蚁、鸠、雁、鹭、蛛、野马、蜗牛等生物的生活情态，栩栩如生，饶有生趣。"江梅开过尚馀香，半面残妆对夕阳。野草凡花正无赖，竞将红紫占春光。"（程俱《观梅》）写梅花开过，草花生长，为冬去春来之景。第二类则是由观物议论天地之理。丘葵《观物》："雪中梅带春来，火里麦将秋至。一动一静互根，阴阳未尝相离。""维天于穆不已，维圣之德之纯。人人皆可尧舜，物物各具乾坤。"阴阳互动，带动了物色之变；万物各异，其性则一，均由乾坤造化生成。方回《观圃》："行行观我圃，物理析秋毫。日夜新花发，春秋老树高。"观园圃中植物而析生物之理。陈文蔚《观物》二首："初见种汝时，微荄极枯槁。今既长枝叶，日复一日好。仪刑静独秀，精神雨中澡。嗟我费耘治，尚愧窗前草"；"墙东一微物，妙意包藏深。人皆看枝叶，我独观其心。萌蘖既绵绵，茂盛亦骎骎。从此识天地，生生无古今。"观植物之精神气质，便能从中体悟到生命生生不息之理。

物象之变化由造化使然，故又有"观化"之说。林希逸《物理六言》其一："以鸟养鸟尽性，惟虫能虫知天。万物与我为一，反身乐莫大焉。"

[①] 宗白华：《美学散步》，上海人民出版社1981年版，第21页。

其二:"杜鹃前身名宇,蝴蝶梦境为周。至理但观物化,吾心自有天游。"明确提出"万物与我为一"的天人一体思想,"观物化"即观物、感物,体察物理。黄庭坚《观化》十五首其一:"柳外花中百鸟喧,相媒相和隔春烟。黄昏寂寞无言语,恰似人归锁管弦。"写春日在阳气的作用下百鸟喧鸣的场景。杨万里《观化》:"道是东风巧,西风未减东。菊黄霜换紫,树碧露揉红。须把乖张眼,偷窥造化工。只愁失天巧,不悔得诗穷。"写花木在秋季气候的作用下改换了衣装,从而使世界变换了色彩,诗人不禁赞叹造化力量的神奇伟大、不可思议。静观万物自得之时,诗人通常会反观自身,感慨人生的不自得。"起行西园中,草木含幽香。榴花开一枝,桑枣沃以光。鸣鸠得美荫,困立忘飞翔。黄鸟亦自喜,新音变圆吭。杖藜观物化,亦以观我生。万物各得时,我生日皇皇。"(苏轼《西斋》)草木幽禽俱自得自乐,而我生日惶惶,身心不得安定,故自在自适便成为诗人在精神上的不懈追求。

四 宋代自然生态诗的理趣

宋人喜言理,这几乎成为学界的共识。"古人之观于天地、山川、草木、虫鱼、鸟兽,往往有得,以其求思之深,而无不在也。"(王安石《游褒禅山记》)在诗文中融入理致,体现了作者的哲学修养和理性探寻的精神,同时也创造出文学作品尤其是诗歌的理趣之美。"在文化大环境中浸染已久的宋代文人以哲人的气质、学者的风度徜徉于山水之间,不仅追求对审美客体本色化的传神写照,而且在意象营造的同时,展开对中国传统文化的深沉思索,进而艺术化地揭示了宋代文人人生苦旅的文化内涵。"① 在意象营造当中,又融入哲理的意味,因而不失诗歌讲求形象性的本质而又韵味独具。值得注意的是,宋诗中的"理"含义是多元的,而并不仅仅指自然规律和人类社会的道理。"与其把诗中之'理'视为一个终极性的统一概念,毋宁说它是一组意义相似的语义族。它有的时候指一种人生况味、人生境界,有的时候指客观事物变化的某种规律或情态,有的时候指社会事物的某种动态趋向,有的时候指思想或治学的某种进境……等等,它们毕竟又是有着共同之处的,这就是:诗人以其独特的审美发现将读者带入一个意义的世界,穿透现象,洞悉社会、人生百态的本

---

① 梅新林、俞樟华:《中国游记文学史》,学林出版社2004年版,第123页。

相，用海德格尔式的话语来说就是对'遮蔽'的'敞开'或云'解蔽'。"① 宋诗中之"理"也是多方面的，有物理，有社会之理，也有人生之况味，经由诗歌形象的语言道出，便多了几分生动和趣味，是为理趣。

苏轼诗歌无疑是宋诗理趣特征的代表，其写景诗往往妙趣横生。如《八月十五看潮》五绝（其三）："江边身世两悠悠，久与沧波共白头。造物亦知人易老，故教江水向西流。"以人事推想自然界景观，想象奇特，十分诙谐。其《六月二十日夜渡海》云："参横斗转欲三更，苦雨终风也解晴。云散月明谁点缀，天容海色本澄清。"此诗作于元符三年（1100）诗人渡海北归之时。"飘风不终朝，骤雨不终日。"（《老子》第二十三章）任何狂暴的风雨都会过去，风雨之后便是明净的天空。表面上写景，实际上则有所寓托，暗写长期的贬谪生涯终于结束，迎来丽日，而自己清明的政治面目得以恢复。苏轼的名作《题西林壁》，后人多有评论。"横看成岭侧成峰，远近高低各不同，不识庐山真面目，只缘身在此山中。"从庐山的姿态生发联想，升华出哲理。清代王文诰评此诗曰："凡此种诗，皆一时性灵所发，若必胸有释典，而后炉锤出之，则意味索然矣。"② 王水照先生亦曰："诗人感兴之间，哲学即在其中，未必演绎理念。"③ 由于审美的生命共感作用，自然界生命的某种特征往往能够引发主体生命对于人生的联想和思考，于是自然物态也就成了人生的某种象征。人与自然之间的同构相通性使人们在体察外物之余，得到一种朦胧的对于人生的启示。

宋代其他诗人亦有不少理趣之作。他们往往在描绘客观事物姿态的同时透露出一定的哲理意蕴，令人玩味不尽。叶绍翁《游园不值》："应怜屐齿印苍苔，小扣柴扉久不开。春色满园关不住，一枝红杏出墙来。"原本是写访人不遇，徘徊门外看到一枝红杏伸出墙外，这首诗后来便被人们解读生发出一种哲理意蕴——新生事物是阻挡不住的。王安石《登飞来峰》："飞来山上千寻塔，闻说鸡鸣见日升。不畏浮云遮望眼，只缘身在最高层。"飞来峰高耸入云，身在峰顶则视野开阔，没有浮云遮挡视线，后两句与王之涣的"欲穷千里目，更上一层楼"（《登鹳雀楼》）有异曲同工之妙。"春去休惊晚，夏来还喜初。残芳虽有在，得似绿阴无？"（邵雍

---

① 张晶：《美学的延展》，商务印书馆2006年版，第5—6页。
② （清）王文诰：《苏文忠公诗编注集成总案》卷二十三，巴蜀书社1985年版。
③ 王水照选注《苏轼选集》，上海古籍出版社1984年版，第199页。

《春去吟》）以及"晴日暖风生麦气，绿阴幽草胜花时。"（王安石《初夏即事》）都是以喜悦的心情迎接夏天的到来，花时虽好，终已逝去，不妨顺其自然，去发现夏日的可爱之处。还有理学家朱熹著名的《观书有感》："半亩方塘一鉴开，天光云影共徘徊。问渠那得清如许，为有源头活水来。"以生态图景比拟读书的感受，生动可感而又妙趣横生。

  宋代描写自然生态的诗歌，通常语涉自然物象而蕴含理致在其中，或由自然物生发感悟，以议论结尾，体现了宋人好言理的特色。理趣是宋诗的重要特征，也是宋诗区别于长于兴象、纯净空明的唐诗的明显标志之一。

第七章

咏物寄怀

——宋代咏物诗的生态文化意蕴

如前面所提及，宋代诗歌的题材十分广泛，诗歌日益平民化、日常生活化，这就使宋诗能够反映十分广阔的社会生活。咏物诗是古代诗歌的一个传统题材，到了宋代诗人笔下更是得到了长足的发展。宋代文人的生活起居无不与自然界山水花鸟有着紧密的联系，采撷这些自然物象入诗，或者专门吟咏某一种生物，成为宋代诗人习惯采用的写作方式。咏物诗，顾名思义就是指吟咏物象的诗歌，其中包括对动植物和山川风物等自然景观的歌咏，还包括一部分对人们日用器物的歌咏。"生态"的根本内涵就在于生机、生命，所以我们本章的研究对象以宋代吟咏动植物的诗歌为主。

第一节 宋代诗人的生态觉识与爱物之情

宋代咏物诗非常丰富，为我们呈现出其时生物物种的多样性特征。众多歌咏禽鸟花草之诗，体现了宋代诗人对自然生态的觉识及其对自然界生物的赏爱护惜之情，透露出一定的生态保护意识。

一 生物多样性的呈现

"生命现象作为大自然最伟大的创造，最能见出大自然审美匠心。生活在地球上的每一生物都有适合自己的色彩、形态，无一相同，千变万化。"[1] 生物的多样化是生态良好的一个重要表现，正是多种多样的生物的存在才成就了一个色彩斑斓的自然界。我国第一部诗歌总集《诗经》中就有大量鸟兽草木的名字，种类繁多，不啻于一部古代生物学辞典，难

---

[1] 陈望衡：《当代美学原理》，人民出版社2003年版，第23—24页。

怪孔子认为学诗可以"多识于鸟兽草木之名"(《论语·阳货》)。王令《上孙莘老书》亦云:"古之为《诗》者有道:礼义政治,《诗》之主也;风雅颂,《诗》之体也;赋比兴,《诗》之言也;正之与变,《诗》之时也;鸟兽草木,《诗》之文也。"[①] 将《诗经》中出现的鸟兽草木作为其重要的表现内容和艺术形式。三国时代吴国吴郡人陆玑作《毛诗草木鸟兽虫鱼疏》,对每一种动植物的名称、地域、形状、特征、功用等都作了较为翔实而准确的解释。据清代学者顾栋高《毛诗类释》统计,《诗经》中动植物种类共计有337种,其中鸟类43种,兽40种,草37种,木43种,虫37种,鱼16种,谷类24种,蔬菜38种,花果15种,药物17种,马27种,可见种类之繁。《诗经》中丰富多彩的鸟兽草木之名,承担着多重符号功能,既指代某种自然物,又蕴含着某种审美原型意味,同时鲜明地体现了古人对自然生态的亲和情感。

当诗人被罢黜闲居之时,往往会将目光投向自然,集中描写大量动植物及山川风物。如许及之被罢黜闲居泉州期间,就曾作诗吟咏居所周围的果树花木,如竹、樱桃、葡萄、梅、蔷薇、春罗、杜鹃花、芍药、水栀、凌霄、虞美人草、红莲、瑞香、罂粟、米囊花、麝香萱、木芙蓉、水仙、山茶等,可见其地植物的繁茂。丁谓山居时也曾对各种动植物多有题咏,所咏植物有松、桂、桐、柳、兰、菊、桃、李、梅、梨、莲、枣、橘、竹等,动物有鹤、莺、燕、雀、鹊、鹰、雁、雉、熊、虎、狼、豹、象、犀、猿、鹿、兔、牛、马、羊、鱼、龟、蛇等。王十朋作有《书院杂咏》,歌咏书院当中的牡丹、芍药、岩桂、酴醾、红梅、海棠、瑞香、菊花、榴花、荷花、斑竹及鹤、鹅、花鸭等,可见书院周围良好的生态环境。

范成大居于家乡石湖时,除作有《四时田园杂兴》之外,在诗中写到的动植物景观也很多,这在诗题上就可看出。咏动物的诗歌有《落鸿》《姑恶》《斑雏》《五月闻莺二首》《双燕》《两虫》(鹧鸪、杜宇)、《蝙蝠》《蚕》《秋蝉》等;咏植物的诗歌有《荣木》《瑞香花》《岭上红梅》《道见蓼花》《科桑》《九月十日南山见梅》《戏题牡丹》《沈家店道傍棣棠花》《红豆蔻花》《绿萼梅》《玉茗花》《樱桃花》《宝相花》《大黄花》《新荔枝四绝》《真瑞堂前丹桂》《园丁折花七品各赋一绝》(单叶御衣

[①] (宋)王令:《王令集》,上海古籍出版社1980年版,第293页。

黄、水精毬、寿安红、叠罗红、崇宁红、鞓红、紫中贵)、《灼艾》《题张希贤纸本花》四首(牡丹、常春、红梅、鸡冠)、《寄题石湖海棠》二首、《题赵昌四季花园》(海棠梨花、葵花萱草、拒霜旱莲、梅花山茶)、《题蜀果园》四首(木瓜、樱桃、石榴、甘瓜)等。范成大曾于南宋乾道八年(1172)至淳熙二年(1175)知广南西路静江府(今广西桂林),并著有详细记载当地风土人情、物产资源的《桂海虞衡志》,其中包括志禽、志兽、志虫鱼、志花、志果、志草木等对桂林动植物状况的记载,可见范成大作为一位士大夫文人的博学多识及其对动植物生态状况的关注。

宋代咏叹动植物、山川风物、四季景观的赋赞也很多,如由南唐入宋的吴淑,就曾写过日月星辰、牛马鹿鹤、竹木松柏等诸多咏天象及动植物的赋作,"红杏尚书"宋祁曾写过天仙果、木质莲、重叶海棠、月季花等花木以及羚羊、鲨鹿鱼、百舌等鸟兽赞,可见其对于生态的觉识和兴趣。

在自然界,天工生物的神奇每每令人类惊叹,每一种生物都有其独特的外貌、习性、功能,非其他生物可比。可以说,每一种生物都是自然的杰作,神奇瑰丽,是人工所望尘莫及的。程颐曰:"万物皆有良能,如每常禽鸟中做得窠子,极有巧妙处,是他良能,不待学也。"[1] 禽鸟筑巢、捕食等本领似乎是与生俱来的,不待学而成,也是它们适应生存的需要。美国诗人惠特曼的诗集《草叶集》中有这样的诗句:

> 我相信一片草叶所需费的工程不会少于星星,
> 一只蚂蚁、一粒沙和一个鹪鹩的卵都是同样地完美,
> 雨蛙也是造物者的一种精工的制作,
> 藤蔓四延的黑莓可以装饰天堂里的华屋,
> 我手掌上一个极小的关节可以使所有的机器都显得渺小可怜!
> 母牛低头啮草的样子超越了任何的石像,
> 一个小鼠的神奇足够使千千万万的异教徒吃惊。[2]

《草叶集》是对生命的礼赞,诗人敏感地察觉到宇宙间即使是很微小的生命都是那样的浑然天成、无与伦比,使人工的器物相形见绌。宋代诗

---

[1] (宋)程颢、程颐:《二程遗书》卷十九,上海古籍出版社2000年版。
[2] [美]惠特曼:《草叶集》,楚图南、李野光译,人民文学出版社1987年版,第112页。

人也发现了天工生物的精巧之处，赞叹不已。如对蜘蛛的咏叹："物有小而智，虚檐寄微缕。了不介天地，何以芘风雨。蜂虿尝自投，螳螂不敢侮。去面类汤网，取象得羲罟。丝吐虽非蚕，蝇视有如虎。真巧非人为，羞煞金针女。"（李曾伯《蜘蛛和韵》）织女再巧也比不过蜘蛛的天生"技艺"。又如许及之《剪春罗》："天亦费机巧，红葩剪似匀。丁宁弄刀女，故故莫争新。"春日花草如同裁剪过的一般匀称精细，诗人猜想造物亦费机巧，其实这何曾是什么有意志之物有心为之呢？造化之工，神奇莫测，每每令人类惊叹。

二　歌咏动物之诗

飞鸟是自然界的精灵，春日婉转动听的鸟鸣总是那样清音悦耳、动人心弦。在山间野外，啼鸟的变换往往能够提示时节："野人无历日，鸟啼知四时。二月闻子规，春耕不可迟。三月闻黄鹂，幼妇闵蚕饥。四月鸣布谷，家家蚕上簇。五月鸣鸦舅，苗稚忧草茂。"（陆游《鸟啼》）农人听鸟啼而知四时，从而依时节进行耕作。"燕落雨知节，鸠鸣天欲晴。"（范浚《次韵茂永兄首夏新晴》）燕子低飞能够提示雨的到来，鸠鸣则预示着天晴。黄莺的叫声婉转动听："百啭忽惊春梦破，间关石上话相思。"（刘过《闻莺》）"春晓园禽百族鸣，未知①黄鸟可人心。闲中静听绵蛮语，绝胜歌喉要眇音。"（袁燮《闻莺》）"百啭""间关""绵蛮"都是对莺声的描绘，善鸣的黄莺、百舌、画眉等鸟儿叫声竟有几十种甚至上百种变化。

庆历六年（1046），欧阳修在滁州时作《啼鸟》诗：

穷山候至阳气生，百物如与时节争。官居荒凉草树密，撩乱红紫开繁英。花深叶暗耀朝日，日暖众鸟皆嘤鸣。鸟言我岂解尔意，绵蛮但爱声可听。南窗睡多春正美，百舌未晓催天明。黄鹂颜色已可爱，舌端哑咤如娇婴。竹林静啼青竹笋，深处不见惟闻声。陂田绕郭白水满，戴胜谷谷催春耕。谁谓鸣鸠拙无用，雄雌各自知阴晴。雨声萧萧泥滑滑，草深苔绿无人行。独有花上提葫芦，劝我沽酒花前倾。其余百种各嘲哳，异乡殊俗难知名。我遭逄口身落此，每闻巧舌宜可憎。春到山城苦寂寞，把盏常恨无娉婷。花开鸟语辄自醉，醉与花鸟为交

---

① "知"，《全宋诗》按："疑当作如。"

朋。花能嫣然顾我笑，鸟劝我饮非无情。身闲酒美惜光景，惟恐鸟散花飘零。可笑灵均楚泽畔，离骚憔悴愁独醒。

描绘众鸟应时节而鸣的景象，各种叫声交会在一起，十分热闹。诗中提到的鸟的种类很多——百舌、黄鹂、戴胜、鸣鸠、泥滑滑、提葫芦等，还有许多叫不上名字来的鸟儿。欧阳修遭贬黜至于此地，遂与花鸟交友，饮酒自醉，聊以慰藉落寞的心情。诗中对于多种鸟鸣进行了描绘，可见诗人对各种鸟儿的熟悉和喜爱。梅尧臣作《和欧阳永叔〈啼鸟〉十八韵》曰：

> 南方穷山多野鸟，百种巧口乘春鸣。深林参天不见日，满壑呼啸谁识名？但依音响得其字，因与《尔雅》殊形声。我昔曾有禽言诗，粗究一二啼嚎情。苦竹冈头泥滑滑，君时最赏趣向精。余篇亦各有思致，恨未与尽众鸟评。君今山郡日无事，静听鸟语如交争。提壶相与来劝饮，戴胜亦助能劝耕。我念此鸟颇有益，如欲使君勤以行。劝耕幸且强职事，劝饮亦冀无独醒。杜鹃蜀魄哭归去，小人怀土慎勿听。城头春鸠自谓拙，鹊巢辄处安得平。高窠乔木美毛羽，呼吭叶底无如莺。口中调簧定何益，下啄蚯蚓孰曰清。自余多类不足数，一一推本烦神灵。我居中土别无鸟，老鸦鹎鸰方纵横。教雏叫噪日群集，岂有劝酒花下倾。愿君切莫厌啼鸟，啼鸟于君无所营。

指出鸟类的命名与其鸣叫声有关，所谓"满壑呼啸谁识名？但依音响得其字"，亦即宋之问《陆浑山庄》和《谒禹庙》两首诗里所谓"山鸟自呼名"，"禽言常自呼"。宋祁《护花鸟赞》序曰："春城峨眉山间往往有之。至春则啼，其音若云'无偷花果'，仿佛人言，故云护花鸟。"[①] 从鸟的叫声概括出一定的意义，给其命名。此外，人们还依据与鸟类鸣叫声近似的语言文字敷衍出种种意义，创作了大量禽言诗。

"鹧鸪忧兄行不得，杜宇劝客不如归。天涯羁思难绘画，惟有两虫相发挥。"（范成大《两虫》）鸟类的鸣叫本无意义，人们却依照它们各自的发音给它们起了具有某种意义的名字，如鹧鸪的叫声就像"行不得也，哥

---

① （宋）宋祁：《景文集》卷四七，《丛书集成初编》本。

哥",杜鹃的叫声如同"不如归去"。钱锺书先生曾经论述过中国古代文学作品中"禽言"与"鸟言"的区别。①"鸟言"见于《周礼·春官·司寇上》,想象鸟儿叫声就是在说它们的方言土语。如《诗经·豳风·鸱鸮》,不论是别有寄托或者是全出附会,都是翻译鸟言而成的诗歌。同样的鸟声,不同地域的人却会因自然环境及其语言的不同而听成各种不同的声音,如称布谷鸟有的是"击谷",有的是"布谷"。《山海经》里写禽类、兽类以至鱼类,常说"其鸣自呼"或"其名自号",可是后世诗人一般只把禽鸟的叫声作为诗歌题材,模仿着其叫声给鸟儿起一个有意义的名字,再从这个名字上引申生发,来抒写思想情感,就是"禽言诗"。宋代这类诗很多,如梅尧臣写过《禽言》《提壶鸟》《啼禽》《闻禽》等,苏轼也学梅尧臣而作《五禽言》。周紫芝有《禽言》四首,分别写《婆饼焦》《提壶芦》《思归乐》《布谷》四种禽类。黄庭坚作有《戏和答禽语》,方岳有《三禽言》,陆游有《禽言四首》,梁栋有《四禽言四首》,薛季宣有《九禽言》,刘克庄有《禽言九首》,等等,可见人们对鸟类鸣叫具有浓厚的兴趣。我们来看黎廷瑞的两首《禽言》诗:

朝看花满枝,暮见花辞树。东风翻覆手,骤开骤落无凭据。不如归去,不如归去。

万叠青山,白云何处。行不得,哥哥哥。冥冥高飞忧网罗,茕茕孤往虞干戈。江湖蛟鳄扰,山谷虎狼多。行不得,哥哥哥。不信时,哥但知去到前头无去处。

采用拟人手法,将杜鹃与鹧鸪的叫声浑然无迹地化入诗歌,啼鸟变成了有思想、有感情之物,生动有趣。刘宰《开禧纪事》二首写四种鸟的鸣叫声,将其与人事联系起来:"'泥滑滑','仆姑姑',唤晴唤雨无时无。晓窗未曙闻啼呼,更劝沽酒'提壶芦'。年来米贵无酒沽!""'婆饼焦','车载板',饼焦有味婆可食,有板盈车死不晚。君不见比来翁姥尽饥死,狐狸嘬骨乌啄眼!"宁宗开禧年间(1205—1207),江南一带连年旱、涝,加之赋税沉重,百姓的生活困苦不堪。"泥滑滑"啼鸣预示着雨将至,"仆姑姑"预示着天晴,作者以这两种鸟的啼呼暗喻天气的涝旱,

---

① 参见钱锺书《宋诗选注》,人民文学出版社1989年版,第149页。

"提壶芦"劝人沽酒,哪知凶年米贵无酒沽。第二首写"婆饼焦"与"仆姑姑",却反其意而用之,饼焦犹可食,"车载板"可入葬,又写农人饿死被鸟兽啄食的惨况,哀痛之情溢于言表。胡仔评论道:"禽言诗当如药名诗,用其名字隐入诗句中,造语温贴,无异寻常诗,乃为造微入妙。"①把禽言、药名当作两种诗歌题材,可见人们对于动植物的熟悉和喜爱。

诗歌中还有一些对于珍异动物的描写,反映出当时的生态文化状况。"珍禽转乔木,幽鹿走荒榛。"(邵雍《过永济桥》二首其二)五色雀就是诗人写到的珍禽之一。唐代郑熊《番遇杂篇》曰:"五色雀,一名音声鸟,每乐作,有声如鼓者、笛者、版者,满山嘈囋,久而自罢。"可见这是一种十分富于"音乐感"的禽类。金君卿写罗浮山上的五色雀"各自为一色,栖于绝顶。每遇海风调顺,晓日照曜,即逐色以类相从,次第群飞入于云中,莫知所集。俗传此雀好乐声,昔南粤尉作乐于山之上,翔集者久之",景象非常奇特:"晨氛澄霁海风调,彩绚珍禽入绛霄。闻说舜庭方作乐,可容飞舞听箫韶。"(《五色雀》)苏轼《五色雀并引》:"粲粲五色羽,炎方凤之徒。青黄缟玄服,翼卫两绂朱。仁心知悯农,常告雨霁符。我穷惟四壁,破屋无瞻乌。惠然此粲者,来集竹与梧。锵鸣如玉佩,意欲相嬉娱。寂寞两黎生,食菜真臞儒。小圃散春物,野桃陈雪肤。举杯得一笑,见此红鸾雏。高情如飞仙,未易握粟呼。胡为去复来,眷眷岂属吾。回翔天壤间,何必怀此都。"描写海南五色雀的体态及习性,认为它是吉瑞的象征。还有对海东青的描写:"相传产海东,不与众禽同。两翅飞腾去,层霄顷刻中。转眸明似电,追马疾如风。坠得天鹅落,人皆指远空。"(顾逢《海东青》)徐照《越鱼吟》记述了沅水中的一种"飞攫禽类以食"的越鱼,杨万里《竹鱼》记述了一种"身首如鳊而厚,鳞如鲤,而正绿如竹色"的竹鱼,都是不寻常的鱼类。

诗人对于动物的吟咏,主要是歌咏其外形、意态,表达对它们的赏爱之情。如邹浩《山鹧》对鹧鹉的描写:"大如青菜小如乌,色亦苍然二者俱。嗣岁不惟催布谷,可人尤是劝提壶。巧兼琴弄端谁使,追得年光赖尔呼。萱草堂高欣属耳,筠笼随我入东吴。"写鹧鹉的形状、颜色、叫声,并表达了对它的喜爱。李之仪《杏花白鹇》:"朝来雨过发妖妍,向日枝头雪作团。缟练长拖轻洒墨,不须将作两般看。"写白鹇背部羽毛极白,

---

① (宋)胡仔:《苕溪渔隐丛话》前集卷二七,人民文学出版社1962年版。

而尾部有黑纹，如同洒墨。张嵲《咏水上双白鸟》："夜雨山水清，朝晖净崖壁。飞来双白鸟，未省平生识。鹭鹈谢清姿，鸥鸟惭素质。低昂信波涛，顾盼矜羽翮。鲜明潭光清，错乱浪花白。轻舫忽东来，抢飞百余尺。复下水中央，相将讵离析。稻粱岂深谋，饮啄亦自得。空山罗网稀，遂性无惊惕。不学西雍鹭，翻飞近人迹。"写一双白雁的颜色之洁白及姿态的优美。王安石《吐绶鸡》："樊笼寄食老低摧，组丽深藏肯自媒。天日清明聊一吐，儿童初见互惊猜。"则是写吐绶鸡（又称七面鸟）被驯养之后的优雅姿态。宋自适《咏猿》："生长梗柟紫翠间，攀翻接手饮潺湲。卧惊落叶霜华重，叫彻山空月影闲。蹭蹬失身拘竹栅，飘萧飞梦绕松关。平生捷巧何由逞，缩臂无言看远山。"则将猿视为类似于人的有情思之物。诗人还关注到了各种动物之间的关系。"鹭鸶各自有食邑，长恐诸侯客子来。一鹭忽追双鹭去，穷追尽处始飞回。"（杨万里《一鹭先立池中有双鹭自外来先立者逐之双鹭亟去莫敢敌者》）动物都有占有、保护领地的意识，不容他人侵犯自己的"地盘"。

　　鸟类本来是自由飞翔、无有羁绊的，一旦落入人类的牢笼便失去了这种自由。诗人主张让鸟儿回到自然界中依照其本性自由生存，体现出朴素的生态保护意识，也表达了自己对自由生活的向往。如范仲淹《鹦鹉》："堂上每云云，金笼久受恩。思山诚有意，对主忍无言。性比孤鸾洁，声殊百舌繁。云林如一去，应喜谢朱门。"庆历七年（1047）春，欧阳修在滁州作《画眉鸟》："百啭千声随意移，山花红紫树高低。始知锁向金笼听，不及林间自在啼。"画眉鸟，又称金画眉，眼圈白，眼睛上方有一道长长的白色眉纹，棕黄色的羽毛，常于晨昏之际啼鸣，声音婉转动听，所以常被人们笼养。前面两句写林中画眉鸟的自由吟唱，随意挪移，后两句写见了林中画眉的自由飞鸣，才感到被养在笼中的画眉是多么不自在，不禁为之怜惜。用金属丝编制的鸟笼再华美，都是一种束缚，不如在天空中自由翱翔。诗中也寄寓着作者对于官场束缚的体验。这就将人与鸟进行了类比，自由才是符合生物本性的。郑板桥曾说："平生最不喜笼中养鸟，我图娱悦，彼在囚牢，何情何理，而必屈物之性以适吾性乎！"（《潍县署中寄舍弟墨第二书》）[①] 王安石《鹦鹉》："云木何时两翅翻，玉笼金锁只烦冤。不须强作人间语，举世何人解语言？"玉笼金锁是人们对鸟类的束

[①] 吴泽顺编注《郑板桥集》，岳麓书社2002年版，第187页。

缚，是不符合生态精神的。"文采真为累，飞鸣不自由。小池新水涨，相对谩沉浮"（王十朋《鸂》），"清唳或相呼，舞影还自爱。岂知文章累，遂使网罗挂"（欧阳修《金鸡五言十四韵》），以及"山鸡照渌水，自爱一何愚。文采为世用，适足累形躯"（王安石《山鸡》），则是写羽毛的美丽使一些禽鸟遭到人类捕捉而不得自由的困扰，诗人对它们寄予深切的同情。

于是许多诗人还表达了对鸟类误入罗网的担心和同情，如连文凤《鹡鸰》："朝兮呼相食，莫兮呼相集。行行水之湄，止止原之隰。行止相与言，慎勿罗网入。君看禽鸟心，犹念在原息。嗟哉郑氏子，糊口不自给。"徐照《低飞雀》："雀飞不高丈，啾啾聚榛营。太仓有腐粟，安得悦尔颜。弋人四惊逐，飞投网罗间。巢中众雏鸣，望其母来还。"鸟类亦需奔波劳苦，到处觅食，而人类的罗网总会无情地终止它们的生命，殊不知鸟类中亦有人伦亲情，母死之后雏鸟便失去了怙恃。还有对鱼儿的爱怜："一寒游鱼不可见，春暖游鱼初见面。渊清人稀鱼可游，劝君切勿亲金钩。"（徐照《劝鱼吟》）告诫游鱼警惕人类垂钓之钩，以免失去自由甚至生命。

动物界有不少鸟类是双宿双栖的，令人类羡慕。欧阳修《鸳鸯》："画舫鸣两桨，日暮芳洲路。泛泛风波鸟，双双弄纹羽。爱之欲移舟，渐近还飞去。"鸳鸯是雌雄相随的典型禽类，外表纹羽美丽，因而人们非常喜爱，甚至抱怨起人间的别离："水宿云飞无定期，雄雌两两镇相随。到头不会天何意，却使人生有别离。"（祖无择《鸳鸯》）张耒描写鸭双栖共戏的场景道："已断鹰隼猜，仍叨主人惠。皎洁静天资，双栖莫相忌。"（《暇日六咏·双白鸭》）"双凫元自白，况乃小池清。逐伴知身洁，当庭独眼明。暖沙晴共戏，寒渚夜多惊。何事秋风起，轩然向主鸣。"（《双凫》）人们希望看到鸟类双栖共宿，便有了对分飞鸟类的同情，如张嵲《林鸦诗》："长楸弄朝日，吴宫闻夜啼。晨集主人屋，暮宿上林枝。如何失俦侣，独向空林飞。"陆游《偶书》："伯劳东去燕西飞，同寄春风二月时。可恨同时不同调，此情那得更相知。"

三 歌咏植物之诗

自然界的各种花草姿态各异、色彩缤纷、芳香怡人、浪漫高华，为这个世界增添了无限生机。"山无人迹草长青，异彩奇香不识名。只是苔花兼薛叶，也无半点俗尘生。"（杨万里《道旁草木》二首其一）山间的草木各具"异彩奇香"，有些虽不被知名却都尽情展示着自己生命的光彩，清幽脱俗。咏植物的诗歌一般描写植物的姿态美、色彩美、生机美。如孔平仲《鸡冠》："我初种鸡冠，其小乃毫芒。曾未得几时，忽已过我长。根株既猥大，枝叶亦开张。吐花凌朝曦，生意殊未央。"生意，即鲜花盛开时所体现出的生命绽放之美。家铉翁《萱草篇》："物理似有助，丛萱忽非常。竞吐粟玉艳，欲夺金芝光。秀本自稠叠，骈枝亦荧煌。乃知风人意，比兴宜成章。"严羽《咏草》："平似青毡软似丝，春风才动已参差。"草木的生长速度之快令人惊异。孔平仲的另一首《鸡冠花》："萌芽浇灌已成丛，一一深红间浅红。偏近黄昏颜色好，分明秋景画图中。"则从色彩的角度，将美景比喻为画图。程公许《红白芙蓉》："木蓼三数株，能白又能朱。晓暮浅深色，醉醒容态姝。"对芙蓉的颜色、姿态的勾画如同在描绘一位美人，写其虽只有几株花朵，却有白有红，且在一天之内的不同时间点姿态各异。李昉《依韵奉和千叶玫瑰之什》："满槛妖饶甚，皆因暖律催。好凭莺说意，不假蝶为媒。带露羞容敛，随风笑脸回。去年观始种，今日见齐开。熠熠灯千炷，荧荧火一堆。浓香盖天与，碎叶是谁栽。旋为除芳草，惟愁落绿苔。最宜含细雨，肯使扑轻埃。"写千叶玫瑰的盛开之貌，更是楚楚动人。郑獬《酴醾》："清香无物敌，粉叶自成围。白玉珑璁髻，珍珠璎珞衣。"既有颜色之美，又写到了酴醾之清香可人。陆游《病中观辛夷花》："粲粲女郎花，忽满庭前枝。繁华虽少减，高雅亦足奇。"将辛夷花比喻成女郎，并赞其高雅。

植物本身具有良好的生态环境效益，能够净化空气，起到绿化作用，因而与人们的生活密不可分。例如，柳树极易成活，有固原护堤及绿化的功用，故大江南北栽种十分普遍，可栽种于道旁、庭园、河岸、湖池边，用途非常广。而始终青青的杨柳也似乎成为春季的象征，因而诗人们爱柳、咏柳。加之垂柳枝条细长，风姿绰约，因而自古即为重要的观赏树。潘玙《爱柳》："万紫千红锦织成，一宵风雨尽飘零。争如杨柳全春色，不管春归色自青。"歌咏杨柳不易凋零的绿色。王十朋《咏柳》："东君于此最钟情，妆点村村入画屏。向我无言眉自展，与人非故眼犹青。萦牵别恨丝千尺，断送春光絮一亭。叶底黄鹂音更好，隔溪烟雨醉时听。"写柳条柔美的姿态，好像有挽留行人之意。薛美《咏柳》："一撮娇黄染不成，藏鸦未稳早藏莺。行人自谓伤离别，枉折无情赠有情。"写初春杨柳萌生时的情态，并引出自汉代以来形成的"折柳赠别"风俗。范成大歌咏家乡江苏吴县横塘曰："年年送客横塘路，细雨垂杨系画船。"（《横塘》）杨柳是古代送别诗词的典型意象，依依的杨柳成为表达作者离情的最佳载体，其端庄柔美也为古典诗词别添了一种风味。

有些花卉具有地域性，如扬州的芍药和琼花异常繁盛，天下闻名。郑獬《丝头黄芍药》："扬州绝格已为稀，北土花翁载得归。白玉圆盘围一尺，满堆金缕淡黄衣。"将黄芍药比喻为金缕衣。韩琦《琼花》："维扬一株花，四海无同类。年年后土祠，独比琼瑶贵。中含散水芳，外团蝴蝶戏。酴醾不见香，芍药惭多媚。扶疏翠盖圆，散乱真珠缀。不从众格繁，自守幽姿粹。尝闻好事家，欲移京毂地。既违孤洁情，终误栽培意。洛阳红牡丹，适时名转异。新荣托旧枝，万状呈妖丽。天工借颜色，深淡随人智。三春爱赏时，车马喧如市。草木禀赋殊，得失岂轻议。我来首见花，对花聊自醉。"指出草木的天性不同，都有其适宜种植的地域，不易更改。

有些咏物诗中还包蕴着作者的价值取向或某些生活哲理。王溥《咏牡丹》："枣花至小能成实，桑叶虽柔解吐丝。堪笑牡丹如斗大，不成一事又空枝。"一反常人对牡丹硕大富艳的歌咏，而指出其不能结实之"弊端"。丘葵《莲生》："莲生污泥中，其叶何青青。人生有恒性，云胡荡于情"；"莲生污泥中，其叶何郁郁。人生有恒性，云胡蔽于欲。"将莲花之性与人生之性作比，歌咏莲花的高洁。徐铉《行园树》："松节凌霜久，蓬根逐吹频。群生各有性，桃李但争春。"指出植物物性不同，故生长的时节各异。所谓"物生各有宜，不计年华晏"（薛绍彭《二花》）。欧阳修《拒霜花》："芳菲能几时，颜色如自爱。鲜鲜弄霜晓，袅袅含风态。蕙兰殒秋香，桃李媚春醉。时节虽不同，盛衰终一致。莫笑黄菊花，篱根守憔悴。"指出虽然植物的生长时节不同，但盛衰之理是一致的。

诗人们大多爱花，故在诗中屡屡表达对花的怜惜之情。如苏轼《海棠》："东风袅袅泛崇光，香雾空濛月转廊。只恐夜深花睡去，故烧高烛照红妆。"可谓对海棠赏爱之至。陆游亦云："为爱名花抵死狂，只愁风日损红芳。绿章夜奏通明殿，乞借春阴护海棠。"（《花时遍游诸家园》六首其二）忧虑海棠的凋残，便奏请天公的保护，真乃痴情人语！韩维《惜酴醾》："天意再三珍雅艳，花中最后吐奇香。狂风莫扫残英尽，留与佳人贮绛囊。"则是将残芳收集起来，不忍丢弃。

宋诗中亦有对珍稀植物物种的反映，如蔡沈描写的《圣竹》（一名人面竹):"建安志中土宜录,独是山中产奇竹。连根错节势如虋,文采纵横烂人目。当年禹制荆扬贡,筱簜菌簵争来送。三邦所厎均有名,不闻有竹如此灵。竹乃人面形,人可禽兽情,杖之足以相依凭。取节便可观其生,龙孙矫矫端有神。葛陂春雨烟漠漠,变化顷刻风雷惊。"欧阳修写《千叶红梨花》:"红梨千叶爱者谁,白发郎官心好奇。徘徊绕树不忍折,一日千匝看无时。夷陵寂寞千山里,地远气偏时节异。愁烟苦雾少芳菲,野卉蛮花斗红紫。可怜此树生此处,高枝绝艳无人顾。春风吹落复吹开,山鸟飞来自飞去。根盘树老几经春,真赏今才遇使君。风轻绛雪樽前舞,日暖繁香露下闻。从来奇物产天涯,安得移根植帝家。犹胜张骞为汉使,辛勤西域徙榴花。"诗题下注曰:"峡州署中,旧有此花,前无赏者。知郡朱郎中始加栏槛,命坐客赋之。"还有双头莲、双头牡丹等"瑞应":"汉室婵娟双姊妹,天台飘渺两神仙。当时尽有风流过,谪向人间作瑞莲。"(邵雍《双头莲》)孔平仲《双头牡丹》:"牡丹意态已无穷,况是连房斗浅红。晓色竞开双萼上,春光分占一枝中。娥英窈窕临湘浦,姊妹轻盈倚汉宫。只为多娇便相妒,芳心相隔不相同。"把双头牡丹比拟成一对婀娜的姐妹。另外,宋代已有了花木嫁接的技术,能够使花木的颜色、状貌等发生改变,但尚不能人为创造合适的温度等条件使花木绽放的时节发生改变,如陈瓘《接花》:"色红可使紫,叶单可使千。花小可使大,子少可使繁。天赋有定质,我力能使迁。自矜接花手,可夺造化权。众闻悉惊诧,遣我屡叹吁。用智固巧矣,天时可易欤。我欲春采菊,我欲冬赏桃。汝不能栽接,汝巧亦徒劳。雨露草必生,雪霜松不死。不死有本性,必生亦时尔。汝之所变易,是亦时所为。时乎不可违,何物不随时。"[1]认为时节是花木生长最根本的因素,因为人无法创造适当的温度、湿度等条件改变花木生长的时节。

四 由物及人——以物理说人世之理

宋代文人对于自然物大多持一种静观默察的态度,善于体察物理,并以之比照人生。人与其他生命均为天地间生命,因而具有某种相通性,可以进行类比。从对生物的咏叹和议论中生发的人世之理有以下几个方面。

其一,仁义孝悌之理。方逢辰《鸡雏吟》:"我闻先儒云,鸡雏可观

---

[1] 一作游酢《接花》,文字略有异。

仁。须臾不舍母，是即孝弟根。不待教而知，不待习而成。于斯为良知，于斯为良能。人从此充拓，四海皆闵曾。异哉鸡伏鹜，出壳忘其恩。子向水中去，母从岸呼鸣。子往母亦往，子疏母愈亲。鹰隼飞在天，母亦与子惊。或遇狸与狌，爱雏忘其身。不顾力小大，直与争死生。天于微物上，感人恻隐真。人观鸡护雏，铁石为动情。子呱方卧冰，安得卵覆人。勿看鸡伏鹜，吾则行吾仁。"鸟类无知，但它们出于本能对于孩子的爱令人类为之动容。每一位母亲都是伟大的。方凤《杂咏》十首其一："反哺乌曰慈，食母枭名恶。如乌莫如枭，人心当自觉。"指出人应当如慈乌那样懂得反哺报恩。郑獬《慈乌行》："鸦鸦林中雏，日晚犹未栖。口衔山樱来，独向林中啼。林中有鸦父，昔生六七儿。一朝弃之去，空此群雏悲。意谓父在林，还傍前山飞。山中得山樱，欲来反哺之。绕林复穿树，疑在叶东西。东西竟无有，还上高高枝。高枝仅空巢，见此涕沾衣。复念营巢初，手足生疮痍。朝飞恐雏渴，暮飞恐雏饥。一日万千回，日日衔黍归。今我羽翼成，反哺方有期。如何天夺去，遂成长别离。山樱正满枝，结子红琲肥。而我不得哺，安用自啄为。嗟嗟我薄祜，哺之固已迟。尚有慈母恩，群雏且相随。"以人的感情推想慈乌的行为，展示了雌、雄乌鸦辛苦营建巢穴，又不辞劳苦为幼鸟觅食，幼鸟懂得报答父母的生动场景。连文凤《慈乌》："步出东南林，哑哑闻哀音。哀音不堪闻，而有反哺心。子母谁无情，尔情抑何深。昔人称尔孝，鸟中之曾参。人于物最灵，奈何不如禽。"由鸟类的伦理亲情，联想到人更应孝敬父母。刘子寰《武夷猴》："狝猴群居时，得食互争夺。嚣哓以力胜，无复长幼别。及其有老病，同类争救活。嗛食置其旁，交来伺饥渴。死埋高崖巅，并力事窀掘。乃知禀元命，无间貑与狘。质性有所偏，良能或焉阙。惟仁乃生理，恻隐由情发。乌乌知反哺，报祭及豺獭。人心具中和，推此与天达。物欲为私蔽，真知反磨灭。厉害怵于中，骨肉交朋绝。一从失本心，比兽乃反劣。武夷山多猴，此事樵者说。"从动物论及人类，述说人世间的人情世故。

又有以植物喻人事者。赵抃《双竹》："余家有故园，园中可图录。天然一派根，一根生两竹。一长复一短，比之如手足。长者似乃兄，短者弟相逐。我见人弟兄，少有相和睦。竹分长幼情，人岂无尊宿。将竹比人心，人殆类禽畜。常记五六岁，不见还呼哭。及至长大时，妻孥相亲族。咫尺不相见，相疏何太速。不顾父母生，同胞又同腹。旦夕慕歌欢，几能思骨肉。枉具人须眉，而食天五谷。静思若斯人，争及园中竹。"以园中双竹联想到人间的兄弟，言手足情深，不应儿时亲昵而长大成家后疏远。陶弼《丁香》："万枝千叶递相亲，内结花心外结身。草木至微犹有合，悲哉父子与君臣。"由丁香的缠结言及父与子、君与臣的感情契合，亦为由自然物联想及人，人何尝不是生态世界的一部分呢？所以天地与人事之理应该是相通的。

其二，夫妻恩爱之理。这一伦理主要从鸣鸠雄对雌呼来唤去生发的："天将阴，鸣鸠逐妇鸣中林，鸠妇怒啼无好音。天雨止，鸠呼妇归鸣且喜，妇不亟归呼不已。逐之其去恨不早，呼不肯来固其理。"（欧阳修《鸣鸠》）连文凤《鸤鸠》："时兮呼妇来，时兮驱妇去。呼来知天晴，驱去知天雨。一去或一来，非为新与故。白云变苍狗，人事何错迕。不念糟糠时，弃如路傍土。"雄鸤鸠对雌鸤鸠呼来唤去，能够预知阴晴，本来是鸠类的生物本能所致，诗人却由它联想到人事的错迕，即有人飞黄腾达之后不念昔日相濡以沫之情，抛妻弃子。显然，诗人对这种行为是持否定态度的。欧阳修闻有弃妻者而作《代鸠妇言》："斑然锦翼花蔟蔟，雄雌相随乐不足。抱雏出卵翅羽成，岂料一朝还反目。人言嫁鸡逐鸡飞，安知嫁鸠被鸠逐。古来有盛必有衰，富贵莫忘贫贱时。女弃父母嫁曰归，中道舍君何所之。天生万物各有类，谁谓鸟兽为无知。虽无仁义有情爱，苟闻此言宁不悲。"认为物类均有知，与人相通。作者代鸠妇而言，斥责变心弃妻的行为。

其三，正直不倚之品格。人们往往听到喜鹊叫而喜，以为吉祥之预兆；听到乌鸦叫而悲，以为祸端之象征。这是一种约定俗成的乡野风俗，然而它是否真的科学呢？诗人李觏对此写道："翩翩者鹊何品流，羽毛白黑林之幽。生平智力可料度，有巢往往输鸣鸠。天然却会报人喜，愚儿幼妇唯尔求。万声千噪几曾验，闻者终是轩眉头。从来乌鸟爱反哺，孝慈情性谁可俦。其间于事最先见，告人凶祸令人忧。忧时不肯自修饰，祷请神鬼争啾啾。告之愈验愈见恶，共云灾患鸦之由。弹丸瓦石相驱逐，名园佳树难依投。忠言逆耳世罕用，属镂曾割伍员喉。莫笑后来司马公，事事称好真良谋。"（《闻喜鹊》）喜鹊人人喜欢，不管它的叫声能否得到应验，人们听到它的叫声就高兴；乌鸦爱反哺，体现了孝慈性情，人们不去学习它，反而憎恶它的叫声。当人们遇到灾祸时不去检点自己，反而归咎于乌鸦。这好比人世间的小人当道，忠言逆耳。连文凤《蜜蜂》："群居崖谷间，不食人间食。春风百花场，来往无虚日。采花酿为粮，仓廪自充实。

歘瞿割裂殃，操戈穷入室。何异误国人，腹剑而口蜜。"将蜜蜂与口蜜腹剑的奸佞小人类比，鞭挞了这种恶劣行径。王禹偁《橄榄》："江东多果实，橄榄称珍奇。北人将就酒，食之先颦眉。皮核苦且涩，历口复弃遗。良久有回味，始知甘如饴。我今何所喻，喻彼忠臣词。直遒逆君耳，斥逐投天涯。世乱思其言，噬脐焉能追。寄语采诗者，无轻橄榄诗。"以橄榄之味喻忠臣之言。刘克庄《葵花》二首其一："植物虽微性有常，人心翻覆至难量。李陵卫律阴山死，不似葵花识太阳。"葵花倾心向日，而人心翻覆，亦为诗人所不屑。

第二节　自然物的人格化及其文化象征意蕴

以上我们探讨的主要是宋诗中所呈现出的生物的多样性，这些诗歌中的自然物象基本尚属原生态的，未加以人格化，更多地体现的是一种自然生态意味。其实，还有许多咏物诗中的自然物已并非自然物本身，而是融注了诗人的主观情意或人格，而且随着某一物象人格化的约定俗成，其文化象征意蕴逐渐固定化。王夫之《姜斋诗话》云："烟云泉石，花鸟苔林，金铺锦帐，寓意则灵。"[①] 诗人将其审美感知和情感体验寄寓于自然物中，便使自然物具备了特定的主观色彩或某一传统文化的积淀意蕴。"人的自我人格与自然万物在对应互证中实现物我融合共振，自然本性与自我人格得到实现，人与自然万物已经具有了内在的一致性，山水被人格化、人情化，也审美化了，一山一石、一草一木，它们不再是孤立的存在物，而是一个个蕴涵着无限生机的对象化了的人格自我，是追索天地人生态一体且共同体验和合快乐的天地境界的自我。"[②] 自然物的人格化、人情化源自中国文化中的比德传统。

一　比德传统与拟人化思维

中国传统的自然审美观中有比德说，即以山水等自然风物来比拟人类社会中存在的某种精神品格，使某一自然物成为特定人格风范、道德境界或审美情趣的象征。孔子曰："知者乐水，仁者乐山。"（《论语·雍也》）

---

① （清）王夫之等：《清诗话》（上册），上海古籍出版社1978年版，第8页。
② 盖光：《生态文艺与中国文艺思想的现代转换》，齐鲁书社2007年版，第244页。

刘向《说苑·杂言》亦将山水的自然属性与人类社会的种种道德相比附，印证山水之乐即仁智之乐。朱熹《论语集注》卷三则更加简洁明了地解释道："知者达于事理而周流无滞，有似于水，故乐水；仁者安于义理而厚重不迁，有似于山，故乐山。动静以体言，乐寿以效言。动而不括故乐，静而有常故寿。"① 所谓"比德"，就是用自然物的自然特性来比拟人类社会的某种道德情操或精神品质，它着眼于自然物与人类社会的联系，使得自然物成为人类身上所具备的人格精神、社会理想、审美情趣的隐喻。《大戴礼记·劝学》载："子贡曰：'君子见大川必观，何也？'孔子曰：'夫水者，君子比德焉：偏与之而无私，似德；所及者生，所不及者死，似仁；其流行庳下，倨句皆循其理，似义；其赴百仞之溪不疑，似勇；浅者流行，深渊不测，似智；弱约微通，似察；受恶不让，似贞；包裹不清以入，鲜洁以出，似善化；必出，量必平，似正；盈不求概，似厉；折必以东西，似意，是以见大川必观焉。'"从水的各种自然特征进行类比联想，以配人间之德。

18世纪英国美学家哈奇生认为，美感与道德感是相通的，自然景物可以象征人的心情。"由于我们有一种奇怪的倾向，欢喜类似，自然中每一事物就被用来代表旁的事物，甚至于相差很远的事物，特别是用来代表我们最关心的人性中的情绪和情境。"② 我们经常把像是建立在道德评价基础上的名词应用到自然或艺术的事物上去。生态审美往往在自然生物身上注入人的诸多审美体验，其生命机能凸显出道德精神力量，成为一种道德观念的指示物。

与"比德"传统相伴而生的，是古代诗歌中普遍运用的比兴手法。刘勰《文心雕龙》论"比兴"曰："观夫兴之托喻，婉而成章，称名也小，取类也大。关雎有别，故后妃方德；尸鸠贞一，故夫人象义。义取其贞，无疑于夷禽；德贵其别，不嫌于鸷鸟；明而未融，故发注而后见也。且何谓为比？盖写物以附意，飏言以切事者也。故金锡以喻明德，珪璋以譬秀民，螟蛉以类教诲，蜩螗以写号呼，浣衣以拟心忧，席卷以方志固：凡斯切象，皆比义也。"认为人与自然界之间存在着某种对应关系，人的

---

① （宋）朱熹：《四书章句集注》，中华书局1983年版，第90页。
② 北京大学哲学系美学教研室编《西方美学家论美和美感》，商务印书馆1980年版，第98页。

思想情绪可以在自然界中找到某种"对应物",人们微妙复杂的内心世界也可以通过具体形象的自然物来表达。这与西方意象派寻找"客观联系物"的理论相类似。"《离骚》之文,依诗取兴,引类譬喻,故善鸟香草,以配忠贞;恶禽臭物,以比谗佞;灵修美人,以媲于君;宓妃佚女,以譬贤臣;虬龙鸾凤,以托君子;飘风云霓,以为小人。"① 托名白居易的《金针诗格》:"诗有物象比:日月比君臣,龙比君位,雨露比君恩泽,雷霆比君威刑,山河比君邦国,阴阳比君臣,金石比忠烈,松柏比节义,鸾凤比君子,燕雀比小人。虫鱼草木,各以其类之大小轻重比之。"② 均将自然界物象与人类社会中的事物联系起来,进行一一比附。后世说诗者也往往有意地把自然物象同人事联系起来,透过事物之间的某种同构性建立对事物的理解。因同构产生的类比联想,在古代诗论中随处可见。而随着诗人对这些物象的运用以及说诗者对其类比内涵的一再申说,某自然物的象征意义也逐渐固定化。

赵沛霖《兴的源起——历史积淀与诗歌艺术》③ 一书讨论了中国古代的一些鸟类、鱼类、树木、虚拟动物等原始兴象是如何经过长期的象征意义积淀演化为古代诗歌中凝固化的象征符号的。"三百篇中以鸟起兴者,亦不可胜计,其基本观点,疑亦导源于图腾。歌谣中称鸟者,在歌者之心里,最初本自视为鸟,非假鸟以为喻也。假鸟为喻,但为一种修辞术;自视为鸟,则图腾意识之残余。历时逾久,图腾意识愈淡,而修辞意味愈浓,乃以各种鸟类不同的属性分别代表人类的不同属性……"④ 可以说,比兴是诗歌艺术最基本的表现手法之一。

在儒家的经典之作《论语》中,记载了孔子面对自然界物象发出的诸多感慨。如"岁寒,然后知松柏之后凋也。"(《论语·子罕》)"骥不称其力,称其德也。"(《论语·宪问》)"子在川上曰:'逝者如斯夫,不舍昼夜。'"(《论语·子罕》) 在这里,自然物象已经不再是单纯的自然界客观存在的东西,而是引发了孔子对于时光、生命、人的品格等与人自身紧密相关的问题的思考,即所谓的类比联想。人类以自己独特的审美眼光

---

① 郭绍虞:《中国历代文论选》(第一册),上海古籍出版社2001年版,第155页。
② 王大鹏等编选《中国历代诗话选》(一),岳麓书社1985年版,第65页。
③ 赵沛霖:《兴的源起——历史积淀与诗歌艺术》,中国社会科学出版社1987年版。
④ 闻一多:《闻一多全集》第3卷,湖北人民出版社1993年版,第293页。

赋予了自然物象丰富的文化意味和人格内蕴。松柏本无心，人们却屡屡把它们当成品行高洁的象征，一再歌咏。后来"评出"的"岁寒三友"——松、梅、竹，以及"花中四君子"——梅、兰、竹、菊，都负载着人们厚重的情感积淀。"特定对象的感性形态也会因社会历史因素的影响，而形成一个与主体心灵关系相对固定的传统，如山水比德，流水与光阴的象意对应关系，望夫石的联想等。这种意象对应关系千百年来成了中国传统文化的一种感受模式，并且通过既有的文化遗存熏陶、影响着后人的感受方式，从中反映了主体在物我长期交流的关系中形成的一种对对象生命情调的体味和推己及物的思维方式。"① 也就是说，长期以来某种自然物或自然现象与人类的精神品格之间已经形成了一种相对稳定的联系，几乎成为人们对其特定的感受和理解方式。"中国古人眼中的自然大多是人格化的，山石泉流，梅兰竹菊，往往成为文人们理想的寄托物，易于与人形成'情往似赠，兴来如答'的天然的默契，因此，从总体上看，中国文化的基本走向表现为在追求'天下和一'即人与社会关系和谐的理想失落之后，偏向于与自然同一、融合以保持主体心态的和谐。"② 将自然人格化，赋予某种自然事物以人的性格或品格，从另一个角度来讲也是将人的性格或品格具象化。

二 动植物的自然属性及其文化象征意义

南宋胡仔曰："诗人咏物形容之妙，近世为最。"③ 其实，古代咏物诗不单单是描摹物态，还往往通过吟咏某一自然物的自然属性和情态来寄托诗人的心志。张戒《岁寒堂诗话》卷上曰："言志乃诗人之本意，咏物特诗人之余事。古诗、苏、李、曹、刘、陶、阮本不期于咏物，而咏物之工卓然天成，不可复及。其情真、其味长，其气胜，视'三百篇'几于无愧，凡以得诗人之本意也。"卷下又云："咏物者要当高得其格致韵味，下得其形似，各相称耳。"也就是说，咏物不但要得其形似，更重要的是写出其"格致韵味"，使整首诗卓然天成。所谓的"格致韵味"，其实就是自然物的人文色彩，即人们根据某物的自然属性把自我的审美取向和价

---

① 朱志荣：《中国审美理论》，北京大学出版社 2005 年版，第 163 页。

② 刘怀荣：《赋比兴与中国诗学研究》，人民出版社 2007 年版，第 407 页。

③ （宋）胡仔：《苕溪渔隐丛话》前集卷三二，人民文学出版社 1962 年版。

值观念附加其上，从而使之具备的某种文化内涵。这些文化内涵有的是暂时的、个别的，大部分则是诗人们沿用日久约定俗成的，是一个民族自然审美文化的积淀。例如，松、竹、梅、兰、菊等自然物，在中国传统文化观念中渐渐成为君子人格的象征。诗人对物象的歌咏大多寓含着自身的某种情怀，使之成为自身人格风范和精神境界的象征。这是自然物的文化象征功能增强的表现。

如前所述，文化象征也是自然界对人类的价值和功能之一。将自然界存在的某些动植物赋予特定的文化内涵，是人们生态意识淡化而自然生态的文化象征价值凸显的表现。在长期的文化积累中，自然界的许多动植物、山川风物由于其本身的自然属性而被人们想象、生发出某种特定的文化象征意义，成为某种人格精神或文化观念的代表。因而山水、松柏、梅鹤、竹石等自然物，已不再仅仅是某种生态因子的符号，而是同时负载着中华民族深厚的心理积淀和丰富的人文内涵。它们已不再仅仅具有科学认知上的意义，而是在人类的文化意念系统中被赋予了人的性格或品格，具备了某种道德内涵，反映出人们长期以来形成的某种集体意识或共同的审美价值取向。各种自然物象的人文内涵和象征意义在历代诗人的创作传承中不断得到认同、强化和丰富，以至于物象的人文内涵与其自身已经密不可分。

自从陶渊明"采菊东篱下，悠然见南山"（《饮酒》）诗句一出，"菊"便成为隐逸、高洁人格的象征，为历代文人所钟爱。宋人刘蒙《刘氏菊谱·谱叙》载："凡花皆以春盛，而实者以秋，成其根柢枝叶，无物不然。而菊独以秋花悦茂于风霜摇落之时，此其得时者异也。"[1] 认为菊花秋天开放是异于他花的一种特性，古人继而"取其香以比德，而配之以岁寒之操"。诗人对"菊花"这一物象的不断体悟、感发，就使它在诗歌传统中的内涵逐渐明朗化、丰富化、固定化。在中国文化当中，"菊"可代表不惧严寒、傲然挺立的品质，隐逸、闲适的生活，浪漫高华的姿态等。元稹《菊花》："秋丛绕舍似陶家，遍绕篱边日渐斜。不是花中偏爱菊，此花开尽更无花。"菊花自然而然地被与陶渊明联系在了一起，其后凋的属性被视为一种可贵的品质。杨万里《赏菊》四首其四："物性从来各一家，谁贪寒瘦厌妍华。菊花自择风霜国，不是春光外菊花。"把菊花

---

[1] （宋）刘蒙：《刘氏菊谱》，《四库全书》本。

当成了有独立人格之物，自择秋日开花。郑思肖《菊花歌》："太极之髓日之精，生出天地秋风身。万木摇落百草死，正色与秋争光明。背时独立抱寂寞，心香贞烈透寥廓。至死不变英气多，举头南山高嵯峨。"借菊花隐喻自我坚贞不屈的人格。"自有渊明方有菊，若无和靖即无梅。"（辛弃疾《浣溪沙》）"菊清独占风霜骨，梅白偏宜雪月天。晋宋后来爱花者，岂无靖节与逋仙。"（黄庚《梅菊》）菊花因陶渊明的诗句而声誉鹊起，而"梅花"也因隐逸诗人林和靖的吟咏而显得更加纤尘不染、清香淡雅。

　　在人类的审美文化系统当中，有一种将自然物人格化、伦理化的倾向。人格象征、文化内涵由自然物的自然属性而生发，继而人们又舍弃了其自然本性而更为关注其道德内涵。通过吟咏某一自然物象来寄托自己的情志，成为诗人们咏物的一个主旨。王安石《孤桐》："天质自森森，孤高几百寻。凌霄不屈己，得地本虚心。岁老根弥壮，阳骄叶更阴。明时思解愠，愿斫五弦琴。"吟咏孤桐高耸入云、独立不迁的姿态，暗寓着诗人对这一精神品格的向往。松树"四时郁葱，旦暮玲珑"（王安石《松赋》），其四季常青的属性也被诗人们赋予坚强不屈的人文色彩。李复《后园双松》："群木喜春妍，凋落寒霜苦。昂藏两大夫，森然须鬣古。坚姿不可回，正色少媚妩。清风发好音，和气琴中语。"采用拟人手法，将两棵松树比喻成傲然挺立的两大夫。范仲淹《岁寒堂三题》将松称为"君子树"，认为它"可以为友，可以为师。持松之清，远耻辱矣；执松之劲，无柔邪矣；禀松之色，义不变矣；扬松之名，声名彰闻矣；有松之心，德可长矣"。又如王安石《拒霜花》："落尽群花独自芳，红英浑欲拒严霜。开元天子千秋节，戚里人家承露囊。"拒霜花即木芙蓉，晚秋开花，也因其独特性而受到诗人的赞颂。

　　鸥、鹭是宋代诗歌中经常出现的鸟类意象，反映了当时社会的良好生态状况，又负载着一定的文化象征意义。鸥、鹭由于其独特的毛色、体型和生活习性而被古代诗人赋予"纯洁无瑕、超尘出世"的文化内涵。"鸥"通体皆白，在古代诗词中通常象征着纯洁无瑕，没有机心；"鹭"常于水边闲适自在地徜徉，故代表着自由与归隐之志。王安石《白鸥》："江鸥好羽毛，玉雪无尘垢。灭没波浪间，生涯亦何有。雄雌屡惊矫，机弋常纷纠。顾我独无心，相随如得友。飘然纷华地，此物乖隔久。白发望东南，春江绿如酒。"突出白鸥洁净、无心的特征，并与之为友。苏洞《白鸥》："白鸥相见忽相猜，居士星星似我哉。习懒更无诗一句，浇愁惟有酒三杯。"想象白鸥惊诧自己为何有了星星白发,十分诙谐。赵希逢《和群鸥》:"素衣缟服道家流,羽化江湖作白鸥。清节夷齐无以过,可怜不解饿沧州。"将白鸥比喻为道家羽化所来,推崇其高洁的气质。陆游《白鸥》:"平生崖异每自笑,一接俗人三祓除。惟有白鸥真我客,尔来底事向人疏。"将白鸥视为真正的朋友和知己。孔平仲《述鸥》:"水滨老父忘机关,醉眠古石红蘗间。绿波荡漾意不动,白云往来心与闲。有鸥素熟翁如此,命侣呼俦就翁喜。相亲饮啄少畏避,自浮自沉不惊起。渔人窥之即谋取,手携罗网来翁所。群鸥瞥见皆远逝,千里翩翩一回顾。鸥不薄,翁勿疑,避祸未萌真见机。渔人罗网不在侧,敢辞旦夕从翁嬉。"写鸥本与诗人亲近如友,但渔人的罗网使之远逝。诗人对白鹭的咏叹,一般也是赞其亭亭玉立、不染纤尘的霜雪之姿。沈辽《白鹭》:"清江濯濯生菰蒲,一双白鹭雪不如。轻烟细雨不肯去,潮来正有浮阳鱼。"言白鹭之白胜过雪。李春伯《鹭》:"春暗汀洲杜若香,风飘公子白霓裳。碧天片片忽飞去,何处人家水满塘。"将白鹭比喻为翩翩公子。李安期《赋白鹭》:"渔父家风不设罾,锦鳞为饭水为羹。银袍只当蓑衣著,自在江湖过一生。"赞白鹭之自由闲适。陆游《鹭》:"雪霁春回亦乐哉,棋轩正对小滩开。翩翩飞鹭真吾友,肯为幽人一再来。"与白鹭为挚友。欧阳修《鹭鸶》:"风格孤高尘外物,性情闲暇水边身。尽日独行溪浅处,青苔白石见纤鳞。"鹭鸶,即白鹭,此诗直接点明白鹭的孤高之性,并描绘其水边觅食的活动。此外,鹤也是孤高性情的象征,如欧阳修《鹤联句》:"悠闲靖节性,孤高伯夷心。"由鹤的外形、习性联想到悠闲孤高的人间隐士,赋予鹤特定的人文象征意蕴。

　　有些动植物则成为游子思乡念归的象征,这一象征意蕴具有较强的民俗文化色彩。杜鹃,又名子巂、子规、鹈鴂、催归,因其叫声被人们当作思念故乡的代表,并衍生出杜宇化为杜鹃的传说。因为杜鹃常于春分时节啼鸣,一啼而草衰,故成为春归的象征。"点检园禽谁口多,错嫌百舌逞喽啰。春归怪见难留驻,撺掇元来却是他。"(史弥宁《啼鹃》)"指责"杜鹃啼"不如归去"使得春日早归。李白《宣城见杜鹃花》:"蜀国曾闻子规鸟,宣城还见杜鹃花。一叫一回肠一断,三春三月忆三巴。"子规,蜀中最多,春暮则鸣,闻者凄恻。杜鹃花处处有之,以二、三月中杜鹃鸣时盛开故名。李白故乡在唐时亦谓之巴西郡,因在异乡见杜鹃花开,想蜀地此时杜鹃应巴鸣不已矣,不觉有感而动故国之思。宋代萧立之亦仿而作

《杜鹃》："思归言语苦悲辛，啼老江南绿树春。莫倚巴西君故土，巴西风景近愁人。"而在宋廷南渡时，仁人志士以至普通民众怀念北方故土的感情是非常强烈的，如洪炎的《山中闻杜鹃》："山中二月闻杜鹃，百草争芳已消歇。绿阴初不待薰风，啼鸟区区自流血。北窗移灯欲三更，南山高林时一声。言归汝亦无归处，何用多言伤我情！"这是建炎四年（1130），因金兵侵宋，作者避居洪城（今江西南昌）时所作，杜鹃的哀鸣令其国破家亡之感更为强烈，可谓凄恻备至。另外，橘柚、大雁、猿声也是乡情乡思的象征。谭用之《贻南康陈处士陶》："乡思不堪悲橘柚，旅游谁肯重王孙。"陆游《闻雁》："蜻蜓浦中闻雁声，寒侵短褐客愁生。忽思大散关头路，雪压蒙毡夜下程。"方岳《猿》："三峡巴江水，何年离尔群。艰难俱未免，清切不堪闻。"这些意象几乎成为古代诗歌中不待言说的思乡符号。

现在来看一下植物的文化象征意义。包恢《书徐志远无弦稿后》曰："春兰、夏莲、秋菊、冬梅，则皆意味风韵含蓄蕴藉，而与众花异者，惟其似之，是以爱之。求其人，其惟屈大夫、周濂溪、陶靖节与林和靖之徒乎！"指出兰、莲、菊、梅四种节令花卉的"意味风韵"与其他花不同，故得到文人雅士的赏爱。这"意味风韵"是文人通过观察它们的外观推想而生发出来的。

宋代文人尤为推崇花卉"洁"的品质，尤以莲花为代表。周敦颐《爱莲说》："予独爱莲之出淤泥而不染，濯清涟而不妖，中通外直，不蔓不枝，香远益清，亭亭净植，可远观而不可亵玩焉。"莲花之洁、之香，每每令诗人心醉。另如顾逢《白莲花》："种向东林得，此花真个希。芳心能自洁，玉体静相依。每讶鸥将浴，犹疑鹭不飞。月明无处认，香气袭人衣。"孙应时《芙蕖》："生来不著尘泥涴，天下何妨名字多。一世炎凉独风月，四时荣落付烟波。自知根节全冰玉，人道丰姿照绮罗。濯濯晨光香十里，为君敲桨叫吴歌。"雪白的梨花也被视为"洁"的象征，如强至《梨花》："旧爱乐天句，今逢带雨春。花中都让洁，月下倍生神。玩好张瑶席，攀仍赠玉人。莫开红紫眼，此外尽非真。"水仙花为石蒜科多年生草本植物，多为水养，叶细长而葱绿，亭亭玉立，冰清玉洁，有"凌波仙子"的美誉，也成为诗人赏玩和歌咏的对象。黄庭坚对水仙花赏爱有加，多次写诗赞之。宋徽宗建中靖国元年（1101），黄庭坚结束在四川、黔州边远之地六年的贬谪生活后奉召回到湖北荆州（今江陵）沙市，友人王充道赠水仙花与他,他遂作诗曰:"凌波仙子生尘袜,水上轻盈步微月。是谁招此断肠魂,种作寒花寄愁绝。含香体素欲倾城,山矾是弟梅是兄。坐对真成被花恼,出门一笑大江横。"(《王充道送水仙花五十枝,欣然会心,为之作咏》)又和荆州知州马瑊(字中玉)《水仙花》诗曰:"借水开花自一奇,水沉为骨玉为肌。暗香已压酴醿倒,只比寒梅无好枝。"(《次韵中玉水仙花》二首其一)盛赞水仙花高洁雅静、暗香习习的气质。刘克庄《水仙花》:"岁华摇落物萧然,一种清芬绝可怜。不许淤泥侵皓素,全凭风露发幽妍。骚魂洒落沉湘客,物色依稀捉月倦。却笑涪翁太脂粉,误将高雅匹婵娟。"在诗人眼中,水仙高雅绝俗而不容玷污。

兰花亦被赋予"修洁"的君子品格:"芳友幽栖九畹阴,花柔叶劲怯深寻。谢家毓取阶庭秀,屈子纫归泽国吟。百卉混林尊异种,一清传世绝同心。身悭风露甘修洁,谁托斯馨欲援琴。"(董嗣杲《兰花》)时世改易之际,兰花还被诗人或画家赋予爱国的内涵,成为其忠于故国的精神寄托。郑思肖(1241—1318),字忆翁,号所南,连江(今属福建)人。其名、字与号皆宋亡后所改,寄寓不忘宋室之意。他善画墨兰,宋亡后画兰不画土,根无所凭,以为地已为人夺去。有句曰:"不知今日月,但梦宋山川。"山川是人类生存的自然环境,朝代更迭,山川依旧,所谓"宋山川",只不过是在山川风物之上附加了一种政治归依情结而已。郑思肖曾作四言《题画兰》三首:"一国之香,一国之殇。怀彼怀王,于楚有光。""纯是君子,绝无小人。深山之中,以天为春。""求则不得,不求或与。老眼空阔,清风万古。"[①] 直接将兰花比为君子,盛赞其雅洁与独立不迁。

牡丹花形硕大、色彩艳丽,被人们视为有富贵气息:"艳绝百花惭,花中合面南。……国色浑无对,天香亦不堪。"(王禹偁《牡丹十六韵》)因而世人爱牡丹者颇多,诗人们对牡丹也有诸多吟咏。"大花香透已春过,莫妙春工点染多。蜀地锦机裁色样,洛阳土脉蕴中和。"(董嗣杲《牡丹花》)洛阳风土适宜牡丹生长,故洛阳牡丹闻名于天下。欧阳修曾作《洛阳牡丹图》描写洛阳人家争相购买、种植牡丹的盛况,并感叹世人对牡丹颜色的爱好也会与时推移:"洛阳地脉花最宜,牡丹尤为天下奇。我昔所记数十种,于今十年半忘之。开图若见故人面,其间数种昔未

[①] 曾枣庄、刘琳主编《全宋文》(第三六〇册),上海辞书出版社、安徽教育出版社2006年版,第119—120页。

窥。客言近岁花特异，往往变出呈新枝。洛人惊夸立名字，买种不复论家赀。比新较旧难优劣，争先擅价各一时。当时绝品可数者，魏红窈窕姚黄妃。寿安细叶开尚少，朱砂玉版人未知。传闻千叶昔未有，只从左紫名初驰。四十年间花百变，最后最好潜溪绯。今花虽新我未识，未信与旧谁妍媸。当时所见已云绝，岂有更好此可疑。古称天下无正色，但恐世好随时移。鞓红鹤翎岂不美，敛色如避新来姬。何况远说苏与贺，有类异世夸嫱施。造化无情宜一概，偏此著意何其私。又疑人心愈巧伪，天欲斗巧穷精微。不然元化朴散久，岂特近岁尤浇漓。争新斗丽若不已，更后百载知何为。但应新花日愈好，惟有我老年年衰。"洛阳牡丹繁盛奇绝，时有更新的品种以及人们对牡丹品种喜好的不断变迁，也使得种牡丹、赏牡丹成为洛阳的一种重要文化现象。

第三节　宋代诗人的梅竹爱赏

　　中国古人在观赏自然物的时候，往往将自然物的姿态情状与人的人格气质联系起来，这是古代生态文化的特点之一。因为赋予了自然物以高洁的君子人格，人们便喜欢在精神上与之交友。宋代李纲作《梁溪四友赞》曰："山居有松竹兰菊，目为'四友'，且字松曰'岁寒'，竹曰'虚心'，兰曰'幽芳'，菊曰'粲华'，各为之序。"[1]"这些与物为友的种种情趣和说法，应联系中唐以来封建士大夫生活方式和审美情趣的历史性变化来认识。……反映在生活情趣和美学思想上，越来越寄情于衣食住行、诗酒山水、琴棋书画，在世俗日常生活的丰富形态中寻求情志的雅适、理想的契悦，以生活的优雅别致标示人格境界的高超。文学艺术创作多样拓展，生活趋于艺术化，奠定了封建生活后期士大夫生活特有的人文面貌和意趣风格。"[2] 这段话从宋代社会的历史背景和文人士大夫的处境分析了他们的生活趋于审美化、艺术化的原因。与物为友，是文人高雅情趣的标志之一。"在西方诗歌中，似很难找出像中国诗歌中梅兰竹菊这类物象，既绵延着诗人们永久不衰的共同爱好，又涵有着他们代代不衰的现成思路

---

[1]（宋）李纲：《梁溪全集》卷一四〇，《四库全书》本。
[2] 程杰：《梅文化论丛》，中华书局2007年版，第43页。

与精神原型。"① 的确，中国文人对于"花中君子"的爱好是普遍而持久的，而梅兰竹菊各自的文化象征意蕴积淀日久，已经成为古代诗歌现成的思路与固定的原型。下面我们以梅、竹两种诗中常见的植物为例，来分析自然物的文化意蕴及其在宋诗中的表现。

一　咏梅诗

宋代咏梅文学兴盛，据统计，《全宋诗》收诗25.4万多首，梅花题材之作（含梅画及梅花林亭题咏等相关题材）4700多首，占总数的1.85%。② 宋词及宋代文赋梅花题材之作也很多。可见"梅"这一物象在宋代文化中的重要地位。有的诗人留存下来的诗作几乎全是咏梅诗，如《全宋诗》卷三二九三载张道洽所作诗歌有《池州和同官咏梅花》《梅花二十首》《梅花七律》《咏梅杂诗》等，诗题又有岭梅、千叶梅、照水梅、瓶梅、寻梅、折梅、嗅梅、访梅、忆梅、墨梅、见梅、对梅等诸多名目。方蒙仲也写过大量咏梅歌，吟咏不同颜色、不同品种、不同地域的梅花。

梅花以其疏落的风姿、淡雅的颜色、馥郁的香气以及花开的特殊时节，赢得了宋代文人的普遍关注和喜爱，进而由其固有的自然属性被文人引申出这种抽象的韵致和品格。范成大《范村梅谱·后序》曰："梅以韵胜，以格高。故以横斜疏瘦与老枝怪奇者为贵。"③ 此处所言"韵"与"格"其实已经是超出梅花本身自然属性之外的文化属性了。郑刚中《梅花三绝》序："昔日多以梅花比妇人，唯近世诗人或以比男子……有以之比贤人正士者。近得三绝焉。梅常花于穷冬寥落之时，偃傲于疏烟寒雨之间，而姿色秀润，正如有道之士居贫贱而容貌不枯，常有优游自得之意，故余以之比颜子。"④ 由梅花盛开的时节较早和不畏寒冷的属性，类比联想到颜子的人生风范。咏物诗一定程度上就是诗人自身人格精神的外化，咏梅在宋代诗坛成为一种普遍的风气，意味着宋人对梅之高洁品格的喜爱和推崇。

两宋时期，梅花甚至被推为众芳之首："且评人物尚雌黄，草木何妨

---

① 胡晓明：《论传统诗学的自适精神》，《文艺理论研究》1990年第4期。
② 程杰：《宋代咏梅文学的盛况及其原因与意义（上）》，《阴山学刊》2002年第1期。
③ （宋）范成大：《范村梅谱》，《四库全书》本。
④ （宋）程俱：《北山集》卷一一，《四库全书》本。

定短长。试问清芳谁第一,腊梅花冠百花香。"(潘良贵《腊梅》三绝其二)梅花的特点不是富贵浓艳,而是清香雅致,这一特点被认为胜过桃李等春季应时花卉:"造物无穷巧,寒芳品更殊。花腴真类假,枝瘦懒犹枯。帝子明黄表,宫人隐绛襦。若论风韵别,桃李亦为奴。"(蔡沈《腊梅》)黄公度作《早春红梅盛开有感》二首曰:"不与雪霜分素艳,却随桃杏竞芳辰。自知孤洁群心妒,故著微红伴早春。""少年桃李竞青春,回顾寒梅已丈人。强欲施朱追俗好,谁知翻是失天真。"运用拟人手法,把红梅早春盛开设想成是因为群芳的妒忌,可是颜色若同于流俗,便失去了可贵的天真之质。

梅花之所以被人们赋予诸种品格,主要是由于她那疏落的风姿与淡雅的清香。"水边篱落影疏疏,一见风姿意豁如。驿使莫嫌岁节晚,少留春半作春初"(孙应时《江北梅开殊晚和林实之别驾韵》),"瘦影从来雪不如,宿醒谁见绮霞舒。道山堂下春风面,还向天涯伴校书"(项安世《红梅》),咏梅花之影;"故山风雪深寒夜,只有梅花独自香。此日无人问消息,不应憔悴损年芳"(朱熹《夜雨》二首其二),"墙角数枝梅,凌寒独自开。遥知不是雪,为有暗香来"(王安石《梅花》),咏梅花之香;林逋"众芳摇落独暄妍,占尽风情向小园。疏影横斜水清浅,暗香浮动月黄昏。霜禽欲下先偷眼,粉蝶如知合断魂。幸有微吟可相狎,不须檀板共金尊"(《山园小梅》二首其一)则于一联中共咏梅花之疏影与暗香,司马光称这两句诗"曲尽梅花之体态"(《温公续诗话》)。陈亮《梅花》:"疏枝横玉瘦,小萼点珠光。一朵忽先变,百花皆后香。欲传春信息,不怕雪埋藏。玉笛休三弄,东君正主张。"陈亮乃南宋爱国志士,歌咏梅花一定程度上是以其高洁的品格自我激励。

"梅独以静艳寒香,占深林,出幽境。当万木未竞华侈之时,寥然独芳,闲淡简洁,重为恬淡清旷之士所矜赏。"(文同《赏梅唱和诗序》)梅花以其花开时节早于众芳,凌寒绽放,而被诗人们赋予超尘、高洁、不俗的品格。张耒《梅花》:"我爱梅花不忍摘,清香却解逐人来。风露肌肤随处好,不知人世有尘埃。"写梅花之洁净无尘。潘玙《山圃梅》:"旧种梅盈圃,山居未是贫。腊前春讯息,林下玉精神。水月西湖梦,风霜晚岁身。分明隐君子,不肯惹红尘。"将梅花视为花中隐君子,不着纤尘。李曾伯《邻水寺有竹数百竿中有孤梅可爱》:"萧萧劲竹古君子,凛凛孤梅节妇人。不作东风蝴蝶梦,短篱流水一家春。"将竹、梅人格化,喻竹为古君子，梅为节妇人。

梅花之品性有时直接被诗人概括为"高标""孤标"："只应标格好，独为岁寒开"（施枢《盆梅》）；"孤标粲粲压群葩，独占春风管岁华。几树参差江上路，数枝装点野人家。冰池照影何须月，雪岸闻香不见花。绝似林间隐君子，自从幽处作生涯"（戴复古《梅》）；"孤标元不斗芳菲，雨瘦风皱老更奇。压倒嫩条千万蕊，只消疏影两三枝"（范成大《古梅》二首其一）。苏轼则称之为"梅格"："诗老不知梅格在，更看绿叶与青枝。"（苏轼《红梅》三首其一）这里所谓的"标""格"，就是指梅花耐寒、孤洁、脱俗等独特品性。"梅花之成为道德品格象征，可以说是宋代儒雅之生活和精神风范聚焦凝结于梅花这一江南芳物的结果。艺梅赏梅盛于宋，是得其时；宋人讲求品格操守，是得其义；而梅之资质品性适应人情，是得其物。天时地利，人情物理，风会际遇，形神凑泊，梅花演生出人格的图腾。梅花定格于这一历史时空，成了道德品格和民族精神的永恒象征。"① 文人的文化修养、雅致生活与梅花自身的资质品性结合在一起，遂诞生了梅花丰富的文化意蕴。赵师秀甚至认为："但能饱吃梅花数斗，胸次玲珑，自能作诗。"② 赵诗主于野逸清瘦以矫江西派之失，此处所言"饱吃梅花数斗"，即体察涵蕴梅花的种种品格，使胸襟清旷起来。

于是，与梅交友、结盟，成为文人雅兴。有的诗人甚至以"梅溪""竹友"等为号，俨然欲与物同体。与梅结立盟约者，如周麟之："春来物物未关情，只与寒梅有旧盟。芳信已催诗兴动，幽香还酿客怀清。月摹瘦影横窗淡，雨浴疏花照水明。"（《观梅》）与梅交友者，如潘玙："近得梅为友，相看风味长。"（《小窗即事》）以及陈文蔚："晓鸡残月更离程，只见梅花不忍行。水郭山村谁是伴，惟伊与我共孤清。"（《见梅》）皆自言以梅为友，借以寄寓自己高洁不俗的情怀。

陆游写过许多咏梅诗，表达了对梅花的赏爱之情："家是江南友是兰，水边月底怯新寒。画图省识惊春早，玉笛孤吹怨夜残。冷淡合教闲处著，清臞难遣俗人看。相逢剩作樽前恨，索笑情怀老渐阑"（《梅花》）；"小岭清陂寂寞中，绿樽岁晚与君同。高标赖有诗人识，绝艳真穷造物工。正喜参差横夜月，又惊零落付春风。老谙世事宁多叹，身自人间一转蓬"

---

① 程杰：《梅文化论丛》，中华书局 2007 年版，第 69 页。
② （宋）韦居安：《梅磵诗话》卷中，文明书局民国五年（1916）铅印本。

(《南园观梅》)。梅花的客观物态是一定的，俗人难得领会其高标清韵，而唯有多情的诗人才能识得。即使落梅也成为诗人歌咏的对象："雪虐风饕愈凛然，花中气节最高坚。过时自合飘零去，耻向东君更乞怜。"(《落梅》)陆游于临川道中"见梅数树憔悴特甚"而作《梅花》曰："我与梅花有旧盟，即今白发未忘情。不愁索笑无多子，惟恨相思太瘦生。身世何曾怨空谷，风流正自合倾城。增冰积雪行人少，试倩羁鸿为寄声。"梅花成了与诗人海誓山盟的情人。诗人甚至设想自己也化身梅花："闻道梅花坼晓风，雪堆遍满四山中。何方可化身千亿，一树梅花一放翁。"(陆游《梅花》)可见其对梅花爱赏之深。

二 咏竹诗

宋诗中有很多对种竹、养竹的描绘，竹一方面可以绿化环境，另一方面又可为人提供自然审美的对象。"比户清风人种竹，满川浓绿土宜桑。"(司马光《和子骏洛中书事》)绿竹为环境增添了生机，同时又有实用价值："出槛亦不剪，从教长旧丛。年年到朱夏，叶叶是清风。"(陈亚《惜竹》)孔武仲《惜竹》并引："老藓墙阴夕照间，何人折我翠琅玕？即之绿叶随尘化，犹有低枝带露残。不放云梢侵霰雪，因嗟世故足波澜。故园未乏筼筜品，十顷繁阴六月寒。"讲述了对翠竹被人折断的痛惜之情。吴可《养竹》："渭川分一种，亲植隐岩东。有实终来凤，无心自化龙。疏阴留夜月，清韵起秋风。待养鳌竿就，沧溟作钓翁。"诗人养竹得其清韵，同时又欲待竹长成而作渔钓之竿，流露出避世归隐的意味。黄庭坚《和师厚栽竹》："大隐在城市，此君真友生。根须辰日劚，笋要上番成。龙化葛陂去，凤吹阿阁鸣。草荒三径断，岁晚见交情。"大隐于市朝，竹便成为诗人最亲密的朋友，而且一年四季伴人左右。陈著《题东堂竹》："种来三世远，一片绿猗猗。节直清自见，心虚高不知。宁求千亩富，足与七贤期。要得龙孙茂，封培无已时。"诗人以"竹林七贤"为榜样，要辛勤种得千亩绿竹，可见其爱竹之深。

"竹"为多年生常绿植物，一年四季均郁郁葱葱、卓然挺立，因而被人们赋予正直、虚心等美好品格。如李觏《咏竹》："外边虽节目，内里却空虚。从来汗流浃，只为写经书。"状竹之貌，同时以戏谑的口吻道出了竹的功用。因松、竹经冬不凋，梅花耐寒开放，故三者被文人称为"岁寒三友"。林景熙《五云梅舍记》："告院梅山君即其居累土为山，种梅百本，与乔松、修篁为岁寒友，傲兀冰雪，斡旋阳和，疏影弄波，澹香浮月。"张元干亦作《岁寒三友图》曰："苍官森古鬣，此君挺刚节。中有调鼎姿，独立傲霜雪。"岁寒而不凋，被人们视为顽强生命力和高贵品格的象征。"'岁寒三友'说名目虽小，却与唐宋之际士大夫生存方式、意识形态的历史变迁紧密相连，体现了中唐以来封建士大夫自然美意识的时代特征。"①

  白居易《养竹记》曰："竹似贤，何哉？竹本固，固以树德，君子见其本，则思善建不拔者；竹性直，直以立身，君子见其性，则思中立不倚者；竹心空，空以体道，君子见其心，则思应用虚受者；竹节贞，贞以立志，君子见其节，则思砥砺名行，夷险一致者。夫如是，故君子人多树之，为庭实焉。"② 将竹比拟为贤能之士，列举出竹本固、性直、心空、节贞四个方面的优点及其给君子带来的感受和启发，所以君子爱种竹、养竹、观竹、画竹、咏竹。文与可善画竹，苏辙《墨竹赋》曾记载客与文与可的对话，尽显竹之风貌。客见与可之以墨为竹而惊焉，曰："性刚洁而疏直，姿婵娟以闲媚。涉寒暑之徂变，傲冰雪之凌厉。均一气于草木，嗟壤同而性异。信物生之自然，虽造化其能使。"与可然而笑曰："夫予之所好者道也，放乎竹矣。始予隐乎崇山之阴，庐乎修竹之林。视听漠然，无概乎予心。朝与竹乎为游，莫与竹乎为朋。饮食乎竹间，偃息乎竹阴。"③ 朋友大加赞赏竹之种种品质，文与可则将观竹、与竹交友当成了体道悟道的途径。朱熹《新竹》："春雷殷岩际，幽草齐发生。我种南窗竹，戢戢已抽萌。坐获幽林赏，端居无俗情。"与竹静对，仿佛俗情顿消。蒲寿宬《亦竹轩》："娟娟竹上露，泠泠竹间风。风露自高洁，轩窗亦玲珑。明月散清影，独起行绕丛。缅怀爱竹人，气味千载同。"千载之下，文人爱竹的风味和情怀是一致的，即皆向往其高洁雅致的风致。曾协《直节堂记》："不取其姿而取其意，不取其意而取其德。爱竹一也，独得其远且大者岂知之极深者耶？"④ 从竹之姿态抽象出种种品德，认为只有懂得其品德才算知竹。苏轼《於潜僧绿筠轩》："可使食无肉，不可使居

---

① 程杰：《梅文化论丛》，中华书局2007年版，第40页。
② 王汝弼选注《白居易选集》，上海古籍出版社1980年版，第303页。
③ （宋）苏辙：《苏辙集》，中华书局1990年版，第334页。
④ （宋）曾协：《云庄集》卷四，《四库全书》本。

无竹。无肉令人瘦,无竹令人俗。人瘦尚可肥,俗士不可医。"认为竹是提高人的精神修养的必需品,居必有竹方能脱得尘俗之气。

娟娟翠竹沐浴在清风明月之下,尽显潇洒闲适、淡然出尘之态,令人神往。"新篁娟娟如绿玉,潇然出尘澹无欲。清风明月谁主张,留得此君在空谷"(谢枋得《竹》),"我得家传好此君,剩栽干挺拂青云。尘埃不扫自然去,风月有余谁可分"(王十朋《闲居三咏·修竹》),将竹拟人化,称之为"此君",有敬仰之意。翠竹修长的姿态每每为人们所喜爱:"庭前修竹长琅玕,任是隆冬不畏寒。戛玉筛金承雨露,亭亭青翠拂云端。"(祝庆夫《庭竹》)诗人所写到的竹还有紫竹、金竹、慈竹等特殊品种。如张重《紫竹》:"颜色耐雪霜,桃李不能妒。但取节操高,莫起夺朱恶。"吕陶《金竹》:"修竹已可爱,况复如黄金。天地与正色,雪霜坚此心。灵芝生有节,粟玉种成林。回首渭川远,山间饶翠阴。"诗下注曰:"渠江有竹,其色深黄,里人目为金竹。"竹的种类众多,颜色各异,而耐雪霜的"冰雪精神"则一。王令《慈竹》:"不求丹凤食,不学景龙吟。自有慈仁意,相依岁月深。潜符君子道,可愧世人心。徒尔秋郊外,青青数亩阴。"慈竹,又称"茨竹",是竹的一种,诗人由慈竹的名称引申出其慈仁之意,亦将其社会化了。

竹的最突出的自然特征即高大直立,因而被人们引申为"正直"的君子人格。徐元杰《题竹洲》:"人之生也直,此君亦如是。我酷爱此君,臭味本相似。方其出地初,一种根萌异。刚特俨不回,钧石莫障蔽。日夜之所息,雨露之所渍。玉成修茂姿,表表在天地。其静专似仁,其动辟似智。其肃然似礼,其凝然似义。虚中纯白生,似信不容伪。在人该五常,在天足五气。六月苍苍寒,不附炎热势。雨雪披猖中,弹压万凋瘁。似正色立朝,忠诚著于世。似广厦万间,其荫足以庇。似闻伯夷风,顽廉懦立志。似竖子卿节,夷险无二致。似见鲁仲连,不复论鄙事。似识元紫芝,顿消名与利。子陵钓岩滩,太公钓璜渭。风月一竿中,相从神骨契。持此扣竹洲,考功言外意。"以竹的生长习性与人作对比,并引用有关历史典故,歌咏正直无伪、淡泊名利的品德。竹性中空,被人们引申为虚心向上。丘葵《对竹》:"此君无媚色,耿耿合予衷。外直形容瘦,中虚忿欲空。炎凉多变态,潇潇独清风。幸免斧斤患,苍然保令终。"苏颂《与诸同僚偶会赋八题·华藏竹》则直言竹之"孤洁"品性:"竹性本孤洁,况在祇园中。经年荫华宇,永日吟清风。心虚大道合,干直贤人同。雪霜任摧挫，寒姿独青葱。"虚心、直干、耐寒、青葱，都是竹所具有的优良品性。郑獬《咏竹寄元忠》："寄卧丞相庐，东轩富修竹。如对古贤人，高标镇浮俗。露气沃人清，烟色沾衣绿。丹凤何时来，瘦损琅玕玉。"修竹如同贤人，高标不俗，其露气之清、烟色之绿，也增加了竹的雅洁。

其次，竹的直节还往往被借用来比拟忠臣烈士之节操。释行海《竹》："两竿烟篆翠涓涓，数里清阴带渭川。自抱岁寒君子节，凤凰不到已多年。"直言竹具有"君子"之节。黄淑《咏竹》："劲直忠臣节，孤高烈女心。四时同一色，霜雪不能侵。"竹能抗寒，故以比忠臣、烈女能够不畏艰难。沈继祖《瑞竹歌为黄端臣作》："谁言草木生无知，是理感通形影随。况乎虚心物乃应，允矣此君不吾欺。……我知造物不相戏，天启其衷或在此。食莲有所感，艺萱有所思。君对此竹将何为，移孝为忠当自期。伯夷叔齐甘采薇，程婴杵臼扶孤危。始终一节断不移，汗青所载是男儿。"鼓励友人坚持气节而不移。宋亡后，郑思肖系心时事，至西山见竹林修翠而作《爱竹歌》："此君气节极伟特，令人爱之舍不得。遍造山水有竹处，不问主人识不识。朝朝暮暮看不足，感得碧光透双目。一旦心空忽归去，挺身特立化为玉。"赏爱竹之伟特气节，以至设想某日归去化身为竹。

宋代咏梅、咏竹诗歌之盛，是诗人对竹、梅这两种南北方较为常见的生态植物倍加关注的结果。同时，梅、竹被诗人纳入人类社会道德领域和文化系统当中，被赋予种种品性和人格风范，是自然生态事物的文化象征功能凸显的表现。

第八章

宋代诗学话语的生态特色

中国古代诗学十分注重自然生态对诗人的触动和感发作用，常常以人、动植物、山川景物等"生态因子"作譬喻来阐释诗歌原理，并以自然风物或自然情境来描述诗歌风格。具体说来，在创作发生论上，注重人类所赖以生存的自然生态世界的变化对诗人创作的触动和感发作用；在对诗歌文本的分析上，往往将诗歌文本看作一个生命有机体，以人体各要素或动植物及其生长规律来比拟诗歌的构成的各要素、论述作诗的基本原理，生动形象而富于诗意；在诗歌风格品评方面，也大多以自然风物或自然界的生态情境来描述性地勾画而非概括、抽象地论说，并由于崇尚自然的哲学观念而形成了以自然清丽为工的批评传统。这些方面都使古代诗学话语呈现出浓郁的生态特色，成为诗学批评对象之外的另一道颇具审美意味的风景。

第一节 诗歌创作发生论：以自然生态解说诗因

人类诞生于自然界，生存于地球生态环境当中，自然界为人类提供了生存和发展的基本场所，尤其是在古代农业文明条件下，人类与自然界的关系更为密切，自然界的四季更替、风雨晦明、动植物变化等现象与人类的生活息息相关，人类对自然界有一种更强的依赖感、亲和感。因而古代诗学十分重视物色生态对诗人创作的感发作用，"感物"论源远流长。在中国古代"天人感应""天人合一"的理论背景下，外界自然与人类这一行为主体之间似乎存在着某种异质同构的关系，自然界的状况与人体内部的活动以及人的情绪体验紧密相关，善感的诗人们更是与自然生态之间产生了难解难分的情缘，人与自然的关系在诗歌创作中占据着举足轻重的地位。如董仲舒曰："天将阴雨，人之病故为之先动，是阴相应而起也。天将欲阴雨，又使人欲睡卧者，阴气也。有忧亦使人卧者，是阴相求也；有喜者，使人不欲卧者，是阳相索也。"(《春秋繁露·同类相动》)人类诞生于自然界，乃天地造化之所生，自然界的节律气候、阴晴变化及动植物状况等，都与人体内部的活动以及人的情绪体验紧密相关。袁行霈先生在其《中国文学概论》中说："自然界是触动文思的重要契机。士林文学对山川草木日月星辰所构成的自然界，也就是人类赖以生存的自然环境倾注了极大的兴趣和感情。歌咏大自然，将自然景物人格化，或将自己的思想、感情、人格外化为自然景物，遂成为士林文学的重要内容。"[1] 观察自然、描绘自然、以自然物态起兴，成为古代诗歌创作的一种通例和传统。

中国古代诗论非常重视自然生态世界对诗人心灵的触动和感发作用，"感物"论源远流长。中国诗学理论很早就产生了对自然界引发诗人灵感这一现象的概括——"兴"。"兴"的最初含义就是指诗人对观察到的自然界中生命状态或自然节律的感动和兴发。"兴"体现了艺术创作的自然性。刘勰《文心雕龙·明诗》曰："人禀七情，应物斯感，感物吟志，莫非自然。"认为人感应外物而生情，进而发诸吟咏，都是自然而然发生的，而非人力所能干预。西晋陆机《文赋》云："遵四时以叹逝，瞻万物而思纷。悲落叶于劲秋，喜柔条于芳春。心懔懔以怀霜，志渺渺而临云。"[2] 自然界的风雨晦明、四季轮换直接影响到诗人的情感体验，进而对其创作产生相应的影响。风雨本无情，但人对它的感知却有差别。晴天丽日与狂风暴雨带给人的感受是大不一样的。草木荣枯、春去秋来等本属自然现象，它们本身并无好坏可言，但诗人对它们的感知却有着很大差别，阳春之景令人精神愉悦，而暮秋萧索之景则令人情绪低沉。这些情绪变化都会相应地在其创作中表现出来。

南朝刘勰《文心雕龙·物色篇》也对自然生态世界对诗人的感发作用给予高度重视："春秋代序，阴阳惨舒，物色之动，心亦摇焉。盖阳气萌而玄驹步，阴律凝而丹鸟羞，微虫犹或入感，四时之动物深矣。若夫珪璋挺其惠心，英华秀其清气，物色相召，人谁获安？是以献岁发春，悦豫之情畅；滔滔孟夏，郁陶之心凝；天高气清，阴沉之志远；霰雪无垠，矜

---

[1] 袁行霈：《中国文学概论》，高等教育出版社1990年版，第58页。
[2] 张少康：《〈文赋〉集释》，上海古籍出版社1984年版，第14页。

肃之虑深。岁有其物，物有其容；情以物迁，辞以情发。一叶且或迎意，虫声有足引心。况清风与明月同夜，白日与春林共朝哉！"① 在这里，刘勰以颇具文采的笔触分析了自然界"物色"之变给生存于其间的生物包括人类所带来的触动，并分别描述了春夏秋冬四时景色给诗人带来的不同感受。每个时节都有不同的自然景物各展其姿，而诗人的感情也会随着自然景物的变迁而发生变化，进而在诗歌创作中表现出来。自然界很微妙的一个变化，哪怕只是一片树叶的萌生与飘落，一只昆虫的叫声都可能触动诗人敏感的心灵，使他们情不自禁地吟咏、感叹，那么清风明月、白日春林这样的美景就更会令他们激动和感怀了。"情以物迁，辞以情发"概括了文学创作的大体过程，其中"物"即自然物象，是引发诗人情感变化、触动诗人诗思的本源所在，而文辞正是诗人思想情感的表现。篇末"山沓水匝，树杂云合。目既往还，心亦吐纳。春日迟迟，秋风飒飒。情往似赠，兴来如答"则十分形象地展示了诗人在创作过程中与自然物色之间的互动机制。显示了其对自然生态触动诗人诗思这一现象的高度重视，以至于有学者把《文心雕龙》之"物色篇"视为中国"绿色"文论的起点②。

齐梁间钟嵘《诗品》卷一曰："气之动物，物之感人，故摇荡性情，形诸舞咏。"又说："若乃春风春鸟，秋月秋蝉，夏云暑雨，冬月祁寒，斯四候之感诸诗者也。"③ 亦明确指出了四时气候之不同景象会给诗人以相应的感发，并直接影响到他们的诗歌创作。可见，中国古代诗学对于自然景物在诗人创作过程中的触动和激发作用是尤为关注的。

宋代论诗者大多继承《文心雕龙》的传统，依然主张诗歌创作须感物而作，有感而发。郑樵认为："夫诗之本在声，而声之本在兴，鸟兽草木乃发兴之本。"④ "鸟兽草木"即代指自然生态世界的各种物象或景观。南宋包恢《答曾子华论诗》曰："盖天机自动，天籁自鸣，鼓以雷霆，预顺以动，发自中节，声自成文，此诗之至也。"⑤ 认为诗歌创作应当从自

---

① 周振甫：《文心雕龙今译》，中华书局1986年版，第409页。
② 童庆炳：《〈文心雕龙〉"阴阳惨舒"说与中国"绿色"文论的起点》，载曾繁仁主编《人与自然：当代生态文明视野中的美学与文学》，河南人民出版社2006年版，第265—269页。
③ 陈延杰：《诗品注》，人民文学出版社1962年版，第1页。
④ 北京大学哲学系美学教研室编《中国美学史资料选编》（下），中华书局1981年版，第52页。
⑤ （宋）包恢：《敝帚稿略》卷二，民国十年（1921）刻本。

然界中汲取灵感而作，如"天籁自鸣"般自然而然成文。杨万里《答建康府大军库监门徐达书》亦云："大抵诗之作也，兴上也，赋次也，赓和不得已也。我初无意于作是诗，而是物是事适然触乎我，我之意亦适然感乎是物是事，触先焉，感随焉，而是诗出焉，我何与哉，天也。斯谓之兴。"① 认为诗人面对自然物态的变化应感而发，才是诗歌创作的最高境界，"天也"即对诗人与外界景物事物之间情意契合的概括，"兴"即睹物而生发诗兴，类似于我们现在所说的产生"灵感"。

自然生态世界常常能激发诗人的诗兴。正如刘勰所说："若乃山林皋壤，实文思之奥府，略语则阙，详说则繁。然则屈平所以能洞监《风》《骚》之情者，抑亦江山之助乎！"（《文心雕龙·物色》）山林平壤是触动诗人诗兴文思的重要契机。陆游作诗也十分重视"江山之助"："文字尘埃我自知，向来诸老误相期。挥毫留得江山助，不到潇湘岂有诗。"（《予使江西时以诗投政府乞湖湘一麾会召还不果偶读旧稿有感》）顾逢《闲居杂兴》其一曰："满眼皆诗料，诗成稿自添。好山长在眼，终日不垂帘。"姚勉《花下闻莺》："吹花不起午风轻，懒絮闲丝飏暖晴。诗料满前收不尽，海棠花下又闻莺。"将眼前的自然风物视为诗歌创作的良好素材。王安石《南浦》："南浦东冈二月时，物华撩我有新诗。含风鸭绿粼粼起，弄日鹅黄袅袅垂。"言新诗是因自然界生机勃发之景撩动了诗人的诗思而作，并非诗人刻意为之。杨万里《春日六绝句》其三："雾气因山见，波痕到岸消。诗人元自懒，物色故相撩。"诗人本无意作诗，但物色生态犹如故意拨动诗人的心弦。葛洪《涵碧亭》："双嬉鱼欲动，万个竹添长。景到烦诗答，欢多厄日忙。"亦为此意，以作诗为对美景的应答。释道潜《维王府园与王元规承事同赋》二首其二："蔼蔼春空宿雾披，桃溪柳陌共逶迤。阿戎莫道无才思，细草幽花总要诗。"不说诗人主动去写诗，却说成风景前来邀请作者作诗，正表明了诗歌感物而发的特色。杨万里《荆溪集序》曰："步后园，登古城，采撷杞菊，攀翻花竹，万象毕来，献予诗材，盖挥之不去，前者未雠而后者已迫，涣然未觉作诗之难也。"以自然物象为作诗的丰富素材，甚至认为睹物象而自能成诗。刘辰翁《陈生诗序》："诗在灞桥风雪中驴子背上，非也。鸟啼花落，篱根小

---

① （宋）杨万里：《诚斋集》卷六七，《四部丛刊初编》本。

落,斜阳牛笛,鸡声茅店,时时处处妙意,皆可拾得。"① 论者认为只要具备善于审美的眼光,在寻常小景中也能发现诗意,作出好诗。宋人诗话、序跋等论诗之语,所感兴趣的往往是景语,亦可见评诗者注重自然生态的审美情趣。

宋代诗论家在论述诗歌创作的发生机制时,大多十分注重外界自然生态状况引发诗人诗兴的现象,并进而认为如果没有心物感应而勉强为诗,那么所作诗歌就失去了应有的情致和韵味:"和韵最害人诗。古人酬唱不次韵,此风始盛于元白皮陆。本朝诸贤,乃以此而斗工,遂至往复有八九和者。"② 宋人作诗技巧娴熟,文人间的交往唱和也很多,但唱和诗多为限题而作,作者的思想情感为诗题、诗韵所限制,难以写出情理畅达之作,有些甚至沦为逞才弄巧。正如包恢所云:"所谓未尝为诗而不能不为诗,亦顾其所遇如何耳。或遇感触,或遇叩击而后诗出焉,如《诗》之变风、变雅与后世诗之高者是矣。此盖如草木本无声,因有所触而后鸣;金石本无声,因有所击而后鸣。如草木无所触而自发声,则为草木之妖矣。"(《答曾子华论诗》)③ 有感而发,有为而作,已经成为宋代论诗者的共识。"中国古代文艺思想中不仅将人与自然的生态感应作为艺术情感发生的基础,更强调艺术是一种生命体验性的表征。人与自然的异质同构与和谐共振关系作为生态性的存在关系,必然使人有着感物而生情、至性的天性。"④ 物物感应,心物感应,成为人与自然亲和的农业文明时代文学创作发生的基础。"物感说作为古代未经污染的农业社会中人与自然审美关系的表述,具有一定的普遍意义。当今天我们从生态主义的视野来加以审视的时候,其意义更为彰显。"⑤ 中国古代文论反复申明在文学创作过程中创作主体的思想情感与外界自然景色变化之间的联系,从而构成文学创作发生论的一项重要内容。

---

① 蒋述卓等编《宋代文艺理论集成》,中国社会科学出版社2000年版,第1215页。
② (宋)严羽:《沧浪诗话》卷一,《丛书集成初编》本。
③ (宋)包恢:《敝帚稿略》卷二,民国十年(1921)刻本。
④ 盖光:《生态文艺与中国文艺思想的现代转换》,齐鲁书社2007年版,第157页。
⑤ 代迅:《从牧歌到挽歌:人对自然的审美关系的变迁与生态美学问题》,《社会科学战线》2009年第4期。

第二节　诗歌文本结构论：以生态事物譬喻诗体

中国古代诗论散见于诗话、序跋、书信等多种形式之中，大多为闲谈式的，随意而作，缺乏系统性。古代诗歌以自然物象为基本构成要素，论诗之语也大多以形象的语言出之，常以生态事物譬喻诗体，解说诗歌创作原理。

一　中国古人的意象思维特色

中国古代诗人俯仰天地之间，常常为自然界万物的姿态万方所深深吸引和感染，自然而然地发为吟唱。生机盎然、多姿多彩的生态世界是触动古代诗人诗歌创作灵感的最佳契机，并构成其文学表现的重要内容。自然物象既是他们描绘和咏叹的对象，也是他们抒发情感、托以言志的媒介物。五代徐衍《风骚要式》"物象门"载虚中语云："物象者，诗之至要，苟不体而用之，何异登山命舟，行川索马，虽及其时，岂及其用？"[1] 认为自然物象是诗歌创作最重要的元素。中国古代诗歌的抒情传统就是借助于外界景物起兴或运用比拟手法抒写人事、抒发感情，而非直言其事、直抒胸臆，这样就诞生了大量的自然意象。生态世界的各种物象如山川风物、动植物等，已经成为中国古代诗歌不可或缺的基本元素，甚至可以说，如果抽取这些自然界的意象，就没有诗了。宋代除了表现用世之志和社会责任感的政事诗、社会诗等题材诗歌，诗人们更多的是在寻常生活中发现诗意，而自然物象成为最好的诗歌生发点和吟咏对象。自然物象进入诗歌成为有意味的意象，构成诗歌的基本组成要素。欧阳修《六一诗话》记载宋初九僧的一则逸事云：国朝九僧为诗多佳句，"当时有进士许洞者，善为辞章，俊逸之士也。因会诸诗僧，分题，出一纸，约曰：'不得犯此一字。'其字乃山、水、风、云、竹、石、花、草、雪、霜、星、月、禽、鸟之类，于是诸僧皆阁笔。"[2] 可见山、水等自然物象构成中国古代诗歌创作的基本元素，舍此则不易为诗。如果没有了自然物象，那么诗情诗意就会减却大半。"就诗歌而论，直抒胸臆而不借助外界景物构成

---

[1] 王大鹏等编选《中国历代诗话选》（一），岳麓书社1985年版，第106页。
[2] （清）何文焕：《历代诗话》，中华书局1981年版，第266页。

意象的作品是不多见的。而在各类意象中，自然界的意象比重最大。甚至可以说，如果抽取这些自然界的意象，就没有诗了。因此可以进一步说，中国的士林文学建立在人与自然和谐的关系上，是以人与自然界的交融为最高境界的。"① 因此可以说，中国古代诗学是自然意象的诗学，是生态的诗学。

值得注意的是，意象思维甚至成为中国古代文人的一种重要思维方式，他们不仅在诗歌中普遍运用各种意象，而且在散文、说理文中也常常援引自然物象或自然规律为譬喻，"生态化"地进行论说，呈现出形象思维的特点。在诗书鼎盛的中国古代社会，诗话、评点等文学批评形式大多并非为了理论研究目的而作，而大多只是作为一种个人性的文学欣赏行为或朋友间以资闲谈、书信往来的一项重要内容。因而大多是只言片语式的，论古今诗人诗作，具体细微，随意点评，不成系统。相对于现代西方抽象而系统的文艺理论，中国古代诗学批评基本上没有艰深的理论术语，而往往以生命有机体、山川风物等生物性或非生物性生态因子作譬喻，来形象地阐释诗歌创作发生的原理，分析诗歌文本的结构，评论诗歌风格或所达到的艺术境界，生态之喻信手拈来。

二　以生命有机体论诗

对于中国古代文学批评的拟人化特点，学术界已经有所关注。钱锺书先生曾说："盖吾人观物，有二结习：一、以无生者作有生看（animism），二、以非人作人看（anthropomorphism）。"② 在论述《中国固有的文学批评的一个特点》时，指出"这个特点就是：把文章通盘的人化或生命化（animism）。《易·系辞》云：'近取诸身……以通神明之德，以类万物之情'，可以移作解释；我们把文章看成我们自己同类的活人。"③ 其实，将无生命的物质生命化或人化并不是中国先民所特有的，"值得注意的是在一切语种里大部分涉及无生命的事物的表达方式都是用人体及其各部分以及用人的感觉和情欲的隐喻来形成的"④ "人类有一种普遍的倾向，就是

---

① 袁行霈：《中国文学概论》，高等教育出版社1990年版，第58页。
② 钱锺书：《管锥篇》（第四册），中华书局1986年版，第1357页。
③ 钱锺书：《写在人生边上；人生边上的边上；石语》，生活·读书·新知三联书店2002年版，第119页。
④ ［意］维柯：《新科学》，朱光潜译，商务印书馆1989年版，第200页。

认为所有存在物都像自己一样，于是他们就把自己内心意识到的亲密的熟悉的物质转嫁到所有的对象上。"① 以人类自身推及、想象他物，以人喻物，这是人类社会早期较为普遍的一种思维方式，反映了人与自然界更为亲密无间或曰带有原始色彩的混沌不分的关系。

《文心雕龙·附会篇》曰："以情志为神明，事义为骨髓，词采为肌肤，宫商为声气。……义脉不流，偏枯文体。"将文章所应具备的四个要素——情志、事义、词采、宫商比喻成人体的几个构成要素——神明、骨髓、肌肤、声气，以文章为一个生命有机体。有学者把古代文论中将人、文同构的比喻，称为"生命之喻"②。其实，诗、文均是如此。中国古代诗论家习惯于把诗歌文本构成的各要素与人体或动植物有机体的生理结构相比拟，以生命之道讲诗道。以生命体譬喻诗歌体制的做法，表明了古代诗论家认为诗歌作品本身即蕴含一种生命力，并将之视为一个有机统一体的哲学理念。

中国古代自然哲学持一种有机论自然观，用"气""阴阳五行"等来解释宇宙的构成和运动。我国古代哲学认为，"气"是构成物质世界的最小单位，"气"分为阴、阳两种，二气的交互作用，就是感应。王充《论衡·论死》："人之所以生者，精气也。"③ 以"气"为生命之源。"气"是中国古代宇宙生成理论的一个重要概念，文论领域亦受其影响。以气论文，始自曹丕，刘勰、韩愈对此都有继承，苏辙曰："辙生好为文，思之至深，以为文者，气之所形，然文不可以学而能，气可以养而致。"(《上枢密韩太尉书》④) 宋代亦有人以"气"论诗："今人之诗，例无精彩，其气夺也。夫气之夺人，百种禁忌，诗亦如之。"⑤ 认为诗歌与人一样，没有了"气"就没有了神采。"七言诗难于气象雄浑，句中有力，而纡徐不失言外之意。"⑥

---

① ［英］爱德华·泰勒：《原始文化——神话、哲学、宗教、语言、艺术和习俗发展之研究》，连树声译，上海文艺出版社1992年版，第463—464页。
② 吴承学：《生命之喻——论中国古代关于文学艺术人化的批评》，《文学评论》1994年第1期。
③ （东汉）王充：《论衡》，上海古籍出版社1990年版，第199页。
④ （宋）苏辙：《苏辙集》，中华书局1990年版，第381页。
⑤ （宋）释惠洪：《冷斋夜话》卷四，影印文渊阁《四库全书》本。
⑥ （宋）叶梦得：《石林诗话》，《丛书集成初编》本。

在古人的头脑中，无论是有意识的人还是无意识的动植物，抑或山、川、云、石等构成生物生存环境的无机自然物，都可视为有生命、有精神的物质，具备形和神两个方面。《林泉高致集·山水训》曰："山以水为血脉，以草木为毛发，以烟云为神采，故山得水而活，得草木而华，得烟云而秀媚。水以山为面，以亭榭为眉目，以渔钓为精神，故水得山而媚，得亭榭而明快，得渔钓而旷落，此山水之布置也。"[1] 把自然界的山和水看作与人体一样有血脉、有毛发、有眉目、有神采的生命体。又说："石者，天地之骨也，骨贵坚深而不浅露。水者，天地之血也，血贵周流而不凝滞。"以人体骨骼、血液譬喻山石与水的特点。自然界的山川具有生命，诗歌文本亦具有生命。在诗歌批评领域，诗论家们习惯于把诗歌视为一个完整自足的生命有机体。在具体论析诗歌文本的构成要素时，提出了一系列概念术语，然而这些概念并不是抽象的，而是究其本源都与生命有机体有着千丝万缕的联系。

在古代诗歌文本的批评中，视诗歌为类似于人的生命体的现象极为普遍，这首先体现在一系列批评术语的发明和使用上。古代诗论家认为，诗歌文本作为一个完整的、自足的结构，具有和人体一样的生命特征，充溢着灵动的生命力，因而常常把诗歌构成的诸要素与人体的生理结构相比附，创造了大量颇具生命意味的诗歌概念，如气象、神韵、筋骨、主脑、诗眼、气骨、肌理、血脉、精神、血肉、眉目、诗心等；诗歌的风格，也可以人的气质、风韵作类比，用肥、瘦、病、健、壮、弱、阳刚、阴柔等人体形象特征来形容。"以生命体论诗"在宋代诗话中也很普遍，如惠洪《冷斋夜话》引黄庭坚语云："诗意无穷而人之才有限，以有限之才追无穷之意，虽渊明少陵不得工也。然不易其意而造其语，谓之换骨法；窥入其意而形容之，谓之夺胎法"；吴沆《环溪诗话》卷中："诗有肌肤，有血脉，有骨骼，有精神。无肌肤则不全，无血脉则不通，无骨骼则不健，无精神则不美。四者备，然后成诗"；姜夔《白石道人诗说》："大凡诗，自有气象、体面、血脉、韵度。气象欲其浑厚，其失也俗；体面欲其宏大，其失也狂；血脉欲其贯穿，其失也露；韵度欲其飘逸，其失也轻。作大篇尤当布置，首尾停匀，腰腹肥满"[2]，均系以人体诸要素论诗，指出

---

[1] （宋）郭思编《林泉高致集·山水训》，影印文渊阁《四库全书》本。
[2] （清）何文焕辑《历代诗话》，中华书局1981年版，第680页。

诗歌文本应当具备类似于人体的诸要素，缺一不可，并指出各要素应当达到何种要求才称得上诗之高格。惠洪提出了"句中眼"的概念："造语之工，至于荆公、东坡、山谷，尽古今之变。……山谷曰：'此皆谓之句中眼。'学者不知此妙语，韵终不胜。"① 眼睛是人体当中最有神采的部分，因而论诗者将一句当中的点睛之笔成为"句中眼"。

在人体诸要素当中，精神风貌之于一个人尤为重要。相应地，诗论家们尤为重视诗歌的"神气""气象""气韵"。如苏轼《题渊明饮酒诗后》："'采菊东篱下，悠然见南山。'因采菊而见山，境与意会，此句最有妙处。近岁俗本皆作'望南山'，则此一篇神气都索然矣。"② 所谓"神气"，即诗歌中"境与意会"、自然景色与人的心理感受互相交融所营造出的"妙"境。陈善《扪虱诗话》上集则以"气韵"论陶渊明诗："文章以气韵为主。气韵不足，虽有辞藻，要非佳作也。乍读渊明诗，颇似枯淡，久久有味，东坡晚年酷好之，谓李杜不及也。此无他，韵胜而已。"③ 气韵是一个人内在的神气风貌，相应的也是诗歌所蕴含的格调特征。后世诗论家继承了这一传统，亦以气象论诗："山之精神写不出，以烟霞写之；春之精神写不出，以草树写之。故诗无气象，则精神亦无所寓矣。"（刘熙载《艺概·诗概》）认为自然物和天象有类似于人的精神，变幻的风景、生长的草树是其精神的生动体现；诗歌也有其精神，而这精神就寓于诗歌的"气象"之中。诗歌之"气象"，是诗人主体精神的寓托，又是诗歌这一独立自足的"有机体"的重要生命要素之一。

除了以人体喻诗之外，还有些批评术语体现了以动植物喻诗的特点。如《文心雕龙·情采》："夫水性虚而沦漪结，木体实而花萼振，文附质也。虎豹无文，则同犬羊；犀兕有皮，则色资丹漆，质待文也。"诗法将律诗的结构分为首联、颔联、颈联、尾联四部分，沈约论诗歌"八病"有"平头、上尾、蜂腰、鹤膝"之说，清代赵执信《谈龙录》以神龙喻诗等，都是以不同动物的身体结构及特征来论诗。还有的论诗者以植株草木的生长规律论说诗歌创作规律，如白居易曰："诗者，根情、苗言、华声、实义。"旧题白居易《金针诗格》"三、诗有三体"："有窍、有骨、

---

① （宋）释惠洪：《冷斋夜话》卷五，影印文渊阁《四库全书》本。
② 孔凡礼点校《苏轼文集》，中华书局1986年版，第2092页。
③ 吴文治主编《宋诗话全编》（六），江苏古籍出版社1998年版，第5553页。

有髓，以声律为窍，以物象为骨，以意格为髓。"① 后世诗论亦沿袭了这一传统。

　　人类和其他各种动植物是地球生态系统的生物性因素，而构成生物生存的无机环境的山川河流、土地物产、日月星辰等也得到了诗论家们的关注，被运用到他们的诗歌批评实践之中。如张戒《岁寒堂诗话》曰："大抵句中若无意味，譬之山无烟云，春无草树，岂复可观？"以自然界山中的自然景象和春季的自然景观作比，说明诗歌应该具备"意味"这一要素，方能经得起欣赏玩味。欧阳修对唐代李白、杜甫的文学成就赞曰："唯有文章烂日星，气凌山岳常峥嵘。"（《感二子》）这是用诗歌的形式来评论前代诗人，说李杜二人的文章堪与日月齐辉，豪气冲天超越于高山之上。可见，在中国古代文论话语中，这类用诗一般的语言或运用比喻、夸张等修辞手法进行的评论俯拾即是，而极少由抽象的概念和逻辑推理组成的成体系成规模的话语系统，即使是如《文心雕龙》《沧浪诗话》那样系统的诗论著作，也没有过于抽象艰深的术语，而是大多采用自然风物作比，以诗意的话语道出，充分显示了中国古代诗论话语的生态特色。这种具有生态色彩的诗论话语带有很强的诗意和审美性，给人以艺术的美感。宋人以"水"论诗文者颇多，如姜夔《白石诗说》："波澜开阖，如在江湖中，一波未平，一波已作。如兵家之阵，方以为正，又复为奇；方以为奇，忽复是正。出入变化，不可纪极，而法度不可乱。"主张诗歌要有波澜，有变化，但又要遵守法度。苏轼评价自己的文章曰："吾文如万斛泉源，不择地皆可出，在平地滔滔汩汩，虽一日千里无难。及其与山石曲折，随物赋形，而不可知也。所可知者，常行于所当行，常止于不可不止，如是而已矣。"（《自评文》）突出了自己的文章一泻而出、自然成文的特点，用泉源作比，十分形象。

　　诗文之道是相通的，宋代学者论诗以生命体或生态事物作比，论文也有此特色。李廌《答赵士舞德茂宣义论宏词书》曰："凡文章之不可无者有四：一曰体，二曰志，三曰气，四曰韵。……如金石之有声，而玉之声清越；如草木之有华，而兰之臭芬芳；如鸡鹜之间而有鹤，清而不群；犬羊之间而有麟，仁而不猛；如登培塿之丘，以观崇山峻岭之秀色；涉潢汙之泽，以观寒溪澄潭之清流。如朱弦之有余音，太羹之有遗味者，韵也。

---

① 王大鹏等编选《中国历代诗话选》（一），岳麓书社1985年版，第62页。

文章之无体，譬之无耳、目、口、鼻，不能成人。文章之无志，譬之虽有耳、目、口、鼻而不知视听臭味之所能，若土木偶人，形质皆具而无所用之……"① 先以人体诸要素来比拟文章构成的基本要素，继而以草木鸟兽、山泽等比拟文章的境界高低。文学批评当中的生态之喻亦衍及绘画、书法等其他艺术领域。如苏轼论书法："书必有神、气、骨、肉、血，五者缺一，不为成书也。"② 将书法作品视为一个生命有机体，五个元素都具备才能成为好的艺术作品。

第三节 诗歌风格境界论：以生态情境比拟诗格

除了论说作诗原理时以生命体为喻，古代诗论家在评论诗歌风格时也往往以自然界生态情境作譬喻，让人从具体形象的生态事物中感知诗歌的风格境界。宋代论诗者也不例外。

一 以生态情境喻说诗歌风格

古代诗论家往往借助于自然界的生态事物来描述性地论说诗歌风格或诗境，生态之喻信手拈来，如曹植曾评论道："故君子之作也，俨乎若高山，勃乎若浮云，质素也如秋蓬，摛藻也如春葩。"③ 描绘自然界的山川风物，以此来譬喻性地说明"君子之作"所应当具备的风格。皎然《诗式·明势》曰："高手述作，如登荆、巫，觌三湘鄢郢之盛，萦回盘礴，千变万态。"④ 以登山、望水的感受喻说诗歌应当具有行文迂回、曲折、千变万化的特点，比直接进行抽象论述更为形象可感，易于理解。

用自然界生态意境来描述诗歌风格或境界，当以司空图《二十四诗品》为代表。司空图把诗歌的艺术风格分为二十四类：雄浑、冲淡、纤秾、沉著、高古、典雅、洗炼、劲健、绮丽、自然、含蓄、豪放、精神、缜密、疏野、清奇、委曲、实境、悲慨、形容、超诣、飘逸、旷达、流动，每一类均用自然界的某种物象或生态情境譬喻之，每种诗歌风格描述

---

① （宋）李廌：《济南集》卷八，影印文渊阁《四库全书》本。
② 北京大学哲学系美学教研室编《中国美学史资料选编》（下），中华书局1981年版，第41页。
③ （宋）欧阳修：《艺文类聚》，上海古籍出版社1999年版，第996页。
④ （清）何文焕辑《历代诗话》，中华书局1981年版，第26页。

本身即营造出一种优美的意境。如第十品"自然":"俯拾即是,不取诸邻。俱道适往,著手成春。如逢花开,如瞻岁新。真与不夺,强得易贫。幽人空山,过雨采蘋。薄言情悟,悠悠天钧。"第十六品"清奇":"娟娟群松,下有漪流。晴雪满竹,隔溪渔舟。……如月之曙,如气之秋。"①诗歌风格描述形象而富于诗意,令读者在审美想象中获得一种感性的认识。

至宋代,范仲淹在论述诗之为体时也曾作过这样一段精彩论述:"诗之为意也,范围乎一气,出入乎万物。卷舒变化,其体甚大。故夫喜焉如春,悲焉如秋,徘徊如云,峥嵘如山,高乎如日星,远乎如神仙,森如武库,锵如乐府,羽翰乎教化之声,献酬乎仁义之醇,上以德于君,下以风于民。"②诗歌作为一种别具韵味的文学艺术样式,其创作原理是很难用理性、抽象的语言加以表述的,因而采取意绪勾连与形象描述相结合的方式,让读者体味得之,便在一定程度上达到了言说诗体的目的。对于不同诗人或不同时代之间诗歌审美风格的比较,诗论者也常常借助于自然界的不同生态景象来进行类比说明。严羽《沧浪诗话·诗辨》论盛唐诗曰:"诗者,吟咏情性也,盛唐诸人,惟在兴趣,羚羊挂角,无迹可求。故其妙处,透彻玲珑,不可凑泊,如空中之音,相中之色,水中之月,镜中之象,言有尽而意无穷。"③标举盛唐诗歌之"兴趣",以之为诗之高格。"羚羊挂角"一语取生态世界动物的生活习性作比,别有趣味。接下来的四个比喻,形象地传达了盛唐诗歌"透彻玲珑,不可凑泊"、可望而不可即的审美风格。这种对诗歌风格的描述性论说也契合了诗歌"只可意会,不可言传"的特点。

后代诗论对此亦有沿袭,如明代胡应麟评论唐代几位诗人的诗歌道:"东野之古,浪仙之律,长吉乐府,玉川歌行,其才具工力,故皆过人。如危峰绝壑,深涧流泉,并自成趣,不相沿袭。"④生态世界的景致何止万千,高峰危耸、壁立千尺、深涧大川、溪泉幽咽,各种景致都有其独特的韵味,也正因如此,生态世界才呈现出千姿百态、多样化的美,孟郊、

---

① (清)何文焕辑《历代诗话》,中华书局1981年版,第40页。
② (宋)范仲淹:《唐异诗序》,《范文正公集》卷六,《四部丛刊初编》本。
③ (清)何文焕辑《历代诗话》,中华书局1981年版,第688页。
④ (明)胡应麟:《诗薮》,上海古籍出版社1979年版,第185页。

贾岛、李贺、卢仝所擅长的文体不同，给人的审美感受也各不相同，都有其风格趣味，不相沿袭。当考察盛唐与晚唐诗歌的不同风格时，叶燮用"春花"与"秋花"分别譬喻描述之："盛唐之诗，春花也：桃李之秾华，牡丹芍药之妍艳，其品华美贵重，略无寒瘦俭薄之态，固足美也。晚唐之诗，秋花也：江上之芙蓉，篱边之丛菊，极幽艳晚香之韵，可不为美乎？"[①] 认为春季与秋季的花卉各有其美，盛唐诗歌与晚唐诗歌也各有千秋，都有其独特之美。这样的论断带有很强的直觉性、印象性、模糊性，但因其以自然界花草作比，契合了诗歌艺术的形象性、描摹性特点，故极具文学的美感，给人以想象的空间和审美的愉悦。

二 "自然"诗论

袁行霈先生在《中国文学概论》中说道："把握住崇尚自然的思想与崇尚自然之美的文学观念，就可以比较深入地理解中国人和中国文学。"[②] 中国古代崇尚自然之美的文学观念根源于崇尚自然的哲学思想，二者有着直接的联系。崇尚自然，既与古代生产力不发达时期古人所形成的"天人感应""天人合一"等自然崇拜情结有关，也与主张抱朴含真的道家思想对中国文化的深远影响直接相关。

古代诗论家认为，天地人心、自然万物包括文学艺术在内，都是"道"的衍生物，用这个至大至尊的"道"一以贯之。在古人的观念中，人与自然是声息相通的，二者永远相依相伴。文学之道源于自然之道，天、地、人，宇宙自然、社会人生、文学艺术原本是浑然一体的，故其道理也是一致的。刘勰《文心雕龙·原道》："文之为德也大矣，与天地并生者何哉？夫玄黄色杂，方圆体分，日月叠璧，以垂丽天之象；山川焕绮，以铺理地之形：此盖道之文也。仰观吐曜，俯察含章，高卑定位，故两仪既生矣。惟人参之，性灵所钟，是谓三才，为五行之秀，实天地之心。心生而言立，言立而文明，自然之道也。傍及万品，动植皆文；龙凤以藻绘呈瑞，虎豹以炳蔚凝姿；云霞雕色，有逾画工之妙；草木贲华，无待锦匠之奇。夫岂外饰，盖自然耳。"从自然之道推及艺术之道，以动植物的天然之美说明创作亦应遵循自然之道。

---

① （清）叶燮：《原诗》，人民文学出版社1979年版，第67页。
② 袁行霈：《中国文学概论》，高等教育出版社1990年版，第86页。

中国崇尚自然的一派，源出于道家。"道之尊，德之贵，夫莫之命，而常自然。"（《老子》第五十一章）《庄子·大宗师》主张一切顺应自然："赍万物而不为义，泽及万物而不为仁，长于上古而不为老，覆载天地、雕刻众形而不为巧。"《庄子·齐物论》强调以自然界的"天籁"为美。由于古人对自然的尊崇和热爱，"自然"一词很快由本体意义上的"自然界"上升到了哲学概念的范畴。与之相应，在诗歌批评领域，虽然诗论家对诗歌风格作过详细的划分，原则上对各种诗歌风格都能够兼容并包，但除了诗词格律发展时期较为强调诗歌的形式之美外，古代诗歌批评基本上是以自然而发、不露斧凿痕迹的自然天工为美的。在掌握了诗歌创作的基本要领和技巧之后，一味追求形式、逞才弄巧则往往为诗论家所摒弃。《文心雕龙·隐秀》曰："故自然会妙，譬卉木之耀英华；润色取美，譬缯帛之染朱绿。朱绿染缯，深而繁鲜；英华曜树，浅而炜烨。秀句所以照文苑，盖以此也。"讲了"自然会妙"与"润色取美"两种文章风格，前者可谓天工，后者为人工，雕饰之巧逊于自然之妙。钟嵘亦推崇"自然英旨"（《诗品序》）之作，以雕饰为病："汤惠休曰：'谢诗如芙蓉出水，颜如错彩镂金。'颜终身病之。"（《诗品》）后世论诗者沿袭这一传统，"以自然为工"成为诗歌风格品评的主调。

宋代文学批评亦以自然清丽的平淡之作为佳。程颐曰："圣人文章，自然与学为文者不同，如《系辞》之文，后人决学不得。譬之化工生物，且如生出一枝花，或有剪裁为之者，或有绘画为之者，看时虽相类，然终不若化工所生，自有一般生意。"① 以自然为文为尚。严羽《沧浪诗话·诗评》："谢所以不及陶者，康乐之诗精工，渊明之诗质而自然耳。"认为"质而自然"之诗胜过诗法精工之诗。叶梦得《石林诗话》曰："诗语固忌用巧太过，然缘情体物，自有天然工妙，虽巧而不见刻削之痕。""缘情体物"表明了创作态度的自然，不刻意为诗，为诗而造情，强调感情的自然抒发，以虚静空灵之心涵融天地万物。他认为"池塘生春草，园柳变鸣禽"两句诗的妙处正在于"无所用心，猝然与景相遇，借以成章，不假绳削，故非常情所能到"②。袁燮《题魏丞相诗》甚至对杜甫"语不惊人死不休"提出了质疑："古人之作诗，犹天籁之自鸣尔。志之所之，诗

---

① （宋）程颢、程颐：《二程遗书》卷一八，上海古籍出版社2000年版。
② （清）何文焕辑《历代诗话》，中华书局1981年版，第426页。

亦至焉。直己而发，不知其所以然，又何暇求夫语言之工哉？……然'为人性僻耽佳句，语不惊人死不休'，子美所自道也。诗本言志，而以惊人为能，与古异矣。后生承风，薰染积习，甚者'推敲'二字，毫厘必计；或其母忧之，谓'是儿欲呕出心乃已'。镌磨锻炼，至是而极，孰知夫古人之性，吟咏情性，浑然天成者乎！"[1] 他认为诗歌的本质仍然是"吟咏性情"而非逞才弄巧。黄庭坚则指出杜诗"妙处乃在无意于文"，"皆不烦绳削而自合"[2]。蔡居厚曰："诗语大忌用功太过，盖炼句胜则意必不足。语工而意不足，则格力必弱，此自然之理也。"[3] 从诗歌当以意义为主，辞不害义的角度强调不可炼句太过。姜夔《白石道人诗说》曰："诗有四种高妙：一曰理高妙，二曰意高妙，三曰想高妙，四曰自然高妙。碍而实通，曰理高妙；出自意外，曰意高妙；写出幽微，如青潭见底，曰想高妙；非奇非怪，剥落文采，知其妙而不知其所以妙，曰自然高妙。"[4] 以"剥落文采"的浑然无痕之作为"自然高妙"之作。蔡启《蔡宽夫诗话》更是直言："天下事有意为之，辄不能尽妙，而文章尤然。文章之间，诗犹然。世乃有日锻月炼之说，此所以用功者虽多，而名家者终少也。"[5] 张耒《贺方回乐府序》曰："文章之于人，有满心而发，肆口而成，不待思虑而工，不待雕琢而丽者，皆天理之自然，而性情之至道也。"[6] 认为文章应当由性情道出。包恢论诗亦以"自然"之作为高："大概以为诗家者流，以汪洋澹泊为高。其体有似造化之未发者，有似造化之已发者，而皆归于自然，不知所以然而然也。"[7]

诗话之外，还有些诗人以诗歌的形式阐述作诗之法，推崇自然之作而厌弃雕饰。如陈渊对陶渊明诗风的评价："胸中有佳处，妙意不期会。弄笔作五言，心手无内外。千古陶渊明，秀句含天籁。偶然游其藩，遂尔厌雕绘。"（《越州道中杂诗》十三首其七）认为渊明诗如天籁清音，令人读之心喜而厌弃秾辞丽藻。郑刚中《读坡诗》："公诗如春风，著物便新好。

---

[1] 蒋述卓等编《宋代文艺理论集成》，中国社会科学出版社2000年版，第931页。
[2] （宋）黄庭坚：《豫章黄先生文集》卷一九，《四部丛刊初编》本。
[3] 蒋述卓等编《宋代文艺理论集成》，中国社会科学出版社2000年版，第510页。
[4] （清）何文焕辑《历代诗话》，中华书局1981年版，第682页。
[5] 王大鹏等编选《中国历代诗话选》（一），岳麓书社1985年版，第297页。
[6] （宋）张耒：《柯山集》卷四〇，《丛书集成初编》本。
[7] （宋）包恢：《敝帚稿略》卷二，民国十年（1921）刻本。

春风常自然，初不费雕巧。"以春风喻之，推崇东坡诗的清新自然之风。许多著名诗人也从自我创作实践出发，以诗歌的形式推崇有感而作、自出机杼、天籁自鸣之作。如邵雍《谈诗吟》："诗者人之志，非诗志莫传。人和心尽见，天与意相连。论物生新句，评文起雅言。兴来如宿构，未始用雕镌。"认为诗歌应当乘兴而作，而不事雕镌。史弥宁《评诗》："筹量节物细评诗，诗要天然莫强为。蛩韵酸寒东野句，莺吟富贵小山词。"①将苦吟之作与自然之作相对照，以两者不同的艺术效果来说明诗应当"天人莫强为"。陆游写过不少论诗诗、论文诗，表达其诗歌主张。陆游始学江西诗派，中年弃之而自成机杼。其《示子遹》以个人亲身经历为例，说明作诗应当掌握诗法和技巧之后超越技巧，不露斧凿痕迹："我初学诗日，但欲工藻绘。中年始少悟，渐若窥宏大。怪奇亦间出，如石漱湍濑。"其《读近人诗》更是直言："琢雕自是文章病，奇险尤伤气骨多。君看大羹玄酒味，蟹螯蛤柱岂同科？"又推及作文："文章本天成，妙手偶得之。粹然无疵瑕，岂复须人为。君看古彝器，巧拙两无施。"（《文章》）不事雕琢、浑然天成被视为诗文创作的最高境界。

"自然"论衍及绘画等艺术领域，如苏轼诗画共论，推崇"自然"之作："诗画本一律，天工与清新。"（苏轼《书鄢陵王主簿所画折枝》二首其一）张彦远《历代名画记·论画体工用拓写》："夫阴阳陶蒸，万象错布，玄化亡言，神工独运。草木敷荣，不待丹绿之采；云雪飘扬，不待铅粉而白；山不待五色而綷。……自然者为上品之上，神者为上品之中，妙者为上品之下，精者为中品之上，谨而细者为中品之中。"②可见在古代尊崇自然的哲学观念影响下，"师法自然"成为众多文艺理论家的共识。

探究宋代诗学话语具有以上三个方面生态特色的成因，我们不难发现，这种现象与中国古代社会农耕文明发达以及中国古人的形象思维方式密切相关。在农业社会中，人类与自然界的关系更为密切，生活方式更为自然、淳朴，自然生态世界的山川草木、鸟兽虫鱼无不时常进入他们的视野，激发他们的思维，触动其诗兴诗思。而中国古代文化善于运用譬喻的传统可追溯到《易传·系辞下》："古者包牺氏之王天下也，仰则观象于天，俯则观法于地，观鸟兽之文，与地之宜，近取诸身，远取诸物，于是

---

① 吴文治主编《宋诗话全编》（七），江苏古籍出版社1998年版，第7055页。
② 何志明、潘运告编《唐五代画论》，湖南美术出版社1997年版，第177页。

始作八卦，以通神明之德，以类万物之情。"传说中的圣王就是以自然天象与人类自身作为参照，作八卦来概括和象征世间万事万物的规律的。自从我国古代第一部诗歌总集《诗经》开始，古典诗歌以自然物态起兴、类比的"比兴"手法便历久而不衰，而在诗歌批评领域，诗学话语亦常常采用取象喻意的方式来论述诗歌创作的规律、品评诗歌风格，体现出形象思维的特色。另外，由于尊崇自然的哲学观念，诗歌风格也往往以自然清丽、不露斧凿痕迹为工。

　　以生态话语言说诗歌创作原理，品评诗歌风格，在古代诗论家那里渐已成为一种习惯和自然，这说明其对于生态世界的觉识和重视已融入其思想观念和价值体系当中，在论诗时往往会不自觉地流露出来。宋诗关注生态，描写生态，颇具生态美韵；宋代诗论亦常援引生态事物、生态情境作比，同样具有一定的生态特色。二者共同构成了宋代生态诗学的主要内容。

结　　语

　　中国古代生态诗学是一个较新的研究课题，本书对宋代生态诗学的研究只是一个初步的尝试。在地球生态环境不断遭到破坏、生态危机日益严峻的情况下，生态学得到了人们越来越多的关注，与"生态"有关的交叉学科蓬勃兴起。生态学也为我们的文学研究提供了一个崭新的视角和维度。在科技发展日新月异的今天，人们的物质文化生活水平有了极大提高，思想观念也在悄然发生着种种变化。但是，无论人类怎样发展，都始终离不开自然之根，人们对于自然的依赖感和归属感总是与生俱来的。

　　当我们将现代科学意义上的生态观念、生态视角引入中国古代诗歌时，我们惊喜地发现了一个充满生态美韵的诗意世界。在农业文明时代，人们与自然界的关系更为亲近，对于天地间万物怀有一种更为质朴纯真的情感。在现代生态危机背景下诞生的西方生态伦理思想，其实在中国先秦时代就诞生了类似生态智慧的萌芽。古代混沌圆融的"天人合一"哲学，正生动地体现着整体论、系统论的生态观。而种种生态保护思想，如"以时禁发"、惜生贵生等，在中国两千多年前就产生了。可以说，中国古人对于天地自然普遍怀有一种敬畏之心。这是古代朴素生态意识产生的基础。

　　中国古代诗歌与自然生态有着千丝万缕的联系。首先，生态环境是人类赖以生存和发展的基本场所，同时也为古代诗人提供了文学创作的最佳契机和文学表现的重要内容。人类诞生于自然界，生存于生态环境当中，自然界的四季更替、风雨晦明、动植物变化等现象与人类的生活息息相关。在中国古代"天人感应""天人合一"的理论背景下，外界自然与人类这一行为主体之间似乎存在着某种异质同构的关系，自然界的状况与人体内部的活动以及人的情绪体验紧密相关，善感的诗人们更是与自然生态之间产生了难解难分的情缘，人与自然的关系在古代诗歌创作中占据着举足轻重的地位。其次，诗人们采撷大量千姿百态的自然风物、动植物意象入诗，使古代诗歌呈现出"绿化"、生机化的特色，为读者展示出一幅幅五光十色的生态画卷。自然界之奇山丽水进入诗人的视界和心灵，使诗人感受到大自然的生命律动、造化之壮观神奇，心胸亦随之舒展、廓大，以如此之心胸撷取自然物象作诗，诗歌自然会变得灵动、多彩。自然生态使诗人的心灵得以"绿化"，进而使其诗歌得以"绿化"、生机化，而读者在阅读这些"绿化"了的诗歌时，其心灵也会受到感染而体验到大自然的生机与活力之美。同时，古代诗人的诗歌创作使原本属于自然界的生态事物进入人们的审美文化视野，从而附着上了浓厚的人文化、诗意化色彩。在长期的文化积累中，自然界的许多动植物、山川风物由于其本身的自然属性而被人们想象、生发出某种特定的文化象征意义，成为某种人格精神或文化观念的代表。中国传统的自然审美观中有比德说，即人们把人类社会的某些情感和理念投注到自然物之上，将自然物人格化，以山水等自然风物来比拟人类社会中存在的某种精神品格，使自然物成为特定人格风范、精神或道德境界、审美情趣的象征。值得注意的是，古代优美的自然生态与精湛的诗歌技艺相结合，原初的自然生态之美被大大提升和强化了。

  在对宋代诗歌的考察分析中，我们发现了这种被诗歌的艺术形式所强化的生态之美，而这正是"生态诗学"的本义所在。所谓"生态诗学"，正是要研究诗歌中的生态意味，努力探寻诗歌中的生态之美，并倡导以一种欣赏的眼光、审美的心境来看待生态，友好和谐地与其他生物共生共荣，保护生态环境，有节制地开发物产资源，从而实现人类社会的可持续发展。宋代文人以其较高的文化修养与审美情趣投入对大自然的欣赏与赞美之中，创作了大量具有生态意味和生态美感的诗歌。他们的林泉之志与归隐之思，体现着人类亘古不变的自然皈依与生态审美情结，而其友月交风、登山临水等种种行为则充分展示着人在自然天地中的诗意栖居。人与自然的和谐友好关系在他们的诗歌中频频得到印证。在古代意象思维发达的情况下，古代诗论也沾染上了意象化的色彩，论诗者总是以自然生态事物或生态情境作比，形象可感地说明问题，而非抽象、系统地论说诗歌创作理论或品评诗歌文本。这一现象可称之为古代诗论的生态话语特色。

  宋代生态诗学研究是一个较为宏大的课题，我们在本文中借鉴当代生态批评理论对这一课题作了初步探讨，但肯定还有某些方面尚未涉及，这可以在今后的研究中进行补充和开拓。同时，宋代生态诗学研究只是古代生态诗学研究的一个方面，我们完全可以将这种研究扩展到其他时代的诗歌研究领域。例如，我们可以将生态视角引入先秦两汉、魏晋南北朝、唐代直至明清时期的诗歌研究，抉发其中蕴含的生态意识和生态美韵。除了诗歌之外，词、曲、散文等文体中也蕴含着某种生态精神，有待于我们去发现和解读。从微观的角度讲，我们可以研究某一位作家的生态观及其作品中的生态美。同时，对于古代诗歌中生态之美的研究完全可以具体化到作家的居住地或所描绘的某一地域的自然景观、生物物种等情况，作更为细致深入的阐释。这样，就把生态诗学研究与地方文化联系了起来。我们在本书中对生态诗歌所作的分类——山水诗、田园诗、时节诗、咏物诗，只是一个大致的区分，相互之间有所交叉。在进一步的研究中，我们还可以进行新的归纳分类，或发现新的研究对象。对于古代诗歌理论，也可以从生态话语特色的角度研究宋代以外的其他时代的诗论或文论，除了创作发生论、文本结构论、风格境界论三个方面具有生态学特色外，诗论家们对于景语的爱好及其对于评点诗句的选择也蕴含着某种生态理念。

总之，中国古代生态诗学研究是一个方兴未艾的研究课题，其可拓展的空间是很大的。各种生态危机的出现，时刻提醒人们关注生态、保护环境。从思想或曰精神生态层面来看，社会越发达，人们的生存压力越大，亲近自然、放松身心的渴望就越强烈，而古代生态诗学的魅力也就越显著。现代人工具理性意识的发达使其现实生活中的诗情画意日益缩减，当我们充满深情地回望我国古代田园牧歌般惬意恬静的生活场景时，心灵就得以舒展，我们就能够在一定程度上实现诗意的安居。

主要参考文献

一 基本文献

1. 陈鼓应：《老子注译及评介》，中华书局 1984 年版。
2. 陈广忠译注《淮南子译注》，吉林文史出版社 1990 年版。
3. （宋）朱熹：《四书章句集注》，中华书局 1983 年版。
4. （清）王先谦：《荀子集解》，中华书局 1988 年版。
5. （唐）孔颖达：《周易正义》，中华书局 1979 年版。
6. （清）郭庆藩辑《庄子集释》，中华书局 1961 年版。
7. （宋）张载：《张载集》，中华书局 1978 年版。
8. （宋）程颢、程颐：《二程遗书》，上海古籍出版社 2000 年版。
9. （宋）黎靖德编《朱子语类》，中华书局 1986 年版。
10. 新兴书局编《笔记小说大观》，新兴书局 1975—1986 年版。
11. （宋）王象之：《舆地纪胜》，《续修四库全书》本。
12. （宋）郭思编《林泉高致集》，影印文渊阁《四库全书》本。
13. （元）脱脱等：《宋史》，中华书局 1977 年版。
14. （宋）李焘：《续资治通鉴长编》，中华书局 2004 年版。
15. 北京大学古文献研究所编《全宋诗》，北京大学出版社 1991—1998 年版。
16. 陈新等补正《全宋诗订补》，大象出版社 2005 年版。
17. （清）何文焕辑《历代诗话》，中华书局 1981 年版。
18. 吴文治主编《宋诗话全编》，江苏古籍出版社 1998 年版。
19. 曾枣庄、刘琳主编《全宋文》，上海辞书出版社、安徽教育出版社 2006 年版。
20. （清）吴之振等选编，（清）管庭芬、（清）蒋光煦补编《宋诗钞》，中华书局1986年版。
21. （清）厉鹗辑撰《宋诗纪事》，上海古籍出版社2008年版。
22. 祝尚书：《宋人别集叙录》，中华书局1999年版。
23. 祝尚书：《宋人总集叙录》，中华书局2004年版。
24. （宋）王禹偁：《小畜集》，《四库全书》本。
25. （宋）范仲淹：《范文正公集》，《四部丛刊初编》本。
26. （宋）欧阳修：《欧阳文忠公集》，《四部丛刊初编》本。
27. （宋）邵雍：《伊川击壤集》，《四部丛刊初编》本。
28. （宋）王安石：《临川先生文集》，中华书局1959年版。
29. （宋）苏轼著，（清）王文诰辑注《苏轼诗集》，中华书局1982年版。
30. 吴洪泽、尹波主编《宋人年谱丛刊》，四川大学出版社2003年版。

二 研究论著

1. 程千帆、吴新雷：《两宋文学史》，上海古籍出版社1991年版。
2. 傅璇琮、蒋寅主编《中国古代文学通论·宋代卷》，辽宁人民出版社2005年版。
3. 王水照主编《宋代文学通论》，河南大学出版社1997年版。
4. 王水照：《王水照自选集》，上海教育出版社2000年版。
5. 陈植锷：《北宋文化史述论》，中国社会科学出版社1992年版。
6. 程民生：《宋代地域文化》，河南大学出版社1997年版。
7. 陶文鹏：《唐宋诗美学与艺术论》，南开大学出版社2003年版。
8. 罗时进：《唐宋文学论札》，陕西人民出版社1993年版。
9. 张高评：《宋诗特色研究》，长春出版社2002年版。
10. 柯庆明：《中国文学的美感》，河北教育出版社2001年版。
11. 沈松勤：《北宋文人与党争》，人民出版社1998年版。
12. 沈松勤：《南宋文人与党争》，人民出版社2005年版。
13. 马茂军、张海沙：《困境与超越——宋代文人心态史》，河北教育出版社2001年版。
14. 刘文刚：《宋代的隐士与文学》，四川大学出版社1992年版。
15. 王水照、朱刚：《苏轼评传》，南京大学出版社2004年版。
16. 王水照：《苏轼诗词文选评》，上海古籍出版社2004年版。
17. 李泽厚：《中国古代思想史论》，天津社会科学院出版社2003年版。

18. 赵载光：《天人合一的文化智慧——中国古代生态文化与哲学》，文化艺术出版社 2006 年版。
19. 王生平：《"天人合一"与"神人合一"——中西美学的宏观比较》，河北人民出版社 1989 年版。
20. 李健：《比兴思维研究——对中国古代一种艺术思维方式的美学考察》，安徽教育出版社 2003 年版。
21. 张云飞：《天人合一——儒学与生态环境》，四川人民出版社 1995 年版。
22. 朱立元主编《天人合一——中华审美文化之魂》，上海文艺出版社 1998 年版。
23. 蒙培元：《人与自然——中国哲学生态观》，人民出版社 2004 年版。
24. 任俊华、刘晓华：《环境伦理的文化阐释——中国古代生态智慧探考》，湖南师范大学出版社 2004 年版。
25. 曹凑贵主编《生态学概论》，高等教育出版社 2002 年版。
26. 张正春、王勋陵、安黎哲：《中国生态学》，兰州大学出版社 2003 年版。
27. 盖光：《生态文艺与中国文艺思想的现代转换》，齐鲁书社 2007 年版。
28. 盖光：《文艺生态审美论》，人民出版社 2007 年版。
29. 余谋昌：《生态哲学》，陕西人民教育出版社 2000 年版。
30. 张艳梅、蒋学杰、吴景明：《生态批评》，人民出版社 2007 年版。
31. 胡志红：《西方生态批评研究》，中国社会科学出版社 2006 年版。
32. 徐恒醇：《生态美学》，陕西人民教育出版社 2000 年版。
33. 张华：《生态美学及其在当代中国的建构》，中华书局 2006 年版。
34. 何怀宏主编《生态伦理——精神资源与哲学基础》，河北大学出版社 2002 年版。
35. 佘正荣：《中国生态伦理传统的诠释与重建》，人民出版社 2002 年版。
36. 蒋朝君：《道教生态伦理思想研究》，东方出版社 2006 年版。
37. 李培超：《自然的伦理尊严》，江西人民出版社 2001 年版。
38. 余谋昌：《生态文化论》，河北教育出版社 2001 年版。
39. 姬振海主编《生态文明论》，人民出版社 2007 年版。
40. 曾繁仁主编《人与自然：当代生态文明视野中的美学与文学》，河南人民出版社 2006 年版。

41. 佘正荣：《生态智慧论》，中国社会科学出版社 1996 年版。
42. 曾永成：《文艺的绿色之思——文艺生态学引论》，人民文学出版社 2000 年版。
43. 张皓：《中国文艺生态思想研究》，武汉出版社 2002 年版。
44. 鲁枢元：《生态文艺学》，陕西人民教育出版社 2000 年版。
45. 鲁枢元：《生态批评的空间》，华东师范大学出版社 2006 年版。
46. 鲁枢元主编《自然与人文——生态批评学术资源库》，学林出版社 2006 年版。
47. 陈望衡：《环境美学》，武汉大学出版社 2007 年版。
48. 刘文良：《范畴与方法：生态批评论》，人民出版社 2009 年版。
49. 陈登林、马建章：《中国自然保护史纲》，东北林业大学出版社 1991 年版。
50. 史念海：《中国历史地理纲要》（上、下册），山西人民出版社 1991，1992 年版。
51. 袁清林：《中国环境保护史话》，中国环境科学出版社 1990 年版。
52. 文焕然等：《中国历史时期植物与动物变迁研究》，重庆出版社 1995 年版。
53. 宋正海主编《中国古代重大自然灾害和异常年表总集》，广东教育出版社 1992 年版。
54. 张全明、王玉德等：《生态环境与区域文化史研究》，崇文书局 2005 年版。
55. 张全明、王玉德等：《中华五千年生态文化》（上、下），华中师范大学出版社 1999 年版。
56. 程遂营：《唐宋开封生态环境研究》，中国社会科学出版社 2002 年版。
57. 梅新林、俞樟华主编《中国游记文学史》，学林出版社 2004 年版。
58. 陶文鹏、韦凤娟主编《灵境诗心——中国古代山水诗史》，凤凰出版社 2004 年版。
59. 伍蠡甫主编《山水与美学》，上海文艺出版社 1985 年版。
60. 谢凝高：《山水审美：人与自然的交响曲》，北京大学出版社 1991 年版。
61. 何方形：《中国山水诗审美艺术流变》，广西师范大学出版社 2006 年版。

62. 中国陆游研究会编《陆游与越中山水》，人民出版社 2006 年版。
63. 王凯：《自然的神韵——道家精神与山水田园诗》，人民出版社 2006 年版。
64. 王志清：《盛唐生态诗学》，北京大学出版社 2007 年版。
65. 李生龙：《隐士与中国古代文学》，湖南教育出版社 2003 年版。
66. 王国璎：《中国山水诗研究》，中华书局 2007 年版。
67. 程杰：《梅文化论丛》，中华书局 2007 年版。
68. 王诺：《欧美生态文学》，北京大学出版社 2003 年版。
69. 王立、沈传河、岳庆云：《生态美学视野中的中外文学作品》，人民出版社 2007 年版。
70. 刘天华：《画境文心——中国古典园林之美》，生活·读书·新知三联书店 1994 年版。
71. 赵志军：《作为中国古代审美范畴的自然》，中国社会科学出版社 2006 年版。
72. 蒋述卓等编《宋代文艺理论集成》，中国社会科学出版社 2000 年版。
73. 黄霖、吴建民、吴兆路：《原人论》，复旦大学出版社 2000 年版。
74. 东海大学中国文学系编《台湾自然生态文学研讨会论文集》，文津出版社 2002 年版。
75. 荆亚平编选《中外生态文学文论选》，浙江工商大学出版社 2010 年版。
76. 陈力君编选《中外生态文学作品选》，浙江工商大学出版社 2010 年版。
77. ［英］李约瑟：《中国古代科学思想史》，陈立夫等译，江西人民出版社 1999 年版。
78. ［法］阿尔贝特·史怀泽：《敬畏生命》，陈泽环译，上海社会科学院出版社 1992 年版。
79. ［美］霍尔姆斯·罗尔斯顿：《环境伦理学》，杨通进译，中国社会科学出版社 2000 年版。
80. ［联邦德国］W·顾彬：《中国文人的自然观》，马树德译，上海人民出版社 1990 年版。
81. ［日］小尾郊一：《中国文学中所表现的自然与自然观》，邵毅平译，上海古籍出版社 1989 年版。

82. ［美］霍尔姆斯·罗尔斯顿：《哲学走向荒野》，刘耳、叶平译，吉林人民出版社 2000 年版。

三　相关论文

（一）博士学位论文

1. 曲爱香：《孔孟荀的天人观及其生态伦理》，浙江大学，2003 年。
2. 任俊华：《儒道佛生态伦理思想研究》，湖南师范大学，2004 年。
3. 赵玉：《道家与儒家的生态观与审美观》，山东大学，2006 年。
4. 宋丽丽：《文学生态学建构——生态批评的思考》，北京语言大学，2005 年。
5. 刘蓓：《生态批评的话语建构》，山东师范大学，2005 年。
6. 王诺：《欧美生态批评研究》，山东大学，2007 年。
7. 韦清琦：《走向一种绿色经典：新时期文学的生态学研究》，北京语言大学，2004 年。
8. 朱新福：《美国生态文学研究》，苏州大学，2005 年。
9. 苏状：《"闲"与中国古代文人的审美人生——对"闲"范畴的文化美学研究》，复旦大学，2008 年。

（二）期刊论文

1. 莫砺锋、程杰：《新时期中国大陆宋诗研究述评》，《阴山学刊》2000 年第 2 期。
2. 刘方：《宋型文化：概念、分期与类型特征》，《湖州师范学院学报》2005 年第 3 期。
3. 张皓：《生态文艺：21 世纪的诗学话题》，《武汉教育学院学报》2001 年第 2 期。
4. 王诺：《生态批评：发展与渊源》，《文艺研究》2002 年第 3 期。
5. 方军、陈昕：《论生态文学》，《中南民族大学学报》（人文社会科学版）2003 年第 2 期。
6. 李晓明、吴承笃：《当前国内文艺与文学的生态批评研究述评》，《河南社会科学》2006 年第 4 期。
7. 刘文良：《试论生态批评的原则》，《当代文坛》2007 年第 2 期。
8. 鲁枢元：《生态批评的知识空间》，《文艺研究》2002 年第 5 期。
9. 宋丽丽：《生态批评：向自然延伸的文学批评视野》，《江苏大学学报》

（社会科学版）2006 年第 1 期。

10. 张皓：《中国生态文学：寻找人与自然的和弦》，《佛山科学技术学院学报》（社会科学版）2004 年第 6 期。

11. 刘文良：《近年来生态文学研究述评》，《贵州社会科学》2006 年第 1 期。

12. 张晓琴：《论生态文学的内涵与特征》，《徐州师范大学学报》（哲学社会科学版）2006 年第 6 期。

13. ［美］杜维明：《存有的连续性：中国人的自然观》，刘诺亚译，《世界哲学》2004 年第 1 期。

14. 方克立：《"天人合一"与中国古代的生态智慧》，《社会科学战线》2003 年第 4 期。

15. 陈谷嘉：《宋代理学天人关系论》，《湖南大学学报》（社会科学版）2005 年第 2 期。

16. 张全明：《论宋代道学家的环境意识：人与自然的和谐》，《江汉论坛》2007 年第 1 期。

17. 樊小贤：《张载哲学中的生态智慧探析》，《长安大学学报》（社会科学版）2007 年第 1 期。

18. 王晓华：《何为"生态思维"》，《东岳论丛》2005 年第 6 期。

19. 白奚：《仁爱观念与生态伦理》，《首都师范大学学报》（社会科学版）2002 年第 1 期。

20. 许启贤：《中国古人的生态环境伦理意识》，《中国人民大学学报》1999 年第 4 期。

21. 刘湘荣：《论生态意识》，《求索》1994 年第 2 期。

22. 徐少锦：《中国古代生态伦理思想的特点》，《哲学动态》1996 年第 7 期。

23. 彭松乔：《体"道"悟"真"——中国古代生态审美的基本精神》，《吉首大学学报》（社会科学版）2007 年第 2 期。

24. 姚文放：《文学传统与生态意识》，《社会科学辑刊》2004 年第 3 期。

25. 余达淮：《论诗歌中的生态伦理精神》，《南京师范大学文学院学报》2004 年第 4 期。

26. 侯国良：《中国古典诗歌与生态伦理》，《社会科学》2003 年第 6 期。

27. 张霞：《古代人与自然和谐相处的生态观及其当代启示》，《管子学刊》2004 年第 2 期。
28. 南玉泉：《中国古代的生态环保思想与法律规定》，《北京理工大学学报》（社会科学版）2005 年第 2 期。
29. 张全明：《简论宋人的生态意识与生物资源保护》，《华中师范大学学报》（人文社会科学版）1999 年第 5 期。
30. 谢志诚：《宋代的造林毁林对生态环境的影响》，《河北学刊》1996 年第 4 期。
31. 熊燕军：《宋代江南崛起与南北自然环境变迁——兼论宋代北方林木资源的破坏》，《重庆社会科学》2006 年第 5 期。
32. 徐茂明：《江南的历史内涵与区域变迁》，《史林》2002 年第 3 期。
33. 王先霈：《中国古代文学中的"绿色"观念》，《文学评论》1999 年第 6 期。
34. 张健：《中国古代文学人与自然关系刍论》，《山东理工大学学报》（社会科学版）2006 年第 3 期。
35. 李金坤：《〈楚辞〉自然生态意识审美》，《南京师范大学文学院学报》2006 年第 4 期。
36. 朱光潜：《山水诗与自然美》，《文学评论》1960 年第 6 期。
37. 刘绍瑾：《中国山水文化与崇尚自然的审美趣味的形成》，《暨南学报》（哲学社会科学版）1995 年第 4 期。
38. 高建新：《山水审美的"天人合一"境界》，《内蒙古大学学报》（社会科学版）1997 年第 6 期。
39. 周泽东：《论"如画性"与自然审美》，《贵州社会科学》2007 年第 5 期。
40. 张皓：《中国诗人杜甫的生态观》，《江汉大学学报》（社会科学版）2002 年第 1 期。
41. 沈利华：《论杜甫"草堂诗"中的生态意识》，《江苏社会科学》2005 年第 6 期。
42. 江建高：《"物情无巨细，自适固其常"——试论杜甫的生态诗》，《中南大学学报》（社会科学版）2006 年第 5 期。
43. 冷成金：《走出自然——从苏轼的山水诗看自然诗化的走向及其意义》，《中国人民大学学报》1990 年第 4 期。
44. 罗时进：《论辛弃疾的隐逸及其隐逸词》，《江苏社会科学》1992 年第

6 期。

45. 张骏翚：《试论隐逸文化中的"乐道"传统》，《四川师范大学学报》（社会科学版）2006 年第 2 期。
46. 侯敏：《隐者·耕耘者·歌唱者——田园诗人的文化心理透视》，《北方论丛》1999 年第 6 期。
47. 刘蔚：《宋代田园诗审美取象的三个特点——以动植物为中心》，《湖南师范大学社会科学学报》2004 年第 6 期。
48. 王利民：《从〈伊川击壤集〉看邵雍的风月情怀》，《浙江大学学报》（人文社会科学版）2004 年第 5 期。
49. 胡晓明：《论传统诗学的自适精神》，《文艺理论研究》1990 年第 4 期。
50. 胡晓明：《略论中国文化意象的生产》，《文艺理论研究》2007 年第 1 期。
51. 黄石明：《中国古代诗学的意象思维特征论》，《扬州大学学报》（人文社会科学版）1999 年第 2 期。
52. 高爱琴：《我国古代花木诗的审美情趣和文化意蕴》，《上海师范大学学报》1993 年第 4 期。
53. 程杰：《宋代咏梅文学的盛况及其原因与意义》（上、下），《阴山学刊》2002 年第 1、2 期。
54. 王长金：《竹的审美价值及其拟人美特征》，《浙江林学院学报》1991 年第 2 期。
55. 张娜：《梅尧臣诗动物意象初探》，《社科纵横》2001 年第 1 期。
56. 吴承学：《生命之喻——论中国古代关于文学艺术人化的批评》，《文学评论》1994 年第 1 期。
57. 张福勋、徐文潮：《"风水"之喻：宋代诗学"自然"观之精灵》，《阴山学刊》（社会科学版）1998 年第 2 期。
58. 刘绍瑾：《自然：中国古代一个潜在的文学理论体系》，《文艺研究》2001 年第 2 期。
59. 陈伯海：《释"感兴"——中国诗学的生命发动论》，《文艺理论研究》2005 年第 5 期。
60. 吴建民：《古代审美感应论》，《徐州师范大学学报》（哲学社会科学版）2005 年第 4 期。

后　记

　　这部书稿是在我的博士论文基础上修改而成的。回想在苏州大学罗时进教授门下受业期间，罗老师曾经教诲我们："为有根之学，为有用之学，为有意味之学。"学术根底是一个研究者的立身之本，对社会、对人生有用则体现了治学的根本目的所在，而就中国古典文学研究来说，又应当是具有一定文学意味和诗意色彩的。这番话指引了我在学术道路上前进的方向。一名学者并非只能在书斋中从事学术研究，眼光不妨宏阔些，对当今社会也予以应有的关注，面向现实、立足现实去开辟学术新境。

　　对于"宋代生态诗学"这个题目，虽然有些学者不赞成，认为这不是传统的研究路数，但我至今认为这一题目是有它自身的存在价值的。一方面，在古代文学研究领域，借鉴现代生态批评的理论和方法，将"生态"视角和生态理念引入宋代诗歌文本研究，发掘其中所蕴含的生态意识与生态美韵，这为宋诗研究提供了一个新的角度，并将人与自然的关系在中国古代诗歌研究中凸显出来，有利于重振文学史的"生态"之维；另一方面，探寻宋代哲学生态观与宋诗中的生态意蕴，是在当代生态危机背景下对人类自身行为的反省和对我国古代生态文化积淀的重审，对于当今提高人们的生态意识，培养人们的生态情感，借鉴古代朴素生态意识中的积极因素促进人与自然关系的和谐，均具有积极的现实意义。

　　对于为何选择研究宋代诗歌中的生态意蕴，大致出于以下两方面的考虑。一是宋代文化发达，诗作众多，因而宋诗完全有可能涉及比前代更加多样的题材，反映更为广阔的社会生活。在宋代，诗歌审美的日常化倾向使得诗歌不再是一种高高在上的玲珑珠玉，而是可以真实反映作者对自然的感悟、对林泉草木的感情的抒写载体。二是从哲学思想上来讲，宋代理学发达，理学家们究天人之际，直接影响到文人们对天人关系的思考及其生态伦理情感，这也是与前代有所不同的。

后 记

  回顾读研以来的学习和成长经历，其间我得到了许多师长的关怀和帮助。感谢我的硕士导师张玉璞先生，是他引领我步入古代文学研究领域，教我遵守学术规范，学习揣摩论文写作方法，并教我"对学术心存敬畏，对生活常怀感恩"。感谢我的博士导师罗时进先生，罗老师对于学术研究之挚爱与治学之严谨，为我树立了最佳的榜样，老师对于学生的谆谆教导和声声鼓励，是我在学术道路上辛勤探索、艰难跋涉的强大动力。2009年博士毕业后，我先后任教于东华理工大学、浙江工商大学。本书的出版得到2015年浙江省哲学社会科学规划后期资助，在此致以衷心的感谢！还要特别感谢辛劳的父母，亲恩之宽厚博大，是做子女的一生都无以为报的，唯有以微不足道的成绩和更加勤奋治学、好好生活的自勉聊表寸心。同时也要感谢我的夫君金兵博士，从读博到工作，八年来一直陪伴左右，默默地给予我关爱和支持。

  游学吴中期间，那里的青山秀水每每令我心旷神怡，今后的岁月里，愿心中同样葆有这样一份明净，伴我愈行愈远。

曹瑞娟

2015 年秋记于杭州